Essie Fox

Die letzten Tage der Leda Grey

Aus dem Englischen von Peter Peschke

Bibliografische Information der Deutschen Nationalbibliothek
Die Deutsche Nationalbibliothek verzeichnet diese Publikation in der Deutschen Nationalbibliografie. Detaillierte bibliografische Daten sind im Internet über http://dnb.d-nb.de abrufbar.

1. Auflage 2021

Die englische Originalausgabe erschien 2016 unter dem Titel *The Last Days of Leda Grey* bei
Orion Books, ein Imprint von The Orion Publishing Group Ltd.,
Carmelite House, 50 Victoria Embankment
London EC4Y ODZ
An Hachette UK Company
1 3 5 7 9 10 8 6 4 2

Redaktion: Rainer Weber
Umschlaggestaltung: Paul Oberndorfer
Umschlagabbildung: © Shutterstock / mRGB
Satz: Satzwerk Huber, München
Bilder: S. 18: Shutterstock / Hein Nouwnes, S. 24: Shutterstock / Bodor Tivadar, S.32: Shutterstock / Hein Nouwens, S.47: Shutterstock / Morphart Creation, S. 57: Shutterstock / Sketch Master, S. 67: Shutterstock / Morphart Creation, S.73 und weitere: Shutterstock / Jolygon, S. 148: Shutterstock / Christos Georghiou, S. 177: Shutterstock / Hein Nouwens, S. 193: Shutterstock / Morphart Creation, S. 204: Shutterstock / Morphart Creation, S. 209: Shutterstock / Morphart Creation, S. 221: Shutterstock / Morphart Creation, S. 251: Shutterstock / Danussa, S. 267: Shutterstock / Croisy, S. 270: Shutterstock / Morphart Creation, S. 294: Shutterstock / Morphart Creation, S. 307: Shutterstock / Callahan
Zitate: *Macbeth* von William Shakespeare in Übersetzung von Dorothea Tieck (1833)
Druck: GGP Media GmbH, Pößneck
Printed in Germany

ISBN Print 978-3-949636-06-6
ISBN E-Book (PDF) 978-3-949636-07-3
ISBN E-Book (EPUB, Mobi) 978-3-949636-08-0

Folgen Sie uns auf Instagram: @screamtime_publishing

»Ja, alle Dinge leben ewiglich, wenn sie
bisweilen auch schlafen und vergessen sind.«

Aus dem Roman *Sie* von H. Rider Haggard

Zeitungsausschnitt: *The Brightland Argos*, Dienstag, 17. August 1976

RÄTSELHAFTE LEICHENFUNDE: ENTDECKUNG IM WHITE CLIFF HOUSE

In einem Haus nahe Cuckham Sands sind die menschlichen Überreste eines Unbekannten gefunden worden. Noch in derselben Nacht wurde ein auf dem Gelände erbautes Studio durch ein Feuer restlos zerstört; das Gebäude war zu Beginn des Jahrhunderts als Drehort für Stummfilme genutzt worden.

Erste gerichtsmedizinische Hinweise legen nahe, dass es sich um die Leichenteile eines Mannes handelt; der Verstorbene sei sehr wahrscheinlich mittleren Alters gewesen. Todeszeitpunkt und Todesursache konnten von den Behörden noch nicht ermittelt werden.

Entdeckt wurde außerdem der Leichnam einer alten Dame, namentlich Leda Grey, die seit sechzig Jahren in dem Haus gelebt haben soll.

Die Polizei erhofft sich weitere Hinweise von einem Mann Ende zwanzig, der am Tatort zugegen war. Dieser erholt sich derzeit im Brightland General Hospital von Brandverletzungen und konnte deshalb noch nicht vernommen werden.

TOTE SIND BILDER NUR

Macbeth

Oft braucht es nur eine Kleinigkeit, und mir ist, als würde ich diesen frühen Augustnachmittag noch einmal erleben. Fast so, als ließe man einen Film rückwärtslaufen, bis das Bild einfriert und alles wieder von vorn beginnen kann. Und es wäre ein Farbbild gewesen, doch wenn ich mich erinnere, dann in Schwarzweiß. Das sengend weiße Leuchten des Himmels über mir. Schwarze Schatten in den Kopfsteingassen. Wie ich eine Postkarte aus dem Drehgestell kaufte, auf der man den nächtlichen Hafenkai sah, erleuchtet von blasssilbernen Lichtringen. Wie vor dem »Bath Arms«, einem Pub, mein Blick zunächst auf den vergilbten Blättern der Geranien haften blieb, die zu beiden Seiten der offenen Flügeltüren schlaff aus ihren Körben hervorquollen – und dann auf einem noch traurigeren Bild, das sich mir in den Silhouetten bot, die ich trotz der düsteren Trübnis im Innern des Pubs erkennen konnte. Zwei Liebende, die sich hin und her schaukelten, verschlungen in einem doch recht trägen Tänzchen, während aus einem blechern klingenden Radio hypnotische Gitarrenakkorde weinten. The Eagles. »Hotel California«.

Zumindest hätte ich schwören können, dass es dieser Song war. Zeit und Erinnerung verwischten. Die warme Luft. Der süßliche Duft der *colitas* … Marihuana.

Gras hatte ich keines, stattdessen griff ich nach dem Päckchen Woodbines, das sich stets in der Gesäßtasche meiner Jeans befand. Meine Mutter hatte diese Marke immer geraucht, und ich mochte ihren kratzigen, billigen Geschmack. Ich mochte den Schwefelgeruch, der aufstieg, wann immer ich ein Hölzchen über die Reibefläche an der Seitenkante der Streichholzschachtel riss, um mir eine anzustecken.

Tief saugte ich das bittere Nikotin ein und spürte ein Kribbeln, das durch meine Kopfhaut fuhr, durch den Mief des Suffs von letzter Nacht, während ich mich weiter in das Gewirr der Gassen von Brightland hineinwagte, wo die leiser werdende Melodie aus dem Radio dem jähen und hochtönenden Kläffen eines kleinen schwarzen Terriers wich, der an mir vorbeipreschte.

Ich wandte mich nach hinten, um ihn in den schimmernden Nebelschwaden verschwinden zu sehen, dort, wo die Gasse wieder in die breitere Promenade mündete; ich muss mich zu plötzlich umgedreht haben, denn mir wurde schwindlig; ich ließ meine Zigarette fallen, als ich gegen eine Fensterfront stolperte.

Unter einer ausgefahrenen Markise war das Glas dunkel beschattet, fast undurchsichtig wie Obsidian. Doch meine Augen gewöhnten sich rasch, und ich konnte sehen, was im Fenster ausgestellt war. Die ganzen substanzlosen Abscheulichkeiten der Hippiejahre und die Dauerbrenner des Souvenirhandels von Brightland – Tarot-Sets, eine Glaskugel, ein paar kleine Messingglöckchen und der rissige Porzellankopf eines Mannes, verziert mit spinnwebigem, schwarzem Gekrakel: *Vorsicht. Verzweiflung. Ehrgeiz. Liebe. Hoffnung. Zerstörung. Elend.*

Die Warnsignale waren nicht zu übersehen.

Nicht ganz so erwartbar waren die Postkarten, die Hollywood-Legenden vergangener Tage zeigten. Charlie Chaplin. Greta Garbo. Douglas Fairbanks in einer seiner Draufgänger-Rollen. Valentino, in der Hand eine Zigarette, und ein guter Teil seines Gesichtes verführerisch verschleiert von aufsteigenden Rauchschwaden. Und außerdem Bette Davis, die meine Mutter immer geliebt hatte; unzählige Stunden hatte sie vor unserem Fernsehgerät verbracht, die Wohnzimmervorhänge zugezogen, damit das Licht und die Welt da draußen nicht hineingelangen konnten, während sie sich in alten Film noirs wie *Dangerous* oder *Die große Lüge* verlor.

Einer Laune folgend beschloss ich, hineinzugehen und das Bette-Davis-Foto zu kaufen – doch ich schreckte beinahe zurück, als ich meine Handfläche auf das spiegelnde Stabkreuzfenster der Ladeneingangstür legte. Fünf Finger, die sich meinen entgegenstreckten. Ein magerer dunkler Arm, der aus dem weißen Ärmel eines Baumwoll-T-Shirts herausragte. Goldschimmernde Bartstoppeln unter spitzen Wangenknochen. Zwei ängstlich starrende Augen unter schweißdunklen, blonden Locken.

Ich erkannte mich kaum wieder. Eine stark eingefallene Version des Glamrock-Boys, dessen Foto und Autorenname auf der »Hip and Happening«-Seite des Londoner *City*-Magazins abgedruckt waren. Die Vormittage, die ich in der Fleet Street verbrachte, inmitten des Klackerns und Scheppern der Schreibmaschinen, um über die aufstrebenden Stars der Londoner Szene zu schreiben. Die langen trägen Nachmittage, die ich mit all den anderen angetrunkenen Schmocks in altmodischen Kneipen verbrachte, wo wir soffen, bis in die Abende hinein, die wir dann auf Konzerten, bei Filmvorstellungen oder Aftershow-Partys verbrachten – nur damit all das am nächsten Tag von vorn beginnen konnte, wenn ich mich aus den zerwühlten Betten gesichtsloser, namenloser Fremder quälte. Ins Vergessen gevögelt.

Vergessen. Das perfekte Wort. Wann hatte all das aufgehört, Spaß zu machen, sodass ich nun nur noch einsam, rastlos und gelangweilt war? Und diese eigenartige elektrische Spannung, die ich die endlose Hitze des Sommers hindurch gespürt hatte. Wie Insekten, die in meinen Adern summten.

In diesem Augenblick spürte ich es auch, ein klirrendes Jucken, das im Getöse der Glocke resonierte, die über meinem Kopf bimmelte, als ich die Tür zum Laden öffnete – und, so schien mir, die Vergangenheit betrat, wo ich mich vor einem imposanten Verkaufstresen aus Mahagoni wiederfand; darauf eine alte Registrierkasse aus Messing, in deren glanzpolierten Seiten die Umrisse von Blumen, Blättern und Schriftrollen gestanzt waren. Neben der Kasse saß ein kleiner schwarzer Hund auf einem hölzernen Sockel, und von der ergrauten Schnauze einmal abgesehen konnte ich keinen Unterschied ausmachen zu dem Hund, den ich eben erst draußen gesehen hatte. Nur war dieser hier bewegungslos. Auf dem Kopf eine silberne Krone.

Für ausgestopfte Tiere hatte ich nie etwas übriggehabt. Ich wandte mich ab und ließ meinen Blick stattdessen über einige Regale schweifen, die vollgestopft waren mit alten Kleidungsstücken, von denen ein modriger Geruch ausging. Es roch ein wenig nach Rosen, aber auch unangenehm klamm, wie nicht ganz durchgetrocknete Wäsche, die vom Restdunst stockig geworden war. In meiner Nase machte sich ein Kitzeln bemerkbar. Ich konnte ein heftiges Niesen nicht zurückhalten, wodurch ich den Ladenbesitzer auf mich aufmerksam gemacht haben muss. Über mir hörte ich ein Knarzen. Das langsame, doch stetige Aufsetzen von Füßen, die eine in der Nähe befindliche Treppe hinunterstiegen, dann das Säuseln eines Perlenvorhangs …

Er sah aus wie ein Spielshow-Moderator vergangener Tage. Ein Nadelstreifenanzug mit breitem Revers, den man in zurückliegenden Zeiten durchaus als schick empfunden haben mochte. Cagney hätte so etwas tragen können, in einem Gangsterfilm aus den 1930ern, mit einer Knarre in der Hand oder einem Springmesser. Die Ärmelaufschläge waren ausgefranst. Vorne sah man mehrere Fettflecken. Und der Besitzer des Anzugs machte selbst keinen besseren Eindruck. Was immer sein Haar mal gewesen sein mochte, übrig waren davon nur noch ein paar lange weiße Strähnen, die er sich über die Schädeldecke gekämmt hatte, wie der Fußballer Bobby Charlton es tat, wenn auch seine Interpretation eines »Bobs« zu licht war, um den Schorf zu verbergen, der seine Kopfhaut verunstaltete. Schlaffe Wangen umrahmten seine Lippen, die so rot waren, dass sich mir der Gedanke aufzwang, er müsse Lippenstift aufgetragen haben. Darüber zwei blasstriefende Augen, groß und beinahe kindlich, vergrößert noch durch die Gläser einer schwarzgerahmten Brille – wobei der Blick des alten Mannes stechender wurde, als er seine Hände langsam nach oben fahren ließ, sodass der Hautlappen, der unter seinem Kinn baumelte, die zusammengeführten Fingerkuppen begrub.

Seine Stimme klang überraschend jung, sie war samten und tief; ich konnte nur einen Hauch von Brüchigkeit ausmachen, als er mich fragte: »Kann ich Ihnen behilflich sein? Gibt es vielleicht etwas Bestimmtes …?«

»Da ist ein Bild im Schaufenster. Ich wollte wissen, ob …«

Jeder Gedanke an Bette Davis war wie weggeblasen, als ich an der Wand hinter ihm ein paar andere Fotografien entdeckte. Die Aufnahmen waren vielleicht um die Jahrhundertwende herum entstanden und hatten allesamt einen leicht verblichenen Charme.

Eine furchtlos wirkende Frau, die beide Arme nach oben gestreckt hatte, so als wolle sie die weiten Hängeärmel ihrer mittelalterlich anmutenden Robe präsentieren, deren glänzender Stoff pfauenblau und -grün schimmerte. Die anderen Fotos indes waren Schwarz-Weiß-Aufnahmen. Eine lächelnde Frau, den Kopf geneigt, ihre Augen und die Nase zu guten Teilen verborgen hinter den Rosen, die die Krempe ihres Hutes umkränzten. An ihrer Seite befand sich ein kleines Mädchen, das nicht viel älter als sechs Jahre sein konnte. In ihrem schmalen, elfenhaften Gesicht funkelten die Augen wie zwei rußfarbene Juwelen. Schwarze Ringellocken fielen ihr auf die Schultern, geschmückt mit einer Blumengirlande; es handelte sich womöglich um dieselbe Girlande, die nun an einer Ecke des Rahmens befestigt war und deren einst frische Blüten braun vertrocknet waren wie Fetzen zerknitterten Seidenpapiers.

Dasselbe Mädchen entdeckte ich auch in einem anderen Rahmen, allein und einige Jahre älter, mit einem anderen Kopfschmuck. Dieser wirkte etwas kunstvoller, ein metallener Kranz aus ineinander verschlungenen Blättern und – sah ich recht? – Schlangen. Die Haut um ihre Augen herum wirkte dunkel-schmutzig. War sie müde oder trug sie Make-up? Als kurz das Sonnenlicht auf dem Glas tanzte, sah sie aus wie ein lebender Totenschädel. Eine seltsame Illusion, die nur einen Augenblick lang währte, und doch durchfuhr mich ein heftiges Kribbeln; ich hatte das Gefühl, dass dieses Mädchen, wenn ich mich ihm zu sehr näherte, aus dem Rahmen heraus nach mir greifen und mich zu sich hineinzerren könnte.

Ich schüttelte meinen Kopf und schloss die Augen, und als ich dann erneut auf das Bild blickte, hatte das Mädchen wieder seine natürlichen Gesichtszüge, so makellos und reizvoll, dass ich mich unversehens erkundigte: »Wie viel wollen Sie dafür haben … dieses Mädchen da, mit den Schlangen um ihren Kopf? Wer ist das? Wissen Sie, wie sie heißt?«

»Aah …« Der alte Mann ließ ein Seufzen vernehmen. Sein Atem stank nach saurem Bier, und sein Lächeln verstörte mich. Wie das Scharlachrot seiner Lippen in die faltig-rissige Haut blutete – und dazu die tiefen Furchen, die sich links und rechts von seiner Nase bis zum Kinn hinunterfraßen. Wie die Kiefergelenke einer Bauchrednerpuppe.

Als ich noch sehr jung war, hatte meine Mutter mich einmal – Was hatte sie sich bloß dabei gedacht? – bis in die Nacht hinein aufbleiben lassen, damit ich mir einen Horrorfilm mit dem Titel *Traum ohne Ende* ansehen konnte. Ein Episodenfilm mit verschiedenen Gruselgeschichten, von denen die letzte von einem Bauchredner handelte, der glaubte, seine Puppe sei vom Geist eines Mörders besessen. Alle anderen handelnden Figuren waren überzeugt davon, dass der Mann den Verstand verloren hatte. Bis dann am Ende die schreckliche, unerwartete Wendung kam, als …

Die Erinnerung an die großen runden Augen dieser Puppe, an ihre entsetzliche Bösartigkeit, ließen jegliches Kindheitsgrauen wieder in mir aufsteigen, und ein richtiger Schrecken durchfuhr mich, als ich das markerschütternde Geschrei der Möwen hörte, die sich draußen in der Gasse sammelten. Und durch ihren Krakeel hörte ich die Stimme des alten Mannes: »Ach, ich habe so selten das Vergnügen, dass ein gut aussehender junger Mann meinen Laden betritt … und ich hoffe, es stört Sie nicht, wenn ich das sage, aber Sie sind durchaus eine strahlende Erscheinung. Es geht ein so herrlich goldenes Licht von Ihnen aus. So etwas habe ich bisher nur ein einziges Mal gesehen. Eine Fügung könnte man es nennen, wenn man denn zu denjenigen zählt, die anfällig sind für, nun ja … Wie wollen wir es nennen? Für abergläubische Tendenzen?«

Er hielt inne. Als er erneut zu reden ansetzte, klang es beinahe wie ein Rätsel. »Das Licht der Anziehung zwischen verlorenen Seelen. Können *Sie* denn auch hinter die Schleier blicken? Ich meine, da eine gemeinsame Affinität wahrnehmen zu können.«

Ich fragte mich, ob ich gehen sollte; ich nahm an, dass der Mann betrunken war – oder verrückt. Oder schlimmer noch, dass er sich anschickte, einen Annäherungsversuch zu wagen, so wie diese affektierten Tunten in den Bars im West End, die immer zu denken schienen, dass sie mich schon rumkriegen würden, wenn sie nur ein wenig lächelten und mir zuzwinkerten und mir einen Drink spendierten.

Lag das an mir? An missverständlichen Signalen?

Erleichtert stellte ich fest, dass er seine zitternde Hand nicht gehoben hatte, um meinen Arm zu berühren, sondern um auf ein gemaltes Schild zu zeigen, das in einem Regal stand. Darauf war ein großes schwarzes Auge in einem mystisch-altägyptischen Stil zu sehen, über dem in gebogener Schrift stand:

PROFESSOR MYSTERIO
HANDLESEN, TAROTKARTEN, MYSTISCHE ZWIESPRACHE
Fragt, und euch wird Rat zuteil

Seine Stimme klang reuevoll, fisteliger, als er erläuterte: »Mysterio, das war ich. Ein Handwerk, dem ich regelmäßig nachging, bis die Medikamente, die ich einnehmen muss, mich dieser naturgegebenen Instinkte beraubten. Ich bin ein Epileptiker, müssen Sie wissen, und die Ärzte sagen, dass ein weiterer Anfall mich endgültig zur Strecke bringen würde. Deshalb pumpen sie mich voll mit all diesen Pharmazeutika, um ›Reize‹ im Gehirn zu unterdrücken.«

Meine Antwort fiel womöglich allzu barsch aus: »Ich glaube nicht an dieses übersinnliche Zeug.«

»Ah ja.« Sein Blick war betrübt. »Vielleicht nicht ganz zu Unrecht. Fast jeder Scharlatan kann die ›Zeichen‹ lesen. Die Bewegungen und die beiläufig gesprochenen Worte, die auf unsere geheimsten Gedanken schließen lassen. Jene Dinge, von denen wir nie zu erzählen wagen. Aber vielleicht ist es dann nur recht und billig, wenn ich sage …« Das spröde weiße Haar einer seiner Brauen geriet in Schieflage, als er die Stirn runzelte, »Ich glaube, ich sehe immer noch mehr als die meisten anderen, auch wenn mein Geist allmählich nachlässt … ob das nun an den Medikamenten liegt oder am elenden Pesthauch des Alters. Der grausamste Räuber, das ist die Zeit.«

»Das tut mir leid«, sagte ich, und das tat es auch wirklich, wenngleich es mir schwerfiel zu verstehen, warum die Traurigkeit in der Stimme des alten Mannes eine so tiefgreifende Wirkung auf mich hatte.

»Oh, in vielerlei Hinsicht sind die Jahre gut zu mir gewesen. Allzu großzügig, könnte man fast sagen. Ich bin einer der letzten Vertreter des Viktorianischen Zeitalters. Geboren in den Achtzigerjahren des letzten Jahrhunderts. Und ich weiß, dass ihr jungen Leute uns für prüde haltet; dass ihr glaubt, wir hätten sogar die Beine von unseren Klavieren verhüllt, weil sie uns zu aufreizend waren … Was hat John Lennon doch gleich noch gesagt? Ich habe ihn gestern erst gehört, im Radio. Irgendwas mit Altwerden und es verpassen?«

Er stieß ein abruptes, schnaufendes Lachen aus, woraufhin er sich den Schleim aus der Kehle räusperte, um dann etwas kurzatmiger fortzufahren. »Nun ja, so sonderlich viel haben wir nicht verpasst. Die guten alten Zeiten heißen nicht umsonst so. Welche Wunder wir damals vollbracht haben. Heute lähmt mich die Arthritis, aber früher, da hatte ich ein Talent für die Kunst; ich habe all die Kulissen für das Fotostudio meines Vaters kreiert. Und später dann auch welche für richtige Filme.«

Seine Augen wurden größer und verträumter. »Wenn Sie die Magie sehen könnten, die wir auf diesen stummen Leinwänden eingefangen haben.« Traurig schüttelte er den Kopf. »Alles fort, alles weg. Und nun …«

War sie auch fort? Ich merkte, wie mein Blick wieder auf das Mädchen mit den eindringlichen schwarzen Augen fiel, das nun womöglich tot und begraben war. Doch ihr Bild war von pulsierender Lebendigkeit. So sexy wirkte sie, ein richtiger Vamp. Es hätte nur ein oder zwei Sicherheitsnadeln im Gesicht gebraucht, und sie wäre glatt als die Sängerin durchgegangen, die ich in der vorigen Nacht bei einem Gig in einem heruntergekommenen Pub im West End kennengelernt hatte.

Der Laden war voll bis unter die Decke gewesen, wo der Schweiß heißer Körper kondensierte und wie Regen auf unsere Köpfe tropfte; er troff durch die violetten Spitzen, die sie in ihre schwarze Kurzhaarfrisur gedreht hatte. Ihre katzenartigen Augen blinzelten die beißenden Schweißperlen fort, während ihre pechschwarzen Lippen Worte formten, die im Lärm um uns herum rettungslos verloren waren. Doch ich folgte dem Schwung ihrer Hüften, die vom schwarzen Leder ihrer Fesselkluft überzogen waren wie von köstlicher Lakritze, bis wir allein auf einer Fluchttreppe waren. Dort schnappte sie mir die Zigarette zwischen meinen Lippen weg und zog genüsslich daran, um mir anschließend von ihrer Band zu erzählen, davon, wie Malcolm McLaren ihnen einen Gig im »100 Club« in der Oxford Street klargemacht hatte. Ich sagte, dass ich mir das gerne anschauen wolle, und ich hoffte, sie beeindrucken zu können, indem ich anbot, eine Konzertbesprechung für das Stadtmagazin zu schreiben. Doch sie schaute nur verächtlich. »Du schreibst für die *City*? Dieses kapitalistische Drecksblatt? Wenn etwas hip ist, dann heißt das, dass es *nicht* passiert, verstehst du? Und dann gibt's auch keinen Grund, es abzufeiern.«

Ich versuchte gar nicht erst, ihr zu widersprechen. Wozu auch? Sie hatte den Nagel auf den Kopf getroffen.

Die Augen dieser Femme fatale in Grautönen waren weit weniger anklagend, und während der alte Mann mir den Rücken zukehrte, auf sie zuschlurfte und angestrengt ächzte, als er die Arme hob, um den Rahmen von der Wand zu holen, bot sich mir die Gelegenheit, sie etwas genauer anzuschauen. Er legte das Bild auf die Ladentheke und nutzte den Stoff seines Jackett-Ärmels, um behutsam das Glas zu entstauben. Nachdem dies erledigt war, suchten seine Augen meine. Er lächelte und sagte: »Nun aber eins nach dem anderen. Ich glaube, wir sollten einander vorgestellt werden.«

»Ich bin Ed … Ed Peters«, antwortete ich und streckte dabei meine Hand aus. Doch diese formelle Geste wurde ignoriert, indem er seinen Blick wieder von mir abwandte und nach hinten auf den Perlenvorhang schaute, durch den er den Verkaufsraum betreten hatte und dessen Fäden nun sachte in einem Luftzug wogen und raschelten.

Dahinter ein langer dunkler Flur. Ein schmaler hölzerner Treppenlauf. Jenseits der Treppe ein weiterer großer Raum, in dessen Zimmerdecke sich eine von Moos und Möwenkot bedeckte Glaskuppel befand. Die wenigen Sonnenstrahlen, die diese Schmutzschicht noch durchdringen konnten, erschufen eine zutiefst unheimliche Atmosphäre; der Raum wirkte wie eine Luftblase unter dem Meer. Und in diesem trüben Schimmer sah ich eine mit dunkelrotem Samt bezogene Chaiselongue. An die Wände waren verschiedene Kulissen gemalt. Ein stilisierter Brightland-Pavillon. Eine Dschungel-Szenerie mit antiken Ruinen – und dann schlossen die Fäden des Vorhangs sich wieder und mein Blick wanderte zurück zu dem schwarzäugigen Mädchen. Mit mehr Nachdruck als beabsichtigt fragte ich: »Können Sie mir nicht was über sie erzählen … wer sie war?«

»Nicht wer sie *war*, Mr Peters.« Er antwortete langsam und ernst. »Es geht vielmehr darum, wer sie *ist* … Sie ist nach wie vor sehr lebendig.« Er hielt inne, als wolle er mir Zeit geben, die Nachricht zu verdauen, bevor er fortfuhr. »Wenn man es denn leben nennen will. Wie sie sich versteckt hält, als wäre sie eine dem Untergang geweihte Märchenprinzessin. Einmal im Monat pflegte ich sie zu besuchen. Pünktlich wie ein Uhrwerk. Aber meine Gesundheit, diese Medikamente, die ich einnehmen muss, so kann ich nicht mehr fahren. Und selbst wenn – die Straße an der Klippe ist mittlerweile zu gefährlich. Man hat sie gesperrt. Es gibt immer noch den Pfad, aber das wäre einfach zu viel Strapaze für mich.« Er atmete sehr schwer, als habe allein der Gedanke an diese körperliche Anstrengung ausgereicht, ihn zu erschöpfen. »Ich sollte ihr schreiben, aber ich bezweifle, dass die Post dort oben überhaupt noch ausgeliefert wird. Ich wünschte, sie hätte ein Telefon. Aber so etwas gibt es im White Cliff House natürlich nicht. Keine Elektrizität. Keine Wasserleitungen. Nicht, dass es sie zu stören schiene. Sie ist eine Fliege, eingeschlossen in Bernstein. In Stase. In Reglosigkeit.«

»Hat sie denn die ganze Zeit so gelebt?«, fragte ich, den Blick noch immer auf das Foto geheftet.

»Oh, nein. Früher hat sie mal hier gelebt, gemeinsam mit mir, als wir das Fotostudio unseres Vaters führten … bevor wir Charles Beauvois kennenlernten und an all seinen Filmen mitwirkten.«

Ich spürte Erregung in mir aufsteigen. »Ist sie eine Schauspielerin gewesen, damals? Sie hat diesen Glamour, wie ich sehen kann.«

Nun wieder in scheinbar besserer Verfassung nickte der alte Mann ernsthaft und griff unter die Ladentheke, von wo er ein großes, quadratisches Buch hervorzog, das mit einem ordentlichen Knall aufschlug, als er es zwischen dem Hund und dem Rahmen, der das Gesicht seiner Schwester hielt, fallenließ.

»Letzte Woche erst habe ich dieses Album hier aus dem Müll gerettet!«, verkündete er stolz, während er den marmorierten Einband aufschlug. Seine geschwollenen Finger fummelten sich durch das Innere des Buches, blätterten Durchschlagseiten aus Seidenpapier beiseite und enthüllten Bilder, die seiner Auskunft zufolge während einiger Filmaufnahmen im Gebiet von Brightland entstanden waren. Es handelte sich ausschließlich um Bilder aus der Zeit vor dem Ersten Weltkrieg.

Ich hörte ihm interessiert zu und lehnte mich ein wenig näher heran; ich erkannte Männer, die aufwendig modellierte Bärte trugen, auf den Köpfen steife Melonen-Hüte oder flache Tweed-Kappen, mit Kameras, die sie auf dreibeinigen Gestellen in den Straßen, auf Feldern oder im Wald platziert hatten. Kameras, die fast genauso aussahen, wie diejenigen, die hier in den Regalen um uns herum lagen. Große Holzkisten mit langen metallummantelten Linsen, die wirkten, als hätte man auf der Vorderseite Toilettenpapierrollen befestigt.

Auf einem der Bilder – einer Nahaufnahme – sah man ein Kätzchen, das sich in einen Schoß kuschelte und ein wenig Milch von einem Löffel schleckte. Auf einem anderen trug eine dralle Frau nichts als ein Korsett und schenkte, vor einer alten Blechwanne stehend, dem Betrachter ein frivoles Lächeln. War das eine Art historischer Striptease? Eine altbacken-pornografische Filmkuriosität?

Jede neu aufgeschlagene Seite ließ meine Neugier weiter ansteigen; mit hörbarer Leidenschaft fragte ich: »Das sind echte Standbilder aus frühen Filmaufnahmen … allesamt hier in Brightland entstanden?«

»Hier oder in der näheren Umgebung, und die meisten davon ein paar Jahre vor unserem eigenen Einstieg in die Branche. Es gab Friese-Greene und Darling. Esmé Collings und James Williamson. Jeder von ihnen ein Pionier. Ich weiß noch, eine meiner frühesten Erinnerungen, wie meine Eltern mich mit nach Hove nahmen, in den Park von St. Ann's Well Gardens, wo früher G. A. Smith seine Filme zeigte … mit einem Wahrsager auf dem Gelände. Ja, sogar ein Schmuckeremit in einer Höhle. Bestimmt sind davon ein paar Fotografien hier in diesem Buch.«

»Warum wissen wir heutzutage nichts darüber? Ich hatte immer angenommen, die ersten Stummfilme seien in Amerika entstanden.«

»In Amerika, und auch in Europa. Aber mit einiger Sicherheit lässt sich sagen, dass diejenigen, die hier in Brightland arbeiteten, die Geburtsstunde des Ganzen miterlebt haben … obwohl ich es kaum ertrage, wenn ich an all die verlorenen Schätze denke. Zelluloid ist fragil, wissen Sie? Dem sterblichen Fleisch gar nicht mal so unähnlich … es schmilzt, zerfällt zu Staub.«

Fragen überschlugen sich in meinem Kopf. *Wie viele dieser Leute mochten heute noch am Leben sein? Wie viele Filme waren noch erhalten?* Ich fragte: »Glauben Sie, es bestünde irgendeine Möglichkeit, dass ich auch Ihre Schwester kennenlernen könnte? Ich bin Journalist, und ich glaube wirklich, dass das hier eine ziemlich gute Geschichte abgeben könnte.«

Wieder hob der alte Mann eine Braue. »Eine Geschichte, die noch viel faszinierender ist, als sie es sich zu erhoffen wagen. Meine Schwester hütet viele Geheimnisse. Sie hat viele Leichen im Keller und ...« Er verzog sein Gesicht in einem Anflug von Verwirrung, so als wisse er nicht, ob er besser aufhören sollte zu reden oder nicht – bis er seine Augen schließlich fest auf meine richtete. »Diese Geister könnten auferstehen, um uns allen Leid zuzufügen.«

Uns allen? Meinte er damit sich und seine Schwester, oder sprach er auch von mir? Ich schob diesen Unsinn beiseite. Während meine Finger über den abgeplatzten Goldlack des Rahmens strichen, fragte ich: »Wie alt ist sie auf diesem Bild gewesen?«

»Unser Vater hat dieses Foto geschossen. Ein regelrechter David Bailey seiner Zeit. Sie ist immer sein liebstes Motiv gewesen ... zumindest nach dem Tod unserer Mutter. Und ich weiß, dass sie hier vielleicht älter aussehen mag, aber ich glaube, da muss sie etwa vierzehn gewesen sein. Das war zu der Zeit, als sich Charles Beauvois zum ersten Mal hier in der Stadt hat blicken lassen. Sein erster Auftritt. Nicht sein letzter.«

Er hielt inne. Sein Körper versteifte sich. Mit einem Mal wirkte er erschöpft, als wäre seine ganze Physis in den Falten seines Anzugs geschrumpft. »Ach, na ja, was geschehen ist, ist geschehen. Jetzt können wir nichts mehr daran ändern. Und Charles Beauvois ist ganz sicher tot. Er war um einige Jahre älter als wir, als er damals vom White Cliff House verschwand ... und Elend zurückließ.«

Dieser starre Blick. So schrecklich eindringlich, während er sich mühte, eine würdevolle Erscheinung zu wahren und die Emotionen in Schach zu halten, wie seine Augen verrieten, die unter dem Gewicht seiner welken Lider trübe und feucht wurden. Er blinzelte, und eine einzige Träne zerbarst auf einem der Fotos in dem Album. Es war das Foto mit dem Kätzchen. Nun machte es den Eindruck, als würde die Milch in der Laffe des Löffels vergossen werden. Eine magische Illusion, von der ich nur schwer den Blick reißen konnte, während der alte Mann weitersprach: »Wenn Sie tatsächlich interessiert sind – und ja, ich glaube, das sind Sie – dann werde ich Ihnen das Bild meiner Schwester verkaufen, und ich überlasse Ihnen auch dieses Buch hier. Sagen wir, für zusammen zwanzig Pfund? Wäre das in Ihrem Sinne?«

Es war ein halsabschneiderischer Preis, den er da verlangte, doch bevor ich auch nur antworten konnte, wickelte er den Rahmen in Zeitungspapier ein und murmelte in sich hinein: »Sie werden sich vielleicht noch wünschen, diese Büchse der Pandora nie geöffnet zu haben. Sind Sie sicher, dass Sie diese Sachen haben wollen?«

Was war das doch für ein seltsamer Kaufhandel. Wovor konnte er Angst haben? Ich für meinen Teil hätte noch viel mehr bezahlt, so groß war die Erregung, die mir durch die Adern schoss, als ich nach der Geldbörse in meiner Jeans griff und zwei Zehn-Pfund-Noten herauszog.

Als ich sie auf den Tresen legte, streiften meine Finger seine Hand und ich spürte die Wärme seiner geschwollenen Gelenke; ein wirklich seltsames Mitgefühl überkam mich, wo ich unter anderen Umständen vermutlich Abscheu empfunden hätte. Ganz zu schweigen von der Geduld, die ich wahrte, obwohl es eine kleine Ewigkeit dauerte, bis er das Geld in die Kasse sortiert hatte, um anschließend mit einem Kugelschreiber einen Hinweis unter die Worte zu kritzeln, die den Kopf eines dünnen Bogen Papiers zierten:

THEO WILLIAMS, ESQ,
MEMORABILIEN VON BÜHNE UND FILM.

Ohne es mir richtig anzuschauen, stopfte ich es in meine Geldbörse. Das Päckchen unter einen Arm geklemmt, ging ich auf die Ladentür zu, wo meine Augen von dem von draußen einfallenden Lichtstoß fast geblendet wurden, während ich hinter mir den alten Mann rufen hörte: »Ach, Mr Peters, bevor Sie gehen … Ich glaube, Sie haben gar nicht nach dem Namen meiner

Schwester gefragt. Sie heißt Leda. Leda Grey. Sie werden den Namen auf der Quittung finden. Und sollten Sie sich wirklich entscheiden, sie da oben im White Cliff House zu besuchen, würden Sie ihr dann sagen, dass Theo Sie schickt? Würden Sie ihr sagen, dass Theo denkt, es sei an der Zeit, die Wahrheit zu sagen … ihr Licht zu zeigen?«

MEINE HOFFNUNG KRÄFT'GEN

Macbeth

Leda. Leda. Leda Grey. In meinem Kopf wiederholte ich ihren Namen wie eine Zauberformel, während ich zurück durch die belebten Gassen und dann die Uferstraße entlanglief, bis ich das kleine Hotel wiederfand, in dem ich am Abend zuvor eingecheckt hatte.

Das einstige Privathaus in einer sichelförmigen Reihenhaussiedlung, der größten in Brightland, hatte eine breite Steintreppe und einen Säulenvorbau; als ich wieder in meinem Zimmer war und gewaltsam die knarzenden Fensterrahmen öffnete, die zu einem Balkon hinausgingen, achtete ich darauf, dem abgeplatzten Rost der Schmiedekunst oder der Farbe, die von faulendem Holz abblätterte, nicht allzu viel Beachtung zu schenken.

Ich hatte gehofft, eine Brise würde ins Zimmer wehen und die stickige Luft etwas abkühlen. Im Zimmer war es heiß wie in einem Ofen. Mein Herz klopfte. Ich fühlte mich sehr wacklig auf den Beinen, als ich mich sämtlicher schweißklammen Kleidungsstücke entledigte und ins Bad ging.

Keine Dusche. Nur eine Wanne aus rissiger, weißer Keramik in einem Zimmer, in das kaum Tageslicht fiel. Über mir flackerte heftig eine nackte Leuchtstoffröhre; ich drehte den großen Kupferhahn für das Kaltwasser auf und ließ mich dann in die Wanne gleiten, die Augen geschlossen, um das an der Wand angebrachte Schild nicht sehen zu müssen:

WIR BITTEN UNSERE GÄSTE,
WÄHREND DER
TROCKENPERIODE AUF
DAS BADEN ZU VERZICHTEN.

Ich blieb nicht lange liegen. Zählte das? Nachdem ich mich wieder aus der Wanne gehievt hatte, stand ich auf den geplatzten und feuchten Fliesen, auf denen sich um meine Füße herum Pfützen bildeten. Ich drückte mir einen Lappen ans Kinn, dort, wo ich mich mit einer Rasierklinge geschnitten hatte. Ich sah dem Wasser hinterher, das gurgelnd im Abfluss verschwand, in einem Strudel, den ein feiner Streifen Rot zierte – als ich mit einem Mal keuchend auf die Knie sackte.

Ein lebhafter Flashback warf mich zurück zu einem Tag, als ich noch ein Schuljunge gewesen war. Während meiner Abschlussprüfungen für die zehnte Klasse hatte ich einen Aufsatz über *Macbeth* geschrieben und Zeilen daraus zitiert, die ich auswendig gelernt hatte; diese Worte hallten in meinem Kopf wider, als ich an jenem Nachmittag nach Hause kam und meine Mutter in der Badewanne fand.

Mit Purpur die unermesslichen Gewässer färben / und Grün in Rot verwandeln.

Sie hatte sich die Handgelenke mit einem Küchenmesser aufgeschlitzt. Auf dem Boden hatte eine umgekippte Flasche Whisky ihren Morgenmantel besudelt. Ein blassblau gestepptes Teil, das mir immer Stromschläge versetzt hatte, wenn Mum an mir vorbeistreifte. Der Aufschlag war mit kleinen orangefarbenen Flecken überzogen. Es waren Teeflecken, obwohl die Tassen, die ich ihr morgens meist aufbrühte und ans Bett stellte, bevor ich in die Schule ging, immer noch unberührt waren, wenn ich wieder nach Hause kam – der Tee völlig kalt und grau überzogen.

Neben der Tasse ein Foto. Ort und Datum mit Tinte auf die Rückseite geschrieben. Etwa neun Monate vor meiner Geburt. Sie hat nie erzählt, wer das Foto geschossen hat, aber es muss jemand gewesen sein, der sie sehr glücklich gemacht hat. Lachende Augen unter einem Hut, auf dem *Gib mir 'nen Kuss* stand. Sie befand sich an einem Kieselstrand, die Röcke hochgerafft bis über die Schenkel, die Füße von der Gischt umspült wie feine Spitze.

Gestern Abend habe ich sie zurück zu diesem Strand gebracht, in einer Plastiktüte, in der sich die Urne befand, die ich jahrelang mitgeschleppt hatte, immer dorthin, wo ich mich eben häuslich niederließ. Zehn Jahre waren vergangen, aber schließlich hatte ich es nach Brightland geschafft, wo ich die Asche ins Meer schleuderte und dann unter dem Pier zusammenbrach. Die Beine breit im Sand ausgestreckt, kippte ich mir Whisky in den Rachen, bis ich die Flasche wegwarf; ich hörte den Aufprall und dann das Flüstern der Wellen, die das zerbrochene Glas zu sich nahmen. Und darüber schrie ich die Worte, die meine Mutter manchmal gesungen hatte, wenn sie im Wohnzimmer ihre alten zerkratzten Schallplatten abspielte und mit geschlossenen Augen tanzte, während Frank Sinatra sanft schmachtete: *»Can't you see I'm no good without you? … How can I go on, dear, without you?«*

Im Badezimmer – nachdem ich mich wieder aufgerappelt hatte – wickelte ich mir ein Badetuch um die Hüfte und ermahnte mich, mich zusammenzureißen.

Himmel, jetzt brauchte ich eine Zigarette. Ich ging ins Zimmer zurück, um mir eine aus der Packung zu nehmen, und zündete sie an, während ich durch die offene Balkontür blickte, wo ein Schwarm dunkelroter Marienkäfer über die Brüstung krabbelte. Dahinter neigte sich der braun versengte Rasen vor der Reihenhaussiedlung in Richtung Promenade, wo das Glimmen einer sterbenden Sonne rot auf all die Türme und Kuppeln schien, die über dem Brightland Pier aufragten.

Ich kniff die Augen zusammen und wandte mich von dem Leuchten ab, um wieder in den Raum zu blicken; durch den Dunst des kräuselnden Rauches, den meine geöffneten Lippen auspusteten, sah ich all die schäbigen dunklen Antiquitäten, die niemand mehr haben wollte. Ich aber mochte ihre verblasste Pracht. Mir gefiel auch der rissige Stuck, der die Zimmerdecke einfasste, und wie die Vinyltapete mit ihrem geometrischen Muster sich über dem Bett schälte und den Blick freigab auf das, was sie einst verdeckt hatte: einen blassgrünen Hintergrund mit unzähligen Rosen, deren Stiele und Blätter Kränze formten.

Diese Muster ließen mich an den Kranz denken, den Leda Grey auf ihrem Kopf trug. Das eingeschlagene Bild befand sich noch immer dort, wo ich es abgelegt hatte, auf dem Bett. Schnell hatte ich das Zeitungspapier abgerissen und den Rahmen herausgezogen, um ihn an die Nachttischlampe zu lehnen, von wo aus das dunkeläugige Mädchen mir zusehen konnte, wie ich meine Kippe im Aschenbecher ausdrückte, um mich dann dem Sammelalbum zu widmen.

Als ich es aufschlug, spürte ich wieder die Erregung in mir aufsteigen. Das hier passierte *tatsächlich*. Ich malte mir Reportagen in den großen Zeitungen aus. Vielleicht sogar einen Dokumentarfilm. Und das Herz des Ganzen war der Köder, mit dem der alte Mann mich an den Haken gekriegt hatte. Das Mysterium eines Mädchens, das in einigen Stummfilmen mitgewirkt hatte, bevor es mehr als ein halbes Jahrhundert in Zurückgezogenheit verbrachte.

Ich hatte das Hotelzimmer für eine Woche gebucht. Zeit genug, um die Bibliothek von Brightland aufzusuchen. Das Museum. Die Regionalzeitung. Selbst ohne Telefonanschluss und einen entsprechenden Eintrag im Telefonbuch: So viele Anwesen namens White Cliff House konnte es in der Gegend ja nicht geben. Der nächste Tag war ein Sonntag, aber ich würde trotzdem einen Anfang machen. Die Küste entlangfahren. Die Gegend erkunden.

Für den Moment reichte es mir, den Abend mit dem Sammelalbum zu verbringen, den Rücken an das mit speckigem Satin bezogene Kopfbrett des Bettes gelehnt und ziellos durch die Seiten blätternd – bis ich über einer vergilbten Anzeige hängenblieb, deren Illustrationen Filme bewarben, die in einem enthusiastischen Tonfall beschrieben wurden, als *Produktionen mit magischen Trick-Effekten, die das Publikum verblüffen und verwirren werden, mit bewegten Bildern, wie man sie bisher auf keiner Bühne je gesehen hat. Die größten Illusionen werden Ihnen nichtig erscheinen, verglichen mit diesem Ereignis.*

Jedes Bild sah wundersam aus, mehr noch, da das Licht im Zimmer von einem grauen Schleier überzogen schien, durch den, von der Badezimmertür her, ein flackernd-weißes Leuchten sickerte. Es fiel auf die Fotos von Männern, deren abgeschlagene Köpfe wie Bälle umherrollten. Auch die Fotoreihe, in der das Gemälde einer Frau zum Leben erwachte, wirkte dadurch nur noch atmosphärischer; sie stieg aus ihrem Bilderrahmen, kroch durch ein verdunkeltes Zimmer, bis zu einem Stuhl, in dem ein schlafender Mann saß, der nicht zu ahnen schien, was …

Die Bilder verschwammen, fokussierten sich, verschwammen erneut. Meine Augenlider wurden schwerer und schlossen sich, doch ich nahm noch vage wahr, dass Schritte im Zimmer zu hören waren, so als würde jemand um das Bett herumschleichen und ab und an mit dem aufgesetzten Fuß eine lose Holzdiele zum Knarzen bringen. Ein paar Kratzgeräusche. Geflüster. Knurrte da ein Hund? Und dann der Traum – von Leda Grey. Das klare Bild ihres Gesichtes, das über mir schwebte. Ihre Lippen so nahe an meinen, dass ich hätte schwören können, ihren Atem zu spüren. Doch sah ich nicht ihre dunklen Augen; in meinem Traum waren ihre Lider stattdessen fest geschlossen, und wegen der dick aufgetragenen dunklen Schmierfarbe, die ihre Augen umrandete, wirkte es einmal mehr, als würde sie mich durch die Maske eines Kadavers hindurch anstarren. Eine Illusion, die umso dramatischer wirkte, als ich eine Hand hob, um über ihre Wange zu streichen, nur um voller Entsetzen zurückzuschrecken, als meine Fingerspitzen kalten, harten Knochen spürten, als ich ein jähes Zischen vernahm und eine Schlange sah, die sich durch die leere Höhle ihres Schädels wand.

Schreiend erwachte ich und schlug um mich, wobei ich Ledas Bild vom Nachttisch auf den Boden stieß; das Klirren des Glases weckte mich vollends aus meinen Träumen. Ich fuhr hoch und ließ mich dann mit einem Stöhnen wieder in die Kissen fallen, eine Hand aufs Herz gedrückt, das viel zu schnell schlug, zu erratisch – und unter meinen Fingern spürte ich, wie das Haar auf meiner Brust wieder schweißnass wurde. Nur dass es diesmal Angstschweiß war.

Hatte ich mich tatsächlich von einem Foto ängstigen lassen? Als der Albtraum sich aus meinen Sinnen verflüchtigte, war mir klar, wie lachhaft das war. Dennoch fühlte ich mich viel besser, nachdem ich die Nachttischlampe eingeschaltet hatte, die ein viel gleichmäßigeres Licht warf als das zuckende Schimmern, das aus dem Badezimmer drang. Ich setzte meine Beine auf den Boden und machte mich daran, die Glasscherben aufzusammeln.

Nachdem ich sie im Papierkorb entsorgt hatte, begutachtete ich den beschädigten Rahmen und sah, dass die Fotografie darin zerkratzt war, eine der Ecken eingerissen – weshalb ich beschloss, dass es sicherer wäre, sie zwischen den Seiten des Albums aufzubewahren.

Vielleicht war es Schicksal. Vielleicht eine glückliche Fügung – oder hatte Theo Williams immer gewusst, was ich da im Innern des Albums finden würde? Denn genau dort, ganz hinten an den Buchdeckel geklebt, befand sich eine Art Umschlag, in den jemand eine Auswahl von Visitenkarten gesteckt hatte, die allesamt Regisseuren gehört hatten. Auf eine dieser Karten war in schwarzer Tinte die Radierung eines Mannes gedruckt. Er trug einen Zylinder und einen wehenden Umhang. Er hatte beide Arme nach oben gestreckt, und aus seinen Fingerspitzen schienen nicht nur kleine Sterne emporzusteigen, sondern auch Buchstaben. Sie waren in die Karte eingestanzt und bildeten die folgenden Worte:

Charles Beauvois ~ Kinematographie
White Cliff House
Cuckham Sands ~ Sussex ~ England

DIES SCHLOSS HAT EINE ANGENEHME LAGE

Macbeth

Cuckham Sands lag acht Kilometer von Brightland entfernt, doch mit einer Karte, die ich mir an der Rezeption des Hotels geben ließ, hatte ich keine Probleme, es zu finden. Ich parkte am Straßenrand, gleich gegenüber einer Dorfkneipe, und lauschte dem *Tick-tick-tick* des abkühlenden Motorenmetalls, über das die müde Stimme eines Radiomoderators tönte, der das Wetter verkündete. *Heute weiterhin steigende Temperaturen. Mindestens 38 Grad.*

Ich stöhnte, drehte das Radio ab und kurbelte das Fenster des Minis nach oben; dann stieg ich aus und griff dabei nach dem ramponierten Rucksack. All meine Arbeitswerkzeuge waren darin verstaut. Mein Notizbuch, das ein Journalist stets bei sich hat. Bleistifte. Tintenschreiber. Eine Kamera und ein Tonbandgerät. Aber bevor daran zu denken war, all das zum Einsatz zu bringen, um Leda Grey zu interviewen, brauchte ich weitere Hinweise, und ich hoffte, sie in der Kneipe zu finden – nur um dann festzustellen, dass die alte Eichentür unter dem rustikalen Vordach aus gelbem Reet verschlossen war. Auch hinter den Kastenfenstern gab es kein Anzeichen irgendeiner Betriebsamkeit.

Durch den Dampf, der über dem erhitzten Teer der Straße aufstieg, sah ich weitere Häuser mit Reetdächern, und noch dahinter, in Richtung Strand, führte eine Frau einen großen, schwarzen Hund aus. Doch weit bevor ich sie eingeholt hatte, entdeckte ich einen schrägstehenden Wegweiser aus Holz, auf dem der Name *White Cliff House* stand. Er stand neben einem dieser *kissing gates,* einem Tor, das Menschen den Durchgang ermöglicht, dem Weidevieh aber nicht. Die Drehkreuze einer vergangenen Zeit. Hier kam man nur zu Fuß durch, man hatte Metallstangen angebracht, um Autos an der Durchfahrt zu hindern, und ein Hinweisschild einer regionalen Behörde warnte: *Gefahr. Keine Zufahrt. Klippenerosion. Steinschlag.*

Die steil ansteigende Schotterstraße war von verwucherten Brombeersträuchern gesichert, die sich schließlich öffneten und den Blick auf das Meer freigaben, das sich unten ins Weite erstreckte und juwelengrün schimmerte in seiner Bucht aus weißen Klippenwänden. Die Schönheit dieser friedvollen Szenerie wurde etwas getrübt durch die Windstöße, die mir das Haar in die Augen peitschten und bald so kraftvoll wurden, dass ich Distanz halten musste vom Steilhang und den Felsbrocken darunter. Die Anstrengung raubte mir den Atem, so viel Bewegung war ich nicht gewohnt. Doch anders als Theo Williams war ich noch jung und fit genug, und nach weniger als etwa einer halben Stunde ebnete sich der Weg wieder und führte mich zu einem zweiten Tor.

Es war nicht verriegelt und brachte mich auf einen weiteren Weg, der fort vom Küstenpfad führte, auf eine lichtgefleckte Allee, auf der die Zweige der zu beiden Seiten stehenden Bäume mit der Zeit zu einem Dach verwachsen waren. Hier im Schatten, wo die Luft kühler war, legte ich bald wieder an Tempo zu; ich vermied sämtliche Schlaglöcher, indem ich auf der abfallenden Böschung lief, wo meine Füße und Lebensgeister auf dem moosigen Untergrund regelrecht ins Hüpfen kamen – bis die Straße sich ein letztes Mal bog und ich das White Cliff House erblickte.

Umgeben von Nadelbäumen war aus dem Rasen vorm Haus eine vergilbte Wildnis geworden, zweigeteilt von einem von Unkraut überwucherten Weg, der zu einem Wohnhaus führte, das meiner Vermutung nach aus der zweiten Hälfte des 19. Jahrhunderts stammte. An der Frontseite befand sich eine Steinveranda aus roten Ziegeln, doch als ich näherkam, konnte ich erkennen, dass ein guter Teil des dahinterliegenden Baus älter war. Eine Holzkonstruktion, die noch einige Jahrhunderte älter sein musste. Ein auffälliger Mangel an Symmetrie, der sowohl in den Wänden als auch in den durchsackenden Gefällen der vielen scharfgiebligen Dächern zu erkennen war, die hier und da von hohen und schiefen Schornsteinen durchstochen waren. Beinahe jede sichtbare Oberfläche war teilweise von Grün überwachsen, wenngleich das weniger romantisch wirkte, je näher ich an das Haus herankam. Der Efeu gab sich umso mehr als der Parasit mit dem Würgegriff zu erkennen, der er in Wirklichkeit ist, und in jedem Fenster, das er nicht bedeckte, waren zerbrochene Glasscheiben zu erkennen – oder es war von innen mit hölzernen Fensterläden verbarrikadiert.

Ich vermutete bereits, dass es sich um ein verlassenes Gebäude handeln müsse, als ich unter der beschatteten Veranda stand und an einer neben der Tür baumelnden Metallkette zog. Von innen war kein Glockenklang zu hören, nur das Klopfen meiner Hand, derweil ich ein Ohr gegen das splittrige Grün abplatzender Farbe presste – so rau, dass es mir die Haut hätte aufschürfen können, hätten meine Bartstoppeln es nicht verhindert.

»Verdammt!«, fluchte ich und strich mir übers Kinn, dort, wo ich mich am Abend zuvor selbst geschnitten hatte. Es wäre doch ein Jammer, wenn Leda Grey nun die Tür öffnete, nur um sie gleich wieder zuzuschlagen, weil sie einen heruntergekommenen, verschwitzten Landstreicher vor sich erblickte. Aber daran konnte ich nun auch nichts mehr ändern, also klopfte ich erneut, dann bückte ich mich, um die Metallklappe eines großen Briefeinwurfs zu öffnen. Durch diesen hindurch konnte ich in eine schummrig erleuchtete quadratische Vorhalle blicken, in der ich einen Sessel, einen Tisch auf Löwenbeinen und an der Wand einen riesigen Spiegel erkennen konnte; dahinter ein paar dunkle Rechtecke, wo die inneren Türen in weitere Räume hineinführten.

Welche dieser Türen mochte zu Leda Grey führen? Ich presste meinen Mund gegen den Briefschlitz und rief ihren Namen, horchte dann, aber aus den Tiefen dieses alten Hauses drang kein Raunen. Nur Stille aus dem Innersten. Ein süßlich-saurer Duft.

Ich richtete mich wieder auf, ließ die Klappe zufallen und zuckte bei dem metallenen Scheppern zusammen, von dem ich aber wusste, dass es niemand im Haus überhört haben konnte, wenn er nicht eben gerade taub war – was ältere Menschen ja manchmal waren.

Es würde vielleicht das Beste sein, eine Nachricht zu hinterlassen. Ich fragte mich kurz, ob ich eine Visitenkarte dalassen sollte, beschloss aber, dass das zu unpersönlich wirken würde; also nahm ich einen Tintenstift aus meinem Rucksack und kritzelte ein paar Zeilen auf die Postkarte, die sich noch immer in der Tasche meiner Jeans befunden hatte. Die Postkarte, die ich tags zuvor gekauft hatte. Die Postkarte, die den Brightland Pier zeigte.

Mein Name ist Ed Peters. Ich bin heute zum White Cliff House gekommen, in der Hoffnung, Leda Grey kennenzulernen, nachdem ich von ihrem Bruder in dessen Laden in Brightland von ihrer Tätigkeit im Film erfahren habe. Ich werde es heute Nachmittag noch einmal probieren.

Ich schob die Karte durch den Briefschlitz und trat dann aus dem Schutz der Veranda, in der Absicht, die Klippen wieder hinunterzusteigen, um die Dorfkneipe zu finden. Aber zunächst wollte ich versuchen, mich im Garten des Hauses umzusehen.

Ich schritt durch eine Wiese, deren Grashalme so hochgewachsen waren, dass sie meine Schenkel streiften; vorbei an dem ausgebleichten und morschen Gerüst eines längst ausrangierten Liegestuhls. Zwischen zwei Kiefern hing das fransige Netz einer Hängematte. Weiter oben, in den Zweigen, sah man die Fetzen eines großen, zerrissenen weißen Lakens, das vielleicht von einer Wäscheleine hinaufgeweht worden war und dort nun auf ewig flatterte, wie Gespenster in einem immergrünen Baum.

Dem regenarmen Sommer zum Trotz klammerten sich nahe der Hauswand ein paar cremefarbene Rosen ans Leben – die Stiele durch all die Efeublätter geschlungen, die Köpfe blütenschwer gesenkt. Doch die meisten von ihnen waren schon im Knospen vertrocknet und sahen nun bräunlich und mumifiziert aus.

Weitere Rosen wirrten sich um eine eiserne Dachrinne, die unter dem Bleidach eines Erkers hing und schon seit vielen Jahren leck sein musste, denn das Holz des Fensterrahmens darunter war völlig verrottet. Wo Ziegel und Mörtel eingestürzt waren, hatten sie ein klaffendes Loch hinterlassen, dessen Ränder mit Schimmelpilzen besetzt waren. Als ich diese mit einer Fingerspitze berührte, stiegen ein paar Sporen auf und brachten mich zum Niesen – ein Geräusch, das widerhallte im Geschrei der Möwen, die durch einen Himmel kreisten, dessen Blau sich in den vergangenen Stunden in ein blendendes Weiß gewandelt hatte.

Es war ein Geschrei, das sich anhörte, als käme es aus einer anderen Welt, und ich weiß, dass es verrückt klingt, doch ich hatte das Gefühl, die Möwen wollten mich warnen. Eine Warnung, die ich damals ignorierte, indem ich mich an einem hölzernen Vorsprung auf die Fensterbank stemmte – flehend, sie möge mein Gewicht tragen – und durch die in Teilen eingerissene Mauer spähte.

Ich blickte in einen sehr großen Raum, der weitgehend im Dunkeln lag, da die Fensterläden geschlossen waren. Aber wenn ich meinen Kopf in eine bestimmte Richtung neigte, sah ich einen Sonnenstrahl, der in das Zimmer fiel. Staubkörner tanzten in seinem Licht, und man hätte fast glauben können, es sei das Licht, das durch einen Kinosaal fällt – nur dass es keine bewegten Bilder gab, die an die Wand geworfen wurden. Alles, was ich erblicken konnte, war schwer, fest und unbeweglich. Eine Nähmaschine auf einem gusseisernen Fuß. Ein Piano mit schmucken Kerzenhaltern an den Seiten lehnte an einer Wand. In Spinnweben eingehüllte Bücher. Überall Bücher, wohin mein Blick auch fiel, in Regalen rund um die Wände aufgestellt oder in Stapeln auf dem Boden liegend. Und noch mehr Bücher, zwischen zwei Vasen auf einem Kaminsims, in dessen Mitte eine antike Reiseuhr stand.

Die Zeiger standen auf zehn vor zwölf. War die Uhr stehengeblieben, oder war es tatsächlich so spät? Ich trug keine Armbanduhr. Aus irgendwelchen Gründen funktionierten die Teile bei mir nie, entweder gingen sie vor oder sie liefen immer langsamer, bis sie irgendwann stehenblieben. Aber mich kümmerte die Zeit kein bisschen mehr, als ich in diesem schattigen Zimmer etwas erblickte. Laut vernehmbar japste ich nach Luft, als der Lichtstrahl über das Gesicht einer Frau fiel, die in einem Sessel saß und schlief.

Schlief sie? Oder war sie tot? Ihre Augen waren geschlossen. Eine schlaffe Wange hatte sie auf ein Kissen gepresst. Doch da – ja, da – ein kaum wahrnehmbares Heben und Senken der Wolldecke, die ausgebreitet auf ihrem Brustkorb lag, zeigte an, dass sie tatsächlich atmete – und ganz offenbar ahnte sie nicht, dass sie jemand beobachtete, geschweige denn, dass ich nun im Begriff war, etwas zu tun, das sich absolut nicht gehörte.

Mit einer Hand griff ich hinter mich und wühlte in meinem Rucksack nach meiner Kamera; ich griff sie, legte mir den Gurt um den Hals und hielt dann die Linse auf die beschädigte Wand. Einen Film hatte ich immer eingelegt. Mit nur einem Finger konnte ich den Blitz einschalten, um die Aufnahme zu beleuchten, und *klick* hatte ich mein Foto. Doch als ich versuchte, die Kamera aufzuziehen, um ein zweites Bild zu machen, ging ein Windzug ums Haus. Die Kiefern raschelten. Die lecke Regenrinne knarzte. Langes grünes Gestrüpp peitschte mir ums Gesicht und um den Hals. Von der Wand stiegen noch mehr Staubwolken auf, und als ich durch diesen rötlichen Mantel blinzelte, bemerkte ich, dass das Licht, das so klar durch das Loch in der Wand gefallen war, nun ein gebrochenes Flackern war. Schwarz. Weiß. Schwarz. Weiß. Ein seltsam hypnotisierender Effekt – bis ich von etwas anderem abgelenkt wurde.

Die schlafende Frau konnte doch sicherlich hören? Und trotzdem zeigte sie nicht die leiseste Regung, die signalisiert hätte, dass sie sich vom Stakkato-Trommeln gestört fühlte, das in die Schatten des Zimmers vordrang. Mein Verstand sagte mir, dass dieser Lärm bloß vom Efeu kam, der gegen das Fenster schlug. Aber wie erklärte das die wandernden Muster auf dem Kaminsims und die Uhr, die lebendig zu werden schien; zuckende Zeiger, die sich über das Ziffernblatt schoben, nur dass sie sich nicht im Uhrzeigersinn bewegten, sondern in die entgegengesetzte Richtung. Diese Zeit lief rückwärts, langsam und stetig zunächst, dann allmählich immer schneller, bis nur noch ein schwarzer Strudel zu sehen war, dessen kreisende Schwerkraft mich einzusaugen schien, bis der Windzug wieder abebbte, so plötzlich, wie er aufgekommen war; auch das Klopfen verstummte und die Zeiger der Uhr kamen zitternd zum Halt, exakt dort, wo sie vorher gestanden hatten. Genau um zehn vor zwölf.

In eben diesem Augenblick verlor ich auch den Halt und fiel rückwärts von der Fensterbank. Wie durch ein Wunder blieb die Kamera unbeschadet, und auch ich selbst hatte, wenn überhaupt, nur einen blauen Fleck abbekommen. Sonst aber nicht viel, nicht mit dem Rucksack, der den Aufprall dämpfte. Ein paar gezackte rote Striemen, dort wo die Stacheln über meine Hände und Arme gekratzt hatten, was ich jedoch kaum bemerkt hatte. Mir war lediglich aufgefallen, wie seltsam es schien, dass die Luft mit einem Mal so still war. Keine Bewegung in den Bäumen oder in den Blättern an den Hauswänden. Nur der Tanz einer Biene, die um eine perfekte Rose herumsummte.

Mit hämmerndem Schädel und schmerzhaft trockner Kehle erreichte ich dann wieder den Pub in Cuckham. Diesmal war die Tür geöffnet und führte mich in das Dunkel aus holzvertäfelten Wänden und einer Decke, die so niedrig hing, dass ich kaum aufrecht stehen konnte, ohne dass der Hopfen, der dort zum Trocknen hing, über meinen Kopf strich. Die Luft roch scharf nach Malz, so wie auch das Bier, das ich trank, dessen Kälte meinen Durst wie Balsam stillte – und auch mein zerrissenes Nervenkostüm flickte.

Ich störte mich nicht an den Kratzern an meinen Armen. Das kleine bisschen Blut würde sich schnell abwaschen. Der Heilungsprozess hatte bereits eingesetzt. Aber die rückwärtslaufende Uhr, die geisterte mir durch den Kopf – sie kratzte am Schorf dessen, was ich in dem Haus gesehen hatte. Ich *wusste*, dass ich es mir nur eingebildet hatte. Das Pochen der Pflanzenstiele an den Ziegelwänden. Die Art, wie die Bewegung der Blätter zu eigenartigen optischen Täuschungen in einem so dichtschattigen Raum geführt hatte. Die Tatsache, dass ich zu lange in der Sonne gewesen war – vermutlich hatte ich deliriert.

Und hungrig war ich. Ich brauchte etwas zu Essen, viel dringender, als dass ich Alkohol brauchte. Gott weiß, was ich erst alles gesehen hätte, wäre ich nicht nüchtern gewesen. Doch als man mir ein paar Sandwiches brachte, fand ich keinen Geschmack daran. Die Krusten waren trocken und kräuselten sich, fettige Butter rann in gelben Fäden über den Teller.

Der Barfrau schien das peinlich zu sein. Sie entschuldigte sich. »Tut mir leid. Ich kann sie wieder mitnehmen. Der Kühlschrank in der Küche ist kaputt. Diese Hitze … nichts bleibt verschont.«

Ich schaute sie an; meine Augen waren geblendet von den Silberreifen, die an ihren Ohrläppchen hingen. Vom schimmernden Blau ihrer Augen. Von dem hellblonden Haar, das sie zu einem Bob frisiert hatte – ein bisschen so wie Debbie Harry. An jedem anderen Tag hätte ich womöglich mit ihr geflirtet, hätte versucht, mich mit ihr zu verabreden. Die Art, wie sie grinste, so natürlich, entspannt, so wohl in ihrer Haut. Die Haut, die sich recht ungebändigt unter ihrer dünnen Baumwollweste hob.

Ich konnte nicht anders, als ihr Lächeln zu erwidern, und ich musste an die alten Klassiker des Horrorfilms denken, in denen die dralle transsilvanische

Magd Unmengen schäumenden Dunkelbiers im Hof eines Landhotels zapft und ein ahnungsloser Engländer sich anschickt, sein Schicksal zu besiegeln, indem er zum Schloss des Grafen Dracula aufbricht.

Doch der Alltag war prosaischer, und so wanderte die Aufmerksamkeit der jungen Frau schon bald wieder zu den anderen Kunden; zwischen ihrem lauten Gelächter und den Aufforderungen, die Gläser neu zu füllen, kaufte ich zwei Dosen Limonade. Ich verstaute sie als Reserve in meinem Rucksack, für den erneuten Aufstieg die Klippe hinauf.

Anschließend zog ich mich in einen kleinen, leeren Nebenraum zurück, um in Ruhe zu trinken. Dort drinnen hielten die niedrighängenden schwarzen Deckenbalken und die schmalen Kastenfenster einen noch größeren Teil des Tageslichtes fern, und so saß ich in stiller Einsamkeit und ging in Gedanken noch einmal durch, was ich am White Cliff House gesehen hatte. Nicht die Illusion der rückwärtslaufenden Uhr – nein, das wäre mir nicht in den Sinn gekommen –, sondern die schlafende Frau in dem Sessel, an deren Gesicht ich mich lebhafter erinnerte als an jedes hier in dieser Dorfkneipe.

Das leuchtende Weiß ihrer Haut, wie zerknittertes dünnes Papier. Das Gewirr ihres langen, grauen Haars, das ihr über die Schultern fiel. Ihre Augen hatte ich nicht gesehen, und doch hatte sie etwas Uraltes und zur gleichen Zeit etwas Kindliches ausgestrahlt, so wie auch ihr Bruder in seinem Laden. Und nicht nur wegen der Art, wie das Sonnenlicht auf ihrem reglosen Gesicht gefunkelt hatte – dieser Glanz ihres Schlafes –, fragte ich mich, wie sie gestrahlt haben mochte, als sie noch jung war, als die nun gealterte und verblühte Leda Grey dereinst den dunklen Reiz des Mädchens auf dem Schwarz-Weiß-Foto besaß.

HÖCHST EDLE WIRTIN

Macbeth

Aus dem Schatten der Veranda des Hauses heraus rief Leda Grey mir zu. »Oh, da sind Sie ja, Mr Peters! Sie sind zurückgekommen, so wie Sie es gesagt haben … Obwohl ich Sie zuerst für meinen Bruder gehalten habe, als Sie da so den Gartenweg entlangkamen. Das muss an ihren schönen langen Locken liegen. Ich vergesse oft, wie alt er ist … und dass er inzwischen fast gar keine Haare mehr hat. Nicht mehr der hübsche Junge, den ich einst kannte. Doch jetzt, wo ich Sie von Nahem sehe, bemerke ich Ihre Augen … ganz anders! Theo hat blaue Augen, Ihre hingegen sind braun.« Sie hielt inne. Ihre Hände flatterten zu ihrem Mund hinauf. »Du liebes Bisschen, was müssen Sie von mir denken? Ich sollte mich beruhigen und vernünftig reden, wenn ein Besucher an meine Tür klopft. Es kommt nur so selten vor, verstehen Sie. So ausgesprochen …«

Die atemlose Begrüßung endete plötzlich und ihr entglitten die Gesichtszüge; ihre Brauen formten Linien des Zweifels, als sie einige Schritte zurücktat und fragte: »Sie sind aber kein Gerichtsvollzieher, der hier seine Spielchen mit mir spielt? Das ist Zeitverschwendung. Sie haben, was zu holen war. Es gibt hier nichts mehr von Wert, was sie sich in Ihre Tasche stopfen könnten.«

»Nein! Ich möchte nichts! Nur herkommen und mit Ihnen reden«, sagte ich, während ich weiter auf Sie zuging, bis ich direkt vor der Veranda stand. Von hier aus konnte ich erkennen, dass Leda Grey dem Mann aus dem Gassenviertel von Brightland kaum ähnlich sah. Seine Schwester war von vornehmerer Gestalt. Trotz ihres hohen Alters hatte sie Anmut. Sie hielt den Kopf hoch und stand ziemlich aufrecht, wohingegen er gebeugt stand und schlurfte, insgesamt eher verlottert wirkte.

»Ich bin Journalist«, fuhr ich fort. »Ich habe Ihren Bruder kennengelernt, als ich in seinem Laden war. Er hat mir von Ihren Filmen erzählt und mir ein altes Foto verkauft. Sie, mit einer Krone aus Blättern und Schlangen. Würden

Sie mir vielleicht mehr darüber verraten? Warum Sie dieses Kostüm getragen haben? Ich würde Sie für ein Interview bezahlen. Wenn es veröffentlicht wird, kann ich noch was drauflegen. Ihr Bruder … er hat vorgeschlagen, dass ich hierherkommen sollte, um mir Ihre Geschichte anzuhören. Er sagte«, – ich hoffte, dass ich ihn korrekt zitierte –, »er sagte, dass es an der Zeit sei, der Welt Ihr Licht zu zeigen.«

Nun weiteten sich ihre Gesichtszüge gequält. Sie hob eine Hand, um ihre Braue zu berühren. »Er hat Ihnen dieses alte Foto gegeben? Mein Bruder hat von meinem Licht gesprochen? Er muss einen Grund gehabt haben … Vielleicht *ist* es also an der Zeit. Theo hätte so etwas nie gesagt, wenn er nicht Vertrauen in Sie gehabt hätte. Und wenn er Ihnen vertraut … dann muss ich das auch tun.«

Die Wärme kehrte in ihr Gesicht zurück. Es schien, als stünden wir wieder dort, wo wir angefangen hatten. »Sind Sie denn sehr weit gereist, junger Mann?«

Ich erzählte ihr, dass ich von Brightland mit dem Auto gekommen und dann den Weg an der Klippe hinaufgestiegen war. Ich erwähnte den Namen meines Hotels, woraufhin sie sagte: »Wie sonderbar. Mein Bruder und ich sind in eben diesem Teil der Stadt zur Welt gekommen und aufgewachsen. Ich bin mir sicher, dass Theo irgendwann mal erwähnt hat, dass unser Haus inzwischen ein kleines Hotel ist. Ich frage mich …« Sie schüttelte den Kopf. »Nun ja, wir haben es dann aufgeben müssen. Die Schulden, die wir hatten. Die Personalkosten. Aber die Räume über dem Laden, die haben wir behalten, und Theo lebt heute noch dort. Der Name und die Branche mögen sich geändert haben, aber damals wie heute ist mein Bruder im Gassenviertel zu finden. Und …«, sie lächelte ein unglaublich trauriges Lächeln, »mich findet man hier im White Cliff House.«

Sie wendete sich ab, blickte auf die Tür hinter sich, dann suchte sie wieder meinen Blick. »Würden Sie gerne hereinkommen? Ich fürchte, es gab vorhin einen Durchzug. Die Tür ist hinter mir ins Schloss gefallen. Sie ist aber nicht abgeschlossen, nur etwas schwergängig. Wenn Sie mir helfen könnten, Sie aufzudrücken, und dann …«

Sie trat beiseite und gewährte mir Zutritt auf die Veranda, während sie weiterredete: »Mein persönlicher Ali Baba, gekommen für das ›Sesam öffne dich!‹ … wofür ich Ihnen eine Belohnung schulde. Sie sehen recht erhitzt aus. Möchten Sie vielleicht ein Glas Wasser haben? Ich habe nur welches aus dem Brunnen und das kann recht trüb sein, besonders in den Sommermonaten. Aber mir hat es nie geschadet.«

»Danke, aber ich brauche nichts, Miss Grey. Oder müsste es ›Mrs‹ heißen?«, fragte ich und blickte dabei in zwei dunkle Augen, die sich tatsächlich nicht allzu sehr von denen unterschieden, die ich auf dem Foto gesehen hatte. Die Lider waren inzwischen schlaff und schwer, die Augenringe waren von einem tiefen Blau, und zu beiden Seiten fächerten sich Falten auf, doch das Braun ihrer Iris war von funkelnder Klarheit. Der Glockenklang ihrer Stimme riss mich aus diesen Gedanken: »Ich bitte Sie, nennen Sie mich einfach Leda. Wenn Sie es denn korrekt machen wollten, dann wäre mein Name wohl Miss Williams. Aber das ist wirklich nicht nötig.«

»Dann also Leda. Weshalb aber Grey, wenn ihr Bruder Williams heißt? War Grey ein Künstlername, den Sie verwendet haben?«

»Das ist eine ziemlich persönliche Angelegenheit. Vielleicht erzähle ich Ihnen später davon.«

Und dabei beließen wir es, als die schwergewichtige Haustür sich ohne das leiseste Knarzen öffnen ließ und den Blick auf die Eingangshalle freigab – wo mir zuallererst meine Postkarte auffiel, die noch immer auf dem Boden lag.

Während ich mich vornüberbeugte, um sie aufzuheben und auf den Tisch zu legen, fragte ich mich, ob sie sie gesehen hatte, ob sie meine Nachricht überhaupt gelesen hatte. Aber es konnte ja nicht anders sein. Sie hatte meinen Namen gewusst. Sie hatte mich draußen erwartet.

Sie ging hinter mir, und als hätte sie meinen Zweifel bemerkt, sagte sie: »Als Sie die Karte durch den Briefschlitz geworfen haben, bin ich vom Klappern des Metalls aufgewacht. Ich hatte unglaublich tief geschlafen. Ich habe mich richtig anstrengen müssen, um die Augen zu öffnen. Und die Träume, die ich hatte – als wollten sie mich nicht aufwachen lassen. Aber genug von meinen Einbildungen … dieses Motiv gefällt mir so gut. Den Brightland Pier mal wieder zu sehen. Es hat mich an die Zeit erinnert, als auch Theo und ich noch Postkarten machten … das war damals, als ich für all die Bilder, die er machte, posierte. Und dann ließ er sie drucken und verkaufte sie buchstäblich an jedermann, an all die Leute, die in Brightland ihre Ferien verbrachten.«

Sie schien in eine andere Welt abgetaucht zu sein, hatte sich verloren in ihrem Spiegelbild, im Spiegel, der an der Flurwand hing, was mir selbst die Gelegenheit gab, mir Leda Grey noch einmal ganz in Ruhe anzuschauen. Die Form ihrer leicht gewölbten Wirbelsäule. Wie schlank ihre Gestalt unter dem weiten, schwarzen Kleid schien, das sie trug. Ein Stil, den man fast schon modisch nennen konnte, wenn man denn diesen Boho-Hippie-Look mochte, mit Ärmeln, die bis über die Handgelenke gehen – wobei die Hände, die darunter zum Vorschein kamen, geschwollen, faltig und mit violetten Venen überzogen waren. Sie waren nicht so knorrig von der Arthritis wie die ihres Bruders, aber dennoch ließ sich nicht verbergen, dass dies die Hände einer alten Frau waren. Dasselbe galt für das, was man über dem Ausschnitt ihres Kleides sah, wo das weiße Fleisch zu sehen war, das über ihren schlaffen Brüsten aufstieg, knitterig wie Musselin-Gewebe. Doch da war diese Schönheit, die immer noch in den Knochen von Ledas Gesicht steckte – obwohl sie anderer Meinung zu sein schien, als sie mich anschaute und sagte: »Was für eine hässliche Frau ich geworden bin, und doch ist es auf eigenartige Weise tröstend zu spüren, wie sie mich anschauen. Das lässt mich fühlen, dass ich noch am Leben bin. Dass ich doch noch nicht zu den Toten zähle. Würden Sie mir sagen … ehrlich sagen …« Sie schaute wieder auf das Spiegelglas. »Was sehen Sie in diesem Spiegel? Ich frage nur, weil … Wenn ich Sie anschaue, wie Sie da hinter mir stehen, dann sehe ich sie recht klar. Ich hingegen …. Ich wirke zu schattenhaft. Seltsam unwirklich.«

Ich trat ein klein wenig näher heran und ahnte sofort, was das Problem war; ich blinzelte gegen einen Lichtnebel und sagte: »Also, aus diesem Blickwinkel betrachtet wirke ich auch ein wenig verschwommen … mit dem Staub, der das Glas bedeckt. Die Art, wie die Sonne schräg ins Zimmer fällt.«

»Oh, ja!« Ihre Lippen zuckten nervös, bevor sie erneut lächelte und ihre Zähne entblößte, die etwas braunfleckig aber ansonsten in fast perfektem Zustand waren. Ich merkte, dass es ihr peinlich war, als sie sich zu mir umdrehte und sagte: »Ich sehe den Staub fast gar nicht mehr. Ich brauche dringend eine Brille. Theo hat mir eine von seinen mitgebracht. So eine, mit der man alles vergrößert sieht. Ich habe sie zum Lesen verwendet, aber mir will gerade nicht einfallen, wo ich sie hingelegt habe. Dieses Haus ist ein einziges Durcheinander.«

Ihr Blick wirkte indes klar und scharf, als sie ihn genau in diesem Moment durch die Halle schweifen ließ; sie blickte zur Tür hinaus und über die Veranda hinweg, dorthin, wo die Sonne so glühend loderte, dass sie meine Arme hummerrot gefärbt hatte, während ich die Klippen wieder hinaufgestiegen war; die feinen Härchen auf meinen Armen waren beinahe weißgebleicht. Nicht so jedoch die Kratzer auf meinen Händen. Ich hoffte, dass sie sie nicht bemerken würde. Ich wollte ihr nicht erzählen müssen, dass ich sie durch einen Riss in der Wand beobachtet hatte. Dass ich sie im Dunkeln hatte schlafen sehen.

»Gehen Sie denn auch mal raus … in die Sonne?«, fragte ich. Und ja, ich wollte ihr schmeicheln, als ich hinzufügte: »Ihre Haut … es klingt wie ein Klischee, aber sie sieht wirklich aus wie Porzellan.« In Wirklichkeit war sie fast durchscheinend, so dünn, dass ich die Adern an ihren Schläfen hellviolett pulsieren sehen konnte.«

Sie lachte. »So eitel bin ich nicht, junger Mann, und dieser Spiegel ist auch nicht *so* schmutzig. Aber es stimmt schon, ich gehe kaum je nach draußen. Nachts gehe ich manchmal gern spazieren. Die Klippe entlang, oder …«

»Aber«, unterbrach ich sie, »wie schaffen Sie es denn, zu überleben? Wie halten Sie es mit ihren Lebensmittelkäufen?«

»Mein Bruder bringt mir, was ich brauche … wann immer er kann … wenn er mich besucht. Ich pflanze seit Jahren schon Gemüse an, in einem Küchengarten hinterm Haus. Und die Familie, die auf der nahegelegenen Farm wohnt, … mit der habe ich eine Absprache. Ein freundliches Entgegenkommen. Sie legen mir Holz in den Schuppen, für den Ofen und damit ich im Winter Feuer machen kann. Manchmal legen Sie mir auch Lebensmittel hin. Butter. Käse. Frische Milch und Eier. Inzwischen aber nicht mehr so oft. Nicht, seit die Farm einen neuen Besitzer hat. Aber die Regale meiner Speisekammer sind voller Dosen. Genug, um jahrelang davon zu leben.«

»Sie leben also völlig allein?«

Leda antwortete nicht, sie blickte nur wieder zur Tür hinaus und fragte: »Hören Sie dieses Rumpeln? Ist das Donnerschlag … oder ein Motor? Glauben Sie, dass das Theos Motorrad ist?«

Theo? Auf einem Motorrad? Das hätte ich gerne gesehen! Doch ich hörte nur das Kreischen der Möwen; ein Lufthauch, der die Bäume wieder wiegte; vielleicht ein fernes Wellenrauschen – und ich hoffte, dass Leda Grey nicht bereits zu alt und senil für eine vernünftige Unterhaltung war. Indessen fing ich an, ihr zu erklären, dass ihr Bruder gesagt hatte, er könne wegen seiner neuen Medikamente nicht mehr fahren. Und dass er einfach nicht mehr fit genug sei, um den Weg an der Klippenseite hochzugehen. Jetzt zumal, da man den Weg gesperrt hatte.

»Ach! Das hätte ich mir denken können.« Sie atmete hörbar ein. Eine Hand aufs Dekolleté gelegt. Eine Geste, wie man sie von einer Diva auf einer Opernbühne erwartet hätte. »Hat mein Bruder Sie heute hierhergeschickt, damit Sie mir sagen, dass er nicht mehr kommt? Soll das bedeuten, dass es vorbei ist?«

Dass was vorbei ist?

Ich versuchte, Sie zu beruhigen. »Ganz so schlimm ist es, glaube ich, nicht um ihn bestellt. Er hat ja noch im Laden gearbeitet.«

Zuerst schien sie mich nicht zu hören, dann lachte sie: »Oh, Theo und dieser Laden! Es hat mich immer verrückt gemacht, wissen Sie, wie er sich durch dieses Haus hier gewühlt hat. Wie eine Elster war er, immer auf der Suche nach Dingen, die er mitnehmen und dort verkaufen konnte. Nicht, dass die Gerichtsvollzieher viel übriggelassen hätten. Aber, der arme Theo … hat sich immer Sorgen gemacht wegen der Steuern und Rechnungen und Ausgaben … hat immer gesagt, dass ich hier oben hocke und keine Ahnung habe, wie schwierig es heutzutage sein kann, in der Welt dort draußen zurechtzukommen. Vermutlich ist das die Wahrheit.« Sie runzelte die Stirn. »Ich tue mein Bestes, es zu verstehen. Und nun … Ich würde nur allzu gern die Steuern für all die Sachen zahlen, die mein Bruder auf seinen Beutezügen ergattert hat, … wenn er doch bloß wiederkäme.«

Sie hielt inne und holte zitternd Luft. »Ich glaube, es kam mir seltsam vor … wie anders er wirkte, als er das letzte Mal hier war. Er hat kaum ein Wort mit mir geredet, und wenn doch, dann sprach er so undeutlich. Ist Ihnen das aufgefallen, als Sie ihn kennengelernt haben?« Alarmiert und forschend blickte sie mir in die Augen. »Hat Theo immer noch das eine Bein nachgezogen? Ich bin nicht dumm. Ich habe ihm gesagt, dass ich die Anzeichen kenne. Ich habe es beim Schlaganfall unseres Vaters gesehen. Aber er hat es einfach abgetan und die Schuld auf seine armen, arthritischen Knochen geschoben. Mein lieber Theo. Er war immer der Zerbrechlichere.«

»Seine Stimme schien mir recht klar. Vielleicht humpelte er ein wenig, aber …« Ich war unsicher, was ich noch sagen sollte, und mit einem Mal schlug ich vor: »Wissen Sie, wenn Sie ihn gerne besuchen würden, dann könnte ich Ihnen dabei vielleicht helfen. Es muss doch eine Möglichkeit geben, in die Stadt zu fahren, ein Auto hier hochzukriegen und …«

»Nein!« Sie richtete sich zu voller Größe auf, ihre Augen auf einer Höhe mit meinen und erfüllt von einem flammenden Eifer. »Es gibt nur den Weg, der an den Feldern hinter der Winstanley-Farm vorbeiführt. Und Theo kommt *immer* zu mir. Ich muss hierbleiben. Ich muss Wache halten.«

Wache halten? Ich war verwirrt; ich hörte die Qual in ihrer Stimme, fragte mich, warum sie in dieser Ruine von einem einstürzenden Haus bleiben wollte. Mir fiel jedoch nichts anderes ein, als zu sagen: »Ich habe Sie aufgebracht. Ich sollte gehen. Vielleicht ein andermal wiederkommen, wenn …«

»Nein! Gehen Sie nicht! Zumindest jetzt noch nicht.« Sie hielt inne, atmete wieder ein, und dann: »Mr Peters, bitte verzeihen Sie mir. Ich bin eine einsame alte Frau, die keine Ahnung hat, wie man sich in Gesellschaft verhält. Aber ich hätte gerne, dass Sie bleiben, und wenn Sie das tun, dann werde ich mein Bestes geben, Ihnen alles zu erzählen, was Sie über mein Leben wissen wollen … das Leben, das ich als Leda Grey gelebt habe.«

»Haben Sie denn noch ein Leben als jemand anderes gelebt?« Es war nicht meine Absicht, sie zu ärgern. Ihre heftige Antwort hatte ich nicht erwartet.

»Das habe ich! Ich bin mir sicher, Sie haben dasselbe getan. Ich bin mir sicher, dass der Mann, der Sie heute sind, sich gänzlich von dem Jungen unterscheidet, der Sie mit, sagen wir mal, sechzehn waren, oder nicht?«

»Als ich sechzehn war, ist meine Mutter gestorben.«

Ich überraschte mich selbst mit dieser unverblümten Antwort; nie zuvor hatte ich es irgendjemandem gegenüber erwähnt.

»Das tut mir leid.« Leda faltete ihre Hände, ihre Finger zuckten nervös. »Und nun habe ich Sie aufgebracht. Aber Ihr Vater. Lebt er denn noch?«

Wer interviewte hier eigentlich wen? Wieder antwortete ich ehrlich: »Ich habe meinen Vater nie kennengelernt. Meine Mutter und ich haben allein gelebt. Es war schwer. Sie hat sich immer geschämt. Nicht verheiratet zu sein … aber mich als Kind zu haben. Ich glaube nicht, dass sie ein glückliches Leben gehabt hat.«

»Aber ich bin mir sicher, dass *Sie* sie glücklich gemacht haben.«

Ich dachte zurück an die Zeit, als ich noch ein Kind war – diese Nächte, in denen ich manchmal aufwachte, um das Licht der Straßenlaternen durch die dünnen Vorhänge meines Zimmers fallen zu sehen, und dann auf das Gesicht meiner Mutter, die auf dem Teppich vor meinem Bett kniete. Ihr Atem stank nach Wein und Kippen. Ich versuchte, mich von ihr wegzudrehen, während sie mit ihren Fingern durch mein Haar strich und säuselte: »Habe ich dir je erzählt, wie ich deinen Vater kennengelernt habe, Ed … während dieses Urlaubs in Brightland? Wie wir in dieser Nacht unter dem Pier geschlafen haben und …«

Mum! Ich schob ihre Hand weg; heiß spürte ich die Betretenheit in mir aufsteigen, wegen dieses Geredes von einem Vater, den ich nie kennengelernt hatte. Und ich wusste, in der kommenden Nacht würde sie in gleicher Weise von einem anderen Mann erzählen. Vielleicht von dem hübschen Sinto, der bei den Karussellen am Brightland Pier arbeitete …

Einmal, da war ich fünf oder sechs, hatte ich, als der Jahrmarkt in Hammersmith war, meine ganze Zuckerwatte ausgespien, während ich in der

Walzerbahn durchgeschleudert wurde. Zuvor hatte ich verzweifelt versucht, in den Gesichtszügen des dunkelhäutigen Mannes, der von allen Kindern die Sixpence-Münzen einsammelte, etwas von mir selbst wiederzuerkennen.

Weniger Hoffnungen machte ich mir, den amerikanischen GI finden zu können, mit dem sie, wie sie mir erzählt hatte, eines Abends gegen Ende des Zweiten Weltkrieges am Trafalgar Square getanzt hatte, bevor er wieder übersetzte, zurück nach Hause, zu einer anderen Frau, einer anderen Familie. Doch später, als ich alt genug war, mir die Details *dieser* Affäre auszurechnen, und zu einer Nacht im Mai des Jahres 1945 neun Monate hinzuaddierte, wurde mir klar, dass sie sich die komplette Sache nur ausgedacht hatte. Keine normale menschliche Schwangerschaft konnte sich über die drei Jahre hinziehen, auf denen ihre Darstellung beharrte.

Für wie dumm hielt sie mich eigentlich? Meine Mutter lebte in einer Fantasiewelt. Das Einzige, dessen ich mir im Leben sicher sein konnte, war, dass sie keinen Schimmer hatte, wer der Vater ihres Kindes war. Und so mochte ich es. Nur sie. Nur ich. Ganz auf uns allein gestellt …

Ich hörte das beschwerliche Atmen der lebenden Frau an meiner Seite; in ihren Augen ein Ausdruck von Mitgefühl, und ihre Stimme schlug einen kaum hörbaren Haken, als sie eine Hand hob, als wollten ihre Finger meine Wange berühren. »Diese alten Häute werden mit der Zeit alle abgeworfen. Irgendwann fangen wir dann neu an, selbst wenn wir glauben, unser Herz könnte brechen … verlassen von denen, die wir geliebt haben.«

Ich selbst hatte in diesem Moment nicht die Absicht zu gehen, sondern folgte ihr lediglich, als sie mich mit einer Geste dazu aufforderte; wir liefen an der Treppe vorbei, von der ein Pfosten in der Mitte gespalten war, als wäre jemand mit einer Axt darauf losgegangen – scharfe Splitter standen vom Holz ab.

Das beunruhigte mich irgendwie, genau wie der modrige Geruch von Schimmel, der sich in den floralen Duft mischte, den Leda mit sich herumtrug. War das Rose? Ich glaube, es muss Rose gewesen sein; auf die hängenden Säume ihres Kleides zu schauen war indes weniger anziehend, da der Stoff Staub und Krümel mitnahm, während sie voranging, durch eine

Flügeltür und in das Zimmer hinein, das ich zuvor schon gesehen hatte, als ich sie durch die kaputte Wand beobachtet hatte.

Die Sonne war weitergezogen. Das Licht, das nun hineintröpfelte, war deutlich schwächer als zuvor. Aber es reichte aus, um zu sehen, wie Leda auf den Kaminsims zeigte, wo ich neben der stummen Reiseuhr noch den großen Messingkerzenständer erkennen konnte, den sie wohl meinte, als sie mich bat: »Könnten Sie diese Kerze anzünden, bitte? Ich fürchte, hier im White Cliff House können wir Ihnen keine Elektrizität bieten … und auch kein Öl für die Lampen mehr.«

Wir?

Nachdem ich den Docht der Kerze mit einem meiner eigenen Streichhölzer angezündet hatte, wurde der umliegende Raum goldglänzend erleuchtet; man sah den Zickzack der Risse in der Decke, all die Ecken, in denen lange Spinnweben bis zum Boden hinunterhingen, die Blumen, Blätter und Vögel auf der William-Morris-Wandtapete, die sich im flackernden Kerzenschein bewegten. Es war genau das gleiche Tapetenmuster, wie ich es kürzlich erst auf einer Party in Chelsea gesehen hatte. Doch dort war es eine neue Tapete gewesen. Eine moderne Reproduktion. Hier waren die Wände fleckig von jahrelang eindringender Feuchtigkeit und Schimmel. Ganze Bahnen von Tapete drohten herunterzufallen.

Ich bemerkte den Eimer in der Feuerstelle, der vor lauter Asche und halbverkohltem Holz überquoll. Vielleicht sah es schon seit Monaten so aus, aber vielleicht hatte auch kürzlich erst ein Feuer gebrannt … Leda Grey schien die drückende Sommerhitze nichts anhaben zu können. Als ich sie zuvor gesehen hatte, während sie schlief, hatte sie unter der Decke gelegen, die nun zusammengerafft neben ihrem Stuhl lag – der Stuhl, der bei näherer Betrachtung mit grünem Brokat bezogen war, genauso wie ein gegenüber platziertes Sofa. Zwischen beiden Möbelstücken lag ein anatolischer Teppich, durch dessen Webmuster sich ein weißer Streifen der Abnutzung zog, der meinen Blick zu der Flügeltür führte. Wie viele Male in wie vielen Jahren war diese Frau über den Teppich gelaufen, um diese Furche zu erschaffen? Es mussten sehr viele Jahre gewesen sein.

Mit einem Mal schien mir die Luft wieder abgestanden und übel riechend, so sehr, dass ich mich genötigt sah zu fragen: »Würde es Ihnen etwas ausmachen, wenn ich ein paar Fensterläden öffne?«

»Ich fürchte, das wird nicht möglich sein. Sie sind allesamt an den Fensterrahmen festgenagelt … immer schon, seit einmal jemand von der Küstenwache kam und sagte, dass ich das Haus verlassen solle. Das war, nachdem die Deutschen die Bombe abgeworfen hatten, die die halbe Klippe mit sich gerissen hat. Er bestand darauf, die unteren Stockwerke zu verriegeln, für den Fall, dass der Feind eindringen würde. Er sagte mir, dass ich gehen müsse. Aber ich weigerte mich. Es war mir egal. Ich mochte den Anblick der explodierenden Bomben. Ich ging an der Klippe spazieren und schaute mir den Lichtschein an, wie Feuerwerk. Manche ganz in der Nähe, andere weit weg, in Frankreich teilweise …«

Sie hielt inne, schien verwirrt. »Es gab zwei Kriege.« Wieder verstummte sie, dann fing sie an, ihre Hände zu wringen. »Glauben Sie, dass wir einen dritten haben werden? Werden die Deutschen es noch mal versuchen?«

»Dann schon eher die Russen. Die werden die Bombe abwerfen, und das war es dann mit uns.«

»Die Russen? Ich habe von den Bolschewiken gehört. Vom Schicksal der Zarenfamilie. Hat es damit etwas zu tun?«

»Himmel, nein! Das ist Ewigkeiten her, längst Geschichte.« Schaute sie denn keine Fernsehnachrichten. Nein. Ohne Strom wohl nicht. Aber was war mit Radio? Irgendein batteriebetriebenes Gerät? Ihr Bruder erzählte ihr doch sicherlich etwas? Wie konnte sie denn in der heutigen Welt leben, ohne je vom Kalten Krieg gehört zu haben.

»Fehlt Ihnen die Sonne denn nicht?«, fragte ich. »Ich kann versuchen, diese Nägel rauszubekommen … damit sich die Läden wieder öffnen lassen.«

»Ich brauche nur die Augen zu schließen und mich an dieses Haus zu erinnern, wie es früher einmal war.« Als wollte sie das Gesagte unter Beweis stellen, drückte sie die Augen zu und redete weiter. »Stellen Sie sich die Fenster weit geöffnet vor. Überall im Zimmer funkelt das Licht … was ja gerade der Grund war, weshalb Beauvois anfangs hier arbeiten wollte … als er das Studio für seine Filme baute.«

Sie lächelte, die Augen wieder weit geöffnet. »Das erste Mal habe ich es an einem Sonntagmorgen gesehen, im Frühling 1913.«

»Das war vor …« Ich rechnete kurz nach, »dreiundsechzig Jahren.«

»Dreiundsechzig Jahre? Kann es denn schon so lange her sein?« Während Ledas Stimme meine Worte wiederholte, zog ich die Tragegurte meines Rucksacks über meine Schultern und setzte ihn auf den Teppich, um in seinem Innern nach dem Tonbandgerät zu kramen. Während ich es hervorholte, fragte ich: »Würden Sie mir mehr über diese Zeit erzählen? Wäre es in Ordnung, wenn ich den Kassettenrekorder laufen lasse, während Sie erzählen?«

»Kassettenrekorder?« Verwirrt schaute sie mich an.

»Dieses Teil hier.« Ich legte das Gerät auf das Sofa und zog die Zellophan-Umhüllung von einer neuen Kassette. Nachdem ich das Band auf die Spulen gelegt hatte, legte ich einen Finger auf die Aufnahmetaste und hatte sie kaum gedrückt, als Leda fragte: »Aber was ist das? Wozu ist es gut?«

»Es nimmt alles auf, was wir sagen. Der Klang wird auf dem Plastikband gespeichert.«

»Wie Lieder, die auf Schellack aufgenommen werden?«

»Wie das hier …«

Ich drückte *Rewind*, dann *Play*, und sah zu, wie Ledas Gesicht zu strahlen anfing, als sie hörte, wie ihre eigene Stimme ihre Worte wiederholte. Sie hatte eine so sanfte und musikalische Stimme. Ein hypnotisierender Klang. Wenn man sie sprechen hörte, hätte man nie erraten, wie alt sie war. Und sie dann zu sehen, ihre schiere Verzückung, als sie rief: »Ah, das ist ja wundervoll. So klar. Überhaupt kein Knistern.«

Sie schlug die Hände zusammen und lachte laut auf. »Aber wo um alles in der Welt sollte ich beginnen? In meinem Kopf herrscht ein solches Durcheinander an Erinnerungen; als ob man in ein Spielzeugkaleidoskop schaut, lauter funkelnde bunte Glasperlen. Welche Muster sind am hübschesten? Wie soll man wissen, mit welcher zufälligen Ansammlung von Formen man am besten anfängt?«

Mir fiel die Visitenkarte wieder ein, die ich gefunden hatte. Der Zauberer, aus dessen Hände Sterne emporstiegen. Ich sagte: »Warum erzählen Sie mir nicht einfach, wie Sie Charles Beauvois kennengelernt haben?«

»Beauvois.« Sie seufzte seinen Namen, dann zuckten ihre Augen nach links und rechts und blieben schließlich auf einem üppig verzierten Kabinettschrank liegen. »Mein Kuriositätenkabinett. Ich glaube, *dort* lässt es sich gut anfangen. Eine Art Spiel. Eine Trickkiste. Warum öffnen Sie es nicht mal und schauen, was Sie darin finden?«

Ich stellte mich davor und fuhr mit meinen Fingern über all die gemalten Szenen, die Farben noch immer leuchtend sichtbar – Nymphen und Satyrn tanzten in den Wäldern, in den Wolken über ihnen Kupiden, und in den Ecken beider Türen die Zeichnung eines schneeweißen Schwans. Das Glas der Spiegel hatte große Sprünge, ein Jammer. Mein Spiegelbild – und so auch ihres – war schrecklich verzerrt, und die Risse ließen es aussehen, als säßen im Zimmer hinter mir einhundert Leda Greys.

»Die Spiegel habe ich zerbrochen, als ich den Schrank aus meinem alten Schlafzimmer hier hinuntergetragen habe.«

»Sie haben ihn allein die Treppen hinuntergetragen?« Der Schrank wog sicherlich eine Tonne.

»Das musste ich. Es hat einen solchen Sturm gegeben. Ich wäre kein bisschen überrascht, wenn es bald wieder einen gäbe. Dieses furchtbare, schwüle Wetter. Die Hitze von einhundert Sommern. Aber dieser Sturm war in einer Winternacht. Sehr kalt. Ich bin durchnässt und zitternd aufgewacht, nur um festzustellen, dass die Decke eingestürzt war … und es regnete ins Bett. Seitdem bin ich oft die Stufen hinaufgestiegen, die zu den Dachzimmern führen, um nach Lücken zu schauen, durch die das Licht kommt. Die stopfe ich dann mit Plastiktüten. Theo bringt mir welche aus dem Laden. Sie sind ja wirklich so nützlich. Ich stopfe sie in die Löcher, dann versiegle ich das Ganze mit etwas Kerzenwachs. Überraschend, welche Lösungen sich finden lassen, wenn sie auch nur vorübergehend sind.«

Sie hob eine Augenbraue und zuckte mit den Schultern, eine Geste, die ich so ähnlich zuvor schon bei Theo in seinem Laden gesehen hatte. »Ich habe in dieser Nacht alle möglichen Sachen gerettet. Meine Kleidung. Ein paar Gemälde an den Wänden. Ich bin öfter hin und her gelaufen, als ich zählen konnte ... und der Schrank war eine ziemliche Tortur. Stundenlang habe ich geschoben und gezogen, bis mir die Idee kam, eine Decke unterzulegen. Dann habe ich ihn die Treppe runtergleiten lassen und gejubelt, als ich ihm hinterher sah. Aber dann ist er in den Treppenpfosten gekracht, und die Rückseite ist größtenteils abgerissen ... obwohl das gar nicht auffällt, solange die Türen verschlossen sind. Bloß ein paar kleine Risse und Splitterungen. Meinen ganzen Schätzen ist nichts passiert.«

»Ihren Schätzen?«

»Requisiten aus Beauvois' Filmen. Die, die mir am meisten bedeutet haben.« Wie kummervoll Leda da klang, bevor ihre Gesichtszüge hart wurden. »Aber warum sollte ich Ihnen das zeigen? Was in aller Welt könnte Sie an einem ausgedörrten Stück Fleisch wie mir interessieren?«

»Ich möchte gerne mehr erfahren, über Ihr Leben, über Ihre Filme.« Wieder bemerkte ich, wie ich Dinge gestand, die ich nie zuvor ausgesprochen hatte: »Meine Mutter ... sie war verrückt nach Filmen.«

Warum suchte meine Mutter mich heim? Warum konnte ich sie so deutlich vor mir sehen? Eine große, schlanke Frau. Blondiertes Haar, mit einem vielleicht zwei Zentimeter rausgewachsenem schwarzen Ansatz. Die Nägel lackiert, in einem abblätternden Rot. Und das Gesicht mit Make-up zugepflastert, an den Tagen zumindest, an denen sie es schaffte, das Haus zu verlassen, für unsere Ausflüge ins Hammersmith-Kino.

Himmel, mir wurde ganz nostalgisch zumute, als ich mich an unsere Sonntagsmatineen erinnerte, wie wir da in der Loge saßen und ganze Schachteln Toffee wegfutterten, während wir über die neueste Klamotte aus der *Carry on*-Reihe lachten – bis sie mich irgendwann in den Arm kniff und mich auf die Schauspieler hinwies, die sie als Jugendliche auf Partys kennengelernt hatte, als sie einen Job im Schreibbüro der nahegelegenen Ealing Studios gehabt hatte. *Oh, sieh nur ... da ist Sid ... und Jimmy. Jimmy hat immer gesagt, dass sie mich auch als Schauspielerin für die Filme nehmen sollten. Er hat immer gesagt, das Aussehen dafür hätte ich.*

Wenn wir dann mit dem Bus wieder nachhause fuhren, schaute sie mich manchmal an und weinte. Ich erinnere mich noch daran, wie ihr Puder dann bröckelte, so als würde vor meinen Augen ihre echte, darunterliegende Haut hervorbrechen. Und ich wünschte mir verzweifelt, ich könnte etwas tun, damit sie sich wieder fängt, aber ich wusste nicht, was ich hätte tun oder sagen sollen, wenn ihre Hand dann nach meiner griff und sie mich fragte: »Sehe ich alt aus, Ed? Sehe ich müde aus? Kannst du diese Falten sehen, wenn ich lächle?«

Als ich wieder ins Hier und Jetzt zurückkehrte, fiel mir auf, dass Leda Grey mich aufmerksam betrachtete, den Kopf leicht zur Seite gelegt. Sie lächelte und ihre Falten vertieften sich, doch ihre Augen leuchteten noch immer so kraftvoll, als sie sagte: »Ich war auch verrückt nach Filmen. All diese dramatischen Welten … so ergreifend und aufregend. So viel lebendiger als mein echtes Leben. Oder habe ich mich einfach nur vor Wahrheiten versteckt, die zu sehen ich nicht ertragen konnte? Ich frage mich …« Ihre Augen wurden schmal. »Können *Sie* es ertragen, diese Türen zu öffnen und in mein Kabinett zu schauen … nachzusehen, welche Wahrheiten sich hinter ihnen verbergen mögen?«

Ich spürte etwas Bedrohliches in Ledas Worten. Ich dachte an die Warnungen ihres Bruders. An die Leichen in ihrem Keller. An das Öffnen der Büchse der Pandora.

Ich konnte es gar nicht erwarten, hineinzublicken.

WENN IHR DURCHSCHAUEN KÖNNT DIE SAAT DER ZEIT

Macbeth

»Warten Sie, Mr Peters … Warten Sie«, rief sie. »Lassen Sie das Schicksal entscheiden. Öffnen Sie die Türen, aber bitte nur so weit, dass Sie die Hände hineinstecken können. Holen Sie einfach den ersten Gegenstand heraus, den sie berühren.«

Ich dachte an diese gruseligen Streiche, die die Leute einander an Halloween spielen – an einen Tag, als ich noch ein Kind war und man mir die Augen zugebunden hatte; jemand hatte meine Hand gepackt und einen Finger in etwas hineingedrückt, das man mir vorher in eindringlichen Worten als ausgeschabtes Auge eines verwesenden Leichnams beschrieben hatte. Mein Verstand wusste, dass das nicht real war, doch ich schrie laut genug, um die Toten zu wecken, als ich das klebrige, glibberige Etwas fühlte und mir, den Tränen nahe, die Augenbinde vom Gesicht riss, um weiter nichts als das Fruchtfleisch einer halbierten Orange zu erblicken.

Jetzt, in der Dunkelheit des White Cliff House, spürte ich Erleichterung, als meine Finger über etwas Glattes und Trockenes strichen, während ich im brüchigen Spiegel über mir sehen konnte, wie Leda Grey sich in ihrem Sessel nach vorn lehnte – wie ein Buchmacher auf der Rennbahn, wenn er seinen Favoriten nahen sieht, im Begriff, die Ziellinie zu passieren und zu gewinnen. Angespannte Aufregung lag in der Luft, auch Furcht, wenngleich die Stimmung sich aufhellte, als ich mich zu ihr drehte, um ihr zu zeigen, was ich in den Händen hielt. Zitternd atmete sie aus und sagte: »Ah … die Muschel haben Sie also. Das ist gut. Ein perfekter Anfang. Kommen Sie und setzen Sie sich auf das Sofa dort drüben. Legen Sie die Muschel auf den Tisch, und nun lassen Sie mich mal sehen, und … Oh!«

Sie hatte die Hände auf den Mund gelegt, senkte sie, als sie erneut zu sprechen ansetzte: »Diese Kratzer! Wie ist das passiert? Theo hatte einmal genau solche Schnitte. Als der Spiegel zerbrach, als …« Sie blickte nach unten, in ihren Schoß, dann wieder auf mich. »Sagen Sie mir, Mr Peters, als Sie meinen Bruder im Laden gesehen haben … trug er da Frauenkleider? Ich weiß, dass er das manchmal tut. Ich mache mir solche Sorgen um ihm. Das Gerede. Was für ein Skandal, das Ganze.«

Ihre Frage hatte mich überrascht; ich erinnerte mich an die rotglänzenden Lippen des alten Mannes. Vielleicht war es tatsächlich Lippenstift gewesen. Doch sie entspannte sich sichtlich, als ich antwortete: »Nein. Er hat einen Anzug getragen.« Und auch wenn ich sie gerne mehr gefragt hätte, ließ ich die Angelegenheit auf sich beruhen und sagte: »Also … was hat es mit dieser Requisite auf sich?«

»Wir haben sie in *Die Meerjungfrau* verwendet. Der erste Film, den Beauvois mit mir gedreht hat.«

Leda Grey streckte die Hand aus und strich über die riefige Oberfläche einer großen, weißen Meeresmuschel, dann über die gekräuselte Unterkante, schließlich über die Mantelbucht im Innern, in der sich einst ein Lebewesen befunden hatte. Und vielleicht lag es an der Art, wie ihre Hand diese Muschel liebkoste, so zärtlich, doch die Form, die Farbe, alles an diesem Gebilde wirkte sexuell. Der knubbelige Vorsprung, eine Klitoris. Die Riefen, Schamlippen. Die rosigen Schattierungen ein tieferes Rot inmitten des hohlen, kräuselnden Spalts …

Ein Gefühl von Selbstekel erfüllte mich. Leda Grey war über achtzig Jahre alt. Ich zwang mich zur Konzentration und fragte: »Können Sie mir nicht noch etwas mehr erzählen … über diesen Film, *Die Meerjungfrau*? Erzählen Sie mir, was die Inspiration dazu war.«

»Ich.« Ihr Kinn hob sich, das Gesicht strahlte nur so vor Stolz. »*Ich* war die Muse für Beauvois' Filme. Jede Fantasie, die er umsetzte. Süße Märchengeschichten. Dunkle Mysterien. Keine der Slapstick-Komödien, wie sie damals so beliebt waren. Er war ein schrecklich ernsthafter Mann, wissen Sie. Durchaus leidenschaftlich, was seine Kunst anging, und die zog sehr viel Inspiration aus den französischen Phantasmagorien.«

»Von denen habe ich noch nie gehört, glaube ich.«

»Aufwendige dramatische Inszenierungen, bei denen das Publikum in Zustände höchster Angst versetzt wurde, … ein Kribbeln in den Füßen, wenn sie beim Betreten des Zuschauerraums über elektrisch geladene Metallplatten liefen. Oder sie wurden über Friedhöfe geführt, wo das Schlagen versteckter Trommeln zu hören war, und aus den Gruften ringsumher hörte man ein Klappern und Rasseln, oder seltsam verdrehtes Stöhnen, das von kleinen Glasharmonikas erzeugt wurde. Nicht, dass er in seinen Filmen kindische Tricks verwendet hätte. Aber prinzipiell beabsichtigte er dasselbe. Das Publikum sollte das Gefühl haben, in Geisterwelten einzutauchen. Und ich … ich tauchte in diese Welt ein, in dem Augenblick, in dem er mir diese Muschel geschickt hatte. Dieses wunderschöne, exotische Ding, das Sie heute aus meinem Kabinett ausgewählt haben. Wollen Sie sie sich nicht einmal ans Ohr legen, Mr Peters … hören, was ich vor so langer Zeit gehört habe? Wollen Sie es nicht mal ausprobieren und sich vorstellen, wie ich mich fühlte, als ich die Kiste öffnete, die Beauvois in unseren Laden im Gassenviertel von Brightland schicken ließ … wie ich sie fest in meinen Händen gehalten habe, als ich in der offenen Tür stand und anderen Händlern zusah, wie sie ihre tägliche Arbeit begannen? Das Quietschen all der Markisen und das Poltern der Fensterläden. Das Krachen der Bierfässer, die über das Kopfsteinpflaster in Richtung der Kneipenkellerluken gerollt wurden. Aber diese rüde Symphonie des Lebens verstummte ins Nichts, als ich das Versprechen der Muschel hörte. Das beruhigende Wirbeln und Rauschen der Wellen, die in mein Bewusstsein eindrangen und dort verebbten.«

Plötzlich stand sie von ihrem Sessel auf und fragte: »Würden Sie den Film gerne sehen? Wir müssen nur eine Leinwand spannen und die Laterne zum Leuchten bringen. Aber zuerst … bevor wir uns darum kümmern, sollte ich Ihnen das Studio zeigen. Der Ort, den wir immer den Schuppen nannten.«

Wir hatten die Veranda des Hauses kaum verlassen, und schon war meine Stirn schweißnass; die gleißende Sonne stand jetzt viel tiefer am Himmel und zwang mich, die Augen zusammenzukneifen. Zwar hing sie tiefer, aber untergegangen war sie noch nicht – und hatte Leda nicht zuvor gesagt, dass sie das Haus nur nachts verließ?

Dennoch schmeichelte ihr das Sonnenlicht. Sie sah vollkommen ruhig und gelassen aus, wie ihr das Haar so offen auf die Schultern fiel und hellsilbern im Licht glänzte, während es von einer Brise leicht angehoben wurde. Sie wirkte eher wie eine mittelalterliche Königin, nicht wie eine greise Einsiedlerin an der Sussex-Küste. Und wie alt sie auch immer gewesen sein mag, ihr federnder Gang hatte etwas Energisches und ließ ihre Röcke durch das ungemähte Gras wehen – bevor sie plötzlich aus meinem Sichtfeld verschwand, nachdem sie um eine Hausecke gebogen war.

Verwundert über ihre Energie, ließ ich mich für eine kleine Weile ablenken vom Flattern des zerrissenen Tuchs, das sich in den Zweigen über mir verfangen hatte; dann folgte ich der Spur aus flachgetretener Wiese, die sie hinterlassen hatte. Oder waren es meine eigenen Füße gewesen, die Stunden zuvor diese Schneise getreten hatten? Ich machte genau dort Halt, wo ich auch zuvor stehengeblieben war, um durch das Loch in der Backsteinwand zu spähen und Leda zu fotografieren – was mir jetzt ein stechendes Gefühl von Schuld bescherte, weil ich ihr so schamlos hinterherspioniert hatte. Aber ich redete mir ein, sie würde es nie erfahren; dass ich das Foto entsorgen und neue, bessere Aufnahmen machen könnte. Ich trug die Kamera noch immer um den Hals, ihr schweres Gewicht lag auf meiner Brust. Ich würde sie gleich fragen, ob sie für mich posieren würde. Wenn ich sie denn finden konnte.

Ich rief ihren Namen, hörte aber keine Antwort, nur das Flüstern einer Brise, die zwischen den Kiefern spielte. Die Schatten, die all diese Bäume warfen, wirkten undurchdringlich wie eine Wand. Jedoch nicht völlig undurchdringlich. Zwischen ihnen war eine Lücke – diese durchgehende Reihe großer und gerade gewachsener Baumstämme war nur eine optische Täuschung. Eine weitere Reihe von Bäumen machte Platz für einen Durchgang. Durch diese Lücke musste sie gegangen sein, um dann einen gewundenen Pfad entlangzugehen, der sich aber bald wieder gabelte.

Ich musste schließlich eine Entscheidung treffen. Der eine Weg führte zu einem Stallgebäude. Zumindest nahm ich an, dass es sich darum handelte, weil ich dort das Wrack eines alten Automobils sah. Es sah eher aus wie ein Kutschwagen als wie irgendetwas, das heutzutage gebaut wurde. An der Frontseite befand sich eine Kurbel, um es anzuwerfen. Hoch oben auf der Haube zwei Messingleuchten. Trittbretter an beiden Seiten, und ein Dach aus rissigem Leder. Es musste einmal viel hergemacht haben, aber jetzt war der Lack rostig, die Lampen waren schmutzig und schwarz angelaufen, und die Räder hätten es nirgendwohin mehr geschafft. Nicht mit diesen gänzlich von Schlingpflanzen zugewucherten Speichen.

Ich blickte den anderen Pfad entlang, an dessen Ende ich eine auf einem Podest stehende Statue sah. Teilweise war Gips abgefallen, um das darunterliegende Metallgestell zu enthüllen, doch die Form war mehr oder weniger intakt. Es handelte sich wohl um eine klassische Gottheit. Eine Göttin, die einem Schlafzauber erlegen war. Das ferne Rauschen des Meeres spielte die Musik, zu der sie träumte. Und die Gesichtszüge waren denen meiner Gastgeberin so ähnlich, insbesondere der Leda Grey mit geschlossenen Augen und geneigtem Kopf …

Die Frau aus Fleisch und Blut sah ich nun etwa zehn Meter vor mir, in einer Wiese stehend; sie hatte mir den Rücken zugekehrt und schaute auf das, was vor dem steilen Klippenrand aufragte.

Eine enorme Konstruktion aus Glas. Was für eine magische, dramatische Szenerie! Ein Bild, das ich einfach haben *musste*, also schnappte ich mir meine Kamera, um sie einzustellen und die Linse auf Leda Grey zu richten, die mit ihrem langen schwarzen Kleid, dem grauen Haar und dem blassen Gesicht jetzt schon aussah, als würde man eine Wirklichkeit gewordene Schwarz-Weiß-Fotografie betrachten. Sie stand auch genauso reglos da. Erst als ich auf den Auslöser gedrückt hatte und mich auf sie zubewegte, drehte sie sich um und rief mich durch das kristallene Schimmern der Luft: »Was halten Sie vom Schuppen … wo all die Wunder geschaffen wurden?«

Ich hob einen Arm, um meinen Blick zu beschatten, und sah zwei »Häuser« aus Backsteinen, die einen dazwischenliegenden Holzrahmen einfassten, in dem wiederum eine Konstruktion eingefasst war, die aussah wie ein aufgerichtetes Schachbrett. Es gab Glasfelder, auf denen weißes Licht tanzte.

»Wo sind die Türen? Können wir hineingehen?« Die Aufregung ließ meine Stimme zittern.

Sie hob den Arm, um eine Linie zu ziehen. »Dort sind sie. Direkt vor uns … aber Sie werden die Efeuranken ausreißen müssen. Ich habe sie früher selbst gestutzt, doch sie wachsen so schnell, und in den letzten Jahren habe ich es nicht übers Herz gebracht und hatte auch nicht die Kraft dazu. Es ist lange her, seit ich hier war.«

Ich lief weiter, und als ich den »Schuppen« erreicht hatte, begann ich, an den störrischen Ranken zu zerren, um auf diese Weise Stück für Stück einige Falttüren freizulegen. Eine der Türen hing nicht mehr in ihrem Rahmen und wurde nur noch vom Wildwuchs gehalten; sie stürzte nach innen, wo sie mit lautem Krachen aufschlug. Ihr Gewicht brachte einen danebenliegenden Möwenkadaver zum Zittern, als wäre das Tier wieder zum Leben erwacht. Aber es musste schon seit Jahren tot sein, denn unter dem struppigen Gefieder kam das bleiche Gerippe komplett zum Vorschein.

Ich brauchte einen kurzen Moment, um nach Luft zu schnappen, und spürte ein Kitzeln auf meinen Armen, wo einige der Kratzer, die die Stacheln mir zugefügt hatten, nun wieder aufgerissen waren. Über dünne Blutspuren krabbelten mehrere winzige Käfer, die heruntergefallen sein mussten, als ich an den Efeuranken riss. Mir wurde leicht übel, und ich musste sie mir vom Kopf, von den Armen und sogar von den Beinen klopfen, bevor ich in das Innere des Studios eintreten konnte.

Hier drinnen war es sehr still, trotz der klaffenden Lücken, durch die die Elemente hineingelangten. Die Klippe war nur wenige Meter weit weg, dennoch war kaum ein Windzug zu spüren. Nur der gleichmäßige Rhythmus der sanft brechenden Wellen, der von unten hinaufdrang. Nur der Klang meiner Schritte, als ich meine Füße auf Glasscherben und Fliesen setzte, aus deren rissigen Fugen Unkraut wucherte.

Das war ein Ort, an dem Geister hätten umherwandern können, wäre ich denn geneigt gewesen, an ihre Existenz zu glauben. Ohne Zweifel fürchtete ich, selbst einer zu werden, als ich ein jähes Reißen und Ächzen hörte. Ich blickte – gerade rechtzeitig – nach oben und sprang schnell zur Seite, beide

Arme über dem Kopf, um mich zu schützen, als eine einzelne Glasscheibe aus einem verwitterten Dachbalken glitt. Sie landete mit einem irrsinnigen Klirren auf dem Boden, kaum mehr als dreißig Zentimeter von der Stelle entfernt, an der ich nun am Boden kauerte. Ich wagte kaum zu atmen und mein Herz trommelte, als ich meine Augen wieder öffnete und die spitzen Glasdolche erblickte, die sich ebenso gut in mein Fleisch hätten bohren können.

Vorsichtig, auf Händen und Knien, kroch ich an den Trümmern vorbei, an eine Stelle, die mir etwas sicherer schien, weil hier das Glas der Decke bereits verschwunden war und nur noch splitterige, verdrehte Leisten zu sehen waren, von denen sich die Farbe in Fäden abschälte, wie lauter Ringelwürmer.

Ich stand wieder auf und begann langsam, weitere Aufnahmen zu machen. Einige Teile des Gebäudes waren gut erhalten – die aus Backsteinen errichteten Zimmer zu beiden Seiten boten durch perfekt erhaltene Schieferdächer Schutz vor den Elementen. In einem Zimmer standen reihenweise Kleiderständer aus Metall, an denen Kostüme hingen, während andere zusammengefaltet auf Regalbrettern darüber lagen. Ich entdeckte gefärbte Federn. Lange Pelzüberwürfe neben eher gewöhnlicheren Haushaltsutensilien, wie zum Beispiel Teetassen, Tische, Stühle. Auch exotische ausgestopfte Tiere gab es. Eine Kobra, aufgerichtet zum Angriff. Ein Tiger. Drei kleine Krokodile. Grimmig aussehende Reptilien mit weit aufgerissenen Kiefern und ausgefahrenen Krallen, so als setzten sie zum gemeinsamen Angriff an.

Nicht weit davon hing ein Gewirr aus Metallrohren an Eisenketten. An einem war eine gemalte Kulisse befestigt, und auch wenn die Farben verblasst sein mochten, so konnte ich doch immer noch einen Sternenhimmel ausmachen, und darunter einige Pyramiden in einer Wüstenlandschaft – all das gemalt in einem Stil, der den Leinwandkulissen ähnelte, die ich in Theos Laden gesehen hatte.

Der gegenüberliegende Backsteinerker war durch Schiebetüren geschützt; durch einen offenen Schlitz in diesen konnte ich alle möglichen Arten von Werkzeug und Baumaterial erkennen. Sägen und Hämmer. Holzbretter. Das musste die Werkstatt sein, wo die Sets gebaut wurden – wie die zentrale Bretterbühne, die nun vor mir aufragte. Die Stufen der daran lehnenden Leiter hinaufzusteigen hätte ich indes nicht gewagt. Nur ein Narr hätte seinen Fuß auf derart von Holzwürmern zerfressene Sprossen gesetzt.

Zwischen der Bühne und dem darüberliegenden Gewölbe nichts als Luft und gleißendes Licht, doch an einigen Dachsparren hingen noch staubige Vorhänge. Alte Kameras waren auf Stative montiert. Das Metall angelaufen. Die Linsen gesprungen. Es schien nicht so, als ließe sich davon noch etwas reparieren. Lange Gummikabel schienen zu uralten Bogenlampen zu führen.

Es hatte also *etwas* Elektrizität gegeben. Vielleicht einen Generator, von dem aus die Kabel gelegt werden mussten. Und ging meine Fantasie mit mir durch, wenn ich fand, dass diese Kabel wie Schlangen aussahen, wie sie sich dort wanden, durch Glasscherben und dann weiter über den Teppich, dessen kaum noch zu erkennende Farben im verblichenen Muster des Gewebes durch Rot- und Pinktöne blühenden Unkrauts belebt wurde.

Um kunstvoll gearbeitete Gipssäulen herum sprossen weitere Blumen aus dem Boden; davor standen zwei Stühle, Throne eher, an denen man noch Reste goldener Farbe erkannte. Nicht weit von ihnen entdeckte ich eine Sache, die mich nach Luft schnappen ließ. Ein Sarkophag im ägyptischen Stil. Ein Artefakt, das so edel aussah, dass man es eher im British Museum in Bloomsbury vermutet hätte. Und das auf den Sargdeckel gemalte Gesicht mochte wohl eine Nofretete sein, aber es erinnerte auch an Leda Grey. Leda, wie sie in jungen Jahren ausgesehen hatte.

Ich hätte gar nicht alles beschreiben können, was meine Augen sahen. Die alte Frau hatte vollkommen recht gehabt. Hier gab es Wunder. Erlesene Dinge. Und auch Entsetzliches – so wie den Schwan mit weitgespannten Flügeln, dessen Federspitzen in einem schmutzigen Grau endeten. Der Brustkorb war zu einem klaffenden Loch aufgerissen, in dem sich, umkränzt von weichen Daunen, statt der Innereien des Tieres Zweige und Blätter befanden. Es schien sich dabei um das Nest eines viel kleineren Vogels zu handeln, denn unten am Boden, inmitten weiterer flaumiger Federn, lagen aufgebrochene, blaue Eierschalen, aus denen Küken geschlüpft waren.

Wie verstörend dieses kannibalistische Szenario auch auf mich gewirkt haben mag, ich hatte es gleich wieder vergessen, als ich weiterlief und erkannte, was hinter der Holzbühne stand. Ein alter schwarzer Eisenofen, der mich an all die Öfen erinnerte, die in den Klassenzimmern meiner Jugend gestanden hatten. Sein Abzugsrohr stand immer noch senkrecht, auch wenn man unmöglich noch sagen konnte, wo es einmal geendet haben mochte. Denn die Rückseite des Gebäudes existierte nicht mehr, und zwei der kleinen Eisenfüße des Ofens hatten keine Bodenhaftung, sondern baumelten in der Luft, im Nichts. Das Ganze war eine solch wacklige Angelegenheit, dass der kleinste Stoß ausgereicht hätte, und der komplette Ofen wäre hintüber von der Klippe ins Meer gestürzt.

War hier die nahe Bombe eingeschlagen, von der Leda gesprochen hatte? Was für Objekte mochten dabei verloren gegangen sein?

Während ich mich das fragte, drehte ich mich um und sah, dass sie nun im Innern des Gebäudes war, wenngleich noch keinen halben Meter von der Tür entfernt, die ich umgeworfen hatte. Sie stand vor einem Schirm aus glänzendem Efeu, was ihr Gesicht grünlich wirken ließ. Fremdartig und luminös sah sie aus, und auch sehr traurig, wie sie da auf die tote Möwe starrte, bevor ihre Augen meine suchten und sie herüberrief: »Zwischen hier und dem Abgrund waren früher noch mehrere Meter Land. Mit der Zeit«, sie streckte ihre Arme weit aus, »wird all das hier wegstürzen. Alles, was die Bombe nicht zerstört hat, werden das Meer und die Felsen dort unten für sich beanspruchen. Das Filmset für *Die Meerjungfrau* haben sie sich schon geholt … was ja recht passend ist.«

Ihre zuckenden Mundwinkel deuteten ein bitteres Lächeln an. »Außer das Becken. Das gibt es immer noch.« Sie zeigte auf einen Glaskasten, der mir wegen seiner Durchsichtigkeit bisher gar nicht aufgefallen war. Doch jetzt, da ich genauer hinsah, sah ich, dass die unteren vier Ecken in Blei eingefasst waren. Ich sah dicke Krusten von Kalkablagerungen, und das schmierige Braun von Algen, die sich überall auf den trüben Glaswänden ausgebreitet hatten. Im Becken gab es schlammgrüne Wasserrückstände, die zweifellos mit jedem Regen aufgefrischt wurden, damals aber nur etwa zwei Zentimeter hoch waren; darin schwammen Fischgräten, Krabbenschalen, Kriebelmücken und Ameisen, die in dem fauligen Schleim ertrunken waren.

Überhaupt kein schöner Anblick, doch Ledas Gesicht strahlte. »Können Sie sich vorstellen, wie das aussah, als Beauvois seine Szenen durch das Glas hindurch gefilmt hat … das ganze Becken mit Wasser gefüllt? Es war schrecklich teuer, aber die Wirkung so mystisch, egal, ob ich nun mit offenem schwebendem Haar herumschwamm … oder auf der anderen Seite des Beckens stand und schauspielerte, damit es *aussah*, als wäre ich in eine wunderliche Unterwasserwelt eingetaucht. Manchmal …« Ihre Stimme stockte. »Manchmal denke ich, ich sei noch immer dort. Ich würde immer noch in den Zwischenwelten all der Fantasien treiben, die er erschaffen hat.«

OFT ERZÄHLEN WAHRHEIT UNS DES DUNKELS SCHERGEN

Macbeth

Die Meerjungfrau war kürzer als ich erwartet hatte. Nicht einmal fünf Minuten von Anfang bis Ende, obwohl es mehr als eine Stunde gebraucht hatte, die Leinwand anzubringen, auf der wir den Film schauten. Und herausgekommen war nicht viel mehr als eine Behelfslösung, für die ich taumelnd auf der Sofalehne balancierte, um ein Laken an Bilderhaken zu befestigen.

Der Stoff hatte zusammengerollt unter den Standbeinen des Projektors gelegen, den Leda in einer dunklen Ecke ihrer unordentlichen Stube verstaut hatte. Zuerst hatte ich nach diesen beiden Sachen geschaut, dann nach den Filmen, während Leda sich in ihrem Sessel ausruhte – und mich anwies, wie die Metallluke der Laterne zu öffnen und der Anfang des Zelluloidfilms in die, wie sie es nannte, Abwickelspule einzufädeln sei. Wenn ich dann eine Kurbel drehte, lief der Film von dort durch ein Walzenlabyrinth; durch die Bewegung wurde außerdem der Dynamo aufgeladen, der eine Glühbirne im Innern eines Glaszylinders zum Leuchten brachte. Ein Spiegel verstärkte dann den hellleuchtenden Lichtstrahl noch, der die Bilder zum Leben erweckte.

Zu langsam oder zu schnell; und die Bilder flackerten, die Charaktere wirkten unnatürlich. Entweder wie schlurfende hirnlose Zombies oder wie zuckende Mannequins auf Speed. Mit der richtigen Spannung und gleichmäßigem Kurbelrhythmus waren ihre Bewegungen so fließend wie alles, was man heutzutage so im Film sah. Kopfzerbrechen machte mir der Lärm, den die rasselnde Kurbel machte! Ich fürchtete, dass irgendwelche Schrauben und Muttern lose waren, dass das ganze verfluchte Teil auseinanderfallen würde. Aber die Mechanik schien zu halten, und nicht einmal der Krach konnte die Stimmung im White Cliff House trüben, als wir vom Zauber des Films ergriffen wurden.

Ich kann es eigentlich nur mit den europäischen Fantasien vergleichen, die ich in den Sechzigern im Kinderfernsehen gesehen hatte. *Das singende klingende Bäumchen* war eine davon, ein unheimliches und düsteres Märchen, in dem ein böser Zwerg einen Prinzen in einen Bären verwandelt – und die wunderschöne Prinzessin, der seine Liebe galt, in eine gräulich abstoßende Hexe. Oder auch die *Robinson Crusoe*-Serie, mit ihren hypnotischen Bildern von Meereswellen, die meilenweit den feuchten Sand aufspülten. Die erste Szene der *Meerjungfrau* sah sogar sehr ähnlich aus und zeigte einen Mann, der einsam einen Strand entlanglief.

Er strahlte eine solche Energie aus. Er wirkte ganz so, als käme er aus dem Hier und Jetzt. Nicht seine Kleidung. Die konnte man zweifellos einer bestimmten Periode der Vergangenheit zuordnen. Es war vielmehr seine Haltung, diese Nonchalance und das Selbstvertrauen eines reifen Mannes, der genau weiß, wer er ist; der glaubt, dass die Welt sich um seine Existenz herum formt. Seltsam wirkte aber, wie die Luft, durch die er ging, sich scheinbar kräuselte, je näher er an die Linse der Kamera herankam, während seine Gesichtszüge unverzerrt und deutlich sichtbar blieben. Sein Haar wehte verwegen um seinen Kopf herum; einige graue Strähnen hoben sich vom Schwarz ab. Und es lag etwas Manisches in seinen Augen, die so groß und dunkel waren wie die von Leda; doch winzige graue Fäden geplatzter Äderchen zogen sich durch das Weiß der Augäpfel, wodurch er aber nicht nur müde, sondern durchaus auch leidenschaftlich und ziemlich abgedreht wirkte. Wie ein von Drogen berauschter Rockstar.

Bevor dieses Gesicht auf der Leinwand aufgetaucht war, hatte Leda sich eher ruhig verhalten, in den Augen einen leeren Ausdruck. Doch mit einem Mal beugte sie sich nach vorn, ihre missmutigen Gesichtszüge vom Schein der Laterne vergoldet, und sie flüsterte mit drohender Stimme: »Da bist du also, Charles Beauvois. Du *wagst* es, hierher zurückzukehren.«

Was meinte sie damit? Für einen kurzen Moment war ich verunsichert, bis ich die Frage wieder vergaß, als Charles Beauvois verschwunden war und Ledas Meerjungfrau die Leinwand füllte. Unvermittelt stieß ich aus: »Mein Gott … wie wunderschön Sie waren!«

Sie trug eine Perücke aus langen weißen Locken. Einen Kranz aus Muscheln. Und einzig Falten des Leintuchs, die sich im Lichtstrahl kräuselten, waren Makulatur auf ihrer perfekten Haut. Selbst damals, im White Cliff House an meiner Seite, als Leda schon so ausgesprochen alt war, besaß sie noch eine fragile Eleganz, die mir Ehrfurcht einflößte. Doch der atemberaubende und betörende Glanz ihrer Jugend! Sie war wahrhaftig eine Göttin. Wie die Venus von Botticelli. Tatsächlich sah jedes einzelne Bild dieser Meerjungfrau aus wie das Gemälde eines alten Meisters. Und hinzu kam noch die verführerische Qualität eines entrückten Art-House-Films – wenn auch der glanzvolle Star des Werkes meinen Komplimenten keinerlei Beachtung schenkte. Sie sprach kein weiteres Wort, bis ein zweiter Mann erschien. Ein Mann, der deutlich jünger war als Beauvois.

»Das ist Theo«, sagte sie sehr nüchtern, worauf ich schockiert antwortete: »Das ist Ihr Bruder … aus dem Laden?«

Kaum zu glauben, dass dieser verkrüppelte, gnomenhafte Mann einmal von solch geradem Wuchs gewesen sein sollte, so schmächtig gebaut; und diese Wuschellocken, die ihm ein neckisch-jungenhaftes Aussehen gaben – insbesondere, wenn man ihn mit der massiven Männlichkeit von Charles Beauvois verglich. Wie Theo aussah und sich bewegte, das hatte fast schon etwas Ätherisches. Und das blasse Silber seiner Augen hob sich nicht funkelnd wie glühende Kohlen von der weißen Haut seines Gesichts ab – anders als bei seiner Schwester und Beauvois. In den Grautönen des Schwarz-Weiß-Bildes waren Theos Augen kaum sichtbar, wodurch er eher wirkte wie ein Geist als wie ein Mann aus Fleisch und Blut.

Wie alt mochten die Geschwister gewesen sein, damals, als Beauvois diesen Film gedreht hatte? Auf der Filmdose klebte ein Label, auf das jemand die Jahreszahl 1913 gekritzelt hatte. Leda hatte erwähnt, dass sie in jenem Jahr das erste Mal in diesem Haus gewesen sei. Das war, als es mir gelungen war, den Film zu finden, nachdem sie mich angewiesen hatte, in den Schubladen eines Schreibtischs nachzuschauen, der fast so breit war wie das Erkerfenster.

Ich hatte beinahe den Mut verloren, als ich dort auf die Suche ging und in jeder Schublade, die ich öffnete, nur Gummibänder, Schnüre, grüne Tinte, eine silberne Lupe und dergleichen fand. Es gab Schachteln voller Schleifen und Ersatzteile für die Schreibmaschine – ein uraltes Ungetüm, das auf der ledernen Oberfläche des Schreibtischs stand. Daneben lag auch noch etwas. Ein Bündel Papiere, fein säuberlich zusammengebunden und verknotet mit einem Stück Kordel – Knoten, die ich bald schon lösen würde, auch wenn zu diesem Zeitpunkt mein ganzes Interesse dem Funkeln des Metalls galt, das ich am Boden hinter dem Schreibtisch bemerkte. Neben zwei Zeitschriftenstapeln lagen mehrere flache, runde Filmdosen übereinander getürmt.

Als ich die Blechdosen auf den Schreibtisch hievte, bemerkte ich, dass einige Papierbögen komplett zernagt waren. »Leda«, fragte ich, »haben Sie je mit dem Gedanken gespielt, sich eine Katze im Haus zu halten? Um die Mäuse und Ratten zu töten? Haben Sie je in Betracht gezogen, Giftköder auszulegen?«

»Amy ... das war mal unser Dienstmädchen. Die hat mir mal ein paar Kätzchen mitgebracht ... einen Wurf von der Winstanley-Farm. Aber die sind schnell wieder weggelaufen. Das waren Scheunenkatzen, müssen Sie wissen. Viel zu wild, als dass ich sie hätte zähmen können. Haben immer schon gefaucht und gekratzt, wenn man nur versucht hat, sie zu streicheln. Da habe ich lieber die Ratten, um ehrlich zu sein ... obwohl Rex wirklich flink war. Der hat sie fangen können. Dann hat er sie geschüttelt und ihnen die kleinen Hälse gebrochen.«

Während ich die Spinnweben von den Filmdosen blies, um die Labels darunter lesen zu können, dachte ich an den Hund in Theos Laden. Doch bevor ich Gelegenheit hatte zu fragen, redete Leda schon weiter: »Rex war ein Hund, den wir früher mal hatten. Ein Geschenk für mich, als ich noch ein Mädchen war.« Ihre Stimme schlug einen sehnsuchtsvollen Ton an. »Er kam nicht oft mit hierher.«

Inzwischen hatte ich *Die Meerjungfrau* gefunden; hochkonzentriert versuchte ich, die Dose zu öffnen, deren Deckel an den Boden festgeschweißt zu sein schien. Doch schließlich schaffte ich es mit roher Gewalt und blickte auf den Inhalt der Dose, in der auf einer glänzenden Filmrolle ein Briefumschlag lag. In diesem Umschlag fand ich ein Blatt Papier, ordentlich gefaltet. Darauf waren, wie sich zeigte, Worte getippt, die sich immer noch gut lesen ließen, wenn auch die Schrift an manchen Stellen verschmiert war – weil Fehler ausgewischt worden waren oder die Falzstellen das Papier zerschlissen hatten. Es handelte sich nicht im eigentlichen Sinne um ein Drehbuch, schließlich ging es hier um einen Stummfilm, aber auf dem Papier standen akribisch genaue Regieanweisungen und Handlungsbeschreibungen.

DIE MEERJUNGFRAU
REGIE: CHARLES BEAUVOIS
DARSTELLER: CHARLES BEAUVOIS, LEDA GREY & THEO WILLIAMS

Wellen brechen sich an einem Strand. Das Bild verschwimmt dann und gezeigt wird die Illustration einer Meerjungfrau, die in ihrer Grotte schwimmt. Darüber wird die Titelei eingeblendet.

Szenenwechsel. Ein Mann läuft den Strand entlang. Hinter ihm erheben sich weiße Klippen. Er ist leger gekleidet, als ob er im Urlaub wäre. Er trägt einen Strohhut auf dem Kopf, den er dann abnimmt, um sich den Schweiß von der Stirn zu wischen. Es ist ein heißer Tag. Er ist durstig und müde. Er setzt sich an den Rand einer Felsformation, die bei Flut eine Art Becken bildet. Er beugt sich nach vorn und taucht seine Hand ins Wasser; er fischt eine große weiße Muschel heraus, in die er hineinschaut. Etwas scheint ihn zu erschrecken und er schaut genauer hin.

Szenenwechsel. Eine dunkle Leinwand. Durch das Schwarz hindurch erscheint ein riesiges Auge. Es ist das Auge des Mannes, der die Muschel betrachtet.

Szenenwechsel. Wir sehen nun, was das Auge gesehen hat: Ein winziger menschlicher Arm, der winkend aus dem Innern der Muschel herausragt. Eine Miniatur-Wasserwelt. Oktopus. Quallen. Seesterne. Aale. Seeanemonen. Und so weiter.

Szenenwechsel. Ein Vorhang aus Seetang öffnet sich und gibt den Blick frei auf eine Meerjungfrau, die ihre Arme in einem langsam wogenden Tanz um sich herum kreisen lässt. Als die Kamera deutlich näher herangeht, blickt die Meerjungfrau direkt hinein, als beobachte sie den Betrachter (den Schauspieler, den Kameramann, das Publikum). Ihr Blick ist herausfordernd. Warum schaut man sie denn an? Aber dann lächelt sie und streckt einladend eine Hand aus. Ihr Lächeln sagt: »Komm herein in meine Muschel. Komm herein und entdecke meine Welt.«

Szenenwechsel. Eine Nahaufnahme von zwei Händen unter Wasser, die Finger ineinander verschlungen. Die eine Hand ist die einer Frau. Die andere die eines Mannes.

Szenenwechsel. Durch einen Zauber ist der Mann geschrumpft worden, nicht größer als die Meerjungfrau, die ihn nun zu einem Thron führt, der aus einer riesigen Muschelschale besteht. Dort sitzen die beiden Seite an Seite, wie König und Königin des Ozeans. Währenddessen sieht man in den Wellen um sie herum weitere geisterhafte Umrisse von Meerjungfrauen tanzen.

Szenenwechsel. Wieder der Strand. Ein anderer Mann sucht nach seinem Freund. Er findet das Felsbecken, in dem noch immer der Hut des ersten Mannes schwimmt. Er fischt ihn heraus und sieht verwirrt aus; dann trägt er den Hut fort, er geht denselben Weg, den er gekommen ist.

Szenenwechsel. Der Film endet mit einer Nahaufnahme der Fußspuren im Sand. Die Kamera schwenkt langsam weg.

Als das letzte Bild des Films über die Leinwand geflackert war und mein schmerzendes Handgelenk die durchgängige Betätigung der Kurbel einstellen konnte, blickte Leda Grey auf und fragte: »Wie fanden Sie den Film?

Sie können vollkommen ehrlich sein. Ich will keine falschen Schmeicheleien hören.«

Ich wischte mir mit einer Hand über die Stirn, fühlte mich ein klein wenig fiebrig und war von der Hitze der Projektorlampe sehr ins Schwitzen geraten; ich sagte ihr, dass mich die visuelle Vorstellungskraft des Regisseurs begeistert hatte; das Schauspiel sei so natürlich gewesen, dass es Szenen aus dem wahren Leben hätten sein können – *wenn* Wesen wie Meerjungfrauen denn wirklich existieren würden.

So viele Fragen gingen mir durch den Kopf. »Wie hat Beauvois diese Kamerafahrten hinbekommen? Ist die Kamera auf Rollen montiert gewesen? Und die Szenen, die er durch das Wasserbecken hindurch gefilmt hatte. Die waren tatsächlich bemerkenswert. Die doppelten Belichtungen. Die …«

Ich unterbrach mich, um nicht die förmlich greifbare sexuelle Anziehungskraft zwischen Leda Grey und Charles Beauvois zu erwähnen, die aus der Rolle ihres Bruders eine Belanglosigkeit gemacht hatte. Und als Leda in eine verzückte Tagträumerei abzudriften schien, ließ ich den Projektor, wo er war, und setzte mich dorthin, wo ich mein Aufnahmegerät abgelegt hatte. Ich hoffte, dass alles, was wir gesagt hatten, zu hören sein würde, und entdeckte erst in diesem Moment, dass die Batterien komplett leer waren.

Ich hatte keinen Ersatz mitgebracht. Normalerweise war das nicht nötig, weil ich immer ein Kabel dabeihatte, mit dem ich das Gerät an eine Steckdose anschließen konnte. Doch in diesem Haus gab es keine Steckdosen, und mich durchfuhr ein Gefühl schmerzlicher Bestürzung – das jedoch von dem erstickten Schluchzen weggewischt wurde, das ich plötzlich hörte.

Ich hatte keine Ahnung, was ich tun oder sagen sollte, wie ich sie hätte trösten können, als ich aufblickte und sah, dass Leda ihr Gesicht in den Händen vergraben hatte. Sie verharrte eine ganze Weile in dieser Haltung, bis sie schließlich den Kopf wieder hob; blinzelnd und mit tränennassen Augen blickte sie mich an und sagte: »Ich habe wirklich nicht geahnt, wie sehr mich das mitnehmen würde … all die Erinnerungen noch mal zu durchleben, aus der Zeit, als wir am glücklichsten waren. Als die Zukunft noch ein offenes Versprechen war.«

Ihr Gesicht war totenbleich geworden. Ihr Atmen schien sehr angestrengt. Und noch etwas fiel mir in diesem Moment auf. Über den schwarzen Augen, die im gelben Schein der flackernden Kerze glänzten, wirkten die Brauen, die darüber wuchsen, so dicht und dunkel wie in ihrer Jugend – obwohl ich hätte schwören können, dass sie vorher, bevor wir uns den Film angeschaut hatten, eher dünn gewesen waren und so farblos wie das Haar auf ihrem Kopf.

Ich musste aufmerksamer sein. Und außerdem musste ich etwas Wasser auftreiben. Um mir die schwitzigen Hände und das Gesicht zu waschen, um den schrecklichen Durst zu stillen, den ich verspürte. Aber bevor ich fragen konnte, wo die Küche war, setzte Leda wieder zu sprechen an.

»Wissen Sie … die ganze Zeit, während wir uns diesen Film angesehen haben, habe ich gedacht, wie fügsam diese Meerjungfrau gewesen ist. Nicht mehr als ein sexualisiertes Ideal. In der Welt der Männer ist keine Rolle für sie vorgesehen.«

»Und ich habe gedacht, dass *sie* diejenige ist, die die Macht hat«, sagte ich. »Sie lockt den Mann aus dem Land der Luft fort, hinein in ihre Wasserwelt … auch wenn sein Schicksal ihn anscheinend ziemlich glücklich macht.«

»Aber was ist mit dem anderen Mann? Der ganz am Ende allein am Strand zurückbleibt? Ach, … da stecken schon Wahrheiten in Beauvois' Filmen, und inzwischen sehe ich sie viel, viel deutlicher als damals, als wir jung waren. Oder ich habe vielleicht auch nur die Augen verschlossen vor den Dingen, die ich nicht sehen wollte, … wollte nie, dass die Arbeit an den Filmen endet, fühlte mich regelrecht beraubt, wenn es vorbei war, … wenn ich wieder daheim in Brightland in meinem Bett lag und stundenlang weinte und weinte. Wissen Sie, ich wusste, dass *mein* Schicksal besiegelt war. Es war nicht die Meerjungfrau, die den Mann gefangen nahm. Charles Beauvois hatte mich gefangen genommen. Mit jedem Drehen der Kamerakurbel, mit jeder Belichtung der Linse hat er mich ein bisschen mehr an sich gefesselt Und heute …« Sie schüttelte langsam den Kopf. »Ich sitze noch immer in der Falle, bin seine Gefangene. Genau wie die Meerjungfrau in ihrer Muschel.«

»Soll ich gehen?«, fragte ich, als ich die Trauer und die schiere Erschöpfung in ihrer Stimme hörte. »Ich muss schon seit Stunden hier im

Haus sein. Vielleicht, wenn es in Ordnung für sie ist, könnte ich morgen wiederkommen?«

»Morgen … und morgen … und morgen …« Sie schenkte mir ein gänzlich trostloses, trauriges Lächeln. »Aber ja, vielleicht sollte ich schlafen. Der süße Schlaf des Vergessens. Der Tod von jedem Lebenstag …«

Diese Anleihen an das Drama *Macbeth*. Ein verzweifeltes Flehen in ihrer Stimme, als sie sagte: »Oder Sie bleiben eine Weile. Sie sind mir wirklich mehr als willkommen, und …«

Sie ließ ihren Blick durch den Raum schweifen und nahm schließlich den Schreibtisch in Augenschein. »Sie haben mich nach meiner Vergangenheit gefragt. Warum lesen Sie nicht meine *Spiegelbilder*? Ich habe sie vor Jahren aufgeschrieben. All die Erinnerungen, die ich noch präsent hatte, als in meinem Kopf noch nicht alles verschwommen und durcheinander war.

Bevor ich darauf antworten konnte, hatte sie die Augen geschlossen und das Kinn auf ihre schlaffe Brust sacken lassen; sie sah beinahe genauso aus, wie sie ausgesehen hatte, als ich sie das erste Mal durch die Wand beobachtet hatte. Sie zitterte ein wenig. Leda war doch sicherlich nicht kalt? Aber mir fiel die Decke wieder ein, unter der sie am Vormittag geschlafen hatte, und ich hob sie vom Boden auf und legte sie ihr vorsichtig über den Schoß.

Anschließend war ich sehr unsicher, ob ich bleiben oder gehen sollte. Wie spät war es denn inzwischen? Neun? Zehn? Unbewusst wanderten meine Augen zu den Zeigern der Uhr auf dem Kaminsims. Sie hatten sich nach wie vor nicht bewegt und zeigten zehn vor zwölf an; die Zahnräder waren still wie die Toten.

Durch das Loch in der Wand fiel kein Licht hinein, und die schwarze Leere auf der anderen Seite schien zu verschwimmen und sich vor meinen Augen auszudehnen. Mir war viel zu heiß. Ich hatte viel zu großen Durst. Würde ich es noch in den Pub schaffen, bevor er zumachte – oder sollte ich einfach die Limonade trinken, die ich mitgenommen hatte, als ich zuvor dort gewesen war?

Ich traf eine Entscheidung. Ich nahm mir eine der Dosen, stürzte das süßlich-lauwarme Gebräu hinunter und bemerkte den widerlich metallischen

Nachgeschmack kaum. Danach griff ich mir den hohen Kerzenständer aus Messing, der neben der schlafenden Leda stand.

Die Kerze, die bis auf etwa drei Zentimeter heruntergebrannt war, warf ein wenig Licht auf den Schreibtisch, und nachdem ich sie abgestellt hatte, tanzte die Flamme launisch im Windzug, der durch das Loch in der Wand blies.

Ich mochte diese Brise. Mir gefiel, wie ihre Finger durch mein Haar wühlten, als ich mich in einen Lederstuhl setzte, der vor der großen schwarzen Schreibmaschine stand. Links von ihr waren die Filmdosen gestapelt, die Beauvois gesammelte Werke beinhalteten. Auf der anderen Seite der Papierstapel, zusammengeschnürt mit einer oben verknoteten Kordel.

Ich griff nach den Zigaretten in der Tasche meiner Jeans, legte die Schachtel auf den Schreibtisch und zündete mir dann an der Flamme der Kerze eine an. Der Geschmack von Asche und Honig. Ein stechendes Kribbeln in meinen Augen. Der Rauchschleier vernebelte mir die Sicht, während meine Finger sich an der Kordel zu schaffen machten, bis die vergilbten Papierbögen davon befreit waren und ich anfangen konnte zu lesen …

DIE SPIEGELBILDER DER LEDA GREY

Mein Bruder kam heute zu Besuch. Es sei September, sagte er. Das Jahr sei 1948, sagte er. Wie aber kann das sein? Ist es wahr, dass fast vierzig Jahre vergangen sind, seit ich das erste Mal hierhergekommen bin?

Und doch sehe ich sie ja, die Jahre, wann immer ich in Theos Gesicht blicke. Das Blau seiner Augen verblasst. Seine schönen, goldenen Locken sind nun grau. Und was denkt er, wenn er mich ansieht? In meinem Haar, das früher schwarz war, sind nun weiße Strähnen. Die Haut in meinem Gesicht ist so faltig. Der Schädel darunter zeichnet sich zu deutlich ab.

In diesem Gesicht sehe ich meine Zukunft, die Knochen, die bleiben, wenn ich tot bin. Und wenn es so weit ist, wer wird dann jemals wieder an Leda Grey denken? Und wenn man an sie denkt – was wird man über sie sagen? Wird es Gutes sein oder Schlechtes?

Deshalb muss ich über die Vergangenheit schreiben, die alles ist, woran ich noch festhalten kann, hier in der Trübnis des White Cliff House. Und doch, manchmal schließe ich die Augen, und dann verschwindet all die Dunkelheit, und ich sehe ein strahlendes Prisma, jede Facette das Licht eines Diamanten, jedes Licht hat seine eigene Geschichte zu erzählen.

Dieses hier, schau, wo die Morgensonne durch das gewölbte Oberlicht im Studio meines Vaters strömt. Und hier, der Klang der Stimme meines Vaters, die aus seiner Dunkelkammer heraus durch den Türspalt dringt …

»Was hältst du davon, Leda? Ich habe gestern erst gelesen, dass es auf dieser Welt primitive Stämme gibt, die fest davon überzeugt sind, dass eine Kamera den Menschen ihre Seele stehlen kann.«

Mein Vater entwickelte gerade die Fotos, die er am Morgen geschossen hatte und für die ich in einem dieser alten Kostüme posiert hatte, die er sich vom »Theatre Royal« lieh – was er dann und wann machte, wenn er im Studio seine eigenen »künstlerischen« Arbeiten kreierte, statt gewöhnliche Porträtaufnahmen zahlender Kunden zu schießen.

Ich stand hinter dem Paravent, der eine Art Umkleide schuf, und wo ich eine gute halbe Stunde oder mehr verbracht hatte, um mir die dicke, schwarze Farbe abzuwischen, die er um meine Augen herum aufgetragen hatte. Um mich fremdländisch und exotisch aussehen zu lassen. Und was für ein Kampf es gewesen war, das Gewirr meiner Haare aus der Krone zu befreien, die ich für die Fotos getragen hatte. Mein Kopf schmerzte noch immer von ihrem Gewicht. Sie war aus gewundenem Metall, an das man Blätter und Schlangen befestigt hatte.

Oh, diese Schlangen! Ich fand sie abscheulich! Nicht dass es mir auch nur im Geringsten etwas ausgemacht hätte, mich in hübsche Kleider zu werfen. Das würde ich jederzeit mit Freuden tun. Wenn ich da zurückdenke an die Beauvois-Filme …

Aber als ich diesen Kopfputz gesehen habe, nun ja, da hat es schon einige Überzeugungsarbeit von Papa gebraucht, damit ich ihn aufsetze. Seine Erschöpfung stand ihm ins Gesicht geschrieben, als er seine Hände hob und mit den Fingern durch die dichte graue Mähne über seiner Stirn fuhr, in der noch immer ein paar schwarze Strähnen vom Glanz seiner Jugend zeugten – und das, obwohl er älter als siebzig Jahre war (er war sehr viel älter als Mama gewesen, als die beiden sich das erste Mal begegneten und ineinander verliebten).

»Haare so schwarz wie der Teufel, und dreimal so gutaussehend. Sein Haar war so schwarz wie deines jetzt ist, Leda.« Das pflegte meine Mutter immer zu sagen, wenn sie mit ihren Fingern durch mein Haar strich.

Das ist eine der Sachen, an die ich mich erinnere. Ich wünschte nur, es wären mehr.

Wie dem auch sei, wegen dieser Schwärze – Papa sagte immer, ich sähe aus wie ein Zigeunermädchen – kam ihm die Idee, mich als ägyptische Königin zu verkleiden. Und als er mir die Krone präsentierte, da konnte ich nur starren Blickes fragen: »Was um alles in der Welt soll das denn sein?«

»Die sieht doch sehr dramatisch aus, findest du nicht? Sie ist vor ein paar Jahren mal für eine Inszenierung verwendet worden.«

»Und was für ein Stück ist das gewesen?«

»›Mumie des Unglücks‹. Angeblich basierend auf wahren Ereignissen. Es heißt, dass so um 1880 drei Engländer nach Ägypten reisten, wo sie alle ein

fürchterliches Schicksal ereilte, nachdem einer von ihnen Tausende Pfund bezahlt hatte, um die mumifizierten Überreste einer antiken Königin namens Amen-Ra in seinen Besitz zu bringen.«

Dann erzählte Papa mir, wie dieser Mann in die Wüstennacht hineinlief und niemals wieder lebend gesehen wurde; und dass sich das zugetragen hatte, kurz nachdem man den Sarkophag der Königin auf sein Zimmer geliefert hatte. Der zweite Mann verlor einen Arm, als ein Bediensteter anbot, seine Pistole zu reinigen, und diese versehentlich abfeuerte. Der dritte Mann kehrte zurück nach England, nur um zu erfahren, dass er völlig ruiniert war, weil die Bank, in der sein Vermögen lag, auf katastrophale Weise pleitegegangen war. Um sich seinen Lebensunterhalt zu finanzieren, musste er ab dann Streichhölzer auf der Straße verkaufen.

Und damit war es noch nicht vorüber! Einige Jahre später erwarb das British Museum in London die Mumie, und schon bald berichteten die Nachtwächter dort von seltsamen und spukhaften Ereignissen, von Gegenständen, die durch den Raum flogen, von Geräuschen, die aus dem Innern des Sarkophags kamen – ein Schlagen und Heulen. Ein Reporter, der die seltsamen Vorgänge untersuchen wollte, verlor den Verstand wegen eines Fotos, das er vom Deckel des Sarkophags geschossen hatte. Das darauf gemalte Gesicht – das eigentlich einen recht gleichmütigen Ausdruck hatte – hatte sich auf dem Bild in eine derart höllische Fratze verwandelt, dass der Mann sich das Leben nahm.

»Ist die Mumie noch dort, wird sie noch ausgestellt, ist sie noch im British Museum? Gibt es dieses Foto heute noch, oder ist das Böse zerstört worden? Und was glaubst du, könnte mit dem Mann passiert sein, der in dieser Nacht verschwunden ist, … der in die Wüste gelaufen ist und nie wieder lebend gesehen wurde?«

Mein Vater wusste keine Antworten, als ich ihn nach diesen Dingen fragte, aber mich ängstigte es, wenn ich darüber nachdachte, und mich ängstigte auch der Gedanke daran, wie die mit einem Fluch belegte Amen-Ra zu posieren.

»Papa!« Sicherlich habe ich mit dem Fuß aufgestampft, als ich ungläubig in den Korb am Boden schaute, in dem die Krone noch immer lag. »Das sind Schlangen! Echte Schlangen! Ausgestopfte Schlangen! Nur eine Hexe käme auf die

Idee, sich ein solches Ungetüm auf den Kopf zu setzen. Außerdem sind da Risse in der Schlangenhaut. Und der Gestank. Riechst du das nicht? Wie vergammelter Fisch. Wie kannst du das aushalten? Mir wird übel!«

»Keine Hexe, Leda. Eine exotische Königin.« Mein Vater lächelte müde. Oh, was für ein wunderschönes Lächeln er hatte! Seine dunkelbraunen Augen waren so ausdrucksstark; und ich fand es beschämend, wie manche Kundinnen ihr einfältigstes Lächeln aufsetzten, wenn sie ihm im Studio begegneten, oder auf der Straße, wo er stehenblieb und die Finger zum Gruß an den Hut legte; und seine Stimme war so tief und melodisch – nicht so angestrengt wie meine an jenem Tag. »Leda, die Fantasie geht mit dir durch. So schlimm ist der Geruch doch gar nicht. Sicherlich kannst du die Luft ein bisschen anhalten? Und wenn ich das Fenster öffne, würde das helfen? Es ist ja nur für eine kurze Weile, bis meine Kunden eintreffen. Ich glaube wirklich, dass das ein außergewöhnliches Bild werden könnte, wenn du dir nur einfach einen Ruck geben würdest und mitmachst.«

Seine Porträtaufnahmen waren oftmals außergewöhnlich. Die Aufmerksamkeit, die er auch den Details schenkte. Und wenn er an diesem Tag dann seinen Zauber gewirkt haben würde – mit mir vor der Kamera –, dann würde er die besten Aufnahmen nach London schicken, an die Royal Photographic Society, deren Leitthema für die diesjährige Sommerausstellung »England und die Exotik« war. Und das Beste daran: Papa hatte mir versprochen, dass ich, wenn unser Bild gewinnen sollte, ihn zum Russell Square begleiten dürfe, wo es im Rahmen eines Festakts eine Privatausstellung geben sollte. Ich wagte aber kaum zu hoffen, dass dieser Tag je kommen würde. Eine Reise nach London. Eine Party besuchen. Sehen und gesehen werden. Mein Porträt an der Wand!

Ach, mein dummer, dummer Stolz. Aber woran hatte ich gerade gedacht? Oh, ja. London. Die Royal Photographic Society. Mein Vater war schon seit Jahren Mitglied, seit er seinen ersten Laden in Kensington eröffnet hatte, wo seine Talente derart gefragt waren, dass einst sogar die »göttliche« Ellen Terry Stunden in seinem Studio verbrachte, um in einem Kostüm zu posieren, in dem sie die Rolle der Lady Macbeth gespielt hatte.

Macbeth. Auch diese Figur … Warnzeichen einer Zukunft, die mir noch bevorstand. Damals konnte ich an gar nichts anderes denken als an diese Robe – wie herrlich sie war. Sie war besetzt mit eintausend irisierenden Deckflügeln grüner Prachtkäfer, und irgendwie gelang es meinem Vater, dieses grünblaue Schillern wirklich zum Leuchten zu bringen, als er die Bilder aufs Papier brachte. Eintausend Mal stand ich hinter dem Verkaufstresen in unserem Laden und bestaunte eine der Aufnahmen, die er dort aufgehangen hatte. Eintausend Mal wünschte ich mir, dass auch ich in einer solchen Robe posieren könnte. Eine romantische Artuslegende wollte ich sein, keine dämonische Gorgo, die Menschen verhext.

Doch jeder Widerspruch wurde beiseitegeschoben und die Schlangenkrone auf mein Haupt gesetzt; abgesehen von all meinen Hoffnungen, konnte ich dieser Verlockung ohnehin nie widerstehen – der Schauer der Elektrizität, der in der Studioluft knisterte, wann immer ich für Papa posierte. Und dann diese Fotografien sehen zu können, die aussahen wie Gemälde, aber doch wirklicher waren als alles Gemalte. Wie meine Augen so voller Licht waren. Wie ich so viel älter aussah. Selbstbewusster. Schöner, als ich in Wahrheit jemals gewesen war.

Aber nicht mehr so wunderschön, als ich den Kopfschmuck wieder entfernt hatte. Diese schwarzen Ränder um meine Augen herum ließen mich erschöpft aussehen, als hätte ich seit Monaten nicht geschlafen. Und war es widersinnig, wenn ich nun in den Spiegel schaute und mich abgewertet fühlte – nicht wie eine Hexe, sondern wie ein Mädchen mit schlichtem Gesicht, ein Mädchen so dürr, dass es in dem Sommerkleid, das es trug, fast verlorenging?

Ich hatte es immer mein Glückskleid genannt. Mein Vater hatte es mir von einer seiner Geschäftsreisen nach London mitgebracht. Aber da er keine Ahnung hatte, welche Größe ich trug, hatte er raten müssen und war ziemlich danebengelegen. Ich hatte Angst, dass ich niemals hineinwachsen würde. Aber ich konnte es auch nicht ertragen zu warten; ich wollte dieses herrliche weiße Kleid nicht in der Dunkelheit meines Kleiderschrankes verschwinden lassen. Also trug ich es, ohne mich darum zu kümmern, dass es nicht passte oder was ich gerade machte – ob ich nun im Felsbecken paddelte, nach Seesternen, Muscheln und Krabben Ausschau hielt oder auf meinem Fahrrad von Black Rock bis zum Brightland Pier raste. Kein Wunder, dass es bald absolut schäbig aussah. Da überraschte es auch nicht, dass Mrs Cadwallader, die Hausdame, die Papa eingestellt hatte, mich packte und zu ihm brachte, um ihn zu fragen: »Mr Williams, finden Sie es angebracht, dass das Mädchen durch die Stadt streift und ständig die Schule schwänzt? Letzte Woche habe ich sie am Pier erwischt, wie sie den Hut aufhielt und für Pennys sang. Getanzt hat sie, den Rock so weit nach oben gerafft, dass man … nun ja, fast hätte man ihre Unterhose sehen können. Ich frage mich, was wohl als Nächstes kommt. Vielleicht heuert sie als Revuegirl im London Gaiety an?«

Ein Revuegirl? In London? Was das London Gaiety Theatre war, wusste ich damals noch nicht so recht, aber für mich klang das wundervoll. Und Papa kümmerte es nie, dass mein Kleid kaum noch mehr als ein Lumpen war; er freute sich einfach nur darüber, dass ich es so sehr liebte. Außerdem konnte ich es anziehen, indem ich es einfach nur über meinen Kopf zog, ohne es je auf- oder zuknöpfen zu müssen, was mir eine Menge Zeit sparte, wenn ich mich sputen musste, so wie an jenem Tag, als ich mir einfach die Strümpfe und Stiefel schnappte, die ich tags zuvor getragen hatte, und keinen Gedanken daran verschwendete, mir das Haar zu kämmen. Aber es war auch sehr früh, noch dunkel im Haus, und ich war noch halb im Schlaf, als Papa an meine Zimmertür klopfte. Weil er mit mir ins Gassenviertel wollte. Er wollte das Morgenrot einfangen, wenn es durch das Oberlicht seines Studios fiel.

Und dort, eine Stunde nachdem wir angekommen waren, schloss ich den Deckel des Korbes über all den bösartigen ausgestopften Schlangen und schwor mir, diese Krone nie wieder aufzusetzen. Ich sah ein rotes Licht durch den Spalt der Tür zu Papas Dunkelkammer fallen, und mit einem Mal hatte ich das Bedürfnis, ihn zu fragen: »Papa … gibt es wirklich Menschen, die glauben, dass eine Kamera dem Menschen die Seele stehlen kann? Wie seltsam, dass jemand auf einen so dummen Aberglauben reinfällt.«

Nun ein anderes Spiegelbild, doch es ist immer noch derselbe wolkenlose Sommertag. Ich hatte den Laden verlassen und lief die Promenade entlang zurück nach Hause – und hörte, wie mein Bruder meinen Namen rief.

Zuerst konnte ich ihn nirgends sehen. Nur einen Mann mit einem hohen Zylinder und ein paar Damen, die an seiner Seite gingen, und eine dieser Damen hätte mir um ein Haar ihren Regenschirm mitten ins Gesicht geschlagen. Sie wirbelte mit dem Ding herum, als wäre es ein Tambourstab. Ich musste mich ducken, um nicht getroffen zu werden, und erst als ich mich wieder aufrichtete, sah ich einen Sonnenstrahl, der sich in Theos goldenem Haar verfing.

Während mein Haar schwarz war, wie das von unserem Papa, kam Theo ganz nach unserer Mutter. Nicht so mondän, aber er hatte einen gewissen Kupido-Charme. Der Honigtopf, den alle Mädchen aus der Gegend umschwirrten – nicht, dass es ihm wirklich aufgefallen wäre. Mein Bruder lebt wohl in seiner eigenen Welt.

Und in was für einer Welt lebte er an diesem Morgen? Führte den Hund hier aus, wo er doch in den Laden kommen sollte, wo Theo Papa immer aushalf, bevor er nachmittags an der Kunsthochschule studieren ging. Und wieso warf er seine Mütze in die Luft, als habe er nicht mehr alle Sinne beieinander? Wieso rannte er einer Pferdedroschke hinterher, auf der hinten ein Mann stand? Ein Mann hinter einer Kamera. Und dort, an der Seite des Gefährts, war ein Poster angebracht, auf dem stand:

Besuchen Sie morgen Abend um sechs Uhr das Brightland Pier Theatre
Nur 3 Pence und Sie können sich selbst in
den famosesten kinematographischen Werken sehen
Monsieur Charles Beauvois führt Regie
Die Edison Film Company ist Sponsor

Wer war dieser Monsieur Charles Beauvois? Den Namen hatte ich nie zuvor gehört, obwohl es in dieser Stadt durchaus eine kleine Industrie gab, was die Kinematographie anbelangte. Papa pflegte gute Kontakte mit einigen regionalen Regisseuren, und wir gingen oft ins Theatre Royal oder an den Pier oder sogar ins

Aquarium, um uns ihre Shows anzusehen. Immer stand für jeden von uns etwas auf dem Programm, seien es Wochenschauen, Reiseberichte oder das, was wir das »Wirkliche« nannten – diese Alltagsszenen aus dem gewöhnlichen Leben, für die Leute scharenweise ausschwärmten, um sich selbst auf der Leinwand erscheinen zu sehen. Als sei man in eine Zeitmaschine geraten, so war das. Wie ein lebendes Wunder. Oh, welch ein Zeitalter der Wunder!

Für mich aber waren die größten Wunder die Filme, die wir als »Erzählungen« kannten, mit richtigen Schauspielern, die Rollen in tollkühnen Abenteuerfilmen oder Komödien spielten, in denen es Motorwagen und Flugzeuge gab, sogar Raketen, die zum Mond und wieder zurück flogen, Skelette, die zum Leben erwachten, oder Leute, die auf die Größe von Liliputanern zusammenschrumpften.

Papa verdarb uns manchmal den Spaß an der Sache, indem er Theo und mir erzählte, wie diese Effekte zustande gebracht wurden, und sehr häufig funktionierten sie ähnlich wie das Blendwerk und die Taschenspielertricks, die Magier in ihren Bühnenshows anwandten. Oder es hatte etwas von den Methoden, mit denen viktorianische Scharlatane all diejenigen böse reingelegt haben, die glaubten, die Seelen ihrer Liebsten könnten in Fotografien als Geister wieder in Erscheinung treten. Es war nur Doppelbelichtung, mehr nicht. Papa hatte mir einmal gezeigt, wie es funktioniert, als er mich vor einem schwarzen Samtvorhang posieren ließ und dann den Film ein zweites Mal belichtete, während ich eine andere Pose einnahm, sodass es am Ende aussah, als schwebe ich wie mein eigenes Irrlicht hinter mir.

Doch obwohl ich wusste, wie es gemacht wurde, wünschte ich oft, wenn ich meinen »Geist« auf diesem Bild sah, dass es meine Mutter wäre. Wie sonderbar, dass wir in Zeiten der Trauer, wenn die Hoffnungen und Träume, an denen wir uns festhalten, nichts weiter sind als zerschlissene Fantasien, zu sehen versuchen, was nicht real ist.

Als Kind wollte ich unbedingt an diese bewegten Fantasien auf der Leinwand glauben, und abends im Bett erträumte ich mir oft neue Szenarien, in denen die erwachsene Leda Grey die Hauptrolle spielen würde; doch als ich eines Tages meinem Vater davon erzählte, antwortete er mit seiner strengsten Stimme: »Wir werden es einfach abwarten müssen. Wer weiß schon, was die Zukunft bringt.«

»Aber, Papa«, flehte ich dann viele Male, »warum machst du denn nicht eigene Filme? Theo und ich könnten darin mitspielen. Weißt du noch der Film, in dem ein Dieb ein Baby stiehlt, und der Hund der Familie findet es schließlich wieder? Haben da nicht die Frau des Regisseurs und sein Kind mitgespielt? War das nicht sogar ihr eigener Hund? Ich bin sicher, wenn wir mit Rex ein wenig üben …«

»Leda, mein Liebstes, bist du denn verrückt? Mir ist noch nie ein Hund untergekommen, der so ungehorsam ist wie unsrer. Er macht ja nicht einmal Sitz, wenn man es ihm sagt. Und Theo steht gar nicht der Sinn nach Schauspielerei, auch wenn er andere nützliche Talente hat, aber …« – Papa war so ausgesprochen mürrisch – »… für diese ›Spielfilme‹ braucht es ein richtig großes Investment. Und nicht nur Geld. Auch Zeit. Der Laden wirft leider längst nicht mehr so viel ab wie früher einmal. Nicht, seit jeder dahergelaufene Amateur sich eine Boxkamera kaufen und Schnappschüsse machen kann. Wenn du älter bist, vielleicht, wenn unsere Umstände sich dann verbessert haben. Wenn dem so ist, dann soll mein mutiges, liebes Mädchen ihren Kindheitsträumen folgen. Wenn ihr Herz bis dahin nicht bereits für etwas anderes schlägt.«

Mein Herz aber war so wankelmütig nicht, und an jenem Tag, als ich auf der Promenade stand und das Plakat auf der Droschke las – diese Worte –, oh, wie sie die Hoffnung in mir weckten. Der bloße Gedanke daran, mich selbst auf die große Leinwand geworfen zu sehen! Allein schon, als Charles Beauvois das Auge seiner Kamera auf mich richtete, überkam mich eine Nervosität, wie ich sie zuvor nie erlebt hatte. Eine schreckliche, schreckliche Angst war es. Ich wusste kaum, wie ich meine zitternden Hände zur Ruhe bringen sollte, als ich auf meinen Bruder zulief und mich dann hinunterbeugte, um Rex hochzuheben und ihn fest an meine Brust zu drücken. Ich spürte seine feste lebendige Wärme und versuchte, mich selbst zu beruhigen, indem ich an Papas Studio dachte, wo es nur mich und die Kamera gab, in die ich blickte. Doch vielleicht hätte ich besser daran getan, auf das Unheil verkündende Trommeln in meinem Herzen zu hören, denn in seinem Rhythmus hallten die Worte meines Vaters als Prophezeiung wider: Eine Kamera kann einem Menschen die Seele stehlen.

Meine Seele ist mir gestohlen worden. Oder wurde sie mit einem Fluch belegt? Alles, was ich weiß, ist, dass mein Schicksal von diesem Tag an und für alle

Zeiten an den Mann gebunden war, der mich auf der Promenade gefilmt hatte und dabei noch nicht einmal meinen Namen kannte.

Mein Name – der Name Leda Grey – ist ein Geschenk, das mein Vater mir gemacht hat. Unser Familienname war Williams. Doch Grey, das passte ausgesprochen gut zu mir.

Bevor ich so hieß, schien mein Leben mir immer nur hell und bunt zu sein, wie das sengende Rosa und das samtene Rot der Rosen, die unsere Mutter in unserem Garten in Brunswick Crescent pflückte; ein paar davon steckte sie sich in die Krempe ihres großen Strohhuts, die anderen flocht sie für mich zu einer Geburtstagskrone, mit der ich dann für die Fotos posierte, die Papa anlässlich meines siebten Geburtstages schoss.

Als ich diese Bilder später sah – Mama mit Rosen auf dem Kopf, ich selbst mit Rosen auf dem Kopf –, weinte ich: »Papa, warum denn nur? Warum hast du unsere Bilder grau gemacht? Warum hast du unsere Farben nicht hineingemalt, wie du es bei Ellen Terry gemacht hast?«

»Meine allerliebste kleine Leda Grey.« Papa kniete an meiner Seite und nahm mich fest in den Arm, so fest, dass ich heute noch weiß, wie sein Herz klopfte; ich rieche noch den ledrigen Duft seines Rasierwassers, und ich höre noch, wie er mit zurückgenommener Stimme sagt: »Meine wunderschöne Leda strahlt doch immer. Welche Farben sollen da mithalten können? Einem Meisterwerk braucht man nichts hinzuzufügen.«

Ach, mein lieber Vater. Er hielt mich immer für etwas so Kostbares. Aber der Tag meines siebten Geburtstages, das war auch der Tag, an dem meine Mutter starb. Und wenn ich mich daran erinnere, was geschah, nachdem Papa die Fotografien geschossen hatte, dann spüre ich einen heißen, stechenden Schmerz. Wie ich das lächelnde Gesicht meines Bruders durch das Glas der Ladentür sah, und wie er, als die Tür geöffnet wurde, eine Schleife in der Hand hielt, ein Band, an dessen Ende sich ein kleines struppiges schwarzes Knäuel befand.

Wie ich vor Freude aufjauchzte! Doch das Band glitt mir aus der Hand. Das Hündchen flitzte durch die Gasse, Theo jagte ihm nach und ich rannte dann ihm hinterher. Ich schaute weder links noch rechts, als wir die Straße überquerten und die andere Seite gänzlich unbeschadet erreichten. Meine Mutter jedoch – ich hörte sie schreien. Das scharfe Quietschen einer Bremse, der laute Ausruf eines Mannes. Ich spürte einen Luftstoß, als ein Fremder mich in seine Arme nahm. Ich hörte diesen Fremden nach meinem Namen fragen, aber ich hatte keine Worte, um ihm zu antworten. Kein einziges Wort brachte ich über die Lippen. Ich konnte meinen Blick nicht von der Stelle reißen, wo meine Mutter nun lag. Der goldene Ring an ihrer Hand. Die darin eingefassten Diamanten, die in den Farben des Regenbogens funkelten, während das Licht in den blassblauen Augen meiner Mutter fahler und fahler wurde, bis diese schließlich ganz grau waren.

Das war das Bild, das ich im Kopf hatte, als ich die Porträts sah, die mein Vater gemacht hatte. Und ja, er hatte vermutlich recht. Da war etwas Leuchtendes in meinen Augen, ein gewisser Glanz, der es aussehen ließ, als trauere ich um Mama, wodurch es wirkte, als seien Vergangenheit und Zukunft durcheinandergeworfen worden. Denn während wir für das Foto posiert hatten, war meine Mutter ja noch lebendig gewesen.

Sie hatte versucht, mich abzulenken, während ich auf der Chaiselongue zappelte und jammerte, dass die Rosen auf meinem Kopf viel zu sehr jucken würden. Sie hatte in ihrer Tasche herumgekramt, um mein Lieblingsbuch zu finden. »The Tale of Samuel Whiskers«. Die Geschichte, in der zwei Ratten das Kätzchen Tom auf dem Speicher fangen und es in Teig einrollen, um es als Pastete zu backen.

»Roly-poly, roly: roly, poly, roly« sangen die Ratten dabei, und auch ich sang die Worte und lachte so sehr, dass mir Tränen in die Augen stiegen, und Mama seufzte: »Ach, Leda … hör auf herumzualbern. Dein Vater hat gleich neue Kunden. Denk mal an etwas Ernstes, nur für zwei oder drei Minuten. Und wenn du das schaffst, mein Zuckerstück« – sie lockte mich mit Versprechen –, »dann wird dein Papa ein glücklicher Mann sein, und du wirst ein glückliches Mädchen sein, denn draußen wartet Theo schon. Und der hat dein Geburtstagsgeschenk.«

»Mein Geburtstagsgeschenk?« Ich konnte es nicht erwarten! Also strengte ich mich richtig an, an etwas Ernstes zu denken. Ich dachte an die Möwe, die ich gesehen hatte, unten am Strand, als ich im Wasser planschte und Theo Steine warf. Einer dieser Steine traf den Vogel – und, oh, ich dachte, das Herz würde mir brechen, als ich ihn vom Himmel fallen sah und von oben das einsame, durchdringende Geschrei seiner Freunde hörte. Aber der tote Vogel machte keinen Laut mehr, und nur der Küstenwind strich ihm noch durchs Gefieder. Graue Federn und weiße Federn. Grau wie der Fels, auf dem er nun lag. Weiß wie der

Schaum der Wellen. Der spitzenbesetzte Petticoat meiner Mutter war nun nicht mehr weiß, sondern von einem feuchten dunklen Rot, so rot wie die Blumen an ihrem Hut, die der Huf eines Pferdes zertrampelt hatte. Und der Schweiß auf den Flanken des Pferdes war zu Lachen aus weißem Schaum geronnen.

Viele Wochen sind vergangen, seit ich das letzte Mal geschrieben habe. Nun sitze ich wieder an diesem Schreibtisch und zittere in einem bitterkalten Luftzug, der durch den beschädigten Fensterrahmen hereinkommt. Ich sollte ein paar alte Lumpen finden und die Lücken stopfen. Aber seit sie die Fensterläden vernagelt haben, schöpfe ich, wenn ich nicht schlafen kann, ein wenig Hoffnung aus dem Mondlicht, das durch sie dringt.

Ich hasse die Nächte im White Cliff House, die immer erfüllt sind vom Scharren der Ratten und dem fernen Säuseln der Wellen. Jeder einzelne meiner Atemzüge scheint im Kommen und Gehen dieser Wellen widerzuhallen; mein Denken wiegt sich in ihnen im Takt von Ebbe und Flut. Meine ganzen Altweibererinnerungen.

Ich erinnere mich an die Monate nach dem Tod meiner Mutter, als die Dunkelheit im nächtlichen Haus immer zu leer schien und die Trauer so schwer in der Luft lag, dass man sie beinahe mit den Fingern hätte greifen können.

Ich stellte mir mein Leid als Untier vor, mit einem dichten, schwarzen und glatten Pelz mit blutigen Reißzähnen und scharfen Klauen. Manchmal wurde ich wach und sah es nur Zentimeter von meinem Kopfkissen entfernt stehen, und dann musste ich das Bett verlassen und durch den Korridor schleichen, die Hände fest auf die Ohren gepresst, weil ich es nicht ertrug, das Schluchzen aus dem Zimmer meines Bruders zu hören.

Theo war damals zwölf Jahre alt, doch er weinte wie ein kleines Kind, und die Wucht dieser Trauer brach mir das Herz, wenn ich auf Zehenspitzen an seiner Schlafzimmertür vorbeiging und dann im Dunkeln die Treppe hinunterstieg; unten angelangt durchquerte ich die Diele und ging in das Zimmer, in das ein goldenes Licht hineinschien – das Licht der Straßenlaterne direkt vor unserem Haus. Es fiel auf den Spiegel, unter dem ich vor nicht allzu langer Zeit noch gesessen und gespielt hatte. Aus Mamas Pudern, Parfüms und Cremes mischte ich mir »Zaubertinkturen«. Und sie saß bei mir, hinter mir, und bürstete mir die Knoten aus dem Haar. »Einhundert Bürstenstriche, damit es glänzt.«

Ich wünschte und wünschte mir, sie würde im geschwärzten Spiegelglas erscheinen. Ich suchte nach ihr in den Schatten, die sich rund um das große Messingbett ausbreiteten, wo ich als kleines Kind in ihren Armen gelegen habe, eingekuschelt in warme Decken, die Augen geschlossen, träumend.

Das Zimmer roch noch immer nach Rosen, lange Zeit, nachdem sie fortgegangen war. Mein Vater schlief noch immer im selben großen Bett. Aber ich habe nie gesehen oder gehört, dass er weinte. Die Trauer meines Vaters war stumm; sie sickerte aus dem Bett, rann über den Boden und sammelte sich in Pfützen, in den Schatten an seiner Zimmertür. Sie hinderte mich daran einzutreten. Sie schrie vor Scham. Zu denken, dass ich der Grund gewesen war …

Warum denke ich jetzt an meine Mutter? Seitdem sind so viele Jahre vergangen. Ich kann es kaum für möglich halten, dass irgendwo in diesem alternden Fleisch einmal ein kleines Mädchen gelebt hat. Ich versuche mir vorzustellen, wie es sich angefühlt hat, die Bürde einer solchen Schuld zu tragen; mein Vater wäre entsetzt gewesen, hätte er von meinem Leid gewusst. Und doch glaube ich, dass er von meinen nächtlichen Streifzügen gewusst haben muss. Ich glaube, deswegen hat er schließlich erlaubt, dass der Hund auch nach oben darf, sodass Rex – Papa hatte ihm den Namen Rex gegeben, Rex wie »König«, weil er meinte, der Hund sollte eine Krone tragen, so sehr würden wir ihn verwöhnen – nun immer bei einem von uns im Bett schlief, schnarchend, zuckend und winselnd im Fieber seiner Hundeträume. Und wenn ich aufwachte und der Hund nicht bei Theo schlief, dann folgte er mir, wenn ich stundenlang ums Bett herumlief, wobei ich manchmal ein ganz leises Geräusch hörte, ein Quietschen unter dem Teppich.

Zuerst dachte ich, es sei eine Ratte vom Speicher heruntergekommen, um den Hund wegzufangen – und dass es sehr tapfer von Rex war, zu knurren und zu scharren, im Versuch, die Kreatur unter dem Teppich aufzustöbern. In unserem Haus in Brightland gab es jedoch keine Ratten, und als ich unter den Teppich schaute, fand ich nur ein lockeres Bodenbrett, bei dem sich die Nägel aus den Holzbalken darunter gelöst hatten – und darunter ein Hohlraum, der zu meinem Geheimversteck wurde. Dort bewahrte ich meine Schätze auf.

Eine Fotografie war der erste dieser Schätze. Ein Bild von meinem siebten Geburtstag. Ich habe es aus dem Studio gestohlen, als ich es an der Leine trocknen sah. Es gab noch so viele davon. Papa würde es nie bemerken. Also holte ich mir, als er vorne mit einem Kunden beschäftigt war, einen Stuhl und stieg hinauf, und ich streckte mich nach oben, bis meine Finger das kostbare Bild zu fassen kriegten. Später dann, als wir daheim waren, als ich wieder in meinem Zimmer war, eingesperrt inmitten all der Blumenkränze auf grüner Tapete, blickte ich auf Mama und ihren Hut mit all den herrlichen Rosen. Und neben ihr ich, die Rosenkrone auf die langen schwarzen Ringellocken gesetzt. Zwei Gesichter. Zwei Paar leuchtende Augen.

Was ich sonst noch unter meinem Boden aufbewahrte – jetzt versuche ich, mich daran zu erinnern. Eine Flasche von Mamas Parfüm. Eines ihrer Tücher. Einen ihrer Schuhe. Ein paar Steine und Federn vom Strand. Einen kleinen Vogel, den Theo aus einem gefundenen Stück Treibholz geschnitzt hatte. In den einen Flügel waren die Worte »ES TUT« geritzt, in den anderen »MIR LEID«.

Und dann war da noch der Brief. Der Brief und die Filmrolle. Aber die kamen erst viel später hinzu.

Ich war ein Mädchen von vierzehn Jahren, als ein Päckchen in den Briefkasten unseres Ladens im Gassenviertel eingeworfen wurde, wo es mehrere Tage blieb, bevor ich es entdeckte.

Im Päckchen befand sich eine Filmrolle. Es war eine Kopie von »Brightland Promenade«, den Theo, Papa und ich uns in der Woche zuvor angeschaut hatten.

Oh, was für ein aufregender Ausflug! Im Dunkeln zu sitzen, während der Schein der Projektorlampe durch das Theater am Pier fiel. Und Rex war dabei, auf Theos Schoß, denn egal was Papa sagte, der Hund war inzwischen längst kein wilder Welpe mehr und konnte sich manchmal sogar richtig gut benehmen, insbesondere, wenn man ihn mit Leckerlis bestach. Theo und ich kicherten über die Art wie er sabberte, schleckte und kaute und wie seine Zunge immer wieder über die Zähne schlappte, um auch die letzten Reste vom Toffee zu erwischen. Doch die gute Laune schwand schnell wieder, als Theo meinen Arm berührte und mich warnte: »Leda, du bist aber nicht enttäuscht, wenn sie unseren Film heute Abend nicht zeigen. Im Programmablauf steht nämlich gar nichts von der Promenade.«

Ich fühlte eine solche Panik in mir aufsteigen, als ich ebenfalls das Programm las, auf dem jeder Beitrag aufgeführt war – eine Auswahl von »Wirklichen«, die Brightland zeigen sollten, mit Titeln wie »Ein Spaziergang auf den Klippen« oder »Ein Besuch im Aquarium«. Aber Theo hatte recht: Keinerlei Hinweis auf einen Film, der die Promenade von Brightland zeigen würde.

Ich nahm die Hand meines Bruders in meine und drückte sie fest, fester noch mit jedem Film, der gespielt wurde, und auch wenn jeder davon kurz war, nicht länger als zwei, drei Minuten, schien mir, als wären sie endlos. Das Rasseln der Laterne war zu laut. Die Noten des Klaviers misstönten. Ich hörte Niesen, trockenes Husten. Die Schalen der Erdnüsse, die zwei alte Damen hinter mir knirschen und knacken ließen. Dieser ganze Lärm! Mein armes Nervenkostüm! Ich konnte die Show gar nicht genießen – bis dann der letzte Film über die Leinwand flackerte. Ein leichtes Zittern des ersten schwarzen Bildes, und dann erschien, auf dem Hintergrund einer stilisierten Schriftrolle, der Titel des Werkes: ANSICHT DER PROMENADE IN BRIGHTLAND.

Viel zu früh sahen wir dann die Worte THE END auf der Leinwand, und während mein Bruder klatschte und jubelte, konnte ich mich keinen Zentimeter bewegen. Ich war ganz außer mir, zitterte vor Aufregung und glaubte schon, mein Herz würde vor Stolz platzen, als ich Papa lächeln und aufseufzen sah. Ich hörte ihn in mein Ohr flüstern: »Nun ja, ich mag da voreingenommen sein, aber wer auch immer dieser Beauvois sein mag, er ist zweifellos begnadet. Das Allerbeste hat man sich bis zuletzt aufgespart. Meine Tochter war grandios!«

»Oh, Papa? War ich das wirklich?« Es war alles in einem Wimpernschlag vorbeigewesen. Ich wünschte nur, das Band könne zurücklaufen und erneut abgespielt werden, damit die Leute in den Sitzen um mich herum mich anschauen könnten und bemerken würden, dass ich das Mädchen in Weiß war, dessen Gesicht das letzte Bild ausgefüllt hatte.

Aber würden sie mich denn überhaupt erkennen? Sie würden ein Mädchen sehen, das den ganzen Nachmittag damit zugebracht hatte, sich das Haar zu bürsten, einhundert Bürstenstriche, damit es glänzt, und nichts würde sie an den zerzausten Wildfang erinnern, der da auf der Promenade gefilmt worden war. Sie würden mich nicht als herrenlose Streunerin in einem schäbigen Musselin-Kleid sehen. Mrs C. hatte das Kleid zu meiner Bestürzung gewaschen. Es hing triefend über der Wäscheleine im Garten, und ich war gezwungen gewesen, mein grünes Kleid anzuziehen. Das, in dem sie mich so gerne sah – weil es gut mit meinem Farbton zusammengehe, wie sie immer sagte. Doch welche Ironie darin lag, dass das weiße Kleid mir zwar viel zu groß sein mochte, das grüne jedoch in der Wäsche eingegangen war. Der Saum zu kurz, oben war es zu eng … so eng, dass ich kaum atmen konnte, als der Vorhang ein letztes Mal fiel und wir geduldig sitzenblieben und darauf warteten, dass der Regisseur erschien, um sich zu verbeugen und eine kleine Ansprache zu halten, wie das üblicherweise so gemacht wurde. Aber nein. Weit und breit nichts zu sehen von dem Mann, der erst am Tage zuvor mit seiner Kamera auf einer offenen Pferdedroschke stehend über die Promenade gefahren war. Die Lichter des Theaters flammten wieder auf und ließen mich in einem benommenen Nebel zurück; den engen Flur entlang gingen wir zu den Ausgangstüren, doch bevor wir das Foyer verließen, um wieder zum Pier zu gelangen, wandte Papa sich an den Manager (ein Herr, der ihm durch gemeinsame berufliche Unternehmungen gut bekannt war, da mein Vater dort unter anderem auf Veranstaltungen fotografierte) und sagte nach einem kurzen Austausch von Höflichkeiten: »Wenn Sie Monsieur Beauvois zufällig sehen, dann sagen Sie ihm doch bitte, dass ich mich sehr freuen würde, wenn er mein Studio besuchen würde … oder wenn er nach Brunswick Crescent käme, um mit meiner Familie zu dinieren. Ich wäre Ihnen außerdem verbunden, wenn Sie ihn fragen könnten, ob es eine Möglichkeit gibt, eine Kopie seines Films zu erwerben. Der Film, der die Promenade von Brightland zeigt.«

In dieser Nacht konnte ich kein Auge zu tun, so sehr erregte mich die Vorstellung, ich könne womöglich Charles Beauvois begegnen, wenn er denn der Einladung meines Vaters folgen sollte, uns im Laden oder zu Hause zu besuchen. Ich malte mir das raffinierteste Dinner aus. Hummer, Austern und Krabben auf geeisten Tellern. Gebratenes Hammelfleisch mit Kapern und Sardellen – oder die Hühnchen- und Ananasspieße, die Mrs C. so wunderbar zubereiten konnte. Und dann noch Passionsfrucht-Sorbet und Mandelcreme. Und Götterspeise aus echtem Champagner. Und ich würde mein Glückskleid tragen und könnte Monsieur Beauvois berichten, dass ich hoffte, ich würde eines Tages Schauspielerin für den Film sein.

Aber zu einem solchen Abend sollte es nicht kommen. All das Zittern und die Nervosität, die ich im Theater auf dem Pier gespürt hatte, waren nicht einfach nur Anzeichen meiner Aufregung gewesen, obwohl ich der festen Überzeugung war, dass es nur daran gelegen hatte.

Am nächsten Tag war ich krank und fiebrig. Theo und Papa erging es ebenso. Eine Sommergrippe, die uns schmerzend in den Knochen und in der Kehle saß und unsere Lungen mit Schleim füllte, sodass uns das Atmen schwerfiel. Tagelang hatte ich an den Namen Charles Beauvois nicht einmal gedacht. Ich konnte mich ja kaum darauf konzentrieren, meinen Kopf vom schweißnassen Kissen zu heben, wenn ich die heiße Rinderbrühe schlürfte, die laut Mrs C. »ein Heilmittel gegen jede Krankheit« war, »die der Menschheit auferlegt« werden mochte. »Bald seid ihr wieder gesund und munter«, sagte sie.

Vielleicht hatte sie etwas in ihre Brühe getan, denn bevor die Woche endete, war ich gesundheitlich weitgehend wiederhergestellt, auch wenn mir nicht der Sinn danach stand, hinauszugehen. Das Wetter war nun deutlich abgekühlt. Es wehten bitterkalte Winde und es stürmte, und da nur Rex mir Gesellschaft leistete, war ich hocherfreut, als Theo eines Nachmittags endlich sein Bett verließ und sich zu mir in den Salon gesellte. Er entdeckte ein Päckchen Spielkarten und fragte mich, ob ich Lust hätte auf eine Partie Whist.

Unserem Spiel war nicht viel Erfolg beschieden. Theo musste sich zwischendurch immer wieder die Nase putzen. Immer wieder klagte er keuchend: »Ich wünschte, diese verfluchte Grippe würde sich endlich davonmachen. Mir ist so schwummerig im Kopf. Ob du wohl die Vorhänge zuziehen könntest? Das Licht ist zu hell. Es tut mir in den Augen weh. Könntest du runtergehen … Mrs C. bitten, uns eine Kanne Tee zu bringen? Und fragst du sie, ob sie schon in der Apotheke war und den Hustensirup gekauft hat, den ich so gerne mag?«

»Was hat denn dein letztes Dienstmädchen dahingerafft? Sollen wir vielleicht Florence Nightingale herbestellen, und …«

Ich redete nicht weiter. Er sah so seltsam aus. Wie er mir mit bohrendem Blick in die Augen schaute. Wie seine blutunterlaufenen, blauen Triefaugen zu starren schienen, ohne irgendetwas wahrzunehmen. Selbst Rex merkte, dass etwas nicht in Ordnung war, und ließ ein Knurren aus tiefer Kehle vernehmen, als Theo plötzlich den Kopf nach hinten warf und dabei alle Karten, die er in der Hand hielt, in die Luft schleuderte. Es sah aus, als sei er vom Teufel besessen, sein Körper zitterte heftig und er rollte die Augenbälle, bis nur noch das Weiß zu sehen war. Gott sei Dank war Mrs C. im Haus und hörte das Aufstampfen seiner Füße, als sie unten in der Küche arbeitete; eilig kam sie die Treppen hinaufgelaufen, um herauszufinden, was passiert war.

Keuchend stand sie im Türrahmen und ihr bauschig-graues Haar erzitterte, als sie den Kopf schüttelte; doch hatte sie schnell wieder alle Sinne beisammen, und sie rief mir zu, ich solle bleiben, wo ich bin, und auf Theo aufpassen, während sie den Arzt holen würde. Aber was konnte ich schon tun, außer den kleinen Rex stillzuhalten, der nun anfing zu jaulen und zu wimmern, so verzweifelt, dass man ihn in der ganzen Straße gehört haben muss.

Papa hatte ihn zweifellos gehört, denn er schleppte sich aus seinem Krankenlager und stürzte ins Zimmer, noch immer damit beschäftigt, sich den Morgenmantel zuzubinden. Inmitten des Durcheinanders aus am Boden liegenden Spielkarten kniete er sich vor Theo, packte ihn bei den Armen und versuchte, ihn wieder wachzurütteln.

Mein Bruder lag nun ganz still und bleich in seinem Sessel, doch immerhin wirkte er nun friedlich … ganz anders als Papa, der nur schwerlich Luft bekam, dessen Haut wächsern und gelb aussah und dem Speichel aus den Mundwinkeln rann, als er versuchte zu sprechen, was ihm jedoch nicht gelang. Er ließ die Wörter schleifen, brachte sie durcheinander.

Ich war panisch und verzweifelt, als Mrs C. wiederkam und kurz nach ihr der Arzt eintraf. Er jedoch öffnete ruhig seine Tasche, holte eine Spritze hervor und zog damit eine klare Flüssigkeit aus einer kleinen Glasphiole auf. Ich hatte keine Ahnung, um was es sich dabei handelte, aber als es Theo in den Arm gespritzt wurde, ging es meinem Bruder schlagartig besser und Mrs C. half ihm, sich wieder in sein Bett zu legen, wo er ganze drei Tage durchschlief. Und obwohl der Arzt vor Nebenwirkungen gewarnt hatte, vor möglichen Hirnschäden infolge von Sauerstoffmangel, zeigte Theo dankenswerterweise keinerlei Beeinträchtigungen, als er wieder aufwachte. Er stand einfach auf, zog sich an, kam heißhungrig in die Küche und verlangte nach Toast und Rührei. Das war indes ein bisschen sonderbar, hatte er doch zuvor Eier immer gehasst.

Und auch sonst konnte man Veränderungen bemerken.

Viel später einmal sagte der Arzt, er glaube, dass dieser eine Anfall der Auslöser für all die künftigen Episoden meines Bruders gewesen sei; dann und wann nämlich verfiel Theo in einen tranceartigen Zustand, er starrte ins Leere und sprach über die bunten Lichter, die er um die Köpfe anderer Leute herum sehen konnte. Bei jedem sei das Leuchten anders, sagte er, bei manch einem nur sehr schwach und nicht breiter als ein paar Zentimeter, bei anderen sehe er große, leuchtende Ringe, die funkelten wie ein Feuerwerk. Er fühle sich ganz schwach vor Freude, sagte er, wenn er sehe, wie diese Halos die Köpfe kleiner Kinder umschwirrten. Aber wann immer er solche Energiefelder »sah«, fühlte er seine eigenen Energien schwinden. Dann litt er unter schrecklichen Kopfschmerzen und verließ tagelang sein Zimmer nicht; weder Lampen- noch Kerzenlicht ertrug er hinter seinen fest zugezogenen Vorhängen. Die Dunkelheit heile seine Seele, sagte er.

Und mein Licht? Ich habe ihn nicht gefragt, nicht damals – aber er hat mir später davon erzählt. Damals galten all meine Gedanken der Sorge um Papa, der sich nie wieder erholen sollte. Er erlitt einen Hirnschlag – infolge der Grippe und wohl auch aufgrund des Schockerlebnisses wegen des Vorfalls mit Theo.

Die nächsten Tage schienen mir endlos. Die Nacht brachte meiner Seele keine Heilung, da ich stundenlang an seinem Bett saß, seine Hand hielt und ihm manchmal etwas vorsang. Wenn Mrs C. dann morgens kam, löste sie mich ab und las ihm vor, aus der Zeitung, aus Büchern, die er mochte, oder aus der Bibel, die sie selbst mochte. War er eingeschlafen, holte sie ihr Strickzeug hervor; das Klick-klick-klick der Nadeln klang beinahe wie ein Metronom, wie ein Herunterzählen von Sekunden zum langsamen Ticken der Zeiger einer Uhr. Aber auf was wurde runtergezählt?

Ich sollte es bald herausfinden – in jener Nacht, in der Theo sagte, er fühle sich imstande, meinen Platz an Papas Seite einzunehmen. Ich war so furchtbar müde, und ich schaffte es kaum, mich die Treppe hochzuschleppen. Ohne in ein Nachthemd zu wechseln, ließ ich mich aufs Bett fallen und war schon im Begriff einzuschlafen, als ich hörte, wie mein Bruder meinen Namen rief. Ich war sofort wach, raffte mich auf und eilte die Treppen wieder hinunter, und als ich meinen Vater in seinem großen Messingbett liegen sah und in sein Gesicht blickte, bemerkte ich, dass jeder Muskel, der sich durch den Hirnschlag verzerrt hatte, plötzlich wieder ganz entspannt war.

Mein Vater sah so würdevoll und stattlich aus, wie er es immer getan hatte. Es war ein schöner Anblick. Doch gleichzeitig brach es mir auch das Herz, da ich genau wusste, was es bedeutete. Ich bin mir sicher, dass Theo es auch wusste.

Er schaute zu mir hinauf und sagte: »Leda, es ist sehr eigenartig, aber ich sehe ein Leuchten rund um seinen Kopf. Vorher war es braun, aber nun ist es blau. Blau wie der Himmel. Blau wie das Meer. Blau mit ein paar Sprenkeln aus reinstem Gold.«

Diese Worte … das muss der Schock sein, dachte ich mir, er hat eine Sinnestäuschung. Doch heute, da hoffe ich, da möchte ich glauben, dass mein Bruder wirklich eine Gabe hat, dass Theo wirklich etwas gesehen hat, ein Zeichen, das besagte, dass Papas Seele weiterlebte.

Tags darauf kamen die Bestatter, und während Theo zu Hause blieb, um sich darum zu kümmern, nahm ich den Schlüsselbund meines Vaters und ging noch einmal in den Laden. Ich hing einen Zettel in die Tür, auf dem stand, dass der Laden wegen eines Trauerfalls geschlossen bleibt. Ich setzte mich auf den Hocker hinter der Ladentheke und ging die Post durch, die sich unter der Tür angesammelt hatte – darunter ein Schreiben der Royal Photographic Society, die ihr Bedauern darüber ausdrückte, dass Papa in diesem Jahr keine Arbeit eingereicht habe und damit den Einsendeschluss für die Jahresausstellung verpasst habe.

Allein der Gedanke schien mir unerträglich. Ich spürte eine schreckliche Wut in mir aufsteigen; ich zerknüllte den Brief und warf ihn durch den Laden. Ich hatte diese Schlangenkrone getragen, und das Bild hatte das Studio meines Vaters nie verlassen. Schlimmer noch, es war das letzte Bild, das er je von mir geschossen hatte.

Ich weinte. Wie lange, das weiß ich nicht. Doch einen Funken von Freude gab es an jenem Tag. Ein Päckchen, das ich öffnete, als ich meine Tränen getrocknet hatte, enthielt eine lederne Filmdose. Als ich diese sah, ahnte ich sofort, was sich darin befinden müsse; dem Anschein nach hatte der Manager des Filmtheaters Papas Worte weitergetragen, denn sicherlich war das der Film, den wir in der vorangegangenen Woche gesehen hatten – wenn es sich auch eher anfühlte, als seien inzwischen mehr als einhundert Jahre vergangen.

Mit zitternden Händen öffnete ich den beigelegten Umschlag. Ich las einen in grüner Tinte verfassten Brief, der die Signatur von Charles Beauvois trug. Und die Worte des Regisseurs … ich kann gar nicht sagen, wie viel sie mir bedeuteten. Ich kenne sie heute noch auswendig.

Ich bedauere, Ihrer Einladung nicht folgen zu können. Ausgesprochen gerne hätte ich Ihre Bekanntschaft gemacht, doch verlasse ich morgen schon die Stadt, um nach Amerika zurückzukehren, wo ich gegenwärtig bei den Edison Manhattan Studios angestellt bin. Im Auftrag dieser bin ich zuletzt auch durch England gereist, um Alltagsszenen verschiedener Regionen in Form meiner Kurzfilme festzuhalten, die demnächst auf den Leinwänden der Nickelodeons überall in den Vereinigten Staaten zu sehen sein werden.

Wie ich höre, haben Sie Interesse bekundet, eine Kopie meines Films »Brightland Promenade« zu erwerben. Die beigefügte Kopie möchte ich Ihnen als Geschenk zukommen lassen – auch als Ausdruck meiner Bewunderung für das Kind, das ganz am Ende des Films zu sehen ist. Wie man mir sagte, handelt es sich dabei um Ihre Tochter, und ich hoffe, Sie halten mich nicht etwa für taktlos, wenn ich sage, dass sie, durch das Medium des Films betrachtet, über eine einzigartige Ausstrahlung verfügt.

Ich werde den Star in »Brightland Promenade« so bald nicht vergessen.

Und doch hatte er mich vergessen. Er war fort! Verschwunden, genau wie mein Vater.

Oh, mit welcher Leidenschaft wir fühlen, wenn wir jung sind. Wie schwarz und weiß unser Blick auf die Welt sein kann. Doch dort, im Schwarz-Weiß, in den Grautönen von »Brightland Promenade«, lag ein Zauber von Glückseligkeit, dem ich mich heimlich hingeben konnte.

Ich nahm Film und Brief mit nach Hause und versteckte sie unter meinem Zimmerboden, und wie oft habe ich in den darauffolgenden Jahren die Dose wieder geöffnet, ohne daran zu denken, wie leicht entflammbar das Zelluloid war. Ich ließ das Filmband durch meine Finger gleiten und wickelte es mir der Länge nach ums linke Handgelenk, bis ich ganz am Ende wieder mich selbst entdeckte.

Heute kenne ich Beauvois' Trick. Damals hatte ich keinen Schimmer, dass er eine Rasierklinge verwendet hatte, um am Zelluloid zu kratzen, bis einige Stellen gänzlich klar waren. Wenn der Film dann an die Wand geworfen wurde – in meinem Falle mittels einer Kerzenflamme – schien es so, als sei mein Kopf von einem Heiligenschein aus Feuer umgeben.

Und Hunderte winziger Sterne waren da. Sie schimmerten rings um die Fahnen, die über der Promenade wehten, rings um die Türme und Kuppeldächer, die sich im Bildhintergrund abzeichneten. Und mit diesem Heiligenschein, mit diesen Sternen, hatte Beauvois mich magisch werden lassen.

Einmal hat auch Theo mich zum Leuchten gebracht.

Ich war inzwischen siebzehn Jahre alt. Mein Bruder war zweiundzwanzig und seit Papas Tod hatte er das Kunststudium aufgegeben, um das Fotostudio zu leiten.

Die Geschäfte gingen nun schleppender, doch er tat sein Bestes, um sie am Laufen zu halten; er installierte neue elektrische Kabel, um den Laden und das Studio zu beleuchten. Und weil die alten Vorhänge und Möbel unter diesem helleren, pulsierenden Glanz zu schäbig wirkten, kaufte er neue. Er malte neue Kulissen. Von Efeu bedeckte Ruinen, oder ländliche Szenerien mit Wäldern, Flüssen und Blumen. Einen Sandstrand mit Badehütten, Reiteseln und Handpuppentheater. Sehr beliebt bei den Kindern.

Jedoch nicht wirklich beliebt genug – und hinzu kamen die vielen müßigen Stunden, die mein Bruder hinter den Türen des »Bath Arms« verbrachte, des Pubs, um sich mit all seinen Freunden aus dem Kunststudium zu treffen, die nun Jobs hinter der Bühne des Brightland Theatre Royal gefunden hatten.

Manchmal kam er beschwipst nach Hause. Manchmal verschwand er einfach und ließ sich tagelang nicht sehen, und ich war gezwungen, den Laden dichtzumachen und die Kunden fortzuschicken. Und ja, ich weiß, dass ich selbst hätte versuchen sollen, die Arbeit zu verrichten, doch den Umgang mit den Kameras habe ich mir nie wirklich zugetraut. Ganz gleich, wie oft Theo mich in diese Kunst hatte einführen wollen, ich hatte schlicht kein Auge dafür. Jedem Bild, das ich machte, fehlte es an Fokus; es war entweder überbelichtet oder unterbelichtet. Und von all den abgeschnittenen Köpfen will ich erst gar nicht reden.

Ich hätte Theo den Kopf abschneiden wollen, als er eines Nachts betrunken in mein Zimmer platzte und meinen Arm schüttelte, bis ich wach wurde und ihn über das Kläffen des Hundes hinweg anschrie: »Was machst du da, Theo? Lass mich in Ruhe, ich muss schlafen.«

»Leda, du musst mir zuhören …« Seine Worte waren gelallt. »Ich habe gehört, dass es einen Kostümverkauf gibt, morgen, im Theatre Royal. Sie haben die ganzen alten Sachen von den Weihnachts-Revuen aussortiert … das sind Sachen, in denen unsere Kundschaft posieren könnte, und wir könnten sie auch für Feiern verleihen. Ich habe heute Abend schon mal schauen können. Die Auswahl ist riesig. Griechische Priesterinnen. Märchenköniginnen. Meerjungfrauen.

Milchmädchen. Walküren. Für die Männer gibt es Kronen und Hermelinmäntel. Wikingerhelme mit Hörnern … oder Sportmützen und Bälle und Schläger. Für jeden ist etwas dabei.«

Die Lampe im Flur warf einen Lichtschein auf die Locken meines Bruders. Seine Wangen wirkten rund und rosig. Er sah auf eine so liebliche Weise ernsthaft aus, und ich konnte ein lautes Auflachen nicht unterdrücken, als ich sah, was er auf dem Kopf trug: ein Strassdiadem. Auf seinen Schultern lag eine lange Pelzstola … und schon fielen der schönen Prinzessin die Äuglein zu und sie ließ ihr Köpfchen auf mein Kissen sinken. Ich küsste ihre Nasenspitze und flüsterte: »Träume süß, mein lieber Theo. Ich finde, dass das eine wundervolle Idee ist. Die beste, die du je gehabt hast.«

Als Mrs C. am nächsten Morgen von unten die Treppe hinaufrief, um uns zu wecken, schnarchte er noch immer an meiner Seite. Gott sei Dank hatte sie mir nicht meinen Tee ans Bett gebracht, wie sie es manchmal zu tun pflegte, wenn ihr danach war. Hätte sie uns so dort liegen sehen, in dieser kompromittierenden Lage, hätte sie sich dann von unserer Unschuld überzeugen lassen? Und doch konnten wir bald schon darüber lachen, als Theo wieder klar im Kopf war und wir die klappernden Kleiderständer voller Kostüme vom Theater durch das Viertel zerrten. Am Ende des Tages hatten wir sogar einen Umkleidebereich für unsere Kunden geschaffen. Im Flur, der sie in das Studio führte, statteten wir einen Buffetschrank mit einem Stuhl und einem Spiegel aus und bestückten ihn mit Kosmetiktöpfchen, Bürsten, Kämmen und einigen Perücken in unterschiedlichen Farben.

Eine dieser Perücken trug ich selbst, als ich als Theos Meerjungfrau posierte. Eine üppig-silberne Lockenpracht. Darauf ein Kranz aus Muscheln, an dem Bänder aus grüner Seide hingen, die aussahen wie Seetang. Auf ein Korsett aus rosafarbenem Coutil waren noch mehr Muscheln und bunte Perlen aufgenäht. Auf Film gebannt sah dieser dichtgewebte Stoff aus wie nackte Haut, obwohl fast mein ganzer Oberkörper verhüllt war. Nur die Schultern und die Arme nicht. Alles unterhalb der Hüfte wurde von der Papprequisite verdeckt, hinter der ich lag: mein Fischschwanz, dessen einander überlappende Schuppen in herrlichen Grün- und Blautönen schillerten. Beinahe so wie die Farben, in denen Papa das Bild von Ellen Terry in ihrem Käferflügelkleid eingefärbt hatte.

Als Kulisse diente eine auf ein großes Leinentuch gemalte Unterwasserwelt. Und es gab echten Sand, in den wir Kiesel, Muscheln und Seesterne drapiert hatten. Wir hatten auch falsche Krabben und Hummer, die wir von einem Fischhändler in der Stadt gekauft hatten, und außerdem verschiedene Fischarten, die wir an Drähten aufgehängt hatten, sodass es aussah, als schwömmen sie um meinen Kopf herum.

Oh, das Endresultat war prachtvoll und wir druckten es Hundertfach auf Postkarten, die wir in einem Verkaufsständer vor unserem Geschäft präsentierten und auch den Kiosken am Pier zum Weiterverkauf anboten.

Sie verkauften sich dermaßen gut, dass wir bald weitere Szenerien ersannen. Ich in einem altmodischen Badeanzug, wie ich meine nackten Zehen ins Meer stecke. Ich, von hinten fotografiert, die Arme nach oben gestreckt und auf dem Rücken paillettenbesetzte Feenflügel, hinter denen meine Unterwäsche nicht sichtbar ist. Und dann gab es noch die nächtliche Szenerie. Ein tiefblauer Hintergrund mit aufgemalten Sternen. Ein sichelförmiges Mondmodell, auf dem ich liege, am Leib nur ein Netz und auf dem Kopf eine Sternenkrone.

Die gedruckten Postkarten bestäubten wir mit Glitzerstaub. Die Reste davon tauchten über Monate hinweg zwischen Buchseiten, in den Nähten unserer Kleidung, ja selbst auf unseren Kopfkissen auf. Aber mir machte das überhaupt nichts aus. Ich liebte es, wie diese Bilder mich in ein glamouröses Wesen verwandelten, und wie dieser Glamour an mir haften blieb. Und auch wenn ich, wann immer ich im Laden war, mein Trauerschwarz trug, begann ich damit, die Garderobe meiner Mutter zu erkunden, wenn ich allein zu Haus war. All die herrlichen Seidenkleider und Pelze und Spitzenstoffe, die ich mit rauf in mein Zimmer nahm, um mich dort vor den Spiegel zu stellen und sie an mich zu halten.

Um eine andere Leda Grey zu sehen.

Ein weiteres Jahr. Eine neue Idee, als Theo mich eines Tages fragte: »Sollten wir vielleicht über einen Untermieter nachdenken?«

»Du willst einen Fremden aufnehmen … der hier in Brunswick Crescent mit uns lebt?« Ich muss gestehen, dass ich ein Stück weit schockiert war.

»Einen Schauspieler. Ivor Davies. Du bist ihm schon begegnet, gestern erst. Er war mit seinem Manager im Studio. Sie haben Werbefotos schießen lassen für das neue Stück, das sie im Theater inszenieren.«

»Ach, du meinst das Stück über den Schotten? Gestern kamen mehrere Schauspieler in den Laden. Ich bin nicht sicher, ob ich mich an ihn erinnere.«

»Derjenige, der die Hauptrolle spielt.«

»Oh, ja! Ich weiß. Ein ziemlich gut aussehender Mann.«

»Ziemlich.« Mein Bruder lächelte mich an. »Er ist jetzt gerade bei den Proben, aber das Stück hat recht bald Premiere, und wie der Zufall es will, ist Ivor mit seiner Bleibe nicht zufrieden. Wenn das Stück also ein Erfolg wird … wenn es ein kleines Weilchen läuft, dann würde das für uns gutes Geld bedeuten.«

»Aber brauchen wir das denn wirklich? Ich weiß, im Winter laufen die Geschäfte nicht so gut, aber …«

»Alle Händler spüren zurzeit den Druck. Manche meinen, es läge am Tod vom alten King Edward. Unsere glücklichen Zeiten gehen ihrem Ende entgegen. Aber mit einem so großen Haus wie unserem … na ja, es zieht einem wirklich das Geld aus den Taschen, verstehst du, mit all den laufenden Kosten. Und du darfst auch Mrs C. nicht vergessen.«

»Aber was ist mit den Nachbarn? Was werden die sagen, wenn wir Zimmer untervermieten?«

Mein Bruder seufzte auf. »Ach, selig sind die Schwätzer. Wirst du wenigstens darüber nachdenken?«

Ich habe keine Ahnung, warum wir nicht schon früher auf die Idee gekommen waren, Zimmer zu vermieten. Unsere glücklichen Tage schienen zurück, und da Ivor Davies uns drei Monatsmieten im Voraus versprach, würde vielleicht ein klein wenig Geld für etwas Luxus bleiben, wo wir bisher jeden eingenommenen Penny brauchten, um unsere Rechnungen zu begleichen. Und wie schön es war,

Mrs C. eine Gehaltserhöhung geben zu können – hatte sich ihr Lohn doch nicht geändert, seit Papa sie zwanzig Jahre zuvor eingestellt hatte. Das half auch dabei, sie etwas gütiger zu stimmen, als Ivor die Räumlichkeiten im Untergeschoss bezog. Wir sicherten ihm zu, dass nur er die Vordertür nutzen würde, was bedeutete, dass Mrs C. das Haus über den Garten betreten und verlassen musste – was sie ihrer unwürdig fand. Dadurch erklärten sich vermutlich auch die »Hausregeln«, die sie unten in der Diele aufhängte, gleich neben der Tür zu Ivors Schlafzimmer. In Großbuchstaben, um Missverständnisse auszuschließen …

KEIN UNSITTLICHES BETRAGEN.
KEINE TRUNKENHEIT.
KEIN DAMENBESUCH ÜBER NACHT.

»Sind Sie sicher, dass er das verstehen wird?«, fragte ich. »Meinen Sie nicht, es ist vielleicht etwas zu vage formuliert?«

»Sie werden mir noch dankbar sein. Und ich wäre Ihnen dankbar, wenn sie ihr vorlautes Mundwerk etwas im Zaum halten.« Mrs C. sah mich eindringlich an. »Man hört ja von solchen Sachen. Die Sitten dieser Theater-Menschen … Unverheiratete Männer allein in fremden Städten, das ist oft nicht besser als … nun ja … ein hübsches Mädchen wie Sie. Passen Sie einfach auf, dass Sie die Tür verriegeln, wenn Sie sich abends schlafen legen. Was, wenn dieser Freund von Theo es auf ein Rendezvous abgesehen hat?«

Worauf auch immer Ivor es abgesehen haben mochte, Mrs C. war ihm bald schon freundlich gesonnen, und die beiden plauschten tagsüber bei so mancher Tasse Tee, während Theo und ich im Laden waren. Wenn wir abends zu Hause waren, war Ivor meist im Theater oder er verbrachte Zeit mit anderen Freunden – doch ab und an wachte ich nachts auf und hörte ihn die Treppe zum Untergeschoss hinunterpoltern. Und einmal lärmte er so sehr, dass ich nicht schlafen konnte. Ich stieg aus meinem Bett, schaute zum Fenster hinaus und entdeckte Ivor unter dem goldenen Licht der Straßenlaterne. Er lachte und schwenkte eine Flasche. Und er trug keine Hosen; nur die flatternden Hemdenzipfel bedeckten seine nackten Schenkel. Frei von jeder Scham umfasste er die Hüften einer Frau.

Vielleicht war sie auch eine Schauspielerin des Theatre Royal! Nicht, dass ich mir das Ganze allzu lang angeschaut hätte, denn ich spürte das Blut in meine Wangen steigen und mir wurde ganz mulmig, deshalb musste ich meinen Blick abwenden. Dass ich Zeugin dieses schockierenden Treibens werden musste. Dass ich das Lachen seiner Freunde hatte hören müssen, die diese Lotterigkeiten noch bejubelten, als er sie anfasste, als sie ihn anfasste …

Doch Ivor war wie ausgewechselt, wenn er sonntags mit uns lunchte. An diesen Tagen pflegte Mrs C. für uns zu kochen, bevor sie in die Kirche ging und anschließend … Nun ja, wer wusste das schon? Mrs C. hatte uns nie eingeladen, sie zu Hause zu besuchen; allerdings hatte sie ein paar Mal erwähnt, dass sie gemeinsam mit einer alten, verwitweten Freundin lebte. Dort wird sie jedenfalls hingegangen sein, während wir daheim am Küchentisch unseren Sonntagsbraten aßen. Das Esszimmer herzurichten war uns zu viel Aufwand, und beim Herd war es so angenehm warm – mehr noch, wenn wir den Sherry tranken, den Ivor besorgt hatte. Wir hatten die allerherrlichste Zeit miteinander, spielten Scharade und Karten, und zwei Mal lud Ivor uns ein, uns das Schotten-Stück anzusehen.

Mrs C. begleitete uns. Zu dritt saßen wir in einer Privatloge und fühlten uns so prächtig wie der Adel. Doch allzu schnell war die Laufzeit vorüber und Ivor sagte, dass er gehen müsse, um anderswo eine neue Rolle anzunehmen – weshalb Theo und ich Pläne schmiedeten, um an unserem letzten gemeinsamen Sonntagslunch eine Show für ihn aufzuführen.

Ich war diejenige, der die Idee kam, einen Zaubertrick zu präsentieren, nachdem ich eines Abends im Bett in einem Buch herumgestöbert hatte, das Papa mir einst gegeben hatte. »Dreihundert Dinge, die ein kluges Mädchen tun kann« – und auf jeder Seite fanden sich Rezepte und Spiele, Dialoge für kleine Theaterstücke und eben auch Zaubertricks. Ich zweifelte allerdings daran, dass selbst das klügste Mädchen auf der Welt diese Tricks ganz ohne Expertise hätte durchführen können. Was mich anbelangte, so hatte ich die Hilfe meines Bruders. Seine wundervollen Kulissen.

Am Abend vor unserer Aufführung von »Lebendig verbrannt! Ein dramatisches, feuriges Spektakel« arbeitete ich stundenlang an meinem Kostüm. Es war die Robe einer jungfräulichen Priesterin der Vesta, die ich aus dem Fundus in unserem Laden genommen hatte, um sie mit Ketten und Anstecknadeln aus der Schmuckkiste unserer Mutter zu bestücken.

Während ich damit beschäftigt war, gestaltete mein Bruder im Salon den großen Fenstererker zu einer Art Privatbühne um, so wie es im Buch vorgeschlagen war. Er schloss die Fensterläden, damit man uns von draußen nicht sehen konnte, und stellte einen Holztisch nebst einiger Spiegel auf, außerdem einen Sack, in dem ich mich verstecken würde, wenn ich mich hinter die Möbel kauerte, mit einem Glöckchen, das ich läuten würde, und einem absolut realistisch wirkenden schwarzverkohlten Schädel, den er aus Pappmaché hergestellt hatte. Der würde zum Einsatz kommen, sobald ich selbst in einer Rauchwolke verschwand.

Als wir die Sache dann zur Aufführung brachten, konnten wir Rex – den die Glocke und die plötzlich auflodernden Flammen aufgescheucht hatten – nur wieder beruhigen, indem wir ihn in den Garten brachten und ihm sämtliche Fleischreste unserer Lammkeule überließen. Er hatte gebellt, und Mrs C. (die an jenem Tag zum Lunch geblieben war) schrie auf, lief rot an und sprang mit knarzendem Korsett von ihrem Stuhl auf, um sich eine Blumenvase zu greifen. Sie schickte sich bereits an, das Feuer mit dem Wasser in der Vase zu löschen, als Ivor sie geistesgegenwärtig dazu brachte, sich wieder hinzusetzen.

Aber welche Freude es mir bereitete, dass unser Spiel sie so überzeugt zu haben schien, wenn auch ihre heftige Reaktion durch Ivors Wein befeuert worden sein mochte. Theo und ich hingegen hatten uns zurückgehalten, jeder hatte nur ein kleines Gläschen während des Lunches getrunken, um während unserer Aufführung einen klaren Kopf zu behalten. Und dann den Applaus unseres Publikums zu hören! Als Ivor bekräftigte, wenn wir das im Theatre Royal auf die Bühne brächten, seien uns Standing Ovations gewiss, war ich überglücklich – auch wenn er es gewiss mit einem zwinkernden Auge sagte. Kein bisschen verbrannt fühlte ich mich. Ich fühlte mich, als sei ich durchs Feuer gelaufen und als neuer Mensch auf der anderen Seite herausgekommen. Ich spürte ein Summen in meinen Adern; es frohlockte in mir, wie sonst nur, wenn ich es wagte, mir eine Zukunft als Schauspielerin in Filmen zu erträumen.

Traurig machte mich nur, dass Papa unseren Auftritt nicht mehr hatte erleben können, und ich glaube, dass Ivor Davies diesen Anflug von Melancholie gespürt haben muss, denn er trat an mich heran, berührte meinen Arm und drückte ihn leicht. Etwa zur selben Zeit bat Mrs C. Theo, sie nach unten zu begleiten, um einen Tee aufzusetzen. »Allein würde ich mir vermutlich das Genick brechen, so viel Wein habe ich getrunken. So beschwipst wie ich jetzt bin, schaffe ich es nicht nach Hause. Es sind schon Leute vom Pier gefallen in diesem Zustand. Die sind abgesoffen und wurden nie wieder gesehen.«

Ich hätte nach oben gehen und mich umziehen sollen, setzte mich aber stattdessen aufs Sofa, wo ich zitternd meine Arme um mich legte, da es im Erker so windig gewesen war. Doch dann spürte ich mit einem Mal eine brennende Hitze in mir aufsteigen, als ich bemerkte, wie sein Blick unverwandt auf dem dünnen Tuch haften blieb, das ich mir über die Brüste gelegt hatte. Ich nahm eine Decke, die neben mir lag, und versuchte mich damit zu bedecken. Um ihn abzulenken, fragte ich: »Was ist das für ein neues Stück, in dem du spielen wirst? Erzähl mir mehr davon.«

»Ein musikalisches Drama, das sie im ›Almeida‹ in London inszenieren. ›Kismet‹ heißt es, glaube ich.« Das Rosshaar stöhnte und die Springfedern knarzten, als er sich neben mich aufs Sofa fallenließ. »Ein türkisches Wort, das ›Schicksal‹ oder ›Los‹ bedeutet, und heute habe ich erfahren, dass die Proben morgen Nachmittag beginnen. Es ist also mein trauriges Los, dass ich euch früher als gedacht verlassen muss … um morgen den ersten Zug zu erwischen.«

Er rutschte ein wenig näher an mich heran; sein Atem roch nach Wein und kitzelte sanft über meine Wange, als er flüsterte: »Ich werde dich vermissen, Leda.« Und dann eine abrupte Bewegung, sicherlich der Versuch, mich zu küssen, dem ich mich entzog, indem ich mich eilig wegdrehte. Seine Lippen berührten sachte meinen Hals. Ich hörte sein Flüstern in meinem Ohr: »Ach, nun komm … einen Kuss nur, als Glücksbringer, jetzt, wo die anderen uns nicht stören können. Wir wollen ja keine Eifersüchteleien.«

»Ivor! Nein!« Ich stieß ihn von mir. Ganz gleich, wie sehr ich ihn mochte – und das tat ich, ich mochte ihn sehr –, auf diese Weise war ich ihm kein bisschen zugetan. Ich hätte ihn wohl an Ort und Stelle geohrfeigt, hätte ich nicht Schritte im Flur gehört und das Klimpern von Porzellan, das die Rückkehr der anderen ankündigte. Dass sie etwas bemerkt haben, bezweifle ich. Denn Ivor stand

prompt wieder auf seinen Füßen, und ich saß noch immer etwas benommen dort, als er sich lächelnd Theo zuwandte, einen Arm um dessen Schulter legte und voller Jovialität verkündete: »Ich habe Leda gerade alles über die nächste Inszenierung erzählt, bei der ich mitmache. Mein Agent sagt, wenn das gut läuft, dann besteht auch die Chance auf eine Laufzeit am Broadway. Er glaubt, dass deine Fotografie geholfen hat. Die, die du auf Karten hast drucken lassen, damit ich sie an meine begeisterten Fans verteilen kann« – Ivor hielt inne und grinste mich an –, »wenn sie die Hintertür belagern, weil sie sich einen Kuss von mir erhoffen. Er hat das Bild jedem geschickt, den er kennt. Und dann haben wir ja noch Marie Lloyd an Bord. Nicht zu vergessen die liebreizende Miss Gabrielle Ray … und ich habe gehört, dass manche Theater in New York einem tausend Pfund in der Woche zahlen.«

»Tausend Pfund in der Woche!« Mrs C. klappte die Kinnlade so weit runter, wären da Fliegen gewesen, dann hätte man meinen können, sie schnappe nach ihnen.

»Die Kamera liebt dich tatsächlich«, sagte ich und dachte dabei an eine Fotografie, die Theo einmal von Ivor gemacht hatte. An jenem Abend hatten wir den Laden bereits geschlossen, als Ivor auf dem Weg zum Theater kurz vorbeischaute. Er fläzte sich auf die Studio-Chaiselongue, die Füße auf die Kissen gepackt, und paffte seine Zigarette, als glaube er, ihm gehöre der Laden. Mit all den Chemikalien und dem Zelluloid war es gefährlich, im Laden zu rauchen. Aber Theo schien das nicht zu stören, und man konnte Ivor kaum etwas krummnehmen, wo er doch solch angenehme Gesellschaft war. Immer ein Lächeln im Gesicht, das jederzeit zu einem Lachen werden konnte.

Und an diesem letzten gemeinsamen Sonntag, als Ivor mit einem Arm auf unserem marmornen Kaminsims lehnte, sah ich besagte Fotografie erneut, und mir blieb nur anzunehmen, dass Mrs C. – auch sie ein begeisterter Fan – sie dort neben dem Spiegel aufgestellt hatte.

Es sei denn, er selbst hatte sie dort hingetan.

Es sei denn, Theo war derjenige gewesen.

Nun, dort stand sie jedenfalls, an prominenter Stelle, eine eher dunkle Aufnahme von melancholischer Stimmung, auf der Ivors Gesicht zur Hälfte hinter dem Rauch der Zigarette verschwand, die er geraucht hatte. Unglaublich talentiert, wie Theo diesen nebligen Dunst eingefangen hatte, hinter dem Ivors Gesichtszüge nicht etwa verschwommen wirkten, sondern irgendwie klarer definiert, als sie es in Wirklichkeit waren. Die Wangenknochen wirkten höher. Die Lippen praller und viel sinnlicher. Und seine Zähne wirkten nicht zu groß, sondern sahen gut aus, hoben sich leuchtend weiß von seiner Haut ab, die im Lichte des echten Lebens einen olivfarbenen Ton hatte – wenngleich ich mich fragte, welchen Ton sie tatsächlich hatte, denn die Theaterschminke trug er auch jenseits der Bühne großzügig auf.

Womit ich sagen will, dass Ivor sehr affektiert war. Er machte viel Gewese darum, wie er aussah, mit seinen schmucken karierten Anzügen und dem pomadigen Haar, das immer nach Vanilleöl duftete und in Wirklichkeit kastanienbraun war – nicht etwa leuchtend schwarz, wie es auf dem Foto schien.

Oh, dieser Vanilleduft, der von Ivor ausging – selbst heute noch, nach all den Jahren, scheint er manchmal unerwartet durch die Luft oben am White Cliff House zu ziehen. Doch das ist nur eine ganz blasse Erinnerung, und nicht diese dichte, intensive Wolke, die ihn an jenem Tag folgte, als er vom Kamin zu unserem Piano ging und sich auf den Hocker setzte. Das Instrument war seit Mamas Tod nicht mehr gestimmt worden, aber gänzlich unbeeindruckt von den etwas merkwürdigen Tönen seiner Tasten, spielte Ivor ein paar neue Melodien, um uns zum Mitsingen zu bewegen. Wir klatschten, als er sein Spiel beendete und vom Hocker aufsprang, um Mrs C. in seine Arme zu ziehen und mit ihr durchs ganze Zimmer zu wirbeln, bevor er dann einige der Komödianten imitierte, die er während seiner Zeit in den Varietétheatern kennengelernt hatte.

Schließlich verbeugte er sich und ließ sich in einen Sessel fallen, Arme und Beine weit von sich gestreckt, die Augen geschlossen, ein Lächeln auf den Lippen – das plötzlich einfror, als Theo unvermittelt fragte: »Und du würdest wirklich nach Amerika gehen?«

»Selbstverständlich!« Ivor öffnete die Augen wieder. »Denke doch nur an all die Möglichkeiten. Die hätte ich hier gar nicht.«

»Ich würde gerne zu Besuch nach London kommen«, sagte ich. »Um dort einige der Theater zu sehen. Und die Lichtspielhäuser. Und natürlich auch, weil London

die Stadt ist, in der unsere Eltern wohnten, bevor sie sich in Brightland niederließen. Ich frage mich manchmal, ob wir dort wohl noch Verwandtschaft haben, die man ausfindig machen könnte. Obwohl es seltsam ist, dass unsere Eltern dergleichen nie erwähnt haben. Papa hat viel von seiner Arbeit erzählt, aber …«

»Grundgütiger, Leda!«, blaffte Theo. »Lebst du denn im Märchenland? Sollten unsere Eltern dort Verwandte gehabt haben, warum sollten die sich einen Dreck um uns scheren?«

»Oh.« Ich war sprachlos, schockiert vom groben Tonfall meines Bruders, und ich fragte mich, ob er etwas wusste, in das ich nicht eingeweiht war.

Mrs C. hatte indes Gefallen an meiner Idee gefunden. »Nun, das soll uns nicht davon abhalten, irgendwann den Zug nach London zu nehmen, um uns dieses moderne Babel selbst einmal anzuschauen und Ivors neue Show zu besuchen. Vielleicht werden wir dann noch mehr von dem komödiantischen Talent zu sehen kriegen, das er uns heute offenbart hat. Wer hätte das für möglich gehalten, nachdem man seinen Macbeth gesehen hat.«

»Mrs C.! Sie sollten diesen Namen nicht in den Mund nehmen!«, unterbrach ich sie schnell. »Nennen Sie es das Schotten-Stück!«

»Ach, Leda! Fauler Aberglaube!« Mein Bruder sprach mit einer solchen Verachtung. Was war an diesem Abend in ihn gefahren?

Mrs C. versuchte ein weiteres Mal, die Wogen zu glätten. »An Namen hängt kein Pech … obwohl mir scheint, uns sitzt das Pech im Nacken. Sonst würde der gute Ivor uns wohl nicht verlassen, wo er doch gerade erst angekommen zu sein scheint. Er hat ohne Frage Leben in dieses Haus gebracht.« Sie schenkte Ivor ein Lächeln und fuhr fort: »Und nun also dieses neue Stück. ›Kismet‹? Der Name passt wunderbar, mein Lieber. Ich bin überzeugt, dass Ihr Schicksal ruhmreiche Zeiten für Sie bereithält.«

Theo zog die Brauen hoch und stöhnte auf – während ich selbst einfach einen beliebigen Punkt im Gewebe des Teppichs fixierte, beschämt darüber, wie unsere Mrs C. um Ivor buhlte, als sei sie ein liebestoller Backfisch, obwohl der vielleicht halb so alt war wie sie.

Welch große Erleichterung für alle Anwesenden, als Ivor dann endlich verkündete: »Nun denn, so sehr es mich auch bekümmern mag, ich denke, es ist Zeit für mich, aufzubrechen. Ich habe einigen Kollegen versprochen, sie noch auf ein Abschiedsgetränk im ›Bath Arms‹ zu treffen. Und Theo, hattest du nicht erwähnt, dass du weitere Fotografien hast drucken lassen? Mein Agent ist sehr erpicht darauf. Könnten wir noch in den Laden, um sie zu holen?«

Mrs C. musterte beide streng. »Hatten die Herren nicht schon ausreichend Vergnügung? An einem Sonntagabend sollten doch sicherlich alle öffentlichen Bars geschlossen sein? Aber egal, welcher Tag heute ist, ich sollte längst im Bett sein. Ich begleite die beiden Herren auf ihrem Bummel noch bis zum Ende der Straße.«

Ivor erhob sich aus seinem Sessel und sagte, den Blick auf mich gerichtet: »Sollen wir ein wenig Abendluft schnuppern?«

»Ich kann in diesem Aufzug wohl kaum vor die Tür gehen.«

»Ach, ich weiß nicht.« Er griff nach meiner Hand und zog mich nach oben. Ich muss wohl recht beschwipst gewesen sein, denn das Zimmer drehte sich, das lodernde Feuer ließ die Luft heiß und trocken werden. Das Atmen fiel mir schwer, als er seine Finger in meine schlang und sagte: »So heißt es denn au revoir. Bis wir uns einmal wiederbegegnen.«

Tatsächlich versuchte ich noch in derselben Nacht, eine weitere Begegnung herbeizuführen. Nachdem ich auf dem Sofa eingeschlafen war, wachte ich mit einem viel klareren Kopf auf und sah unter dem Klavierhocker etwas Silbernes funkeln. Es war Ivors Zigarettenetui. Und ja, ich hätte es ihm ganz einfach vor die Tür legen können, aber ich fühlte mich ein wenig einsam. Mir war ein wenig traurig zumute, wenn ich daran dachte, dass ich ihn nicht mehr sehen würde.

Ich zog mir wieder meine schlichte schwarze Kleidung an und spazierte die Promenade entlang. Selbst für eine Sonntagnacht war die Stadt seltsam leer. Kein Hufgeklapper hallte durch die neblige Luft. Nur das Rauschen der Wellen und eine Art scharrendes Klickern, wenn die Kiesel am Strand aufgespült wurden. Ich blieb eine Weile lang stehen, um zuzuhören. Es waren Geräusche aus einer anderen Welt. Sie waren keiner Zeit zuzuordnen – ganz anders als der Krawall, den ich hörte, als ich ins Gassenviertel einbog, wo das »Bath Arms« noch immer hell erleuchtet war. Doch als ich meine Nase ans Fenster drückte, erkannte ich kein einziges Gesicht. Und ich verfluchte mich sogleich dafür, es getan zu haben, als einer der Trinker in meine Richtung blickte, hinausgestolpert kam und versuchte, mich am Arm zu packen – um mich hineinzuzerren.

Das war wohl nicht weiter verwunderlich. Ich hatte nicht daran gedacht, mir das Gesicht zu waschen, das ich mir für unsere Aufführung so grell angemalt hatte. Doch ich konnte ihn abschütteln und hastete weiter. Erleichtert erreichte ich die Tür zu unserem Laden und stellte fest, dass sie nicht abgeschlossen war – was bedeutete, dass Ivor und Theo ganz sicher noch da waren. Seltsamerweise war aber kein Licht zu sehen, und ich spürte ein eisiges Kribbeln, als ich ein leises, unterdrücktes Stöhnen hörte. Ich folgte dem Geräusch, vorbei an der Ladentheke und durch den Flur, der zum Studio führte. Jeder rationale Gedanke, den ich noch fassen konnte, schrie in stummer Warnung auf: Was du hier siehst, das kann nicht Wirklichkeit sein!

Und doch, ganz bestimmt sah ich einen Geist. Meine Mutter, die genauso aussah, wie sie an meinem siebten Geburtstag ausgesehen hatte. Und welch süßer Schmerz es war, ihr schönes Gesicht wiederzusehen, wenn auch nur für kurze Zeit, und das Flüstern der Seide zu hören, als sie ihre Pose leicht veränderte und einen ihrer schlanken Arme auf die Lehne der Chaiselongue legte.

Ich dachte, sie würde mich zu sich heranwinken und ging einen Schritt auf sie zu, dann noch einen, und ein lieblicher Rosenduft stieg mir in die Nase. Der schwere Geruch von Vanilleöl. Und dann der saure Geruch von frischem Erbrochenem und rostigem Blut. Ich hörte noch ein Stöhnen und begriff, dass »Sie« ein »Er« war – dass es Theo war, der auf der Chaiselongue lag, dass Theo sich eines von unseren schönen Kleidern angezogen hatte.

Wie sehr er unserer Mutter ähnelte mit seinem buttergelben Lockenschopf. Wie ermattet und elegant er wirkte, selbst in diesem trunkenen Zustand, umgeben von Bierflaschen, deren Reste sich über die Scherben des zerbrochenen Spiegels ergossen. Die Scherben, die der Grund für die Schnittwunden an seinen Händen sein mussten.

Schweren Herzens wandte ich mich von seiner Schlafstätte ab und ging Handbesen und Kehrschaufel holen, um die Scherben zu beseitigen. Und dann, etwas unsicher, was ich tun sollte, setzte ich mich zu Theo auf die Chaiselongue und wickelte seine Röcke um mich, um die nächtliche Kühle fernzuhalten. In dieser Position schlief ich ein und wachte erst Stunden später wieder auf, als ich das Gewicht von Theos Kopf auf meiner Brust spürte. Es dauerte nicht lange, und ich strich durch seine Locken, während ich seinen geschluchzten Worten zuhörte. »Es tut mir leid, Leda. Es tut mir leid. Aber warum … warum bist du hierhergekommen?«

»Ich habe Ivors Zigarettenetui gefunden. Ich dachte, er würde es vielleicht brauchen.«

»Er ist nicht sehr lang hiergeblieben. Er hat sich die Fotografien genommen und ist dann mit seinen Freunden feiern gegangen.«

Mit diesen Worten richtete sich mein Bruder auf, und ich wusste nicht, ob ich lachen oder weinen sollte, so absurd und verlottert sah er aus, und doch auch so herrlich, wenn er die Arme in die Luft streckte und die Ärmel des Seidenkleides sich bauschten, bis sie wie Schmetterlingsflügel aussahen. Doch seine Stimme, die war gar nicht schön, nur brüchig von Alkohol und Bitterkeit, als er sagte: »Nun kennst du also die Wahrheit.«

»Was für eine Wahrheit?« Ich wollte es nicht hören. Eiskalte Finger legten sich um mein Herz und drückten zu, bis es schmerzte. Und ich fühlte mich gezwungen zu fragen: »Was, wenn ich nicht allein gewesen wäre? Was, wenn jemand anderes dich in diesem Aufzug gesehen hätte? Und das Blut, Theo! Die Scherben!«

»Ich habe den Spiegel zerschlagen.«

»Ja … aber weshalb?«

»Weil ich es hasse, mich selbst anzusehen. Weil ich wütend war. Weil ich in einer Falle sitze … ich bin ein Gefangener in diesem Laden, in dieser Stadt.«

Wie naiv ich damals gewesen bin. Wie närrisch und unschuldig mein Denken war, als ich sagte: »Du bist doch aber kein Gefangener. Wenn dir der Laden so zuwider ist, dann können wir einen anderen Fotografen anstellen. Jemanden, der die Porträtaufnahmen macht. Ich kann weiter hinter der Ladentheke arbeiten, und du kannst dein Kunststudium wieder aufnehmen. Vielleicht findest du Arbeit am Theater. Du bist so talentiert im Gestalterischen, du hast ein wirklich gutes Auge für …«

»Du hast doch nicht die geringste Ahnung, was ich will oder was ich brauche.«

Sein aggressiver Ton schockierte mich. Ich war erleichtert, als er sich schließlich von mir abwandte. Kleine Glasscherben, die ich beim Auffegen übersehen haben musste, klirrten leise, als er über sie hinweglief und sie von den Säumen seiner Röcke mitgeschleift wurden. Als er die Tür der Dunkelkammer erreicht hatte, drehte er sich noch einmal zu mir um und sprach nun in einem deutlich vernünftigeren Tonfall: »Wen kümmert schon noch, was aus diesem Studio wird, jetzt, da Papa nicht mehr ist? Warum sollten wir hier festsitzen? Sind er und Mama nicht selbst fortgelaufen, weil sie ihre alten Leben nicht mehr leben wollten?«

»Dann geh doch!«, sagte ich, aber nun hörte man die Angst in meiner Stimme. Meine Welt geriet ins Wanken, das spürte ich. »Geh und lebe das Leben, das du leben möchtest.«

Er ließ den Kopf sinken und wirkte beschämt. »Wenn ich das doch nur tun könnte. Hätte ich doch nie erfahren, was für Abgründe dieses Geschäft für uns bereithält.«

»Was meinst du damit? Sag es mir!«

»Kurz vor seinem Tod hat Vater eine weitere Hypothek auf unser Haus in Brunswick aufgenommen. Ein Darlehen, für das sämtliche Profite unseres Geschäfts als Sicherheit dienten. Aber wenn der Laden gar keine Profite abwirft, dann …« Mein Bruder machte wieder eine ausladende Geste, diesmal, um seine Verachtung zum Ausdruck zu bringen. »Diese ganzen Renovierungen … dadurch ist der Schuldenberg nur gewachsen, und nun ist daraus die Schlinge geworden, die sich um meinen Hals zuzieht. Wir verdienen nicht mal genug, um die Zinsen zu tilgen, da ist an ein weiteres Gehalt gar nicht zu denken.«

In meinem Kopf drehte sich alles. Ich konnte nicht klar denken. »Aber können wir denn nicht weitere Untermieter aufnehmen? Wir könnten Mrs C. bitten, weniger zu arbeiten. Ich schrubbe auch selbst Böden, wenn es sein muss, ich kann …«

»Du willst Böden schrubben! Papas verwöhnte Prinzessin! Was weißt du denn schon von der Welt da draußen?«

»Und du? Was weißt du?« Ich stand auf und ging langsam auf Theo zu, bis ich neben ihm stand und meine Hand ausstreckte, um die Spitze zu berühren, die auf das Mieder seines Kleides gestickt war, da hob er seine Hand und packte

mein Handgelenk, und zwar mit einer solchen Kraft, dass ich vor Schmerz kurz aufschrie. Theo jedoch schrie ebenfalls: »Was du jetzt gerade vor dir siehst … das ist Teil von dem, was ich wirklich bin. Du und ich … sind wir einander nicht ähnlicher, als man meint? Ich weiß, wie du dich fühlst, wenn du dich hübsch machst. Wie du dich gefühlt hast, als du für unsere Postkarten posiert hast … und vorher für Papas Fotografien. Das sind die Momente, in denen du wirklich zum Leben erwachst. Dann bist du mehr als nur Fleisch und Blut.«

Es gelang mir, mich seinem Griff zu entziehen, und ich stolperte ein paar Schritte zurück. »Aber warum Frauenkleider?«

»Kann meine kleine Schwester denn wirklich so blind sein? Siehst du denn nicht, wie einsam ich gewesen bin? Dass ich unsere Mutter jeden Tag wieder vermisse? Dass ich manchmal versuche, sie zurückzubringen?«

Ich spürte Panik in mir aufsteigen und schrie: »Damit bringst du sie aber nicht zurück!«

In meine Trauer um den Tod unserer Eltern mischte sich nun noch die verzweifelte Angst, dass ich auch noch meinen Bruder verlieren könnte, wenn Theo denn wirklich so war, wie ich dachte; wenn Theo ein Anhänger der griechischen Liebe war, für die Oscar Wilde so hatte leiden müssen, wegen der er angefeindet und weggesperrt worden war.

Ich spürte den Boden unter meinen Füßen schwinden, als stünde ich in Treibsand. Ich fand keine Worte, die ihm irgendwie Trost hätten spenden können, bis mir ein Gedanke kam: »Wir verkaufen den Laden. Wir treiben etwas Geld auf, um das Darlehen abzubezahlen, und dann …«

Und dann …

Theo holte mit solch heftiger Verachtung zum Gegenschlag aus: »Du glaubst, du kennst die Lösung! Wir können dem Bankdirektor gar nicht genug danken … er hat immer große Stücke auf unseren Vater gehalten, sonst hätte er dieser Situation schon längst ein Ende gesetzt. Aber die Zinsen haben sich derart summiert. Es gibt nur die eine Lösung: Wir müssen das Haus verkaufen und hoffen, dass das unsere Gläubiger zufriedenstellt. Die sitzen uns jetzt schon im Nacken.«

»Oh, Theo!« Ich konnte es nicht glauben. »Wo sollen wir denn hin? Wo sollen wir leben?«

»Ich hoffe, wir können den Laden halten. Dann können wir beide hier einziehen und oben in den Lagerräumen wohnen. Etwas enger, als wir es gewohnt sind, aber wenigstens säßen wir nicht auf der Straße.«

»Und was sollen wir wegen Mrs C. unternehmen?«

Theo antwortete mit einem trostlosen Schulterzucken, das keine Frage offenließ. Aber nichts drang zu mir durch, ich war noch immer auf der Suche nach Lösungen. »Ich weiß, du wolltest das gerade nicht hören, aber was ist mit unseren Großeltern? Gibt es vielleicht Cousins und Cousinen? Onkel oder Tanten? Glaubst du nicht, dass sie uns helfen würden, wenn es da jemanden geben sollte?«

Mein Bruder sprach nun mit sanfterer Stimme; er nahm meine Hände in seine. »Papa war sehr alt, Leda. Seine Eltern müssen längst tot sein. Ich habe ihn einmal gefragt, da sagte er, er habe keine Geschwister gehabt. Ich glaube also nicht, dass es da Verwandte gibt, die wir ausfindig machen könnten.«

Was die Familie unserer Mutter anbelangte, so sahen die Dinge anders aus. Theo erzählte mir von Dokumenten, die er gefunden hatte, als er einige Tage nach dessen Beerdigung Papas Schreibtisch durchgesehen hatte. Sie enthielten die Namen und die Adresse der Familie unserer Mutter, doch als Theo ihnen einen Brief schrieb, bekam er als Antwort ein Schreiben von einer Anwaltskanzlei. Unmissverständlich teilte man ihm mit, dass unsere Großeltern kein Interesse daran hatten, ihre Enkelkinder kennenzulernen. Als er versuchte, der Sache auf den Grund zu gehen, teilte man ihm schließlich mit, was der Grund dieser ablehnenden Haltung war: Als unsere Mutter Papa – der damals doppelt so alt wie sie war – kennenlernte, war sie bereits die frischgebackene junge Ehefrau eines anderen Mannes. Papa hatte sie eigentlich nur fotografieren sollen, aber die beiden verliebten sich ineinander und sorgten damit für einen kleinen Skandal, was auch der Grund war, weshalb sie nach Brightland zogen. Aber die Ehe unserer Mutter war nie geschieden worden, was uns zu unehelichen Kindern machte. Für ihre Eltern existierten mein Bruder und ich deshalb nicht.

Nun sprach die Verbitterung auch aus mir. »Wie müssen sie unseren Vater gehasst haben, dass sie auch seine Kinder hassen … wo doch das Blut ihrer Tochter durch unsere Adern fließt.«

Theo sprach nun mit gedämpfter, aber immer noch wackliger Stimme: »Wie konnte Papa nur so rücksichtslos sein? Diese Schande! Wir dürfen es niemandem erzählen. Das würde einen furchtbaren Skandal geben. Und nun sitzen wir auf seinem Schuldenberg.«

»Er wirkte immer so jung und gesund. Er muss gedacht haben, er könne noch alles abbezahlen.«

»Gar nichts hat er gedacht! Hätte er doch nur. Du kennst ja nicht einmal die halbe Wahrheit.«

»Aber ...«, unterbrach ich ihn, nun etwas hoffnungsvoller, »... wird denn der Bankdirektor nicht einwilligen, das Darlehen um ein paar Jahre zu verlängern?«

»Wozu denn? Welches kleine Wunder soll uns und den Laden denn noch retten, wenn von Woche zu Woche weniger Kundschaft kommt?«

Theo schüttelte den Kopf und wandte sich ab, um in die Schatten der Dunkelkammer zu treten. Er schloss die Tür hinter sich, und ich konnte das schwache Leuchten des Rotlichts durch alle Ritzen sickern sehen. Ich hörte das Plätschern des Wassers, als er den Hahn aufdrehte, um sich zu waschen. Und dann tauchte mein Bruder wieder auf, normal gekleidet. Hosen, Hemd, Weste, Krawatte. Jede Spur von Blut und Erbrochenem hatte er sich sauber vom Gesicht und von den Händen geschrubbt. Die Hände krallten sich in das Kleid, das er getragen hatte, und nun aussah, als sei es nur noch ein Lumpen aus knittriger Seide. Dann warf er es auf den Boden, wo es auf den zusammengekehrten Scherben liegenblieb.

Wir hatten keine Zeit, noch einmal nach Hause zu gehen, bevor wir den Laden öffneten. Und welche Ironie in der Tatsache lag, dass ich mich wie eine Untote fühlte, während mein Bruder es schaffte, den ganzen Tag über frisch wie ein Gänseblümchen zu wirken. Die Schnitte an seinen Händen waren nicht sehr tief. Wenn die Kunden ihn auf den Schorf ansprachen, erzählte er unbekümmert, er sei gestolpert, habe die Arme nach vorn geworfen, um den Sturz abzufangen, und sei dabei in den Spiegel gefallen.

Ich nehme an, es war eine Art von Wahrheit.

Wie froh ich war, als der Abend kam und wir den Laden abschließen und nach Hause laufen konnten – solange wir es noch unser Zuhause nennen konnten. Unterwegs kamen wir am »Bath Arms« vorbei, aber keiner von uns erwähnte

Ivors Namen. Nicht einmal, als wir daheim seinen Schlüssel entdeckten, den er durch den Briefschlitz der Haustür geworfen hatte.

Eine Weile lang standen wir beide nur da und starrten auf den Schlüsselbund, der schimmernd auf den Dielenfliesen lag, als mir plötzlich das silberne Zigarettenetui wieder in den Sinn kam. Ich zog es aus meiner Tasche und betrachtete es. »Ich hatte gar keine Gelegenheit, es Ivor zurückzugeben«, murmelte ich.

Wortlos griff Theo nach dem Etui und nahm es mir ab. Er machte einen Schritt über den Schlüsselbund und lief die Treppe ein Stück hinauf; er blieb in einem Kegel aus Sonnenlicht stehen, das durch das Fenster am Treppenabsatz fiel. So verharrte er einen Moment lang, bis er sich noch einmal zu mir drehte und sagte: »Es tut mir leid, Leda … das mit letzter Nacht tut mir leid.«

Wie ein Engel sah er da aus, sein Gesicht goldbeschienen, so rein und klar inmitten der Staubkörner, die ihn glimmend umtanzten. Mir kam der seltsame Gedanke, dass er mit diesem Dunst verschmelzen würde, wenn er auch nur einen Schritt weitergehen würde. Er würde für immer und ewig verschwinden.

Doch dann brach mein Bruder den Bann. Seine Augen starrten ins Leere. Er sprach mit leiser, sonorer Stimme. »Ich sehe, dass unsere Geschicke sich wenden werden. Ein Mann aus der Vergangenheit wird zurückkehren und unsere Zukunft beeinflussen.«

»Sprichst du von Ivor? Wird Ivor zurückkommen?« Ich war schrecklich verstört in diesem Augenblick und legte eine Hand auf mein Schlüsselbein, um das Pochen einer Vene zu spüren. Und dann ein Hämmern in meinem Kopf, als er – noch immer in dieser mechanischen Stimme – sagte: »Nicht Ivor Davies.«

Ich dachte, er spielt mir etwas vor. Ich war zu müde für solcherlei Spielchen und spürte eine Woge von Zorn in mir aufsteigen; fast wäre ich verlockt gewesen, ihm zu applaudieren, wie er dort auf seiner kleinen Bühne stand. Doch dieses Rätsel, dieser letzte Trick von ihm, entzog sich meinem Verständnis völlig, und ich war noch damit beschäftigt, die Puzzleteile zusammenzufügen, als ich seine Zimmertür zuschlagen hörte. Und dann das Klicken des Schlosses, als der Schlüssel darin gedreht wurde.

Als ich wieder in meinem Zimmer war, blickte ich in den Spiegel und sah meine dunkel unterlaufenen Augen. Mein Haar ein wirrer Wust aus Knoten. Das

Rouge auf meinen Wangen ließ mich wie ein Clown aussehen. Was mussten die Kunden sich bei diesem Anblick gedacht haben?

Ich fühlte mich krank vor Erschöpfung und Hunger; das Wissen um das wahre Ausmaß unserer Schulden lag felsenschwer auf mir. Mein Blick glitt über die Wände meines Zimmers, über die rankenden Blumen auf grünem Untergrund, und ich fürchtete, von diesem Muster eingesperrt zu werden.

Am nächsten Morgen stand ich in der Dämmerung auf und machte ein Feuer hinter dem Haus, in das ich meine Trauerkleidung warf. Mrs C. war entsetzt, als sie kam und sah, was ich getan hatte. Sie sagte, ich hätte die Sachen einem wohltätigen Verein schenken können und dass sie Leute kenne, die für solche edlen Stoffe ihre Zähne verkauft hätten. Aber diese Kleidungsstücke zu vernichten hatte mir Befriedigung verschafft. Es symbolisierte ein Ende, auch wenn ich mich manchmal frage, ob es nicht doch viel zu grausam von mir war, dass ich danach anfing, die Kleider meiner Mutter zu tragen, sie umzuarbeiten, ohne mich an geflickten Nähten oder verknoteten Fäden unter den Säumen zu stören. Aus den Modezeitschriften, die ich mir kaufte, kopierte ich die neuesten Trends, um mich dann in der Stadt zur Schau zu stellen, als wäre ich der wandelnde Geist meiner Mutter.

Aber wenn Theo die Wahrheit sprach, wenn irgendein Fremder aus der Vergangenheit kommen und unser Leben verändern würde, dann wusste ich eines mit Sicherheit: Ich würde vor Freude und Schönheit so strahlen, dass ihm gar keine Wahl bliebe, als mich zu beachten.

Wie das Schicksal im Kleinen oft so unerwartet wirkt. Manch einer nennt das Kismet.

Mein Schicksal führt mich nun zu einem Tag, an dem das Licht des Spiegels sich verdunkelte. Nicht, dass es mir damals, als ich das erste Mal mit Charles Beauvois sprach, so schien – da war nur Licht und Fröhlichkeit … als ich das erste Mal in seine Sphäre gezogen wurde, wie eine Motte, die das Licht einer Kerze umschwirrt.

Ich frage mich, was es mit dieser Redewendung auf sich hat. Wenn eine Motte zu nah an die Flamme einer Kerze heranfliegt, verbrennen ihre Flügel. Eine tödliche Begierde, so viel ist gewiss.

Ich war neunzehn. Er war zweiundvierzig, was mir so seltsam nicht vorkam. Auch bei meinen Eltern war der Altersunterschied groß gewesen. Ich fühlte mich selbst recht alt und erwachsen, die Tage meiner Kindheit lagen hinter mir, damals, zu jener Zeit, als wir das Haus in Brunswick Crescent verkauft hatten und in den Zimmern über dem Geschäft wohnten.

Mrs C. hatte bei einer anderen Familie aus der Umgebung Anstellung gefunden. Aber wir bemühten uns aufrichtig, den Kontakt aufrechtzuhalten, und einmal luden wir sie ein, uns zum Tee im Aquarium zu treffen. Dort waren wir immer gern hingegangen, auch wenn Theo sagt, dass es nun nicht mehr dasselbe ist. Er sagt, sie haben den Uhrenturm abgerissen, genau wie die Bronzestatuen, die die Jahreszeiten darstellten. Er sagt, dass dort Teegesellschaften mit lauter Schimpansen abgehalten werden, die Götterspeise und Kuchen durch die Gegend werfen, während die Leute stehen und glotzen. Wie sonderbar das in meinen Ohren immer klingt. Seit wann leben Affen denn im Meer?

Nun ja, es ging dort noch anders zu an jenem Sonntag im April, als ich mein schönstes Kleid trug. Ein schlichtes weißes Kleid aus Musselin, gefertigt nach dem Vorbild meines geliebten Glückskleides, nur dass dieses hier aufwendiger gearbeitet war – es hatte eine mit Perlen bestickte Schärpe, der Ausschnitt und der Rock waren mit einem Muschelsaum aus Spitze besetzt. Es war eines dieser Kleider, unter dem man kein Korsett tragen musste, und ich konnte mich darin so frei bewegen, dass ich am liebsten durch die ganze Stadt gerannt wäre, wäre nicht Theo solch schleppenden Schrittes gegangen.

Mein Bruder war an jenem Tag entsetzlich langsam. Am Abend zuvor hatte er wieder eine seiner Episoden gehabt. Er hatte über Kopfschmerzen geklagt, was mir kein Mitgefühl entlockte; ich hoffte nur, dass er nicht wieder über bunte Lichter reden oder seltsame Prophezeiungen äußern würde.

Mein Hut immerhin erheiterte ihn. Eine Krempe von dreißig Zentimeter Breite. Und eine solche Masse an Blumen und Federn, dass ich gute drei Abende damit beschäftigt war, sie an das Hutband zu nähen. Und doch war es nur diesem absolut albernen Kopfputz zu verdanken, dass Charles Beauvois mich entdeckte – auch wenn ich glaube, dass er mich irgendwann gefunden hätte. An einem anderen Ort. Zu einer anderen Zeit.

Endlich kamen wir an und gingen nach oben, in die Räume des Wintergartens. Mrs C., die schon dort war, hatte uns einen Tisch vor der Bühne gesichert, ganz in der Nähe der Musiker, die ihre Violinen vor eine Wand aus Felsen und schicken Farnen spielten, von der Wasser hinunterrann und in ein kleines Becken plätscherte. Es war wirklich ganz bezaubernd, bis ein hochmütiger Gentleman der dicht hinter mir saß, mich recht vehement an der Schulter berührte und sich beschwerte, dass ich ihm die Sicht auf die Bühne versperrte; entweder solle ich mit dem Stuhl zur Seite rücken oder meinen Hut auf den Boden legen. Es folgte ein verärgertes, halb gezischtes Lamento über vulgäres Sich-zur-Schau-Stellen und das Verhalten junger Frauen im Allgemeinen, und gottbewahre, wenn sie nun auch noch wählen wollten. Diese elenden Hüte seien schlimm genug … als Nächstes trügen sie dann Camouflage. Als Nächstes würden sie es sein, die in den Krieg ziehen!

Ach, ich war kurz davor, mich umzudrehen, um diesen aufsässigen alten Miesepeter zu ohrfeigen. Dem würde ich schon zeigen, wie man in den Krieg zieht. Aber da ich uns den Nachmittag nicht verleiden wollte, beschloss ich, mich zu beruhigen. Ich flüsterte Mrs C. zu, dass ich mich rasch frisch machen wolle, dann ging ich die Treppen wieder hinunter, in Richtung des marmornen Foyers.

Nun muss ich überlegen. Was passierte dann? Ich muss es korrekt erzählen, muss mich an das Drehbuch halten, das in dieser Nacht geschrieben wurde.

Eine Gruppe von Leuten, die um Tickets anstanden. Von oben das ferne Streichen der Violinen – über das meine Schritte einen Rhythmus legten, als sie klackernd den Steinboden überquerten. Dann trödelte ich ein wenig, als ich mir die Andenken in der Auslage des Kiosks anschaute. Die kleinen Holzkisten mochte ich, deren Deckel und Seitenwände mit Muscheln besetzt waren. Ich zog eine Postkarte aus dem Ständer und lächelte stolz: Das Motiv zeigte mich als Meerjungfrau.

Ach, der Stolz. Hochmut kommt vor dem Fall. Und mein Fall stand kurz bevor, wenngleich ich das nicht ahnte, als ich unter dem Marmorbogen mit seinen Skulpturen von Neptun und den Wassernymphen herlief und den dunklen Ausstellungskorridor betrat. Durch die Wasserbassins hindurch fiel das schwache Licht in verschiedenen Farben auf den Boden; ich fand schließlich das Becken, in dem die Seekühe gehalten wurden. Diese Wesen hatten es mir angetan, seit Papa einmal Geschichten von Seemännern erzählt hatte, die Monate auf dem Meer unterwegs waren und dann beim Anblick einer Seekuh glaubten, sie sähen eine Meerjungfrau.

Diese plumpen, gutmütigen Tiere! Hatten die Seemänner den Verstand verloren oder sich mit Rum zugeschüttet?

Ich kicherte in mich hinein, als ich die breiten Steinstufen hinaufstieg, um näher ans Becken zu treten. Eine der Seekühe dort schien mich anzublicken und mir mit ihrer Flosse zuzuwinken; dann spielte sie Verstecken, schwamm hin und her zwischen sich wiegenden Vorhängen aus farnartigem Seegras.

Während ich darauf wartete, dass sie wieder auftauchte, fiel ich in eine Art Trance, ich sah mein Spiegelbild im Tintenblau des flackernden Lichts, umgeben von Seeanemonen und Fischen, die wie Silberpfeile durchs Wasser schossen. Und in der Annahme, dass ich wohl allein hier sei, hob ich meine Arme in die Luft und ließ sie langsam kreisen, ganz so wie die Seekuh es vorgemacht hatte – als ich ein Husten hörte. Ein Husten von jemandem, der dicht hinter mir stand und den ich gar nicht wahrgenommen hatte, wegen des Hutes auf meinem Kopf, der so ausladend war, dass wohl eine ganze Reisegruppe sich hinter mir hätte versammeln können, um ihn zu bestaunen, ohne dass ich es gemerkt hätte.

Es mag romantisch gewesen sein, aber es hatte auch etwas von einer Posse, wie man sie im Varieté sieht, denn als mir bewusst wurde, dass ich wie ein dementer Oktopus aussehen musste, drehte ich mich peinlich berührt um, und einer meiner Absätze verfing sich in meinem Rocksaum, sodass ich unversehens die Stufen hinunterstürzte – direkt in die Arme von Charles Beauvois. Nicht, dass ich ihn erkannt hätte. Damals noch nicht. Nicht, als ich meine Wange an seine Brust gedrückt hatte, als ich den Schlag seines Herzens hörte und seinen berauschenden Duft aus Schweiß, Salz und noch etwas anderem einatmete. Etwas Heißes, wild Animalisches.

Es erregte mich. Es ängstigte mich, einem Mann, dem ich nie zuvor begegnet war, so nahe zu sein; doch dann kam ich wieder zu Verstand und löste mich aus seinen Armen. Doch selbst als die Hände des Fremden wieder auf dessen Hüften lagen, hatte ich noch das Gefühl, gehalten zu werden. Gehalten von seinem Blick, der mit meinem verschmolz, so dunkel, eindringlich und sonderbar.

Ich trat noch einen kleinen Schritt zurück und sah einen Mann mittleren Alters von beachtlicher Statur. Nicht dick. Überhaupt nicht übergewichtig. Doch gewiss jemand, neben dessen derber Muskelkraft jemand wie mein Bruder fast zu verschwinden drohte. Theo war damals sehr schlank, ein Wesen von beinahe entrücktem Liebreiz, während Beauvois etwas Zigeunerhaftes hatte, so wie ich.

Nachtschwarzes Haar, das nur an den Schläfen und über der hohen, breiten Stirn von einem Silberschimmer durchzogen war. Dichte Augenbrauen. Eine große, gerade Nase und volle, rote Lippen, die unter dem sauber getrimmten Schnurrbart sinnlich lächelten.

Überhaupt war sein Barthaar perfekt gepflegt, verglichen mit seinem langen und recht wirren Kopfhaar. Seine Kleidung war knittrig. Sie hatte sich recht klamm angefühlt. Und dann war da wieder dieser salzige Duft, und ehe ich mich zur Räson bringen konnte, stürzten die Worte schon aus meinem Mund: »Sie sind nass, und sie riechen ein wenig nach Fisch. Sind sie in eines der Wasserbecken gestürzt?«

Er schaute an sich herunter und lachte. Ein tiefes, gewaltiges Lachen, das von den Wänden um uns herum widerhallte. »Bitte entschuldigen Sie meine Erscheinung. Ich bin vorhin am Strand entlanggelaufen, und habe es irgendwie geschafft, auf Seetang auszurutschen. Ich bin rücklings und der Länge nach in ein Felsbecken gestürzt. Wie Sie sehen können, ist mir nichts passiert. Nur meine Würde habe ich verloren. Oh, … und meinen Hut! Der ist fortgeweht worden. Inzwischen dürfte er wohl in Frankreich angekommen sein.«

Ich lachte ebenfalls, klang aber eher nervös, weil ich den Blick dieses Mannes doch allzu deutlich auf mir spürte. Ich fragte mich, wo er herkommen mochte. Ich glaubte, den Anklang eines amerikanischen Akzentes in seiner Stimme zu hören, und dann, als er zu reden aufhörte, fürchtete ich, vom Schlund der uns umgebenden Stille verschluckt zu werden. Das war der Moment, in dem ich beinahe die Beherrschung verlor – ich wollte seine Wärme wieder fühlen, wollte meine Lippen auf seine pressen, doch stattdessen stammelte ich nur: »Ich … ich muss mich bei Ihnen bedanken … dafür, dass Sie mich aufgefangen haben.«

»Und im Gegensatz zu mir haben Sie Ihren Hut noch.«

Ich konnte nicht anders, als sein Lächeln zu erwidern. Dieser Hut, sagte ich ihm, habe mehr Ärger verursacht, als er glauben würde, und dann riss ich meine Augen von ihm und blickte wieder in Richtung Foyer, wo ein plötzlicher Lichtschein auf die Menschen leuchtete, die nun den Gang entlang auf uns zukamen – und auch auf etwas, das zwischen uns auf dem Boden lag. Etwas, das der Fremde wohl hatte fallen lassen, als ich in seine Arme gestürzt war.

Es war eine Postkarte, und vielleicht war es sogar dieselbe Karte, die ich aus dem Ständer gezogen hatte, als ich am Kiosk stand. Aber beim Anblick der silbernen Lockenpracht dieser Sirene würde wohl niemand an ein schwarzhaariges Ding wie mich denken. Er jedoch belehrte mich eines Besseren, und nachdem er die Karte vom Boden aufgehoben hatte, sprach er mit plötzlich sehr ernster Stimme: »Das sind Sie doch, nicht wahr?« Er sah mir direkt in die Augen. »Dieses Profil … unverkennbar! Ich wusste es, kaum dass ich sie erblickt hatte … da draußen im Foyer. Was für ein eigenartiger Zufall.«

»Ein Zufall? Wie meinen Sie das?«

»Mein Name ist Charles Beauvois … und es ist zwar schon einige Jahre her, aber ich habe sie einmal gefilmt. Auf der Promenade. Ich hoffe, ihr Vater hat sich über die Kopie gefreut, die ich ihm später habe schicken lassen.«

Ich war zweifach schockiert, als ich diese Worte hörte. Ich konnte kaum erfassen, was er da sagte. Nicht nur sprach er über meinen Vater, sondern es handelte sich bei dem Mann, der vor mir stand, um Monsieur Charles Beauvois, der sich tatsächlich an mich erinnerte. An jenen Morgen auf der Promenade.

»Mein Vater … nun, ich fürchte, er ist tot.« Doch da ich darüber nicht sprechen wollte, redete ich energisch weiter: »Nach einem Franzosen klingen Sie mir

aber nicht. Obwohl auf diesem Wagen damals Monsieur stand. Ihr Name ist doch aber französisch?«

Er erläuterte, dass sein Vater Franzose war. Ein Bankier aus Paris. Doch seine Mutter war Engländerin, und da sie nur drei Jahre nach seiner Geburt verstarb, schickte sein Vater ihn auf wechselnde englische Internate. Die Ferien verbrachte er dann bei einer alten, unverheirateten Tante, die nicht weit von Cuckham Sands wohnte. Diese Tante hatte im Alter eine Leidenschaft für die Fotografie entwickelt und hatte dem von ihr verehrten Neffen alles beigebracht, was sie wusste; dieses gemeinsame Interesse hatte dann zu seiner Filmarbeit geführt. Als sie verstarb und Beauvois ihr Geld erbte, reiste er nach Amerika, um dort bei der Edison Company in New York das Film-Handwerk zu erlernen. Inzwischen aber waren mehr als zwanzig Jahre vergangen, und er hatte eigene Ambitionen entwickelt. Um diese in die Tat umzusetzen, war er dauerhaft nach England zurückgekehrt.

All das erzählte er mir innerhalb kürzester Zeit und sprach danach nie wieder auch nur ein Wort über seine Tante oder den Vater, der ihn im Stich gelassen hatte. Von ihm hatte er den Namen und weiter nichts, und es kam mir nie in den Sinn, ihm weitere Fragen zu stellen, so sehr war ich von anderen Dingen in Anspruch genommen. Von unserer Liebesaffäre. Von den Filmen, die wir machten.

Die Filme. Von ihnen war er besessen, und ich weiß, wie erfreut er war, als ich ihm sagte, wie sehr mich die Kopie von »Brightland Promenade« verzaubert hatte. Dass ich sie wie einen Schatz hütete, dass ich, wenn ich spätabends allein war, noch immer manchmal den Film abwickelte, um den Geist des Mädchens, das ich einmal gewesen war, im Licht einer Lampe oder einer Kerzenflamme anzuschauen, das sagte ich ihm jedoch nicht. Ich sagte ihm nicht, dass Papa diese Kopie nie gesehen hatte. Ebenso wenig wie mein Bruder. Zumindest nicht, dass ich es gewusst hätte – wenn ich mich auch manchmal fragte, ob das stimmte. Wenn Theo wieder von seinen Lichtern sprach.

Nein, diese Dinge waren wohlgehütete Geheimnisse, und ich bemühte mich, mit ruhiger Stimme zu sprechen, als ich sagte: »Was Sie geschaffen haben, war wundervoll. So inspiriert. Es war Kunst … wie Sie mir diesen Heiligenschein aufgesetzt haben.

Wieder blickte er mich eindringlich an, als würde er in meine Seele blicken, und er sagte: »Sie haben mich inspiriert. Und auch heute bin ich Ihren Reizen wieder erlegen. Ich frage mich … Ob Sie wohl für mich schauspielern würden – oder wenigstens für ein paar Szenen vorsprechen?«

Das nahm mir den Wind aus den Segeln. »Was denn … jetzt? Hier im Aquarium? Ist es hier nicht zu dunkel zum Filmen?«

Er grinste. »Sie würden das Dunkel zum Leuchten bringen. Es stimmt aber, als ich hier gewesen bin, um die Alltagsszenen aus Brightland zu filmen, haben wir eine Reihe elektrischer Glühbirnen in den Gängen aufgehangen … rund um die Wasserbecken. Aber an diesen dokumentarischen Filmen habe ich kein Interesse mehr. In den vergangenen zwölf Monaten habe ich den Aufbau eines Studios beaufsichtigt, das es mit dem von Méliès aufnehmen soll.«

Mein Hals war wie zugeschnürt, in meinem Kopf drehte es sich vor lauter Möglichkeiten. Ich hatte das Gefühl, ich würde jeden Moment ohnmächtig werden. Es sprudelte aus mir heraus: »Oh, ich verehre seine Filme. Die Welten, die er erschafft. Was für Fantasiebilder!«

Eine Weile lang antwortete er nicht, sondern drehte nur die Postkarte in seinen Händen, und während er sie noch immer betrachtete, sagte er, er werde Fantasiegebilde schaffen, von denen Georges Méliès nicht einmal zu träumen wage.

Schockierend, solche Arroganz zu hören. Hätte irgendwer sonst diese Dinge gesagt – doch wie gerne wollte ich ihm glauben. Und womöglich war ich übereifrig und viel zu »voreilig«, als dass mein Verhalten noch als schicklich gegolten hätte, aber wenn Charles Beauvois die Wahrheit gesprochen hatte, als er gesagt hatte, er wolle Filme mit mir drehen, dann durfte ich nicht den geringsten Zweifel daran bestehen lassen, wo er mich finden könnte – und ich erklärte ihm, dass mein Bruder mich für die Meerjungfrauen-Karte fotografiert hatte und dass ein Großteil des Sets noch immer im Studio Williams in unserem alten Viertel stünde, wo er jederzeit sehr willkommen wäre, wenn er sich einmal umschauen wolle.

Was für eine Dreistigkeit! Ich lief rot an vor Scham. Ich musste mein Gesicht abwenden. Als die anderen Besucher näherkamen, lief ich zurück ins Foyer, ohne auch nur Lebewohl zu sagen, auch wenn ich einen Blick zurück wagte, um mich zu vergewissern, dass Charles Beauvois noch immer dort stand und mir nachschaute ... fast so, als habe er sich in eine weitere Gottheit aus Marmor verwandelt. Doch sein Mund war weich und nicht aus Stein, und wie ansteckend sein Lächeln war! Ich konnte ein deutlich vernehmbares Auflachen nicht unterdrücken, als ich einen Arm hob, um ihm zuzuwinken, und erst da fiel mir auf, dass er mich nicht einmal nach meinem Namen gefragt hatte. Deshalb rief ich: »Mein Name ist Leda Grey. L-E-D-A-G-R-E-Y.«

Es war mir egal, wer es gehört haben mochte und nun mit offenem Mund hinter mir her starrte, wie ich die Treppe hinauf zu den Räumen des Wintergartens fast schon im Sturm nahm. Die Musiker spielten nicht mehr, aber das machte mir nichts aus. Ich freute mich nur, dass der unhöfliche alte Mann verschwunden war, als ich mich wieder setzte. Selbst dass der Tee in meiner Tasse kaltgeworden war, bemerkte ich kaum. Aber alles um mich herum war ja auch so warm und hell und wunderschön. Das goldene Sonnenlicht auf den Farnwedeln; jede dieser winzigen, grünen, eingerollten Federn würde sich bald schon entrollen und ihren Samen in den Wasserfall werfen. Und der Klang dieses Wasserfalls, sein plätscherndes Rauschen war die schönste Musik in meinen Ohren. Die Musik der Meerjungfrauen.

Während ich mich darin verlor, wanderte mein Blick hinunter zu den hässlichen Fetzchen abgebissener Haut rings um meine Fingernägel. Dies aber war kein Tag für Hässliches. Ich schob meine Hände unter das Tischtuch und betrachtete meinen Bruder, der noch immer etwas grün um die Nase wirkte und keinerlei Anstalten machte, mich zu fragen, wo ich so lange gewesen sei.

Aber Mrs C. war neugierig. Ich glaube, sie hatte eine Veränderung in mir bemerkt. Sie legte eine Hand auf meinen Arm und drückte ihn hinunter, als wolle sie verhindern, dass ich wegfliege wie ein Luftballon. Meine Wangen seien rot angelaufen, sagte sie. Sie fürchtete, ich könnte mir etwas eingefangen haben, weil ich von den Kuchenstücken, die sie auf meinen Teller gehäuft hatte, auch nicht einen einzigen Krümel aß. Doch hätte ich sie für gewöhnlich auch verschlungen, so war mein Appetit nun ganz verschwunden. Hungrig war nur mein Begehren, so als habe etwas tief in mir geschlafen, das nun zum Leben erwacht war. Und wie es in mir nagte und schmerzte und brannte, als ich mich an jenem Abend unter meine Decke legte und träumte, dass ich noch einmal in die Arme von Charles Beauvois fallen würde.

Wenn ich mir etwas eingefangen hatte, dann war es das Nervenflattern, das mich den nächsten Tag über begleitete, als ich jeden wachen Moment damit verbrachte, entweder durch das Fernglas zu spähen oder die Ladentür im Auge zu behalten, in der Hoffnung, es wäre vielleicht er, der sie als Nächstes öffnete.

Letztlich war es der Postbote, der kam, und er überreichte mir einen großen braunen Karton, und unter all den Schnüren, die die Verpackung zusammenhielten, steckte die Meerjungenfrauen-Postkarte, auf deren Rückseite Beauvois geschrieben hatte:

An die göttliche Leda Grey,

darf ich Ihnen dies als Zeichen meiner tiefsten Bewunderung schicken? Ich hoffe, Ihnen noch so viel mehr bieten zu können, und eingedenk dessen möchte ich Sie um ein Treffen am kommenden Sonntag bitten. Sagen Sie zu?

Es wird unsere dritte Begegnung sein. Drei ist eine gute Zahl. Ich glaube, dass es eine magische Zahl ist. Und ich glaube, dass Leda Grey viel mehr als nur Magie in mein Leben bringen wird.

Würden Sie auch Ihren Bruder einladen? Nicht nur als Chaperon. Nachdem ich dank der Karte einen Eindruck von seiner Arbeit gewinnen konnte, würde ich mit ihm gerne die Möglichkeit seiner Anstellung im White Cliff House erörtern. Ich war auf der Suche nach einem Künstler solchen Flairs, der noch dazu ein Verständnis für die Funktionsweise von Kameras hat.

Bitte schreiben Sie mir, dass Sie kommen werden. Wäre Ihnen sechs Uhr genehm? Das Haus ist nicht sehr schwer zu finden. Über der Klippe von Cuckham Sands. An der Straße steht ein Wegweiser.

Göttlich. Beauvois hatte mich göttlich genannt. Ich vermag gar nicht zu sagen, wie sehr mich das verzückte. Und auch Theo war erfreut, und er war sich recht sicher, dass es sich hier um den Mann handeln musste, den er einst in einer Prophezeiung gesehen hatte – der Mann, der aus der Vergangenheit zurückkehrte, der kam, um unsere Zukunft zu ändern. Und Theo beabsichtigte nicht, auch nur eine Sekunde dieser Zukunft zu vergeuden.

Er lief geradewegs zum »Bath Arms«, um dort nach einem Gespann aus Pferd und kleinem Wagen zu fragen, das man für den Sonntag leihen könnte. Zurück kehrte er mit einem neumodisch wirkenden Gefährt. Ein Freund habe es ihm verkauft, sagte er. Es handelte sich um ein motorisiertes Fahrrad. So viele Metallrohre und seltsame Gerätschaften waren da verbaut, es hätte ebenso gut aus dem All gefallen sein können; ein Eindruck, der nur verstärkt wurde von einer Schutzbrille, wie man sie von Piloten kannte. Sie sollte Theos Augen beim Fahren vor Staub und Grus schützen. Für mich hatte er jedoch keine Brille; er war davon ausgegangen, ich könne einfach die Augen geschlossen halten, während ich mich im hinten angeschraubten Wagen festklammerte und um mein Leben bangte.

Allein der Gedanke, in dieses Ding zu steigen, war reiner Irrsinn. Allerdings hätte man mich schon bewusstlos schlagen oder unter Drogen setzen müssen, man hätte mich in mein Schlafzimmer sperren und an den Bettpfosten fesseln müssen, hätte man mich irgendwie davon abhalten wollen, das White Cliff House zu besuchen. Selbst wenn ich mich beim Versuch, dorthin zu gelangen, durch Hecken würde schleifen lassen müssen.

All die Stunden, die ich vor dem Spiegel vergeudete und ein Kleidungsstück nach dem anderen achtlos auf den Boden warf, bis ich schließlich mit einem Lächeln auf mein Spiegelbild blickte. Ich hielt mich für das Ebenbild der Schauspielerin und Sängerin Gabrielle Ray – deren Namen Ivor einmal erwähnt hatte, bevor er unser Haus verlassen hatte, und deren Gesicht eines von vielen Gesichtern war, die mich von den Postern und Zeitschriftenausschnitten anblickten, mit denen ich die Wände meines Schlafzimmers über dem Geschäft tapeziert hatte.

Dass ich wie sie aussah, erreichte ich durch rotgefärbte Lippen und schwärzendes Kajal – und dadurch, dass ich den Kimono meiner Mutter trug. Eine Explosion aus Rot- und Orangetönen, und auch etwas ausgefranst an den Säumen, aber ich liebte die Stickereien so sehr. All die pulsierend bunten Chrysanthemenblüten. Ganz zu schweigen von dem leichten Rosenduft, der noch immer im Gewebe haftete.

Ich fühlte mich sehr Bohemienne. Ich war mir sicher, Beauvois würde beeindruckt sein. Aber mein Haar! Obwohl ich es über Nacht aufgewickelt hatte, war es so gar nicht der strahlende Lockenschopf, den ich mir erhofft hatte. Es sah eher aus wie die Borsten eines Besens. Ich musste es hochstecken und in ein Chiffontuch einwickeln. Als ich damit fertig war, konnte ich nur hoffen, dass niemand bei meinem Anblick an Sullivans Operette »Der Mikado« denken musste – an das Lied der kleinen Mädel.

Wir ließen Rex im Laden, auf der Fensterbank. Zählte man in Hundejahren, so war er inzwischen ein ehrwürdiger alter Herr, und oft saß er den ganzen Tag lang dort und schaute den vorbeilaufenden Menschen zu. Kein Jaulen oder Winseln, als wir uns verabschiedeten und die Tür hinter uns schlossen, und Theo das Motorrad zum Laufen brachte, das ein solch brummendes Trommeln ausstieß, dass die Fenster ringsumher in ihren Rahmen zitterten, als schüttele man ein Tamburin. Doch da es ein Sonntag war, waren keine Verkäufer in den Läden, die sich hätten beschweren können oder die uns dabei hätten zusehen können, wie wir durch unsere Gasse schlingerten. Als Theo dann aber auf die King's Road steuerte, dachte ich plötzlich an Mama. Ich bekam es heftig mit der Angst zu tun, klammerte mich an den Seitenrändern meines Wagens fest und wäre am liebsten gleich wieder zurückgeschlingert. Ich konnte nichts sehen wegen des Staubes, den andere Reifen und Hufe aufgeschleudert hatten; mich wehte ein Stoß heißer Luft aus dem Motor an, dann stieg mir eine Petroleumwolke in die Nase, die der Tank ausgespuckt hatte. Ich war tatsächlich fest überzeugt davon, dass der ganze Schlamassel in die Luft gehen würde. Doch ich biss die Zähne zusammen und zog den Kopf ein, wie ein Strauß, der den Kopf in den Sand steckt, um die umliegenden Gefahren nicht zu sehen. Und schneller, als ich es erwartet hätte, fuhren wir über die Landstraßen. Und wie berauschend es war, die Sträucher verschwommen vorbeifliegen zu sehen, bevor wir dann wieder langsamer fahren mussten, um mit keuchendem, klapperndem Motor die Klippe hinaufzutuckern. Aber das war eigentlich auch gut so. Wären wir auch nur ein bisschen schneller gewesen, wir wären womöglich gestorben, als die Reifen auf dem Kies ins Schlittern gerieten und Theo die Kontrolle über das Gefährt verlor. Er schrie, ich solle rausspringen – und dann war da nur noch das Rauschen des Windes … und das fürchterliche Scheppern in unseren Ohren, als das Motorrad unten an den Felsen zerschlug.

Ich lag im Gestrüpp einer Böschung, etwas benommen und durchgeschüttelt, hatte aber zum Glück keine gebrochenen Knochen, und die blauen Flecken, nun ja, die würden bald verblassen. Theo war in einem viel schlimmeren Zustand, seine Jacke und seine Hose waren zerrissen, und er hatte eine anschwellende Beule auf der Stirn, direkt über seinen weit aufgerissenen Augen. Es sah fast schon komisch aus. Ich musste laut lachen, wurde vor Schreck und Freude ganz hysterisch; schließlich schaffte ich es wieder auf die Füße und lief auf den Abgrund zu. Dort erfasste der Wind meine Kimonoärmel und ließ sie umherflattern, sodass ich kaum hören konnte, als Theo rief: »Um Gottes willen, Leda! Komm da weg! Weißt du denn nicht, wie gefährlich das ist?«

Ich drehte mich um und er war an meiner Seite, zerrte sich die Schutzbrille vom Gesicht und warf sie über den Rand. Er würde sie nicht mehr brauchen. Und dann umarmte er mich mit einem Mal, als wolle er mich nie wieder loslassen. Anschließend strich er mir das wirre Haar glatt. Er zog ein Taschentuch aus seiner Hosentasche und tupfte mir den Schmutz von der Wange. Ohne ein weiteres Wort nahm er dann meine Hand in seine, und wir gingen den Rest des Weges zu Fuß. Ein paar kleine Blasen hatten wir uns gelaufen, als wir schließlich an ein hölzernes Tor kamen, auf dem der Name »White Cliff House« angeschlagen war.

Ich stand vor dem Tor und erstarrte, kaum in der Lage, eine Antwort zu geben, als mein Bruder mich ansah und seufzte: »Sag jetzt nicht, dass du schüchtern bist … wo wir schon so weit gekommen sind.«

»Aber ich muss doch entsetzlich aussehen, oder nicht?«

»Wie ein hübsches, windgepeitschtes Geisha-Mädchen siehst du aus. Die frische Luft hat dir gutgetan. Deine Wangen sind rosa, und deine Augen sind …«

»Gereizt. Ich hätte auch eine Schutzbrille tragen sollen.«

Ich wagte nicht, sie zu reiben, weil ich so viel Kajal aufgetragen hatte. Auch die Wimpern hatte ich mir geschwärzt. Aber mein Sehvermögen hatte offenbar keinen Schaden genommen, denn plötzlich sah ich Beauvois aus den Schatten einer Kiefernallee auftauchen. Und als er lächelte, und als er uns zuwinkte, da war ich schon im Begriff, auf mein Schicksal zuzulaufen.

»Ich hatte schon befürchtet, Sie würden nicht kommen«, rief er uns zu. Kaum, dass er Theo die Hand geschüttelt hätte, und er kommentierte auch den lädierten Zustand meines Bruders mit keinem Wort. Er unterbrach seine Rede erst gar nicht: »Aber nun sind Sie ja hier, und zwar gerade noch rechtzeitig, damit ich Ihnen beiden den Schuppen zeigen kann … bevor die Dämmerung kommt.«

»Den Schuppen?«, fragte ich verwundert. Wir waren doch wohl nicht gekommen, um uns Spaten anzuschauen.

»So nenne ich das Studio. Die Bauarbeiter sagen, dass es nur noch eine Woche dauert, bis wir es wirklich benutzen können. Eine Woche noch, dann gehört es uns.«

Uns. Wenn das mal kein schönes Wort war! Fast lief ich schon wie auf Wolken, als wir von der Straße auf einen schmalen Pfad abbogen. Ein Stück vor uns verbreiterte dieser sich zu einem Stück Wiese, über die hinweg Beauvois wies, und ich spürte das Herz in meiner Brust schlagen. Was war das doch für ein Anblick, der sich mir bot. Ich kniff die Augen zusammen, weil ich in ein auflodenrdes Rot blickte, etwas, das wie Feuer aussah. Es war die untergehende Abendsonne, deren Gleißen sich auf Glasscheiben spiegelte. Dahinter fiel die Wiese etwa zwanzig Meter ab, um sich dann mit einem Pfad zu verbinden, der entlang der Klippe verlief und noch weiterführte, dorthin, wo das Meer und der Himmel sich in wehenden Nebelschleiern verschiedener Blau- und Grüntöne auflösten.

Mein Mund stand vor Staunen weit offen, als Beauvois sich uns zuwandte und sagte: »Das Licht hier ist erstaunlich. Wie es auf dem Wasser funkelt. Eine ideale Klarheit für Filmaufnahmen.«

»Können wir ins Studio hineingehen? Können wir uns dort umsehen?« Theos Begeisterung war deutlich zu hören, und er war sicher nicht weniger enttäuscht als ich, als unser Gastgeber sagte, dass das derzeit noch zu gefährlich sei. Bald aber seien die Bauarbeiten abgeschlossen, und dann würde er uns auch die vielen, vielen Requisiten zeigen können, die er gekauft und hier eingelagert hatte. Er hatte die Lokalzeitungen der Region durchkämmt, auf der Suche nach Versteigerungen auf großen Anwesen; er hatte auf antike Möbel, Teppiche,

Vorhänge und Schmuckwaren geboten, mit denen er seine Kulissen gestalten wollte.

Ich muss gestehen, dass der Gedanke an diese Auktionen mich traurig stimmte, an die Anmaßung und die Unbedarftheit, mit der die Besitztümer von Menschen verkauft wurden, denen die Angst vor dem Bankrott im Nacken saß. Wie häufig es dazu kam, das wussten mein Bruder und ich nur allzu gut. Aber die Vergangenheit ist kein Ort zum Verweilen, nicht, wenn ein Mann wie Beauvois einem ein in jeder Hinsicht strahlendes Leben anbietet – ein Leben, in das ich recht blind hineinlief. Ich folgte Beauvois, als er uns zurück zu seinem Haus und dann ins Esszimmer führte. Nicht, dass ich wirklich darauf geachtet hätte, wo wir saßen, oder was wir an diesem Abend aßen, ob der Wein rot oder weiß war, oder wie das Gesicht des Dienstmädchens aussah, das ihn servierte. Ich nahm nur wahr, dass Charles Beauvois da war. Gebannt hörte ich ihm zu, als er von all den Filmen erzählte, die er drehen wollte.

»Ich will eine ganze Reihe mutiger und dramatischer Erzählfilme drehen, jeder davon einzigartig, aber auch mit einem roten Faden, der sich durch alle Filme zieht. Ich will, dass Sie mein Star sind, Leda. Ich will, dass Sie meine Meerjungfrau sind. Sie sollen genauso aussehen wie auf den Karten, die Theo gemacht hat.«

»Und Theo«, er wandte sich meinem Bruder zu, »Sie sollen mir mit den Kulissen helfen. Ich kann es alles schon lebhaft vor mir sehen. Aber Gedanken allein sind nicht genug. Ich brauche jemanden mit Expertise. Jemanden, der das Talent hat, Träume in Realität umzusetzen.«

»Realität kann kostspielig sein.« Mein Bruder ließ Vorsicht walten, und er klang beinahe wie Papa, als der einmal versucht hatte, meine Hoffnungen zu zügeln. »Einen Hintergrund für ein Porträtfoto oder eine Theaterkulisse zu malen, das ist eine Sache. Aber ein Film, wenn es echt aussehen soll, braucht dreidimensionale Kulissen. Und dafür benötigt man Schreiner und Materialien, Löhne müssen bezahlt werden und …«

Beauvois unterbrach ihn. »Selbstverständlich wird es solche Mittel geben. Mehr als genug, um Sie gut zu bezahlen – und auch weitere Angestellte. Ich stehe bereits in Korrespondenz mit der Edison Company in New York. Und wenn die nicht anbeißen wollen, dann gibt es noch andere Firmen aus England, die schon auf der Suche nach Investitionsmöglichkeiten sind. Filme sind die Zukunft. Was ich jedoch jetzt gleich wissen muss: Werdet ihr mir helfen? Werdet ihr in die Welt des White Cliff House eintreten und mir dabei helfen, meine Fantasien zu erschaffen?«

Es hätte nicht seinen plötzlich so vertrauten Ton gebraucht, um mich zu überzeugen. Ich hatte bereits eine neue Welt betreten. Ich wollte wirklich nicht gehen, als Beauvois sagte, er würde uns beide mit seinem Automobil nach Hause fahren. Aber was das für ein Erlebnis war! So viel besser als jedes tuckernde Motorrad. Wir sausten den Klippenpfad entlang und ich malte mir aus, eine Königin aus dem Morgenland zu sein, die auf einem fliegenden Teppich unterwegs war und eine Sternenstraße entlangflog, während sich in den schwarzen Wellen unter ihr das silberne Licht des Mondes spiegelte.

Ich hatte nicht das kleinste bisschen Angst. Ich war dem Tod an diesem Tage schon einmal von der Schippe gesprungen. Ich wusste, dass ein Zauber auf meinem Leben lag.

Ein Unsterblichkeitszauber, mit dem Charles Beauvois mich belegt hatte.

WAS UNS KÖRPER SCHIEN, ZERSCHMOLZ WIE HAUCH IM WIND

Macbeth

Ledas Worte schwammen auf dem Papier. Es fiel mir schwer, noch wach zu bleiben. Die Zeiger der Reiseuhr gaben noch immer an, es sei zehn vor zwölf. Doch mein Instinkt sagte mir, dass es viel später war. Die Mitte der Nacht. Die dunkelste Stunde. Eine stechende Stille lag im Raum, die Kerzenflamme lag in ihren letzten Zügen, sie spuckte Rauch und warf die seltsamsten Schatten an die Wände.

Ich blickte wieder zur Uhr; ich fürchtete mich vor dem, was mein Verstand in den Formen dieser Schatten erkennen könnte. Ich schickte mich an, mit den Fingern den Docht zu löschen, spürte dann aber sein Brennen und schrie auf: »Verflucht!« Hatte ich Leda geweckt? Sie schien nichts gehört zu haben. Sie schlief noch, da war ich mir sicher. Die Atemzüge waren tief und sehr regelmäßig.

Ich begann selbst, im Rhythmus ihres Atems zu atmen, als ich mich wieder in den Ledersessel sinken ließ, um über das Gelesene nachzudenken. Das, was Leda ihre »Spiegelbilder« nannte.

Es hatte mich bewegt, zu lesen, was sie über den Verlust ihrer Eltern schrieb, was sie und Theo durchgemacht hatten. Aber was mich wirklich gefangengenommen hatte, war ihre Schilderung der ersten wirklichen Begegnung mit Charles Beauvois, im Aquarium; die körperliche Anziehung, die sie beschrieben hatte, war beinahe greifbar gewesen. Vielleicht war das der Grund, weshalb ich einschlief und träumte, auch dort gewesen zu sein; ich träumte, ich würde selbst in diesem dunklen Gang stehen und mein Spiegelbild im gläsernen Glanz eines Wassertanks sehen. Nur dass es nicht meine Augen waren, in die ich blickte. Diese Augen gehörten Charles Beauvois. Das war derselbe kühne Blick, den ich einige Stunden zuvor auf der Leinwand gesehen hatte.

Ich spürte Beauvois auch in meinem Körper. Dieses Empfinden, fröstelnd und klamm, das in einem aufsteigt, wenn man nasskalte Kleidung trägt. Aber was war das für ein Unbehagen, als ich Leda vor mir durch das wogende Seegras tanzen sah – als eine unbekannte Stimme in meinem Kopf erklang, ein voller und klar zu vernehmender Tenor. *Sie ist eine Meeresblume. Soll ich sie pflücken, oder soll ich sie lassen, wo sie ist?*

Ich spürte diesen fremden Geist in mir, der sie kraft seines Willens dazu bringen wollte, dass sie sich umdrehen und ihn ansehen möge. Als ob sie ihn gehört hatte, tat sie genau das. Aber es war nicht das Gesicht, das ich zu sehen erwartet hatte. Diese Leda war eine deutlich jüngere. Die Gesichtszüge unter dem extravaganten Hut waren die des Mädchens mit der Schlangenkrone. Doch als ich in ihre schwarzumrandeten Augen blickte, flüsterte die »andere« Stimme: *Sie ist es! Das Mädchen von der Promenade. Das Gesicht, das mich seit Jahren verfolgt.*

Dann nahm Leda ihren Hut ab. Unsere Blicke trafen sich, und ich erkannte die Meerjungfrau aus dem Film, so traumhaft verführerisch unter ihrer lockigen Silberperücke. In jeder Faser meines Seins loderte das Begehren, sie in meinen Armen halten zu dürfen; ich wollte ihre Haut berühren, wollte ihre Lippen küssen und …

Und dann veränderte sich die Perspektive und ich schien über ihr zu schweben. Wieder war ihr Gesicht nun ein anderes. Diesmal war sie die alte Frau, die allein im White Cliff House lebte; sie lächelte, ihre Lippen öffneten und weiteten sich, bis sie ein flehendes »O« formten; dieser Anblick stummer Verzweiflung, die in einer schwarzen Leere versank, aus der ich Ledas Schreie tönen hörte, so laut, so voller Wut. Ich musste aufwachen, um ihr zu entkommen …

Ich dachte tatsächlich, ich sei wach, als ich die Augen öffnete, um in das Gesicht der alten Frau zu blicken, verzerrt zu einer Maske des Hasses. »Du wagst es, hierherzukommen?«, zischte sie. »Du wagst es, ins White Cliff House zurückzukehren … nach allem, was du mir angetan hast?«

Ein Echo der wenigen Worte, die sie gesprochen hatte, während *Die Meerjungfrau* gelaufen war. Doch ich konnte nicht antworten. Ich war wie gelähmt, unfähig, mich zu schützen, als sie eine ihrer Hände hob und ich die gezackten Linien der Narben in dem geschuppten Fleisch über ihrem Handgelenk sah. Und in den knochigen Fingern hielt sie eine spitze Glasscherbe. Womöglich war es eine der Scherben, die ich beim Besuch des »Schuppens« gesehen hatte; sie hielt sie wie eine Waffe, und sie wollte – dessen war ich mir ganz sicher – diese Klinge in mein Fleisch stoßen.

Ich dachte, das hätte sie. Ein weiterer Blitz, der das Niedergehen des Dolches hätte sein können, und dann die triefende Wärme, die ich spürte, als Blut über meine Brust lief … das war der Moment, in dem ich anfing zu schreien, Leda solle aufhören, sie solle weggehen. Und in diesem Moment wachte ich *wirklich* auf.

Ein Sonnenstrahl, der durch die beschädigte Wand drang, blendete mich, und ich erkannte, dass dieser Strahl die Wärme verursacht haben musste, die ich auf meiner Brust spürte. Als ich es wagte, wieder nach oben zu schauen, sah ich, wie sich sein Licht um das Gesicht von Leda Grey herum brach. Es war nicht der gnädigste Heiligenschein. Jede ihrer Falten wirkte wie eine tiefe Furche, und die Schwerkraft beschwerte ihre hängenden Tränensäcke zusätzlich, als sie sich über mich beugte und mit klagender Stimme meinen Namen rief.

»Mister Peters … bitte! Sie müssen aufwachen. Ich glaube, Sie haben einen Albtraum gehabt.«

Mühsam richtete ich mich in dem knarzenden Stuhl auf und sah ihre Memoiren auf dem Schreibtisch liegen. Neben ihnen meine Zigaretten. Es juckte mich in den Fingern, nach dem Päckchen zu greifen, mir eine Kippe in den Mund zu stecken. Ein tröstlicher, gewöhnlicher Akt, um zu versuchen, meine Nerven zu beruhigen.

Leda indes lächelte reumütig und fragte: »Sie haben also meine *Spiegel* gelesen?«

»Nicht alle. Ich bin bis zu dem Tag gekommen, als … an dem Sie nach White Cliff House kamen.«

Ich sprach mit schleppender Stimme. Auch meine Gedanken schienen sich zu schleppen. Ich rieb mir die Augen, fühlte mich immer noch in den

Schrecken des Traums gefangen. Welche Leda war die echte? War es die schreiende Harpyie, die ich gerade noch gesehen hatte, oder war es diese liebe alte Frau, die mit leiser und maßvoller Stimme sagte: »Vielleicht lesen Sie den Rest ein wenig später … natürlich nur, wenn Sie überhaupt noch bleiben können.«?

Ich fragte, wie spät es sei, und Ledas Antwort überraschte mich: »So wie das Licht hereinscheint, würde ich sagen, es ist früher Nachmittag. Das ist die Zeit, um die herum ich meist wach werde. Ich schlafe bei Tageslicht inzwischen mehr, als ich in den dunklen Stunden je geschlafen habe … obwohl ich seit vielen Monaten nicht mehr so gut geschlafen habe wie heute Nacht. Erst als Sie meinen Namen gerufen haben, bin ich wieder wachgeworden.«

»Es tut mir leid. Meine Träume waren so eigenartig.«

Wie hätte ich ihr sagen können, was ich gesehen hatte? Diese furchtbare Version von Leda Grey, die es so sehr darauf abgesehen hatte, mich zu töten …

Sie antwortete mit einem schweren Seufzer. »Gewissermaßen beneide ich Sie fast. Ich träume heutzutage kaum noch. Ich wünschte, das wäre anders. Nur wenn ich träume, kann mein altes Fleisch sich wieder jung fühlen.«

Mit diesen Worten kehrte sie mir den Rücken zu und bewegte sich geschmeidig wie ein junges Mädchen auf den Kabinettschrank zu, in dem sie die Requisiten aus Beauvois' Filmen aufbewahrte. Dort angelangt, drehte sie sich zu mir um und schenkte mir dieses herrliche, strahlende Lächeln, das all das hängende Fleisch anhob und es so aussehen ließ, als sei keine Zeit vergangen, seit ich tags zuvor dort gestanden und die Muschel gefunden hatte.

Sie sagte: »Würde es Ihnen sehr viel ausmachen, wenn wir für heute die Regeln ändern …, wenn nicht Sie das nächste Objekt aussuchen, sondern ich? Ich denke, wir müssen die Filme in der Reihenfolge sehen, in der sie gemacht wurden, verstehen Sie? *Die Meerjungfrau* war der erste Film, aber nun müssen Sie sehen, wie sie ihre Beine bekommen hat. Kommen Sie her. Kommen Sie und schauen Sie!«

Ich leistete ihrer Aufforderung Folge, wenn es auch eine Weile dauerte. Meine Beine waren steif und verkrampft, nachdem ich stundenlang auf diesem Stuhl gesessen hatte. Aber wie ein Kind im Süßwarenladen spürte ich, wie die Trägheit sich verflüchtigte, kaum dass ich durch die Türen des Schrankes spähte.

Welchen Schatz würde sie zutage fördern? Man konnte es unmöglich wissen. Im Innern des Schrankes war es sehr dunkel. Im Zimmer brannte keine Kerze. Doch als Leda zur Seite trat, fiel das Licht, das durch den Riss in der Wand eindrang, auf das dunkelgrüne Glas einer Flasche, die aussah, als stamme sie aus einer alten viktorianischen Apotheke. Recht klein und aus sechs flachen, tief geriffelten Seiten geformt. Und oben im Flaschenhals steckte ein Pfropfen, um den Inhalt nicht auslaufen zu lassen.

»Das hier suche ich für heute aus. Bringen Sie es an den Tisch?« Ihre Stimme war sanft, aber fordernd, und ich spürte einen leichten Lufthauch über die Haut meines Arms streichen, sanft wie der Flügelschlag eines Schmetterlings, als Leda sich umdrehte, um voranzugehen. Die Schleppe ihres langen Kleides glitt flüsternd über den abgewetzten Teppich und ließ es beinahe so aussehen, als würde sie zu ihrem Sessel neben dem Kamin schweben; als würde diese Leda weder Beine noch Fischschwanz brauchen, um den Raum zu durchqueren.

»Was hat es damit auf sich?«, fragte ich, während ich die Flasche ins Licht hielt, um das Etikett darauf lesen zu können. *Elixier für vergnügliche Träume.*

»Das ist Opium«, antwortete sie.

»Opium?« Sie hatte meine Aufmerksamkeit. Die Flasche schien etwa halbvoll zu sein; als ich sie behutsam schwenkte, sah man innen etwas Flüssigkeit kreisen. »Haben Sie … Nehmen Sie dieses Zeug manchmal?«

Ich versuchte, mir Leda Grey in der Rolle einer Alice im Wunderland vorzustellen, wie sie das »Trink mich, iss mich«-Spiel spielte.

»Ich habe es ein, zwei Mal ausprobiert. Aber es hat mir nicht wirklich gefallen. Das Schauspiel … darin habe ich Freiheit gefunden. Solche Mittelchen mögen einem Selbstvertrauen geben, vielleicht auch Trost in dunklen Stunden, aber letztendlich sind wir doch alle allein. Allein mit unseren Gedanken. Mit unserem Gewissen. Mit dem Wissen um all das, was wir getan haben.«

Sie hielt inne und sah mir in die Augen. »Beauvois hat es sein Himmelstürchen genannt. Ein paar Tropfen, und er schlief wie die Toten, schritt durch die himmlischen Pforten, konnte sich erfreuen an allen Wonnen, die es dort so gab, … oder er fand sich in der Verbannung wieder, im Elend des Fegefeuers.«

Wieder lächelte sie reuevoll. »Es hing ganz von seiner Stimmung ab. Die konnte so schnell umschlagen wie der Wind. Er hatte solche Tiefen. Solche Leidenschaften. Mit ihm konnte es sich anfühlen, als klammere man sich an den Schweif eines Kometen, der glühend durch den Nachthimmel schoss. Es konnte sich aber auch anfühlen, als würde man in das tiefste, dunkelste Meer gestoßen. Als würde einem nie wieder ein Licht leuchten.«

Während sie so freimütig erzählte, drehten meine Finger den Korken. Als ich ihn aus dem Flaschenhals gleiten spürte, hielt ich mir diesen unter die Nase und schnüffelte daran. Etwas Süßliches stieg mir in die Nase, mit einer Zimtnote. Es erinnerte mich an den Hustensaft, den meine Mutter immer kaufte, als ich noch klein war, und den ich manchmal auch trank, wenn ich gesund war; ich schlich mich ins Badezimmer und schloss die Tür hinter mir ab, kletterte auf den Toilettendeckel, um den Spiegelschrank an der Wand zu öffnen, dann nahm ich einen ordentlichen Schluck aus der Flasche voll klebrig-zäher, brauner Flüssigkeit. Ich liebte das Kribbeln in meiner Kehle, wie es die echte Welt betäubte. Und jetzt, als erwachsener Mann, hier im White Cliff House, drehte ich die Flasche auf den Kopf und spürte, wie ihr Inhalt gegen die Fingerkuppe spülte, die ich über die Öffnung gelegt hatte – und ich hoffte, dass Leda nicht sah, wie ich anschließend die Haut meines benetzten Fingers ableckte.

Es war kaum ein Augenblick vergangen, als ich das Gefühl hatte, wieder in einen Traum hineingeworfen zu sein; vor meinen Augen sah ich das Gesicht von Charles Beauvois schweben, und gleichzeitig versuchte ich, der Speichelflut in meinem Mund durch Schlucken Herr zu werden. Ich schien auf ein dringendes physisches Verlangen zu reagieren, das wie verrückt durch meine Venen schoss, und ich bemühte mich, nicht zu vergessen, wer und was und wo ich war, und mit einem Mal sah ich mich genötigt zu fragen: »Hat Beauvois diese Droge oft genommen?«

»Ja, jeden Abend. Obwohl mir das anfangs nicht klar gewesen ist. Unser Umgang war nicht so intim, wenn Sie verstehen. Nicht, als wir an der *Meerjungfrau* arbeiteten. Damals kam ich noch jeden Tag von Brightland hier hoch. Unser Verhältnis … es änderte sich erst, als wir den zweiten Film fertiggestellt hatten. *Delirium des Träumers* hieß der, und diese Flasche haben wir als Requisit genutzt.«

Sie sah mich missbilligend und etwas besorgt an. »Sie wirken abwesend, Ed. Sind Sie durstig? Es ist schon wieder so heiß … und ganz bestimmt haben Sie auch Hunger. Gehen Sie hinaus auf den Flur und dann links, dann den Gang hinunter bis zum Ende – Sie können die Küche gar nicht verfehlen. In der Leitung gibt es reichlich Wasser, und etwas Brot und Obst ist auch noch da, glaube ich. Bedienen Sie sich ganz nach Belieben. Junge Männer können ja einen derart unstillbaren Appetit entwickeln.«

Unstillbaren Appetit?

Hatte Sie mitbekommen, wie ich auf diesen einen Tropfen von Beauvois' Droge reagiert hatte? Aber sie hatte ja recht. Meine Kehle war trocken, sie kratzte und schmerzte vor Durst, und in der Annahme, dass es ihr nicht anders gehen würde, fragte ich: »Soll ich Ihnen etwas mitbringen?«

»Für mich nichts, danke«, antwortete sie. »Aber ich würde gerne ein Weilchen allein sein. Diese Erinnerungen, sie sind für mich …«

Sie unterbrach sich. Ich kam nicht umhin, die Traurigkeit in ihrer Stimme zu hören. War es richtig von mir, im White Cliff House zu bleiben, wenn diese Erinnerungen ihr so sehr zu schaffen machten? Sollte ich nicht besser wieder in mein Hotel zurückkehren, um mich nach Möglichkeit richtig auszuruhen, bevor ich sie wieder besuchte?

Aber die Flasche – und der Film, für den sie stand. Wie hätte ich gehen können, ohne ihn gesehen zu haben? Also befolgte ich ihre Anweisungen, lief den Flur entlang, an dessen Ende drei Steinstufen hinunter zu einer weiteren Tür führten. Und rechts davon noch eine kleinere Tür.

Eine Toilette. Genau, was ich jetzt brauchte. Ich pinkelte in die schmutzigweiße Schüssel und zog dann an der langen Metallkette. Ein hohl klappernder Klang war zu hören. Kein Wasser zum Spülen da.

Ich rechnete mit dem Schlimmsten, was das Wasser in der Küche anbelangte; ich schloss die Toilettentür hinter mir und wollte gerade durch die andere Tür gehen, als ich ein sehr leises Kratzen und dann ein hochfrequentes Surren hörte – doch beide Geräusche waren schon verklungen, als meine Finger sich um den Türknauf legten und ich die Tür aufstemmte.

Der Raum war groß und aufgeräumt. Zumindest schien es zunächst so. Reihen cremefarbigen Porzellans auf einem Buffetschrank aus Pinienholz. Der stumpfgraue Glanz von Sieben, die neben Pfannen und Holzlöffeln hingen. Ein alter schwarzer Herd in einer Kaminbrust, darauf ein Eisenkessel; jedoch brannte – Gott sei Dank! – kein Feuer, um ihn zum Aufkochen zu bringen oder die gefalteten Laken und Handtücher zu trocknen, die auf einem Wäscheständer drapiert waren.

Vielleicht hatte Leda wegen ihrer schlechten Augen nicht den Schmutz bemerkt, der die Fensterscheiben bedeckte, so dick, dass die strahlende Sonne von draußen nur ein dumpfes Licht in den Raum werfen konnte, sodass man die Krümel auf den alten Steinfliesen unter dem Tisch aus Pinienholz kaum sehen konnte – ebenso wenig, wie den grauen Schatten, der an meinen Augen vorbeihuschte, als eine Maus über den Boden flitzte.

Sie verschwand unter der Tür zur Speisekammer. Kisten mit zerknüllten Plastiktüten. Andere voll mit Kerzen. Mehrere Regale voller Dosen, auf deren alten, abblätternden Etiketten Obst, Fleisch und Gemüse zu sehen waren. Daneben hingen Netze voller Kartoffeln und Zwiebeln, keimend und von Schimmel befallen, nur dazu geeignet, auf den Kompost geworfen zu werden. Zumindest aber sahen einige Flaschen Rotwein verlockend aus; das Alter hatte ihnen sicher eher gutgetan. Das galt nicht für die darunter liegenden Säcke Mehl, Reis und Hafer, die ein Festmahl für Ameisen und Mäuse boten.

Tatsächlich sah ich auf der Tischplatte weitere Mäuse. Eine knabberte an einem Laib Brot. Eine andere machte sich über eine Schale Äpfel her. Doch einige Früchte schienen unberührt zu sein, ihr glattes Fruchtfleisch leuchtete rostrot. Und während ich selbst nach einem Bissen lechzte und bereits den Geschmack des säuerlich-süßen Saftes auf meiner Zunge schmecken konnte, geschah in diesem Raum etwas Eigenartiges.

Die Luft um mich herum schien zu flattern, sie kräuselte sich, wie ich es auch gesehen hatte, als wir Ledas Film geschaut hatten. All die Szenen, die durch das Wasserbassin hindurch gedreht worden waren, oder auch die Nahaufnahmen von Charles Beauvois, als er den Strand entlanglief. Und dann ein jähes Schlingern und Rucken, als stünde man auf einem Schiff und würde von den Wellen hin- und hergeworfen. Ich stolperte vorwärts und klammerte mich an die Tischkante, wo der Brotlaib vor meinen Augen grün vor Schimmel wurde. Die Äpfel vergammelten ebenfalls, jeder einzelne schrumpelte zu einer braunen Masse zusammen und verströmte einen süßlichen Geruch, während der Gärsaft in die Schale troff. Die schwere, ranzige Süße ließ mich würgen, und ich sah winzige Maden auftauchen, die sich durch den fauligen Modder wanden, während einige von ihnen bereits zu sirrenden, ausgewachsenen Fliegen mutiert waren, die um meinen Kopf herumschwirrten.

Ich versuchte, sie mit einem Arm zu vertreiben. Ich hielt den Atem wegen des Gestankes an und griff mir ein Tuch vom Wäscheständer, um das faulende Essen darin einzuwickeln; dann stolperte ich auf die Spüle zu, wo ich mit einer Hand versuchte, das darüberliegende Fester zu öffnen.

Keuchend gelang es mir schließlich, das Bündel in den Wildwuchs des Gartens zu schleudern, und ich zuckte zusammen, als ich hörte, wie das Porzellan auf dem harten Terrakottaboden zerschlug. Der nassweiche Aufschlag des verrottenden Obstes hingegen klang organischer. Und dann, mit frischerer Luft in den Lungen, starrte ich auf all die toten Fliegen, die auf der Fensterbank lagen. Das raue Schwarz der dürren Beinchen. Die Körper, die in irisierenden Grün- und Blautönen schillerten.

Wie hatten sie so schnell sterben können? Jede Einzelne von ihnen?

Selbst im Tod kann Schönheit liegen.

Ich hörte schon wieder Stimmen. Eine neue Halluzination, hervorgerufen von Ledas Opiat? Ich hatte kaum einen Tropfen davon genommen, aber ich wusste, dass auch Dehydrierung zu seltsamen Wahnvorstellungen führen konnte. Vielleicht hatte ich mir nur eingebildet, dass die Lebensmittel frisch waren, weil es das war, was ich zu sehen gehofft hatte. Bei dieser Raumfeuchte konnten sie ja nur verschimmeln. Natürlich war das hier ein Paradies für Ungeziefer.

Immerhin konnte ich versuchen, meinen Durst zu stillen. An einem Brett über dem Spülbecken war tatsächlich ein Wasserhahn aus Kupfer angebracht, doch die Kalkkrusten rund um den Auslauf ließen nichts Gutes ahnen. Ebenso wenig das Klopfen der Rohre, das ertönte, als ich den Hahn aufdrehte – doch dann ergoss sich ein Schwall Wasser in das Becken, und was zunächst schmutzig rot war, wurde bald schon kristallklar. Ich senkte den Kopf und ließ mich dazu verführen, den Mund zu öffnen und die Süße zu schmecken, die in ihn hineinplätscherte.

Als ich meinen Durst gestillt hatte, richtete ich mich auf, hielt als Nächstes meine Handgelenke unter den kühlenden Strahl und sah wieder das verblassende Rot der Striemen auf meiner Haut, dort, wo die Stacheln der Rosen mich verkratzt hatten. Aber sie bereiteten mir keine Schmerzen, und die Porzellankühle des Waschbeckens, die gegen meinen nackten Bauch drückte, wo mir das Hemd nach oben gerutscht war, war durchaus nicht unangenehm.

Ich bin nicht sicher, wie lange ich mich dort erfrischte und dem Rauschen des Wassers lauschte, während mir Bilder von Leda als Meerjungfrau durch den Kopf schwammen – als ich plötzlich von einem anderen Raum her jemanden singen hörte. Auch ein Klavier wurde gespielt. Und ich kannte jedes Wort aus meiner Kindheit; ich hatte meine Mutter diese Zeilen singen hören: *Oh! You beautiful doll, You great big beautiful doll! Let me put my arms around you, I could never live without you …*

Die Musik hörte auf, ohne dass der Teil gesungen wurde, der mir immer am besten gefallen hatte. *Squeeze me, I don't care! Hug me just as if you were a grizzly bear.* Doch mein Verstand ergänzte diese Worte sofort, und ich musste daran denken, wie Mum meine Hände immer in ihre genommen hatte, um mich an den ausgestreckten Armen durchs Zimmer kreisen zu lassen, und wie ich sie, vor Schwindel und Freude nach Luft japsend, anflehte, sie möge aufhören, obwohl ich unbedingt wollte, dass sie weitermachte. Sie sollte weitersingen, sollte mich weiter kreisen lassen, sollte nicht aufhören, mich ihren hübschen Jungen zu nennen …

Seltsam, dass Leda Grey eine so hohe, nasale Gesangsstimme hatte, wo sie doch tiefer und rauer klang, wenn sie sprach. Während ich darüber nachdachte, sah ich ein Glas auf der hölzernen Abtropfschale stehen; ich spülte die Staubschicht darauf ab und füllte es dann mit Wasser. Etwas, das ich meiner musikalischen Gastgeberin anbieten konnte, die sicherlich ein kühlendes Getränk brauchte, was immer sie auch gesagt hatte.

Nachdem ich den Wasserhahn abgestellt hatte, betrachtete ich das Glas, in dem etwas Grus herumwirbelte. Wie die am Pier verstreute Asche sah es aus. Durch dieses flüssige Prisma sah ich den Raum mit neuen Augen. Die Wände verzogen sich, bogen sich um mich herum, als würde man sie durch ein Fischaugenobjektiv anschauen – wobei mir natürlich bewusst war, dass dieser Effekt durch die Krümmung des Glases hervorgerufen wurde. Das hatte nichts mit irgendeiner Droge zu tun.

Als die Küchentür hinter mir zuschlug, hielt ich inne und atmete lang und tief ein. Wo auch immer die Überreste meiner Mutter sein mochten, ich hatte mich verabschiedet. Ich hatte meinen Frieden gemacht. Jetzt zählten nur noch die Lebenden.

Zurück im schattigen Wohnzimmer stellte ich das Glas Wasser auf den Tisch, direkt neben Ledas Muschel und das Fläschchen mit dem »Elixier«, dem Opium. Leda selbst indes blickte lächelnd zu mir hoch und fragte: »Wollen wir uns *Das Delirium des Träumers* ansehen? Den zweiten Film?«

»Ein toller Titel. Klingt psychedelisch.« Ich war um einen fröhlichen Tonfall bemüht, aber sie schien offensichtlich verwirrt. Vielleicht ein Wort, das sie nicht kannte.

»Psychedelisch?« Sie runzelte die Stirn, fuhr dann fort. »Beauvois hat als Inspiration für diese Erzählung Visionen genommen, die er eines Nachts hatte, als er in diesem Zimmer einschlief … nachdem er aus *dieser* Flasche hier getrunken hatte.«

Ich spürte erneut dieses Zucken in meiner Hand; meine Finger sehnten sich danach, über die Riffelung des dunkelgrünen Glases zu streichen – aber ich wusste, ich sollte mich besser darauf konzentrieren, die stillstehenden Räder des Rekorders zum Laufen zu bringen.

Hätte ich doch nur mehr Batterien mitgebracht. Ich hätte Ledas Gesang aufnehmen können. Ich hätte die Geräusche aufnehmen können, die entstanden, als ich die Verriegelung des Projektors löste, um die erste Filmrolle herauszuholen und sie wieder in die Blechdose zu stecken, oder den Klang meiner Schritte, als ich über den Teppich lief und zum Tisch am Fenster zurückkehrte, um unter den Dosen diejenige zu suchen, die mit dem Namen von Ledas zweitem Film beschriftet war.

Diesmal ließ sich der Deckel sofort aufschrauben und enthüllte die glatte, schwarze Filmrolle im Inneren. Es gab auch einen Umschlag, wie schon bei der Meerjungfrau, und wieder öffnete ich ihn und überflog die Worte auf dem Papier in meinen zitternden Händen, bevor ich zum Projektor ging, um den Film einzulegen. Und schließlich betätigte ich wieder die Kurbel, bis auf der Leinwand zu sehen war, was Beauvois in dem Papier in meiner Hand mit den folgenden Worten beschrieben hatte:

DAS DELIRIUM DES TRÄUMERS

Buch und Regie: Charles Beauvois
Kamera von Charles Beauvois und Theo Williams
Szenenbild von Charles Beauvois und Theo Williams
In den Hauptrollen: Leda Grey als
Der Vampir & Charles Beauvois als Der Sammler
Mit Amy Philips als Das Dienstmädchen

Der obige Vorspann wird in einem halluzinatorischen Stil erstellt, als ob er unter Einfluss von Alkohol oder Opiaten angeschaut wird. Das Gleiche gilt für die folgenden Zwischentitel.

»Ein reicher Kunstsammler hat eine jahrhundertealte Marmorstatue erworben. Sie wird die ›Bleiche Dame‹ genannt, und eine Legende besagt, dass jeder Mann, der sie besitzt, ein tragisches Ende findet ...«

SZENE EINS – Die Kamera schwenkt durch einen Salon. Die Fensterläden sind geschlossen. An allen Wänden Bücherregale, viele weitere Bücher sind auf dem Boden und auf anderen Möbeln gestapelt. Die Überreste eines Feuers schwelen im Kamin. Auf dem Sims darüber eine brennende Kerze. Verzerrte Schatten füllen den Raum und fallen auf die geöffnete Tür, daneben die auf einem Sockel stehende Statue einer Frau.

SZENE ZWEI – Der Kunstsammler kann eines Nachts nicht schlafen und betritt den Salon, nur mit seinem Morgenmantel bekleidet. Er hält inne, um die Statue zu betrachten und streichelt erst einen der marmornen Arme, dann eine Wange, bevor er zum Kamin geht, wo er auf das Zifferblatt einer Kutschenuhr schaut.

SZENE DREI – Eine Nahaufnahme der Uhrzeiger. Zehn Minuten vor Mitternacht. NB: Die musikalische Untermalung sollte der Klang einer Trommel sein, um die andauernde Spannung zu betonen.

SZENE VIER – Der Mann nimmt den Kerzenständer und trägt ihn zu einer Couch, wo er ihn auf einen Tisch stellt, um im Licht der Kerze ein Buch zu lesen. Auf dem Tisch stehen außerdem eine Flasche Wein, ein leeres Glas, eine große weiße Muschel und eine Schale mit frischen Äpfeln. Der Mann seufzt, als er sich hinsetzt, einen Apfel auswählt und gerade hineinbeißen will, als er es sich anders überlegt und die Frucht wieder an ihren Platz in der Schale zurücklegt. Er scheint nach dem Weinglas greifen zu wollen, fasst aber stattdessen mit einer Hand in die Tasche seines Morgenmantels. Er zieht ein Apotheker-Fläschchen heraus.

SZENE FÜNF – Nahaufnahme des Flaschenetiketts: ELIXIER FÜR VERGNÜGLICHE TRÄUME.

SZENE SECHS – Der Mann trinkt aus der Flasche und lässt sich wieder in die Couch sinken. Eine Weile liest er in dem Buch, aber die Droge wirkt sehr schnell. Er schließt die Augen und schläft ein. Das Bild verschwimmt, die Kamera zieht sich zurück.

SZENE SIEBEN – Eine Nahaufnahme der Statue, die nun zum Leben zu erwachen scheint. Weißer Marmor verwandelt sich in milchweißes Fleisch. Weißes Haar wird schwarz, ebenso die Augenbrauen und die Augen, die in das Gesicht gemeißelt sind. Die Augen glitzern und leuchten durch das Licht der Kerzenflamme. Mit der Andeutung eines Lächelns auf den Lippen steigt die Frau von ihrem Sockel herunter und geht auf den schlafenden Mann zu.

SZENE ACHT – Sie nimmt das Buch, das er immer noch in den Händen hält, und die Kamera fährt nah genug heran, um den Titel auf dem Buchdeckel zu zeigen: **DER ZAUBER, DER DEN VAMPIR WECKT.**

SZENE NEUN – Eine weitere Totale zeigt die Frau beim Umblättern der Seiten, vertieft in das, was sie dort liest.

SZENE ZEHN – Mit schockiertem Blick lässt sie das Buch fallen. Sie geht zu einem Spiegel über dem Kamin und starrt im fahlen Licht ihr Spiegelbild an.

SZENE ELF – Die Spiegelung ihres Gesichtes ist in Großaufnahme zu sehen. Man erkennt Verwirrung und Furcht, als ob eine Erinnerung aus alten Zeiten in ihr Bewusstsein zurückkehrt.

SZENE ZWÖLF – Der schlafende Mann regt sich und scheint zu erwachen; sie dreht sich um und geht auf ihn zu. Sie lehnt sich über ihn, ihre Lippen wollen seinen Mund küssen. Während dies passiert, wird das Bild wieder verschwommen.

SZENE DREIZEHN – Es ist Morgen. Der Raum ist lichtdurchflutet; ein Dienstmädchen öffnet die Vorhänge. Sie hält einen Staubwedel und reinigt die Marmorstatue, die wieder auf ihrem Sockel steht. Dann, als hätte sie ein Geräusch gehört, dreht sich die Magd um und bemerkt ihren Herrn auf der Couch liegen. Sie verlässt den Raum in sichtbarer Verzweiflung.

SZENE VIERZEHN – Eine Nahaufnahme des Gesichts der Skulptur, das wieder weiß wie Marmor ist, von den Lippen abgesehen, die feucht und dunkelrot sind.

SZENE FÜNFZEHN – Eine Nahaufnahme des leblosen Mannes, dessen Hals eine blutige Wunde ziert. Die Kamerafahrt fährt nach hinten und gibt so den Blick auf den Tisch, und die gefüllte Obstschale frei. Alle Äpfel darin sind verrottet; überall kriechen Maden.

ENDE

Die Darstellung der nächtlichen Dunkelheit war absolut überzeugend gewesen, obwohl Leda sagte, dass sie bei Tag gefilmt hatten; die Nachtstimmung sei entstanden durch Farbwaschungen auf dem Film, in Grün- und Blautönen, die so dünn wie möglich aufgetragen waren. Sie sagte, das »Funkeln« der Kerze sei entstanden, indem Beauvois das Zelluloid an den entsprechenden Stellen abgekratzt hatte. (Ein Trick, den er nicht zum ersten Mal angewendet hatte.) Und am Ende des Films, als wieder große weiße Buchstaben die Leinwand ausfüllten, waren sie in leuchtende Rottöne getaucht, um es aussehen zu lassen, als würden sie von Blut triefen.

Es waren erschreckend wirksame Tricks, und es fiel mir schwer, die Kurbel am Laufen zu halten, als der kalte Marmor sich in menschliches Fleisch verwandelte und ich begriff, dass ich hier dieselbe Statue sah, die ich auch auf meinem Weg zum »Schuppen« bemerkt hatte – sie war der Star des *Delirium*-Films.

Und als ich das verrottende Obst sah – ein Spiegelbild der Einbildung, die ich in der Küche gehabt hatte –, war der Schock so groß, dass ich mich kaum noch auf das konzentrieren konnte, was Leda mir von den tagelangen Kameraarbeiten erzählte, von den unzähligen Stunden, die Beauvois hinter der Kamera verbracht hatte, um ein paar Sekunden Film fertigzustellen.

»Sehr clever, finden Sie nicht auch?« Sie schaute mich aufmerksam an. »Wobei er natürlich nicht den Gestank dieser Maden einfangen konnte. Aber ich denke, Sie sollten über diese Dinge Bescheid wissen … sie in Ihrem Artikel unterbringen … um zu verstehen, wie Beauvois ein Gefühl des Verderbens vermitteln wollte, das weit über das Physische hinausgeht. Die Zerbrechlichkeit unseres sterblichen Seins. Dass Sex, Leben und Tod alle im Kuss des Vampirs zu finden sind.«

»Also nicht so amüsant wie *Die Meerjungfrau*?« Ich bemühte mich, das alles nicht zu ernst zu nehmen, um zu kaschieren, wie verwirrt ich tatsächlich war.

Leda runzelte die Stirn und blickte auf ihre Hände, die mit fest verschränkten Fingern in ihrem Schoß lagen: »Nein, wohl eher nicht. Die Unschuld und der Liebreiz unseres ersten Films sollten nicht von Dauer sein.«

»Aber was für eine Femme fatale Sie abgegeben haben. Allein die Szenen, als die Statue zum Leben erwacht.«

Ihre Bewegungen waren sinnlich gewesen, ein fast schon erotischer Tanz. Ihr Kostüm, das kaum mehr als eine behelfsmäßige Toga aus weißem Stoff war, hatte den Blick auf ihre nackten Oberschenkel erlaubt, auf die Wölbung ihres Bauches, auf ihre hohen, runden Brüste. Und kein bisschen unschuldig hatte sie gewirkt, als sie sich von Stein in lebendiges Fleisch verwandelt hatte. Sexy und geheimnisvoll war ihre Ausstrahlung.

Selbst als der Film zu Ende war, blieb das Gefühl eines eindringlichen Schreckens. Ich hätte schwören können, dass ich einen scharlachroten Nebelhauch über die Leinwand ziehen sah, der die Schatten im Raum befleckte; ich war mir sicher, dass von diesem Nebel der heiße, metallische Geruch von Blut ausging.

Ich wusste, dass das nicht möglich war. Ich musste etwas frische Luft schnappen, musste in mein Hotel zurückkehren und schlafen. Leda würde verstehen, wie müde ich mich fühlte, und dass ich mich waschen und umziehen musste. Ich musste wieder in die Normalität zurückkehren – ein bisschen wenigstens.

»Ach, jetzt schon?« Sie wirkte enttäuscht. »Aber bevor Sie gehen, müssen Sie mir sagen, wie sie die Dienstmagd fanden, die ganz am Ende zu sehen war … die, die den Leichnam des Kunstsammlers entdeckt hat?«

Fast hatte ich sie schon wieder vergessen. Sie schien mir nur ein Accessoire gewesen zu sein, eine Figur ohne wirkliche Bedeutung, wie auch schon Theo im Film zuvor.

»Das war Amy«, fuhr Leda fort. »Das Dienstmädchen, das hier im Haus angestellt war. Sie wollte unbedingt eine Rolle im Film haben, aber hinterher war sie nicht gerade zufrieden … wegen der Art und Weise, wie Beauvois sie ausgetrickst hatte. Er hatte sie angewiesen, das Zimmer zu betreten, die Vorhänge zu öffnen und die Statue abzustauben. Dann sollte sie den träumenden Kunstsammler aus dem Schlaf rütteln. Dass sie eine Wunde an seinem Hals sehen würde, sagte er ihr aber nicht. Er wollte eine authentische Reaktion, verstehen Sie, und was wir da eben auf der Leinwand gesehen haben … all das Fuchteln mit den Armen und die Hysterie … jeder Moment davon war echt.«

Leda schaute mich aufmerksam an, dann fuhr sie fort: »Beauvois zeigte keine Reue, er freute sich nur, dass die Szene genau so wurde, wie er es sich vorgestellt hatte. Ich nehme an, es war sein Versuch einer Wiedergutmachung, dass er Amy, nachdem sie sich erholt hatte, ins Esszimmer einlud. Er trug ihre Haube und ihren Kittel, und er knickste unterwürfig vor ihr, servierte ihr Tee auf einem Silbertablett. Aber mir kam das alles unaufrichtig vor, und dass das nicht das einzige Mal war, dass Beauvois seine Darsteller täuschte, musste ich am eigenen Leib erfahren.« Leda schüttelte traurig den Kopf. »Er hatte wegen solcher Sachen keine Schuldgefühle. Für ihn zählte nur die Kunst. Die Kunst war seine Wirklichkeit … Unannehmlichkeiten waren ihm egal.«

»Sehr interessant«, antwortete ich. »Alfred Hitchcock … das war auch so ein Regisseur, der mit seinen Darstellern gerne solche Spielchen trieb. Das Heft, für das ich arbeite, hat mal einen Beitrag über ihn veröffentlicht. Es ging um Dinge, die sich während der Dreharbeiten zu *Psycho* zugetragen hatten – das war einer seiner Filme. Er hatte Attrappen anfertigen lassen, weil er für den Film eine Leiche brauchte, und diese Puppen hat er dann überall am Set verstecken lassen. Er wollte, dass die Schauspieler sie zufällig fanden. Er sagte später, es sei ein Scherz gewesen, er habe nur herausfinden wollen, welches Modell am furchteinflößendsten sei … Aber seine Hauptdarstellerin war absolut nicht erfreut, als sie eine der Puppen in ihrer Garderobe fand. Sie war sehr verärgert, weil Hitchcock über die ganze Sache lachte. Er bestand darauf, dass dieses Trauma die bestmögliche Leistung aus ihr herausgeholt habe.«

»Wie grausam«, antwortete Leda unverblümt.

»Er ist ein Meister der Spannung. Seine ersten Werke waren auch noch Stummfilme. Düstere und abseitige Thriller, die nur um die Themen Sex und Mord kreisten.«

»*L'amour et la mort.*« Sie seufzte. Für eine kleine Weile war sie in Gedanken versunken, die Augen in ihrem hageren Gesicht zu schmalen Schlitzen zusammengekniffen. Doch als ihr Blick dann wieder meinen suchte, war da nur noch liebevolle Zuneigung.

»Amy.« Ihre Stimme war wehmütig. »Ich glaube, das heißt ›Geliebte‹ auf Französisch … Ich habe sie wirklich sehr gemocht. Was für ein Mundwerk sie hatte! Die Witze, die sie erzählte. Die schmutzigen Lieder, die sie von ihren Freunden aus Cuckham Sands lernte. Ich bin ihnen auch begegnet … später dann. Wir nannten sie die Music-Hall-Gang. Einige wurden als Statisten angeheuert, als wir einen weiteren Film planten. *Die verfluchte Königin* hieß der. Aber Amy wirkte darin nicht mit. Sie wollte in keinem weiteren von Beauvois' Filmen mitspielen. Und damit war Amy klüger als ich.«

Ein Ausdruck der Strenge ging über Ledas Gesicht, bevor sie schließlich weitersprach: »Aber sie half immer noch bei den Kostümen und saß hier stundenlang an der Nähmaschine, die Beauvois gekauft hatte. Da drüben steht sie, neben der Schneiderpuppe. Auch wenn das alte Ding inzwischen viel zu verrostet ist. In den Wintermonaten kriecht die Feuchtigkeit in dieses Haus. Dadurch verkommt alles irgendwann.« Sie schloss die Augen für einen Moment. »Wie dem auch sei, ich vermisste sie, als sie uns verließ, um Joe Winstanley zu heiraten. Er und sein Vater haben damals das Land bewirtschaftet, das an das White Cliff House grenzte. Joe half uns auch in den Gärten. Er hat den Rasen gemäht und die Bäume beschnitten. Ein paar Gelegenheitsarbeiten unten im Filmschuppen … Ah, nun ja, ihre Liebe sollte nicht von Dauer sein. Dafür hat der Erste Weltkrieg gesorgt.«

Leda hielt inne, presste die Lippen zusammen, und als sie nicht weitersprach, sagte ich: »Vielleicht sollte ich sie aufsuchen? Sie um ein Interview bitten?«

»Amy ist tot!«, antwortete Leda abrupt. Und dann, mit einem kurz aufblitzenden Lächeln: »Aber seltsam ist es schon, wissen Sie? In den letzten Wochen wache ich manchmal auf und könnte schwören, dass sie wieder im Haus ist, hier bei mir. Ich kann das Lied hören, das sie immer gesungen hat, während ich mich für die Dreharbeiten angezogen habe.«

Leda legte den Kopf schief. Sie schloss die Augen und sang mit leiser, krächzender Stimme: »*Oh, you beautiful doll … you great big beautiful doll.*«

»Das haben Sie vorhin schon gesungen«, sagte ich. »Sie haben das Klavier gespielt, als ich in der Küche war, aber …« *Aber Sie haben ganz anders geklungen.*

»Das Klavier?« Leda schaute verwundert auf und blickte auf die andere Seite des Raumes, wo besagtes Instrument stand, dessen geschlossener Deckel mit einer gleichmäßigen Staubschicht überzogen war. Es sah nicht so aus, als hätte jemand es angefasst. »Es sei denn … es sei denn«, fuhr sie fort, »… es sei denn, ich werde vergesslich. Das macht mir Sorgen.« Ihre Stimme war angespannt. »Wie in meinem Verstand manchmal alles durcheinandergerät.«

Ich blickte wieder in ihre Augen und erkannte einen scharfen Intellekt. Aber auch Verletzlichkeit. Ich wollte sie beruhigen, wollte wohl auch mir selbst etwas vormachen: »Es liegt nicht an Ihnen. Ich scheine mir Dinge einzubilden. Ich bin erschöpft … brauche dringend etwas Schlaf.«

Aber gewiss *hatte* ich dieses Lied gehört. Und wenn nicht, was ging dann hier vor sich? Ich spürte ein heftiges Drücken in meinem Kopf. Ich sah alles verzerrt, wie zuvor schon in der Küche – nur dass es nun Ledas Wohnzimmer war, dessen Wände sich um mich herum krümmten und bogen. Nichts schien mehr von fester Substanz zu sein.

Ich betrachtete die alte Frau und fragte mich, ob sie sah, was ich sah – und prompt waren meine Augen von der lebendigen Farbe ihres Mundes gefesselt, dessen nun dunkelrot gefärbte Lippen zuvor so blass gewesen waren, dass man sie fast nicht hatte sehen können.

Ich drückte eine Hand auf meine Schläfen, durch die mit einem Mal ein pochender Schmerz fuhr. Ich hörte Ledas Stimme sprechen. »Mein Bruder neigte auch zu Kopfschmerzen, als er noch ein junger Mann war. Manchmal musste er sich stunden- oder sogar tagelang ins Bett legen. Aber dann …« Sie schien in Gedanken versunken, biss sich auf die Unterlippe – und da wurde mir klar, dass ihre Lippen deshalb so rot sein mussten. Aber natürlich! Das musste der Grund gewesen sein.

»Was Theo anbelangt«, fuhr Leda fort, »so denke ich, dass es hauptsächlich in seinem Kopf war, all die Belastungen, die er ertragen musste, … das hat manchmal zu diesen Anfällen geführt. Aber bei Ihnen, glauben Sie, dass es an der Atmosphäre in diesem Haus liegen könnte? Es ist so drückend schwül hier. Ich würde das normalerweise nie vorschlagen, aber wenn es mit ihren Kopfschmerzen wirklich so schlimm ist, dann nehmen Sie doch vor dem Schlafengehen etwas von dem Himmelstürchen. Ein oder zwei Tropfen werden Ihnen schon nicht schaden. Immer wenn Beauvois es nahm – nun ja, bevor alles aus dem Ruder lief –, war er am nächsten Tag ein neuer Mensch. Voller Energie. Voller neuer Ideen.«

»Danke! Aber …« Ich wollte es. Wie schwer es mir fiel, das Verlangen zu unterdrücken, seit ich diesen einen Tropfen gekostet hatte. War denn aber das Opium so stark gewesen, dass ich jetzt noch davon beeinflusst war, dass meine Sinne noch immer verrückt waren? Was hatte es auf sich mit den Dingen, die ich gesehen hatte, den Dingen, die ich gehört hatte? Hatte ich sie wirklich gesehen und gehört?

Es muss die Hitze gewesen sein, genau wie Leda gesagt hatte. Sicherlich braute sich ein Sturm zusammen. Ich konnte die statische Aufladung beinahe spüren. In der Luft lag der Geruch von Ozon. Außerdem hatte ich seit Langem nicht gegessen. Und dann noch die hypnotisierende Wirkung, die die Filme erzeugt hatten …

Die Filme. Mein Verstand war klar genug, um an das Wesentliche zu denken, und ich fragte sie: »Dürfte ich die Filme wohl mitnehmen? Vielleicht gelingt es mir, Kopien machen zu lassen. Egal was ich über Ihre Vergangenheit schreibe, die Filme sind das, was die Leute sehen werden wollen.«

»Oh ja. Ich werde sie Ihnen geben. Aber erst, wenn wir gemeinsam alle gesehen haben …, wenn meine Geschichte ihr Ende gefunden hat. Bis dahin« – sie blickte zum Schreibtisch – »behalte ich sie lieber hier bei mir. So habe ich etwas, das Sie wieder zu mir führen wird. Aber ich überlasse Ihnen meine *Spiegelbilder*. Sie sagten, Sie hätten sie noch nicht zu Ende gelesen. Und ich sagte ja bereits, dass mein Verstand manchmal nicht ganz klar ist. Besser, Sie kennen die Leda Grey aus diesen Aufzeichnungen, als die, die jetzt vor Ihnen sitzt.«

Ich sammelte die Blätter ein und steckte sie in meinen Rucksack, zusammen mit der Opium-Flasche. Meine Zigaretten verstaute ich wieder in der Tasche meiner Jeans, dann verabschiedete ich mich von Leda Grey und versprach, dass ich wiederkommen würde. Am nächsten Tag. Am frühen Nachmittag.

Die Haustür fiel mit einem dumpfen Schlag hinter mir zu. Ich rannte fast schon den Weg hinunter, in den Tunnel aus dicht beschatteten Nadelbäumen und dann in Richtung des gleißenden Lichtes, das vom Klippenpfad am anderen Ende her strahlte.

Dort war die Luft frischer, aber das half mir nicht, den Kopf freizubekommen. Meine Schläfen pochten. Meine Knochen fühlten sich irgendwie alt an. Meine Kehle war ausgetrocknet und schon wund, als ich die Dorfstraße erreichte. Wäre die Kneipe geöffnet gewesen, ich hätte ein Bier gekauft. Aber das war sie nicht. Im Innern war es dunkel. Also stieg ich direkt ins Auto und kurbelte alle Fenster herunter, um die stehende Hitze zu mildern.

Ich drehte den Schlüssel im Zündschloss, der Motor erwachte brummend und ächzend zum Leben. Die Reifen schlitterten über Kiesel. Mehrere kleine Steinchen wurden nach oben geschleudert und prasselten wie Regentropfen gegen die Windschutzscheibe.

Wenn es doch nur wieder regnen würde. Wie gerne hätte ich im Regen angehalten, um auszusteigen, um mir alle Kleidung vom Leib zu reißen und splitterfasernackt im Regen zu tanzen. Stattdessen fuhr ich zu schnell, die Hände fest um das Lenkrad geklammert, darum bemüht, mich auf die gelben Lichtkegel zu konzentrieren, die meine Scheinwerfer auf die Straße vor mir warfen. Und die ganze Zeit über fragte ich mich, ob die roten Streifen, die ich durch das Leinentuch in Ledas Wohnzimmer hatte schweben sehen, wirklich da gewesen waren.

Derart in Gedanken versunken, fuhr ich – statt Richtung Brightland abzubiegen – geradewegs durch Cuckham Sands hindurch und hielt an der Ufermauer an. Eine Mauer, die breit genug war, um darauf einen Liegestuhl aufzustellen, um von dort aus auf die Wellen hinunterzuschauen, die an den Strand spülten, oder auf die Felsen unter der massigen, steil aufragenden Klippe.

Wo befand sich das Atelier von Beauvois? Bei Tageslicht hätte man sehen können, wie die Sonne sich in den Glasscheiben spiegelt. Bei Nacht jedoch war das einzige Licht, das ich sah, der schwache Schimmer des über mir hängenden Mondes, wenn nicht vorbeiziehende Wolken ihn verdeckten.

Ich riss ein Streichholz über das Heft und steckte mir eine Kippe an, dann schaltete ich das Licht am Innenspiegel ein und holte Ledas Aufzeichnungen aus meiner Tasche. Es dauerte nicht lange, bis ich die Seite wiederfand, auf der ich zuletzt gelesen hatte, und sofort hörte ich ihre Stimme wieder, so lebhaft, als säße sie noch immer neben mir. Als säße ich noch immer in den Spinnweben des White Cliff House.

Dieses Spiegelbild ist ein Kristall. Eine Perle aus Tau auf einem Spinnennetz. Darin zu sehen sind die bangen Gesichtszüge des Mädchens, das in ihrem Bett in Brightland lag und nicht schlafen konnte, weil es daran denken musste, wie sie in der hitzigen Umarmung von Charles Beauvois gelegen hatte. Sie rief sich auch in Erinnerung, wie seine Hand sanft die ihre gehalten hatte, als er den Geliebten der Meerjungfrau gespielt hatte. Und wie seine Finger – als sie »Delirium« gedreht hatten – sanft ihr Kinn fassten, um ihr Gesicht in die eine oder die andere Richtung zu drehen, als wäre sie seine Schaufensterpuppe, obwohl unter der kühlen Geschmeidigkeit ihrer Haut ihr Blut vor Lust kochte. Eine Leidenschaft, die ihren Siedepunkt an einem späten Sommerabend erreichte, nachdem wir unsere letzte Szene gedreht hatten.

Beauvois, Theo und ich waren auf dem Weg zurück zum White Cliff House. Ich erinnere mich daran, wie unsere Schatten auf der Wiese zu einem seltsamen, dreiköpfigen Monster verschmolzen. Mein Bruder schlug vor, auf einen Drink in den Cuckham-Pub zu gehen – was mich überraschte, da Theo immer auf direktem Wege zurück nach Brightland wollte, um sich mit all seinen Freunden im »Bath Arms« zu treffen. Er hatte nie auch nur in Erwägung gezogen, im White Cliff House zu übernachten. Nicht einmal dann, wenn wir vom Morgengrauen bis zur Abenddämmerung durcharbeiteten.

Ich dachte immer, dass die moralischen Bedenken, die er meinetwegen hatte, der Grund dafür waren. Er war um meinen Namen besorgt, um meinen Ruf. Am schlimmsten war es, wenn dann und wann die Handwerker, die er für den Bau der Kulissen angeheuert hatte, im Studio verweilten, um mir beim Schauspielern zuzusehen. Und auch ich sah sie grinsen, dann und wann. Und einmal hörte ich einen von ihnen flüstern: »Diese Leda Grey ist eher eine Lady Godiva. Schamlos, dieses Treiben. Was die wohl noch alles treiben, wenn wir nicht da sind?«

Aber nichts ging vor sich. Überhaupt nichts. Nicht bis zu jenem Abend, als Theo sagte: »Komm schon, Leda, du langweilige, alte Abstinenzlerin. Du hast doch früher gerne mal was getrunken … all die Sonntage mit Ivor. Beeil dich und zieh dir was Nettes an. Die Gang wird nicht ewig warten.«

»Ivor? Wer ist Ivor?«, fragte Beauvois. »Und von welcher Gang sprichst du?«

Theo beantwortete nur eine der Fragen. »Freunde, die ich in Cuckham Sands gefunden habe. Hat Amy es dir nicht erzählt? Das Dorf feiert heute Sommerfest. Am Strand werden sie ein Schwein am Spieß braten. Auf der Ufermauer wird ein Stück gespielt. Es gibt Cricket und …«

»Und Bier?« Ich lächelte ironisch, ich kannte ja die Schwächen meines Bruders; und plötzlich erinnerte ich mich daran, dass Amy zuvor schon von dieser Feier erzählt hatte, auch wenn ich kaum mitbekommen hatte, was sie redete. Ich stand auf einem Podest und war in diesem Moment zu sehr damit beschäftigt, die Pose vom Vortag einzunehmen und beizubehalten. Wir drehten für die Szene, in der die Marmorstatue sich in eine echte Frau verwandelt. Die Doppelbelichtung würde den Übergang nur dann nahtlos aussehen lassen, wenn meine Haltung präzise war. Aber meine Muskeln waren bereits versteift und schmerzten, weshalb mir so gar nicht danach war, nach Cuckham Sands zu fahren.

»Ach, ich glaube nicht, dass ich mitkommen werde. Ich muss mir die ganze Schminke vom Gesicht waschen, das dauert Stunden … und da Amy jetzt feiern ist, wird es noch länger dauern.«

»Wozu sich die Mühe machen, die Schminke abzuwaschen?«, stichelte mein Bruder. »Straffe einfach deinen Kimono. Darin siehst du immer göttlich aus. Wenn wir alle im Meer schwimmen gehen, wirst du schon sauber werden.«

»Schwimmen … mit fremden Leuten? Wo ich nicht mal einen Badeanzug dabei habe?«

»Nun sei keine Spielverderberin.« Theo knuffte meinen Arm mit seinem Ellbogen. »Ich habe meine Schwester immer für mutig gehalten, und du kannst dich ohnehin schon mal daran gewöhnen, dass andere Menschen dich unbekleidet sehen. Schließlich sollen »Die Meerjungfrau« und »Delirium« endlich öffentlich gezeigt werden. Aber mal ganz im Ernst, Leda, du sollst meine neuen Freunde kennenlernen. Es sind Sänger aus London, die an den Wochenenden meist hierherkommen, und sie sind sehr daran interessiert, in zukünftigen Produktionen von uns mitzuwirken.«

Beauvois unterbrach ihn mit warnender Stimme. Er sollte niemandem falsche Hoffnungen machen. Bis zum Frühjahr würde hier nichts Neues gedreht werden. Nicht, solange »Delirium« nicht fertiggestellt ist.

Doch dann wurde seine Stimme sanfter und nachdenklicher, er lächelte. »Vielleicht hast du aber nicht ganz Unrecht. Diese Leute könnten hilfreich sein. Ich sollte in den Pub mitkommen und Hallo sagen. Und wenn du dann noch bleiben möchtest, komme ich gerne hierher zurück und fahre Leda wieder nach Hause.«

Ich stand auf der Veranda und sah den beiden nach. Als sie den Garten durchquert hatten, drehte Beauvois sich um und winkte mir zu. Aber allzu bald war er im Tunnel der Kiefern verschwunden.

Ich war froh, dass ich die beiden auf dem Weg die Klippe hinunter nicht begleiten musste. Ich fühlte mich schrecklich schwitzig, mir war viel zu heiß und schon die Vorstellung, die alte Blechbadewanne die Treppe hinauf in das Schlafzimmer zu befördern, wo ich für gewöhnlich badete und wieder in meine normale Kleidung schlüpfte, überforderte mich – weil Amy nicht da war, um die Plackerei zu übernehmen.

Oh, was hätte ich damals für den Luxus unseres Hauses in Brightland gegeben, mit dem Waschbecken und der Badewanne in einem Raum mit Fliesen. In unseren Räumen über dem Geschäft hatten wir solche Annehmlichkeiten nicht mehr, und hier oben im White Cliff House gab es gleich gar keine. Aber da ich allein im Haus war, konnte ich ja wohl bedenkenlos die Wanne füllen und mich neben dem Küchenherd waschen, obwohl ich mir, als ich meinen Bademantel abgelegt hatte und in die dampfende Wanne gestiegen war, wünschte, ich hätte etwas Eis, um das Badewasser wieder etwas abzukühlen und um damit meine schweißnasse Stirn zu kühlen.

Als ich mich mit dem Carbol-Seifenstück einseifte, das ich neben der Küchenspüle gefunden hatte, färbte sich meine Haut rosa, während die fettige Schminke das Wasser weiß werden ließ. Ich ließ mich noch tiefer in die Wanne sinken und gab mich einer Träumerei hin: Ich verwandelte mich in Kleopatra, die ihren Körper in Eselsmilch badete. Dann aber sah ich mit einem Seufzen ein, dass ich so verschrumpelt wie eine Dörrpflaume sein würde, wenn ich nicht bald aus dem Wasser steigen würde.

Einen Augenblick lang erlaubte ich mir noch liegenzubleiben, und ich lauschte dabei dem ständigen Tropfen des Wasserhahns; ein Geräusch, das mit einem

Mal ein Echo fand, als es draußen zu regnen begann und die Tropfen gegen die Scheibe prasselten.

Der Regen! Wie kühlend er sein würde. Ich hievte mich aus der Wanne und hinterließ eine Schneise von Pfützen, als ich durch die Küchentür und dann weiter durch ein Holztor ging, hinein in einen von einer Mauer umgebenen Teil des Gartens. Früher hatte sich jemand darum gekümmert, aber jetzt war es eine Wildnis. Alte Obstbäume, deren Äste sich über die Drähte zwischen den Ziegelmauern geschlungen hatten, ächzten unter dem Gewicht von Birnen, roten Äpfeln und lila Pflaumen – wobei nur wenige davon noch schmackhaft aussahen. Die meisten waren ins Gras gefallen, wo sie den Vögeln und Würmern als Festmahl dienten. Wenigstens aber schwirrten keine berauschten Wespen um dieses süßgärende Bankett. Wespen flogen nicht, wenn es in Strömen regnete, anders als ich, die tanzte und lachte, den Kopf nach hinten geworfen und die Augen fest geschlossen, während das Regenwasser über meine Lider lief, um dann meine Lippen zu kitzeln, und …

Dieser Knall – das war doch sicherlich die Küchentür! Ich erstarrte wie versteinert, als ich das Knacken von Zweigen hörte, die unter Schritten brachen. Schnell drehte ich mich um und sah Beauvois, die Kleidung völlig durchnässt, sein dunkles Haar lag platt und nass auf seinem Kopf. Und ich, die ich nicht einen Faden Stoff an mir trug, störte mich kein bisschen daran, dass er mich so unverhohlen anstarrte. Letztendlich hatte mein Bruder ja die Wahrheit gesagt. An manch einem Drehtag im Filmschuppen hatte ich kaum mehr am Leib gehabt.

Und doch – das hier fühlte sich anders an. Zum einen war Theo nicht da. Mein stets präsenter Beschützer. Zum anderen war ich wie magnetisiert, als würde der Regen zwischen ihm und mir aus winzigen Eisenspänen bestehen. Ich konnte mich nicht bewegen, konnte nicht fortlaufen, selbst wenn ich es gewollt hätte; und ohne auch nur ein Wort zu sprechen, ging Beauvois auf mich zu, und er verschränkte seine Finger mit meinen und führte mich zum Ende des Gartens, wo sich Kletterpflanzen im Laufe der Jahre zu einem rankenden Baldachin verknotet hatten.

Die Bank, die unter diesem Pflanzendach stand, war kein bisschen feucht, und doch zog Beauvois sein Hemd aus und legte es über das Holz, damit ich mir keinen Splitter einfing. Und da hockten wir, wie zwei Vögelchen, und ich dachte bei mir, wie lächerlich und dekadent wir doch aussehen mussten. Aber er teilte mein Lachen nicht, mit dem ich meine Nervosität überspielen wollte. Er blickte mir nur tief in die Augen, während seine Finger die Spuren der winzigen Regentropfen nachzeichneten, die von meinem Hals bis hinunter auf meine Brüste rannen. Und nun hob auch ich eine Hand, um damit durch das Haar zu streichen, das so dicht auf seiner Brust wuchs.

Ich hatte Papa nie unbekleidet gesehen, und Theo hatte glatte Haut, so wie ich, daher war das hier etwas völlig Neues für mich. Ein Mann, der so behaart war wie ein Bär. Ich zitterte, auch wenn mir nicht kalt war. Mir war zu heiß, zu fiebrig zumute. Und es war ja auch eine Art Fieber, dem ich hier verfiel, genau wie damals, als wir uns im Aquarium begegnet waren. Und später erst überkam mich die Sorge, ob ich in meinem Wahn nicht viel zu freigiebig gewesen bin. Denn man muss verstehen, dass er mir nichts versprach. Er fragte nur: »Bist du dir sicher?«

»Ich bin mir in meinem Leben noch nie so sicher gewesen!« Ich hatte nicht den geringsten Zweifel.

»Aber was, wenn die Leute es erfahren? Was sie alles reden könnten. Bist du dir darüber im Klaren, dass sich dein Leben ändern würde, und …« Ich hatte Mühe, ihn zu verstehen, da der Regen heftiger wurde und prasselnd auf das Nest niederging, in dem wir uns versteckten.

»Ich kann dich nicht heiraten, Leda … falls es das ist, was du willst. Ich bin bereits verheiratet, mit einer Frau, die noch in Amerika lebt. Es ist aber aus mit ihr. Ich hätte die Ehe annullieren lassen sollen, bevor ich mich davongemacht habe. Vielleicht könnte ich das auch jetzt noch tun, aber …«

»Ist sie auch eine Schauspielerin gewesen?«, fragte ich. »Hast du auch mit ihr gearbeitet? Habt ihr Filme gedreht?« Wie stechend ich die Eifersucht in mir spürte, obwohl ich mir einredete, dass es mir nicht zustand, wegen dieser Neuigkeit verärgert zu sein. War denn nicht meine eigene Mutter mit einem anderen Mann verheiratet gewesen, damals, als sie und Papa sich ineinander verliebten?

Als ich nun in einem Nebel der Verwirrung vor ihm saß, hörte ich ihn sagen: »Wir könnten so tun, als ob. Du könntest sogar einen Ehering tragen, aber …«

Sein Ton wurde deutlich kühler. »Bitte, stelle mir keine Fragen nach meiner Vergangenheit. Ich will mein Leben jetzt und in Zukunft mit dir verbringen, hier im White Cliff House. Mehr brauchst du nicht zu wissen.«

Nicht eben gerade der Antrag, den ich mir erträumt hatte. Aber wenn ich dann an mein kleines Bett in dem tristen Zimmer über dem Laden dachte – war das etwa das Leben, das ich wollte? Welchen Preis war ich zu zahlen bereit, um nun auch noch diese Rolle zu verkörpern? Um die Rolle von Beauvois' Ehefrau zu spielen? Um weiter in seinen Filmen mitspielen zu dürfen? Um sicherzustellen, dass Theo für die Arbeit, die er liebte, auch bezahlt wurde? Keiner von uns beiden sollte sich zum Sklaven der Schinderei machen, die im Geschäft unseres Vaters auf uns wartete.

»Mir ist egal, ob du verheiratet bist!«, sagte ich ihm. »Mir ist egal, was die anderen sagen. Ich bin weder zu jung noch zu naiv; ich weiß, was ich will … und ich weiß es schon seit Monaten.«

Seine Antwort war ein ersticktes Stöhnen, als seine Lippen meine berührten. Ein langer, intensiver Kuss. Ich war verwirrt, als er sich wieder zurücklehnte um sich dann vor mir ins Gras zu knien, während seine Finger sich an den Knöpfen seines Hosenschlitzes zu schaffen machten. Und was war es doch für ein schockierender Anblick, sein Geschlecht so enthüllt zu sehen. Aber Schock und Angst sind nicht dasselbe; und wie dann mein Blut in Wallung geriet, als er mich seine Gartenvenus nannte; und dann dieser Anklang von Verwunderung in seiner Stimme, als er sagte: »Ich habe mich damals im Aquarium gleich in dich verliebt.« Und ich glaube, es wahr im Ernst damit.

»Küss mich noch einmal!« Wie ergötzte mich das Kratzen seiner stoppeligen Wangen, mein Herz hämmerte, und mein Atem raste, und ich hatte das Gefühl, als könnte ich ertrinken, so schwer und feucht und heiß war die Luft, und wie süß die Blätter an den Ranken dufteten, und wie unbeirrt der Regen raunte, der um uns herum wie ein Schleier niederging. Wie seltsam vergrößert erschien mir doch die Schnecke, die eine Spur aus Schleim auf einem Blatt hinterließ, über das sie kroch. Und wie sehr die Wasserperlen auf den silbernen Fäden eines Spinnennetzes zitterten.

Ich verspürte nicht die geringsten Gewissensbisse. Es war schön. Wunderschön. So wunderschön. Ich wollte es alles noch einmal machen, und ich war so glücklich, als er stöhnte: »Bleib bei mir, Leda. Versprich mir, dass du immer im White Cliff House bleiben wirst.«

Und ich blieb bei Charles Beauvois, denn nachdem wir diese Sache einmal angefangen hatten, gab es tatsächlich kein Zurück mehr. Ich konnte nicht genug von ihm bekommen. Wie viele Liebesnächte wir in diesen langen Sommerwochen miteinander verbrachten; dabei bezweifle ich, dass irgendjemand töricht genug war, sich täuschen zu lassen, als Beauvois andeutete, dass wir heiraten würden. An meiner Hand jedenfalls war noch immer kein Ring. Nein, töricht bin nur ich gewesen. Ich machte mir selbst etwas vor, glaubte mich zufrieden damit, in den Mauern dieses Hauses zu sitzen, es nie wieder zu verlassen – außer für die Arbeit im Schuppen.

Und wenn wir dort waren, über uns das Glas, rings um uns das Blau des Meeres und des Himmels, dann glaubte ich wirklich, ich könne die Venus sein, die er in mir sah. Er hat mich angebetet. Er betete mich an. Aber er wollte mich auch besitzen, wollte mich formen, wie ein Gefäß aus Ton. Und das ist nicht dasselbe wie Liebe.

WAHRLICH, WIR SIND ZU JUNG NUR

Macbeth

Ich beendete die Lektüre von Ledas Aufzeichnungen. Meine Gedanken drehten sich im Kreis. Hatte sie dieses Haus tatsächlich niemals wieder verlassen, nachdem sie ihre Jungfräulichkeit verloren hatte … bevor Charles Beauvois – aus welchem Grund auch immer – verschwunden war?

Ich musste der Wahrheit auf den Grund gehen. Er hatte sie vollkommen kontrollieren wollen, und doch schien es, als würde sie diesen Mann lieben; obwohl in dem, was sie geschrieben hatte, auch klar angedeutet war, dass sie diese Gartenbank bereitwillig als Casting-Couch benutzt hatte – für den Ruhm, nach dem sie strebte, für die Träume, die sie hatte und in denen sie ein Star war. Und auch, weil sie wollte, dass ihr Bruder glücklich war.

Nachdem ich die Zettel zusammengefaltet und wieder in meinem Rucksack verstaut hatte, zündete ich mir noch eine Zigarette an. Dann stieg ich aus dem Auto, um mir ein wenig die Beine zu vertreten. Ich lief die breiten Stufen hinauf, die mich auf die breite Krone der Granitmauer brachten, um das längere Stück auf der anderen Seite wieder hinunterzusteigen und zum Strand zu gelangen.

Ich lief über Kiesel und dann über einen Streifen Sandstrand. Wie von selbst glichen meine Atemzüge sich dem Rhythmus der krachenden Wellen an. *Rein – raus – rein – raus.* Jedes Mal, wenn der Rauch meiner Kippe ins Dunkel abdriftete, fühlte ich mich ein wenig leerer, so als würde auch ein wesentlicher Teil meiner selbst in die wogende, schwarze Weite des Meeres abfließen, dessen krauser Wellenschlag mich an die Falten in dem Laken denken ließ, das ich im White Cliff House aufgehängt hatte. Der in den Wellen gespiegelte, silberne Schimmer des weißen Vollmondes zog eine flackernde Linie aus Licht, die meinen Blick auf die Klippen lenkte. Ob Leda dort oben schlief, zurückgezogen in ihrer Welt? Oder war sie noch wach und stand in einem der Fenster in der oberen Etage, um hinunter auf diesen Strand zu blicken? Konnte sie die silberne Gischt sehen, die sich schillernd in eine Million schäumende Bläschen auflöste und zerschmolz, bis sie …

Meine Gedanken wurden jäh unterbrochen durch das brutale Zischen eines Blitzes, der vor meinen Augen im Meer einschlug und den gesamten Horizont in einem Geäst aus Gold erstrahlen ließ. Was hätte Charles Beauvois wohl davon gehalten? Ein atemberaubender Anblick, so ungezähmt, wie er ihn in seinen Filmen nie hätte zeigen können. Oder hatte er es doch getan? Wir hatten ja noch nicht alle Filme angesehen.

Als dann die Blitze erloschen waren und ich den Donner dröhnen und grollen hörte, entdeckte ich in einiger Entfernung ein blasseres Leuchten, weit draußen an der Küste. Womöglich war das der Brightland Pier.

Mum. Ich stöhnte auf. Trauer packte mein Herz, die Kehle war mir schmerzhaft zugeschnürt. War sie noch da, war sie noch immer an diesem Strand? Konnte sie hören, wie ich nach ihr rief?

Einen Moment lang glaubte ich beinahe, sie müsse mich tatsächlich gehört haben. Aber es war nicht sie gewesen. Es war jemand anderes, der rief: »Hey! Hey du, da draußen, was machst du da? Weißt du denn nicht, wie schnell die Flut ansteigt? Du bist auf gefährlichem Terrain! Die Strömung hier kann dich einfach mitreißen … man wird unter Wasser gezerrt und ertrinkt, bevor man überhaupt weiß, was passiert.«

Ich blickte zurück und sah die Silhouette einer Frau, die unten an der Mauer stand, verschwommen wie ein Fotonegativ.

»Mein Gott! Das habe ich gar nicht bemerkt.« Meine Antwort wurde durch den Wind gedämpft, dessen Böen aus den krachenden Wellen aufstiegen. Aber ich bemerkte es in diesem Augenblick. Meine Beine waren steif geworden, und ich blickte nach unten, um zu sehen, wie hoch die Flut um mich herum angestiegen war; das Wasser schwappte bereits über meine Knie und ließ den Stoff meiner Jeans an meiner Haut kleben.

In mir stieg die Angst auf, die Frau könne wirklich recht haben. Ich versuchte, mich zu bewegen, aber meine Füße blieben stecken, versanken nur noch tiefer im klebrigen Sand. Keine Holzbuhne, an die ich mich klammern konnte, als ich rücklings in den Schaum fiel; und das Salzwasser stach so sehr in meinen Augen, dass ich nicht einmal die Hände sah, die meinen Unterarm packten, um mich wieder auf die Füße zu zerren. Ich war gerade noch imstande, dem schmatzenden Takt der in Plastiksandalen steckenden Füße zu folgen; ein Rhythmus, dem meine Turnschuhe mit einem Quietschen antworteten, während wir über die rutschigen Steine hinwegstapften.

Als wir dann aber die Mauer erreicht hatten, war mein Schädelklopfen verschwunden, so als habe mein Kopf zuvor in einem metallenen Schraubstock gesteckt und sei nun irgendwie aus dessen festen Griff befreit worden. Auch meine Sicht schärfte sich wieder, nachdem ich das stechende Salz weggeblinzelt hatte; dann blieb meine Retterin stehen, drehte sich nach mir um und sagte: »Ich kenne dich doch … aus der Kneipe? Du warst neulich dort.«

»Du hast dort auch etwas getrunken?«, fragte ich. »Tut mir leid. Ich weiß nicht …«

Der Mond brach wieder durch die Wolken, und in seinem Licht konnte ich ihr Gesicht erkennen. »Oh, du bist das Mädchen, das im Pub die Bedienung gemacht hat. Was machst du um diese Zeit noch hier?«

»Würdest du mir glauben, wenn ich dir erzähle, dass ich mir die Nächte um die Ohren schlage, indem ich hier am Strand nach Waisen und Streunern suche, die ich retten kann?« Mit einem Grinsen blickte sie mich an. »Ich suche eigentlich meine Hündin. Ich gehe hier nachts oft mit ihr spazieren, wenn ich mit der Arbeit im Pub fertig bin. Ein großer, schwarzer Retriever. Würde keiner Fliege was tun. Aber der Blitz hat sie erschreckt. Da ist sie weggelaufen. Na ja, …« Sie zuckte mit den Schultern, »jetzt ist es ja vorbei. Sie wird am Felsbecken sein und jagen. Sie ist jetzt bestimmt ganz aus dem Häuschen und wird nach Treibgut schnüffeln, das sie nach Hause bringen kann. Ein bisschen so wie ihr Frauchen – wenn man dich als Treibgut betrachten darf.«

»Bringst du mich denn nach Hause?«

»Ich wohne nicht sehr weit von hier. Du kannst dort erstmal trocken werden, wenn du magst.«

So viel also dazu. Wir setzten unseren Gang die Stufen hinauf fort. Oben angekommen, führte ein Kiesweg an einer Reihe von kleinen Bungalows vorbei; derjenige, vor dem sie schließlich Halt machte, war einer von den weniger konventionellen.

»Mein Gott«, entfuhr es mir, als ich die auffällige Form der schmalen Tür bemerkte, in deren Glas die Worte ›First Class‹ graviert waren. »Ist das wirklich das, wofür ich es halte? Du wohnst in …«

»Ja, ganz recht. Willkommen in Railway-Carriage-on-Sea, auch bekannt als Bungalow Bay. Alte Eisenbahnwagen, die die ›London to Brightland Company‹ abverkauft hat. Es gab noch 'ne Menge mehr davon, bevor die Deutschen mit ihren Bomben kamen.«

»Wie um alles in der Welt hat man die Dinger hierhergekriegt?«, fragte ich über das Ächzen des Gittertors hinweg, durch das wir hindurchgingen, um eine überdachte Veranda zu betreten, deren hölzerne Traufe mit funkelnden Lichterketten behängt war. Es war ein faszinierender Anblick. Durch ein Fenster auf der anderen Seite fiel das noch weißere Licht eines flimmernden Fernsehers.

Von diesem Licht beschienen, hätte sie auch auf einer Bühne stehen können, mit ihrem leuchtenden Heiligenschein aus hellblond gebleichtem Haar und den roten Lippen, die ein Lächeln formten, als sie sagte: »Tilly, eine alte Freundin meiner Oma, hat mir das Teil hinterlassen, als sie gestorben ist. Sie hat mir mal erzählt, man hätte die Wagen über die Bucht hierher geschifft. Früher haben wohl Fischer darin gelebt, bis irgendwann ein Londoner Geschäftsmann hier aufkreuzte und beschloss, weitere Stellplätze aufzukaufen, um sie dann weiterzuverkaufen. Er hat in allen Londoner Zeitungen inseriert. In Cuckham Sands werden Strandträume wahr, hieß es bei ihm. Einige Leute zahlten enorme Summen, um hier unten am Meer zu leben. Viele von ihnen waren Freunde von Tilly. Oder Sänger und Schauspieler, mit denen sie gearbeitet hat. Diese Reihe hier nannten sie die *Pantomime Row.* Hier wurden richtige Vorstellungen gegeben, musst du wissen. Meistens in den Sommermonaten, wenn sie alle Leute aus dem Dorf einluden und eine Party hier am Strand feierten.«

Sie lächelte verschmitzt und sagte: »Du siehst aus, als könntest du auch eine Party brauchen … ein bisschen Spaß, um dich wieder aufzuheitern. Machst du Urlaub hier? Du siehst jedenfalls urlaubsreif aus.«

»Für eine Pantomimin wärest du aber zu vorlaut, nicht wahr?« Ich versuchte, mich auf all das zu konzentrieren, was dieses Mädchen mir erzählte – und ich rief mir ins Gedächtnis, was Leda in ihren *Spiegelbildern* von den Partys hier unten am Strand von Cuckham geschrieben hatte.

»Ich fürchte, da könntest du recht haben.« Sie grinste frech, dann sagte sie: »Ich weiß, ich sollte meine Zunge im Zaum halten. Aber manchmal kann ich einfach nicht anders. Für den Job im Pub ist das durchaus nützlich. Bei anderen Gelegenheiten … da übertreibe ich es dann.«

Sie hockte sich neben die Tür des Eisenbahnwagens und griff unter einen Haufen schrottreifen Metalls, der dort lag.

»Ist das mal ein Motorrad gewesen?«, fragte ich sie und dachte wieder an Leda Grey, an den Tag, an dem sie und Theo auf ihrem Weg die Klippe hinauf den Unfall gehabt hatten.

»Ich denke schon. Ich habe es drüben bei den Felsen gefunden. Da war auch noch eine Art Beiwagen. Ein paar Fetzen altes Leder und Korbgeflecht. Die hier habe ich aus den Motorrohren gemacht …« Sie stand auf und schlug mit einem Schlüssel gegen ein paar Metallrohre, die an der Veranda hingen. Als diese ihr hohles Geläut vernehmen ließen, streckte sie ihre Hand aus, um meinen Arm zu berühren. Sie sagte: »Du zitterst ja. Dir ist kalt.«

»Nein, alles in Ordnung«, antwortete ich, obwohl ich mich wirklich nicht gut fühlte. Ich schaute ihr dabei zu, wie sie die Tür öffnete; dann grinste sie mich noch einmal an und sagte: »Willkommen in meiner bescheidenen Behausung. Ich bin übrigens Lucy Winstanley. Lucy ist die Kurzform von Lucinda. Aber ich finde, das klingt immer etwas zu vornehm. Der Name bedeutet wohl so viel wie ›Sie weiß‹. Ich wünschte, ich wüsste wirklich.«

Sie lachte wieder und wir gaben uns die Hände. Sie wirkte so frei. So glücklich. Ich sprach die Wahrheit, als ich sagte: »Es freut mich sehr, dich kennenzulernen, Lucie Sie-weiß. Ich heiße Edward Peters, aber alle nennen mich Ed. Und wenn ich mich recht erinnere …«

Was hatte Mum immer zu mir gesagt? *Du bist mein höchstpersönlicher kleiner Beschützer. Mein Ritter in schimmernder Rüstung. Und deswegen habe ich dir auch deinen Namen gegeben.*

»Ich glaube, mein Name bedeutet ›Beschützer‹.« Ich hatte den Satz kaum ausgesprochen, als Lucy plötzlich nach Luft schnappte und die Kratzer auf meinen Armen betrachtete.

»Du brauchst offenbar selbst einen Beschützer. Sieht aus, als hättest du ordentlich was einstecken müssen, als du da hinten ins Meer gefallen bist. Das Salz in diesen Schnitten muss doch höllisch wehtun. Du solltest echt mit reinkommen und die Wunden auswaschen. Und wir müssen dich aus den nassen Klamotten rausholen. Und dann vielleicht einen ordentlichen Drink? Etwas, das dir wieder Leben in die Knochen bringt.«

Ein großer, grauer Stein sorgte dafür, dass die Tür des Eisenbahnwagens offenblieb, sodass eine kühle Brise hineinwehen konnte, bis ganz nach hinten, wo ein hölzerner Anbau zusätzlichen Wohnraum bot. Pantry-Küche. Schlafzimmer. Und ein kleines Badezimmer, in dem ich mich ausgezogen und in einem flachen Plastikbecken gestanden hatte, das als Duschwanne diente; mit dem schwachen Wasserstrahl der Dusche hatte ich mich wieder saubergewaschen.

Nun tropfte dort meine Kleidung, die auf einem darüber gespannten Draht hing, in der Tasche meiner Jeans noch immer die zerquetschte und durchnässte Packung Zigaretten. Eine Schande, aber ich war mehr damit beschäftigt, mich zu fragen, was ich jetzt anziehen sollte, da keines von Lucys Handtüchern groß genug war, um es mir um die Hüften zu wickeln. Doch an der Türklinke hing ein geblümter Bademantel, und Lucy schien es nicht zu stören, als ich in diesen gehüllt wieder auftauchte.

»Wow, wie siehst du denn aus!« Sie kicherte, als ich vor ihr stand.

Mit Blick auf die Explosion aus Rot- und Rosatönen sagte ich: »Also, falls du etwas anderes hast, dann …«

»Nein, nein. So trägst du quasi Camouflage.« Sie klopfte mit einer Hand auf einen kleinen Berg greller Kissen, die sie auf einer Couch drapiert hatte.

»Steht dir besser als mir, das Teil. Man braucht Knochen, um so was tragen zu können. Man braucht hohe Wangenknochen und schmale Hüften. Und du kannst mit beidem dienen. Jetzt müssen wir dich noch rasieren und ein bisschen Lippenstift auftragen, und schon hätten wir ein hübsches Mädel aus dir gemacht, jede Wette. Dann könntest du es glatt mit Tony Curtis aufnehmen. Der hat doch in diesem einen Film auch … wie hieß denn der gleich noch?«

»*Manche mögen's heiß!* Aber dieser Bademantel ist schon echt bequem. Da habe ich mir bisher wohl etwas entgehen lassen.«

Ich mochte, wie sinnlich die Seide sich auf meiner Haut anfühlte. Und in Lucys Gegenwart fühlte ich mich so wohl, als ob ich sie schon seit Jahren kennen würde. Sie berührte den Ärmel des Bademantels und seufzte: »Wunderschön, nicht wahr? Das glamouröseste Kleidungsstück, das ich je besessen habe. Fällt leider bald auseinander … die Seide ist so alt. Die Nähte müsste man mal neu machen. Und es hat ein paar Flecken, die nicht rausgehen wollen. Rotwein, glaube ich. Aber das stört mich nicht. Ich trage es lieber, als dass es irgendwo im Schrank rumliegt. Schöne Dinge *sollte* man zur Schau stellen.«

Ich schaute mich im Waggon um, der zweifelsohne auch etwas auseinanderfiel, aber einen schönen alten Charme versprühte. Ich entdeckte weitere kitschige Plüschmöbel, Tische und Regale, Letztere voller Treibholzstücke, Federn, Muscheln und – wenn ich das richtig erkannte – ausgeblichener Knochen. Einige Objekte waren in ihrem natürlichen Zustand, während andere zusammengesteckt oder -gebunden waren; einige Gebilde waren zu ganz neuen Formen zurechtgeschnitzt worden. Eine irgendwie stilvolle Sammlung, die aber auch etwas okkult anmutete, zumal bei dieser schummrigen Beleuchtung. Und dann das Flackern der draußen angebrachten Lichterketten, das auf die Bilder an der Wand fiel. Bilder vom Meer, in dezent schwimmenden Farben.

»Wer hat denn diese ganzen Sachen hier gemacht? Und wer hat die Bilder gemalt?«

»Das ist alles von mir«, erklärte Lucy. »Der Job im Pub … na ja, damit bezahle ich meine Rechnungen. Aber inzwischen haben einige Galerien in

London Interesse an meinen Sachen bekundet. Und viele von den Geschenk- und Souvenirläden hier in der Gegend. Was ist mit dir? Was treibst du so?«

»Ich bin ein Schreiberling. Ich lebe in London und arbeite für das *City*-Magazin.«

»Oh, das kenne ich. Ziemlich nobel.«

»Das dachte ich auch mal. Aber jetzt…« Ich zuckte mit den Schultern. »Ich mache hier ein paar Tage Urlaub, denke über den Sinn des Lebens nach … und solche Sachen.«

Ich erwähnte nicht die »Dinge«, die im White Cliff House vor sich gingen. Als ich mich von Lucy abwandte, ließ ich mich vom Glitzern der Antenne ablenken, die über dem Fernseher befestigt war – jene Art Metallkonstruktion, an der man normalerweise stundenlang herumfummeln musste, um ein gutes Signal zu bekommen. Aber das Bild, das der Fernseher zeigte, war tadellos. Nur der Ton war abgedreht, sodass man nicht hören konnte, was die Leute im Bild sprachen. Aber das brauchte ich auch nicht. Oder besser gesagt, ich wollte es nicht.

Es war ein Film aus dem Jahr 1963. *Bis das Blut gefriert.* Robert Wise hatte Regie geführt. Claire Bloom spielte die Hauptrolle. Ich hatte den Streifen mehr als einmal gesehen. Und schon das erste Mal hatte ich in schlimmster Erinnerung. Damals war ich dreizehn Jahre alt. Meine Mutter lag im Bett. Betrunken, glaube ich. Das war sie oft.

Ich hatte mir eine Portion Fish and Chips gekauft. Die Tüte aus Zeitungspapier hatte ich in meinen Schoß gelegt, um mir das Salz von den Fingerspitzen lecken zu können. Die düster-bedrohliche Stimmung des Filmes fesselte mich, ich war hypnotisiert, wie versteinert, als ich sah, wie die Schlafzimmertür aus massivem Holz sich dehnte und wölbte, wie sie anschwoll, als sei sie lebendig, wie ihr Türknauf sich von selbst drehte … und dann dieses schreckliche, schlagende Geräusch, wie eine Trommel, wie ein monströs hämmerndes Herz. Und dann war da noch etwas, das wie ein Hund klang, schnüffelnd und hechelnd, gleich hinter der Tür. Und im Zimmer selbst diese Frau. Hieß sie Nell? Sie verkroch sich unter ihrer Decke, dann streckte sie den Arm aus, um die Hand der Frau im Bett gegenüber zu greifen. Aber als die Geräusche aufhörten und Nell das Licht im Schlafzimmer einschaltete, da wurde ihr klar, dass ihre Freundin die ganze Zeit über geschlafen hatte. Nell starrte auf ihre Finger, die noch immer gekrümmt waren, als würden sie noch immer die Hand der anderen halten, was sie in Wirklichkeit nie getan hatten. »Wessen Hand habe ich gehalten?«, keuchte sie.

Nachdem ich den Film zum ersten Mal gesehen hatte, konnte ich monatelang kaum ein Auge zu tun, und ich hielt meine Hände und die Füße, ja selbst meinen Kopf, immer gut unter der Bettdecke versteckt. Und jetzt, als ich diese Szenen erneut sah, befiel mich noch immer dieses Gefühl des Unbehagens, das noch verstärkt wurde durch das hochfrequente, andauernde Sirren, das der Fernseher von sich gab.

»Ist es okay, wenn ich das abschalte?«, fragte ich, und sah, wie meine Gastgeberin sich über eine kleine Vitrine beugte – eines von diesen kitschigen Teilen aus den Fünfzigern.

»Ja, mach nur.« Jetzt stand sie wieder aufrecht, in den Händen zwei langstielige Gläser. »Ich glaube, das kommt vom Wetter … irgendeine Art Frequenzstörung. Ich habe das auch gar nicht wirklich geguckt. Der Fernseher lief nur, um mir Gesellschaft zu leisten. Wie wäre es stattdessen mit einem Drink?«

Ich nickte, während sie weitersprach. »Gib mir ein paar Minuten in der Küche. Ich trinke diesen Cocktail jetzt schon seit Wochen. Bis oben hin voll mit Vitaminen. Oh, …« Sie biss sich auf die Unterlippe. »Ich hoffe, ich habe noch ein paar Grapefruits da. Ich hatte eine große Kiste voll gekauft.« Sie lachte. »Grapefruits sind nämlich die neueste Wunderdiät! Aber ich habe nur einen Tag durchgehalten, und dann hatte ich die ganzen Grapefruits hier, die wegmussten … da kam mir der Geistesblitz, sie zu entsaften, ein bisschen Gin und Wermut dazu, und … na ja, du wirst es lieben.«

Daran hatte ich große Zweifel. Aber ich brachte es nicht übers Herz, das zu sagen, als Lucy wieder ins Zimmer kam, um mir ein Glas in die Hand zu drücken und dann lächelnd einen Trinkspruch vorzutragen: »Kratzt in der Kehle, aber schmeichelt der Seele. Das hat unsere Tilly immer gesagt.«

Als sich die rosafarbene Flüssigkeit ihren Weg durch die weißen Mengen zerstoßenen Eises bahnte, zögerte ich kurz. Aber nun noch abzulehnen, das wäre unhöflich gewesen. Und tatsächlich hatte Lucy recht – ich mochte den Geschmack. Erfrischend kühl und bittersüß rann es mir die Kehle hinunter. Ein vages Gefühl von Nachhausekommen, und mit einem Blick in Lucys blassblaue Augen fragte ich: »Seit wann lebst du schon hier?«

»Hergezogen bin ich mit zwanzig. Das wären dann also fünf Jahre. Ich bin tatsächlich zunächst nach London gegangen. Hatte einen Platz an der Kunsthochschule in Camberwell. Dann wurde meine Oma krank und ich kam nach Hause zurück, um sie zu pflegen. Meine Eltern sind gestorben, als ich noch klein war, darum war meine Oma wie eine Mutter für mich. Wir lebten auf der Farm, die sie jahrelang allein geführt hatte, nachdem ihr Mann im Ersten Weltkrieg gefallen war. Aber dann gab es da plötzlich einen Schwager, ein Bruder ihres Mannes, der sich aus dem Staub gemacht hatte, um sich anderswo ein Leben aufzubauen. Und offenbar ging aus den Unterlagen hervor, dass er der Erbe der Farm war … und nicht etwa meine Oma. Er hat sich da aber nicht reingehangen und hat sie bis zum Schluss in Ruhe gelassen. Erst nach ihrem Tod ist er zurückgekommen und hat Anspruch auf den Hof erhoben. Also ist das, was früher mal mein Zuhause war, jetzt …«

»Das tut mir leid«, sagte ich, als sie stockte. »Ich weiß, wie schwierig es sein kann … manche Dinge hinter sich zu lassen und nach vorn zu blicken.«

Ich dachte zurück an die Zeit, als meine Mutter starb, daran, wie ein paar Wochen danach der Vermieter vorbeikam und sagte, dass die Miete überfällig sei, dass es Rückstände von mehreren Monaten gäbe. An diesem Abend packte ich alles, was ich wirklich zum Leben brauchte, in meinen Rucksack. In denselben Rucksack, den ich heute noch benutze. Die Kleider meiner Mutter ließ ich im Schrank, ihr Make-up im Badezimmerregal. Aber ich nahm die Urne mit ihrer Asche mit, Und die Päckchen mit ihren Tabletten und Pillen packte ich ein. All die Aufputschmittel und Beruhigungsmittel, von denen sie sich praktisch ernährt hatte; ich verkaufte das Zeug nach und nach und zahlte von dem Geld die Herbergsbetten für die Nacht. Als mir die Pillen dann ausgingen, schlief ich auf der Straße und schlug mich irgendwie durch. Manchmal hatte ich nichts als die Milch, die ich von irgendwelchen Türschwellen klaute. Aber irgendwann fand ich dann Arbeit in einem Café in der Gloucester Road, wo ich nie für den Abwasch bezahlt wurde, aber nach jeder Schicht etwas zu essen bekam und auf dem Küchenboden schlafen konnte – bis mich ein anderer Hilfsarbeiter einlud, in ein besetztes Haus zu ziehen.

In diesem riesigen Haus in Kensington fand ich eine neue Familie. Fünf Etagen, und alle Leute dort waren Künstler, Musiker oder Schriftsteller. Freie Kunst und freie Liebe. Gratisschnaps und kostenloses Essen. Jede Nacht lag ich in einem anderen Zimmer, unter einer anderen Bettdecke, obwohl ich keinem der Mädchen dort wirklich nahekam. Ich wusste ja, wie schnell sich die Dinge ändern konnten. Irgendwie hatte ich immer das Gefühl, nur ein Zaungast in meinem eigenen Leben zu sein, so als würde ich einen Film anschauen oder eine Geschichte in einem Buch lesen. Ein Buch, in dem der Tod auf jeder Seite zu finden war, zwischen Brüsten und gespreizten Schenkeln, zwischen den schwarz und violett gestrichenen Wänden von Zimmern, in denen der penetrante Geruch von Hasch und Patschuli in gelben Schwaden über Posern mit reichen Vätern hing, die so taten, als seien sie Ghetto, indem sie Sonnenbrille und PVC-Mantel trugen oder einen räudigen alten Pelz und eine Perlenkette. Sie dachten, mehr als diese Verkleidung brauche es nicht, damit die Welt sich in anderen Bahnen dreht.

Meine Welt geriet in eine neue Umlaufbahn, als ich eine Zeitung aus einem Mülleimer fischte und darin einen Wettbewerb für Autoren unter einundzwanzig entdeckte. Die Teilnehmer waren aufgefordert, eine Geschichte einzureichen – und als Preis winkte ein Job beim Stadtmagazin *City*.

Ich schrieb über ein besetztes Haus in London, und bald darauf zog ich aus diesem Haus aus. Meinen ersten Gehaltsscheck nutzte ich, um ein Einzimmerappartement anzumieten. Seitdem hatte ich immer allein gewohnt. Und so gefiel es mir. Obwohl ich mir da nicht mehr ganz so sicher war, als ich in Lucys lächelndes Gesicht blickte …

»Meine Oma«, erzählte Lucy, »hat mir immer gesagt, dass es wenig Sinn hat, sich über Dinge den Kopf zu zerbrechen, die man nicht ändern kann. Die Lebenden, die, die weiterleben, das sind die Einzigen, die zählen. Wir sind diejenigen, die zählen. Es sei denn, man hat so ein Gott-Ding am Laufen.

Es sei denn, man glaubt, dass es einen Himmel gibt, in dem sich alle Toten wiedersehen und singen: ›Halleluja! Wir sind erlöst!‹«

»Was mich vermuten lässt, dass du nicht gläubig bist.«

Mein Blick wanderte zu einem der Fenster hinaus, über den weiß getünchten Holzzaun hinweg auf den Strandwall dahinter. Das Meer konnte ich nicht sehen, ich hörte nur sein ewiges Rauschen. Das Klackern der aufgespülten Steine. Diese Geräusche gehörten nicht ins Hier und Jetzt. Sie hätten aus jeder Zeit stammen können. Sie beruhigten mich, klangen wie ein Gebet.

»Und was ist mit dir?« Lucy schaute ebenfalls zum Fenster hinaus, aber ihr Blick ging in Richtung Himmel. »Wenn man an diese Viking-Raumsonde denkt, die bis zum Mars fliegt, ... Wer weiß, was die dort oben alles finden werden?«

»Solange es nicht der *Krieg der Welten* ist.«

»Wer würde schon auf dem Mars leben wollen? Heißt es nicht, dass es dort kein Wasser gibt? Ich liebe diesen Ort hier, direkt am Meer. Hier fühle ich mich geerdet. Es fühlt sich richtig an ... verstehst du, was ich meine? Als ich damals ein paar Monate in London war, da habe ich wirklich versucht, dazuzugehören, aber irgendwie hat es sich nie wirklich so angefühlt. Hier kann ich mich ganz in der Arbeit verlieren. Ich glaube, das liegt am Licht. Ist es dir schon aufgefallen? Ich versuche, es in meiner Kunst einzufangen. Und ich weiß, dass meine Arbeit nicht zu diesem Ort hier passt, wo alles so vollgestopft ist, aber die Möbel haben Tilly gehört, und ich möchte ihre Sachen gerne behalten. Einiges von dem ganzen anderen Zeug hier hat meiner Oma gehört ... ein paar Sachen sind noch aus ihrer Zeit im White Cliff House, bevor sie dort aufhörte und Joe heiratete. Der Kimono, den du jetzt trägst, der gehörte Leda Grey – einer Frau, für die meine Oma damals gearbeitet hat. Sie hat dort gekocht und geputzt, hat mit den Kostümen geholfen, die Leda in diesen Stummfilmen trug, die sie da oben gedreht haben. Tilly hat sogar auch mitgeholfen. Hier sind sie alle versammelt. Komm mal, schau dir das an ... auf diesem alten Foto an der Wand.«

Zuerst konnte ich nicht antworten und starrte nur auf das Kleidungsstück an meinem Leib. Das war der Kimono von Leda Grey?

Die Luft um mich herum surrte; sie schien mir zähflüssig, wie Sirup, und sie war viel zu heiß. Beinahe verlor ich das Gleichgewicht, als ich mich neben Lucy stellte, mich fest an ihren Arm lehnte und sie dabei beobachtete, wie sie mit der Spitze eines Fingers über das Glas fuhr, unter dem das Foto zu sehen war.

Ich erkannte die Vorderseite des White Cliff House. Ein idyllisches Schwarz-Weiß-Bild, entstanden während eines Sommerpicknicks auf dem Rasen; das Leuchten in aller Augen ahnte nichts von dem Blutbad des anstehenden Krieges. Die Gäste saßen auf Decken, zwischen ihnen Gläser, Tassen und Teller, und mehrere in Silberkübeln gekühlte Champagnerflaschen.

Lucy zeigte auf ihre Großmutter, und ich erkannte das Gesicht sofort als das des Dienstmädchens in *Das Delirium des Träumers* wieder, obwohl die Amy auf dem Foto viel fröhlicher aussah. Sie hatte ein freches Grinsen im Gesicht und trug nicht ihre Dienstuniform, sondern eine gestärkte weiße Bluse mit Spitzenrüschen am Hals und an den Handgelenken. Niemand wäre auf den Gedanken gekommen, dass diese junge Frau ein Dienstmädchen war.

Neben ihr, in einem formellen Tweed-Jackett und einer ordentlich zugeknöpften Weste, saß Ledas Bruder Theo. Wie adrett, ja wie golden er aussah, mit seinen Locken, die im Sonnenlicht strahlten, das durch die Bäume fiel – und wieder war ich etwas schockiert darüber, dass dieser junge Mann heute das schlurfende Wrack war, das ich in seinem Laden in Brightland getroffen hatte.

Neben ihm ein Gesicht, das ich zuvor noch nicht gesehen hatte – ein Mann, dem Aussehen nach etwa Mitte dreißig, vielleicht ein wenig älter. Kein Jackett. Eine locker sitzende Weste. Die Ärmel des Hemdes hochgekrempelt bis zu den Ellbogen, die Krawatte lässig über die Schulter geworfen. Trotz dieser saloppen Aufmachung strahlte er Kultiviertheit aus. Er hatte das verwegen-markante Aussehen eines Stummfilmstars. Ein wenig erinnerte er mich an das Foto von Valentino, das ich in Theos Laden gesehen hatte. Falls es sich dabei überhaupt um Valentino gehandelt hatte. Oder war das ein Bild desselben Mannes gewesen, der hier auf Lucys Fotografie zu sehen war?

Hinter ihm stand eine Frau mittleren Alters; sie hatte den Kopf lachend nach hinten geworfen, weshalb ihr Gesicht nicht zu erkennen war. »Das ist Tilly.« Lucy tippte auf das Glas. »Schau sie dir nur an! Diese Federboa um ihren Hals. Sie hat sich bis zum Schluss so angezogen. Hat immer einen Fez gemacht. Immer neue Sperenzchen. Und wenn sie am Sherry genippt hatte, dann gab es gerne mal eine Gesangseinlage. Diese ganzen Lieder mit ihren kruden Doppeldeutigkeiten. Soll niemand sagen, ich habe keine Bildung genossen! Diese Texte waren gewagter als alles, was man heute so in dieser TV-Show hört, *The Good Old Days*. Und die haben Tilly und Oma schon geliebt.«

Lucy lächelte wehmütig. »Ich sollte endlich mal versuchen, mehr über Tillys Erfolge in den Music Halls in Erfahrung zu bringen. Du hättest sie wirklich erleben müssen. Keinen einzigen Zahn mehr im Mund, das Haar rot gefärbt, und um die Augen trug sie leuchtend grünen Lidschatten. Das Zeug verschmierte immer ganz fürchterlich. Aber irgendwie war es auch großartig. Sie hat sich immer geweigert, eine von diesen Alten zu sein. ›Geh raus und hab' Spaß, Lucy. Man lebt nur einmal.‹ Das war Tillys Mantra. Solche Charaktere gibt es heutzutage nicht mehr. Ich nehme an, sie war damals schon ein Unikat. Ich meine, schau dir mal diesen Busen an … und dazu diese winzige Taille. Man möchte sich gar nicht vorstellen, wie eng die Korsetts damals geschnürt wurden! Als ich sie kannte, sah sie allerdings längst nicht mehr *so* aus. Da war sie schon sehr aus dem Leim gegangen, und sie trug nie Unterwäsche, weil sie – wie sie immer gerne sagte – die Luftzirkulation nicht unterbinden wollte, und weil sie die Hände der Herren nicht behindern wollte.«

Lucy verzog das Gesicht. »Uaahh. Wenn ich an die alten Käuze denke, die hier immer zu Besuch kamen. Ich habe Tilly geliebt, sehr sogar, aber ihre Matratze musste ich entsorgen. Ich musste mir ein brandneues Bett kaufen. Möge sie in Frieden ruhen, aber ich hätte sonst nie wieder schlafen können.«

»Wer ist das?« Ich hob den Finger und deutete auf einen weiteren Mann mit einem dicken Schnurrbart über den Lippen, dessen struppige Koteletten wie zwei Bürsten von den Ohren bis zum Kinn wuchsen. Mit der flachen

Tweet-Mütze, die er trug, sah er nach einem echten Landburschen aus. Er passte nicht so richtig zu den anderen, wirkte steif und fehl am Platz.

»Das ist mein Großvater. Joe Winstanley. Ich habe nur dieses eine Bild von ihm. Er hat Oma damals den Hof gemacht. Sie haben relativ kurz danach geheiratet. Ich glaube, sie war mit meinem Vater schwanger. Aber dann zog Joe in den Krieg, nach Frankreich, und er kam nie wieder nach Hause zurück. Das muss so schwer gewesen sein für meine Oma. Ich weiß, dass sie ihrer Jugend oft nachgetrauert hat – ihrer Zeit im White Cliff House. Sie hat es geliebt, an diesen Filmen mitzuarbeiten, die sie dort gemacht haben.«

Wieder lächelte Lucy wehmütig. »Ich wünschte, ich könnte mir die Filme anschauen. Oma sagte, sie seien bemerkenswert gewesen, und Leda Grey habe immer die Hauptrolle gespielt. Sie sei so schön gewesen, dass sich jeder, der ihr begegnete, ein klein wenig in sie verliebte, hat meine Oma erzählt.«

»Ich auch«, sagte ich, und fügte dann hinzu: »Ich meine … diese Filme würde ich auch gerne sehen.«

Warum log ich sie so schamlos an? Wieso erzählte ich Lucy nicht, dass ich gerade erst zwei Tage mit Leda Grey verbracht hatte und bereits zwei der Filme kannte, die sie mit Charles Beauvois gemacht hatte?

Ich ließ sie stattdessen weiterreden: »Meine Oma sagte, die Filme seien verlorengegangen. Na ja, das hat zumindest Leda ihr erzählt, … wenn Oma mal raufgefahren ist, um sie zu besuchen. Ich durfte nie mitkommen, und ich habe keine Ahnung, was da oben vor sich ging, aber jedes Mal, wenn Oma wieder nach Hause kam, schien es irgendwie, als habe sie sich aufgeregt.«

Während Lucy sprach, glitten ihre Finger vom linken Rand des Fotorahmens herunter und enthüllten das Gesicht von Leda Grey – während all die anderen Personen auf dem Foto vor meinen Augen zu verblassen schienen.

Ihre üppige, dichte, schwarze Lockenpracht war von einer Schleife gebändigt, die sie sich um die Stirn gebunden hatte. Um den Hals trug sie ein mit dunkel funkelnden Steinen besetztes Kropfband. Ihr Kleid – welche Farbe es hatte, ließ sich nicht sagen – hatte auf der Brust ein Muster aus aufgestickten Perlen, und seidig fließende Säume, die über ihre zum Schneidersitz gekreuzten Beine fielen. Aber ihre Arme waren durch den dünnen, durchscheinenden

Stoff zu sehen, aus dem das Oberkleid gefertigt war, und auf gewisse Weise war dieser verlockende Blick auf ihre unter dem Schleier aus Gaze schimmernden Haut noch verführerischer als ihr nackter Anblick … als zum Leben erwachende Statue in *Das Delirium des Träumers*.

»Verflucht!« Plötzlich erinnerte ich mich an die Filmdosen, die ich in meiner Tasche verstaut hatte.

»Was denn? Was ist los?«, fragte Lucy.

»Meine Kamera. Meine Brieftasche … alles! Ich habe mein Auto am Straßenrand stehenlassen, als ich zu meinem Strandspaziergang aufgebrochen bin. Und ich habe es nicht abgeschlossen. Was zum Teufel habe ich mir dabei gedacht? Der Schlüssel steckt sogar noch im Zündschloss.«

»Mach dir keine Sorgen. Ich bin sicher, dass alles in Ordnung ist. Nach zehn Uhr abends ist es hier totenstill, meist schon früher. Aber in diesem Aufzug kannst du trotzdem nicht einfach so rausgehen. Sag mir, welche Automarke es ist und wo genau du den Wagen abgestellt hast.«

Ich war unglaublich erleichtert, als Lucy wenig später mit einem triumphierenden Gesichtsausdruck wieder auftauchte. Ihre Wangen waren gerötet, sie hatte Schweißperlen auf den Lippen und ihre Brüste hoben sich, als sie nach Luft schnappte und mit meinen Autoschlüsseln in der Luft herumfuchtelte. Dann ließ sie den Rucksack auf den Boden fallen und fragte: »Na, bist du jetzt zufrieden?«

»Ich bin im Delirium, Lucy. Nein, ernsthaft, du bist ein Engel. Wenn du wüsstest, was …«

»Ich bin kein Engel«, unterbrach sie mich mit einem schelmischen Lächeln. Und dann – mit einem leichten Japsen in der Stimme, das mein Blut nur noch mehr in Wallung brachte – fragte sie: »Magst du noch einen Drink oder …« Ein angedeutetes Zögern. »Ich hätte auch noch etwas Dope, wenn dir das lieber wäre? Wenn du so was machst?«

»Ich denke, du weißt genau, dass ich so was mache.« Ich konnte das Marihuana schon schmecken.

»Alles klar! Dann mach es dir gemütlich. Ich sehe mal nach, was ich finden kann … lass mich nur vorher etwas Musik auflegen.«

Das Flappen von Plattenhüllen, als Lucy in einer Ecke des Zimmers durch ihre Sammlung blätterte, während es in meinem Kopf widerhallte: *Dann mach es dir gemütlich.*

Hatte nicht Leda vor Kurzem erst so ziemlich das Gleiche gesagt, oben im White Cliff House?

Ich schüttelte den Kopf, um den Mief wieder loszuwerden, der meine Gedanken trübte; dann schloss ich meine müden Augen, ließ mich in die Couch sinken und genoss die weiche Umarmung der Kissen, während ich das Aufsetzen und dann das surrende Kratzen der Plattennadel hörte, die über eine Scheibe hüpfte, bevor sie in die Rille fand und sanfte Akkorde erklingen ließ. Das Wiegenlied, von dem ich geschworen hätte, es gehört zu haben, als ich im Gassenviertel von Brightland stand – die perfekte Musik für diese Nacht … dazu die Meeresbrise und die schummrige Beleuchtung … und der Kopf wurde mir schwer, und mein Blick wurde trüb, und eine Frau stand in der Tür, und eine Glocke und eine Kerze und Rosé-Champagner, und die Stimmen, die mich warnten, dass dies der Himmel sein könnte, oder …

Ich konnte hören. Ich konnte fühlen, aber ich konnte mich nicht bewegen. Eine Art von Schlaflähmung. Das war mir früher schon passiert, wenn ich schlechtes Gras geraucht hatte, oder zu viel Gras, wenn ich das Gras mit anderen Sachen gemischt hatte.

Aber was war in der vergangenen Nacht sonst noch alles passiert?

Ich fühlte Panik in mir aufsteigen und versuchte, nach jeder noch so flüchtigen Erinnerung zu greifen. Das Fläschchen aus meinem Rucksack. Die klebrige Süße dieser Tropfen. Der Traum. So real. War es ein Traum gewesen?

Ich ließ mich zurückfallen; vage konnte ich mich an ein großes Himmelbett erinnern. Mit zugezogenen Vorhängen. Ich hatte gefroren und gezittert, meine Atemzüge waren wie Eis in der Luft, wie lose Fäden von Spitze. Diese Spitze verwandelte sich dann in schaumige Wellen, während um mich herum das Meer anstieg, mich hinunterzog, mich wieder ausspuckte in … konnte es eine Höhle gewesen sein? Ich schien auf einer Steinplatte zu liegen, ein harter, feuchter und kalter Untergrund, und ich fühlte keinen Schmerz, nur

Entzücken, als eine Frau über mir auftauchte und sich über mich beugte, als ich das Rot ihrer Lippen sah, die flüsterten: *Bleibe. Warum bleibst du nicht hier bei mir? Willst du nicht einfach für immer bei mir bleiben?*

»Uääh!« Ich schreckte auf, keuchte dann vor Schmerz, als ich mit dem Kopf gegen ein Sofabein stieß; mit beiden Händen drückte ich den großen schwarzen Hund weg, dessen Zunge über meinen Mund schlabberte; sein hechelnder Atem war heiß und stank ranzig nach Fleisch. Ich spuckte aus und wischte mir über den Mund, dann fiel mein Blick auf meine ausgestreckten nackten Beine und meinen noch halb erigierten Schwanz, der über meinen schweren, schmerzenden Eiern aufragte. Aber dieser Zustand der Erregung schwand schnell, als meine Sinne sich wieder sammelten und ich das Tapsen der sich zurückziehenden Pfoten hörte, das sich nun mit dem Geschrei der Möwen und dem Rauschen der Wellen auf dem nahen Sand mischte. Da wurde mir wieder bewusst, wo ich war.

Lucy. Ihr Bahnwaggon am Meer.

Wo steckte sie? Was hatten wir letzte Nacht gemacht?

Ich fand mich umzingelt von Wänden aus weichen Kissen, leeren Gläsern und Plattenhüllen – und irgendwo dazwischen schimmerte die dunkelgrüne Flasche, die auf einem roten Seidenkleid lag. Ich sah, dass der Korken noch auf dem Flaschenhals steckte; der Inhalt sah ungefähr so aus wie zuvor, was ich mit einer gewissen Erleichterung wahrnahm. Ich steckte sie zurück in meinen Rucksack. Ich hatte ihn als Kopfkissen benutzt, was ich schmerzlich bereute, als ich einen Schatten aus Richtung der geöffneten Tür kommen sah und mich mit knackendem Nacken abrupt umdrehte.

Dort stand Lucy, eingerahmt von einem weiten, klaren, blauen Himmel. An ihre Oberschenkel schmiegte sich nun der große schwarze Hund, und sie streichelte seine samtigen Ohren. In einer Armbeuge trug sie einen Korb. Der hefige Duft von frisch gebackenem Brot. Mir lief schon das Wasser im Mund zusammen, als Lucy mich ansah und sagte: »Hallo! Wie ich sehe, ist der Hund zurückgekommen. Ich hoffe, sie hat dich nicht geweckt.«

»Na ja, um ehrlich zu sein …« Ich gähnte und beäugte den Hund mit misstrauischem Blick, während ich nach Ledas Kimono griff und ihn wieder anzog. Für einen Mann, der so sehr an Gelegenheitssex gewöhnt war wie ich, war es mir überraschend unangenehm, so splitternackt vor ihr zu liegen. Lucy hingegen schaute nur amüsiert und fragte: »Wie wäre es mit einem Kaffee? Ich habe frische Milch. Orangensaft gibt es auch. Und etwas Schinken für Sandwiches. Wir könnten ein bisschen in der Bucht herumlaufen. Einen Platz suchen, der sicher genug ist, um zu schwimmen. Ich muss nur um sechs wieder zur Arbeit.«

»Ich … ich weiß nicht. Wie viel Uhr ist es denn?«

»Beinahe drei Uhr nachmittags. Ich habe schon versucht, dich zu wecken. Aber du hast nur gestöhnt und geschnarcht. Wir waren wohl aber auch ziemlich high.«

»Was haben … Ich meine. Haben wir …« Ich war unsicher, ob wir es getrieben hatten. Aber wie konnte ich danach fragen? Ich kam mir dumm vor, fühlte mich immer noch ein bisschen betrunken, war kaum in der Lage, einen klaren Satz zustande zu bringen. Ich stammelte wie ein Volltrottel, als ich fragte: »Lucy, haben … haben wir etwas aus dieser kleinen grünen Flasche getrunken? Die, die ich in meiner Tasche hatte? Bist du sicher, dass es dir gutgeht?«

»Ich fühle mich großartig!«, erwiderte Lucy strahlend. »Meinst du, das ist Absinth? Ich habe von grünen Feen geträumt. Und alles, was sie sagen, ist wahr!«

»Du hast wirklich von Feen geträumt?«

Sie schaute mich skeptisch an, dann antwortete sie mit einem Lachen: »Nein! Sei nicht albern! Aber geschlafen habe ich wirklich gut. Ich war schon bei Sonnenaufgang wach … habe sogar deine Klamotten gewaschen. Du hättest sie sonst nicht tragen können; es war alles verkrustet vom Salz und überall hing Seetang. Ich habe alles draußen auf dem Verandageländer aufgehängt. Müsste jetzt knochentrocken sein.«

Sie sah gut aus, erfrischt, wie »neu«, mit ihrem zurückgekämmten, weißblonden Haar; sie trug ein Paar abgeschnittene Jeans, ihre in Flip-Flops steckenden Füße waren mit Sand gezuckert; auf der gebräunten Haut ihrer schlanken Oberschenkel lag ein Flaum aus blassgoldenen Härchen. Meine

Augen wanderten nach oben und ich sah die Form von Lucys Brüsten, die sich deutlich unter einem dünnen Oberteil aus locker gewebter Baumwolle abzeichneten – so dünn, dass man die dunklere Haut rund um ihre Brustwarzen sehen konnte, die dieselbe Farbe hatte, wie die Sommersprossen auf ihren geröteten Wangen.

Ich wollte das Muster dieser Sommersprossen mit den Fingern nachzeichnen. Ich wollte feuchten Schimmer von ihrer faltenlosen Stirn lecken, wollte ihre Lippen küssen, ihre herrlichen Lippen. Wären sie nur nicht in demselben Rotton gefärbt, wie der Mund aus meinem Traum. So rot wie die Lippen von Leda Grey, als diese die Vampirin gespielt hatte.

»Leda!« Ich sprach ihren Namen laut aus, dann sagte ich: »Tut mir leid, Lucy. Ich würde gerne bleiben, ganz ehrlich. Aber ich muss zurück ins White Cliff House.«

»Was sagst du?« Lucy war völlig überrascht.

»Ich habe Leda Grey wegen der Filme interviewt, die sie früher gemacht hat. Ich möchte gerne einen Artikel schreiben und …«

»Und gestern Abend kam dir nicht in den Sinn, zu erzählen, dass du von den Filmen weißt? Als ich dir das alte Foto gezeigt habe … und dir alles über meine Oma erzählt habe? Hast du dich deswegen an mich rangemacht, weil du auf der Suche nach Klatschgeschichten für dein Hochglanzmagazin bist?«

»Nein! Woher hätte ich denn wissen sollen, dass du irgendeine Verbindung zu diesem Ort hast? Du hast mich doch entdeckt, unten am Strand. Vergiss das nicht … du hast mich eingesammelt! Und dieses Foto … das ist Zufall. Nichts als Zufall. Hör mal, ich muss wirklich gehen. Es ist schon spät. Leda erwartet mich, und ich will sie nicht enttäuschen. Sie ist alt. Und sehr gebrechlich. Können wir das später besprechen? Ich könnte in den Pub kommen … und dich nach der Arbeit wieder hierherfahren?«

Lucy sprach mit neutraler, flacher Stimme. »Diese alte Frau … Leda Grey. Ich habe sie immer für eine Hexe gehalten, weil meine Oma sich immer so über sie geärgert hat. Sie sieht auch aus wie eine Hexe. Ich habe sie einmal gesehen.«

»Sie ist keine Hexe!«, entgegnete ich mit scharfer Stimme.

»Nein. Ich glaube nicht, dass sie das ist.« Lucys Blick war standhaft. »Als ich noch ein Kind war und mit Oma auf der Farm lebte, ging ich mit meinen Schulfreunden manchmal an der Klippe entlang … den Pfad, der rauf zum White Cliff House führte. Einmal machten wir im Sommer eine Mutprobe: Steinchen an die Fenster werfen … an die Tür klopfen und uns dann zwischen den Bäumen verstecken.«

»Das fandest du amüsant.« Ich spürte Wut in mir aufsteigen.

»Hast du so etwas nie getan?«

»Nein.« Ich konnte die Stimme meiner Mutter hören. *Mein Ed … so ein guter Junge.*

»Tja, wir haben es aber getan«, fuhr Lucy fort. »Nicht, dass ich stolz darauf wäre. Ich habe mich auch damals ziemlich schlecht dabei gefühlt. Wie Leda Grey herauskam und dort auf der Veranda stand und jammerte … und sie hat immer diesen Namen geschrien. Irgendwas Fremdklingendes. Französisch, glaube ich. Ich habe meine Oma gefragt, als sie noch lebte. Sie sagte, es muss Beauvois gewesen sein. Charles Beauvois …« Sie blickte wieder auf das Foto, auf dem man keines der Gesichter erkennen konnte, weil das Sonnenlicht auf das Glas fiel. »Er war derjenige, der das Foto gemacht hat, deshalb ist er auch selbst nicht drauf. Das war der Mann, der bei den Stummfilmen Regie führte, … bevor er irgendwann verschwand.«

Sie hielt inne. Ihr Mund war leicht geöffnet, und ich bemerkte, dass ihre beiden Vorderzähne mit Lippenstift befleckt waren; mein Blick fixierte diese roten Flecken, als sie sagte: »Um ehrlich zu sein, hat sich der Spieß umgedreht. Eines Abends sind wir losgezogen, weil wir uns in dem Glashaus am Rande der Klippe umsehen wollten. Oma hatte erzählt, dass es das Studio gewesen sei, in dem die ganzen Stummfilme gedreht wurden. Aber sie hat mich gewarnt, nicht dorthin zu gehen. Hat erzählt, dass es dort spukt.«

Wieder hielt sie inne und fragte mit neugierigem Blick: »Hast du es gesehen?«

Ich nickte. Lucy fuhr fort: »Wir haben versucht, hineinzukommen. Ich weiß nicht, ob es heute noch so ist, aber damals war da alles vollgestellt mit alten Kameras. Und alle möglichen seltsamen, ausgestopften Tiere. Es wäre so ein toller Ort für ein Abenteuer gewesen, aber … Na ja, ich war nicht die Einzige, die es gesehen hat.«

»Die was gesehen hat?«

»Lichter. Wir sahen eine Menge flackernde Lichter durch die Glasscheiben blitzen, als wäre jedes Fenster eine Leinwand … als würde jemand im Inneren des Schuppens einen Film durch sie hindurch nach draußen projizieren. Als ob in jeder Scheibe ein Geist stecken würde.«

»Vielleicht war das Leda Grey, die sich da unten einen ihrer alten Filme angesehen hat?«

»Vielleicht. Aber du weißt ja, wie das ist, wenn man jung ist und Angst hat … wenn es dunkel wird und man plötzlich alle Gerüchte für wahr hält, die man so gehört hat. Und wir hatten Cider getrunken, und die meisten von uns waren nicht mehr klar im Kopf. Aber wir sind danach nie wieder da raufgegangen.«

Lucy stellte den Korb auf der Couch ab, setzte sich daneben und streckte ihre Hand nach unten und griff nach meiner, Was die Kratzer auf meinem Handrücken schmerzen und mich zusammenzucken ließ. Doch ich glaube, das bemerkte sie nicht; sie drückte nur noch fester zu, als sie sagte: »Meine Oma ist nicht hier … sie lebt nicht mehr. Aber du solltest auf ihren Rat hören. Du solltest dich fernhalten vom White Cliff House. Irgendetwas geht da nicht mit rechten Dingen zu.«

UND ICH, DIE MEISTRIN EURER KRAFT

Macbeth

Die große Eingangstür zum White Cliff House stand wieder weit offen. Von der Veranda aus machte ich mich durch Rufen bemerkbar und wartete; fast war ich geneigt wegzugehen, wieder hinunterzufahren nach Cuckham Sands. Um mit Lucy am Strand zu liegen. Um mit Lucy im Meer zu schwimmen. Um ihre Haut zu berühren und ihre Lippen zu küssen.

Es hätte alles so anders kommen können, wenn ich nicht die Entscheidung getroffen hätte, in Ledas Welt des Zwielichts einzutauchen.

Nachdem ich meine Tasche neben der Treppe abgestellt hatte, ging ich den Gang entlang und blickte durch die offenen Türen; das Wohnzimmer wirkte noch dunkler als zuvor – wenn das überhaupt möglich war. Obwohl die Sonne hoch oben an einem hellen und klarblauen Himmel stand, schimmerte dort drinnen nicht mehr als der schwächste Schimmer goldenen Lichtes durch den Riss in der Wand.

Es reichte jedoch, um mich aufmerken zu lassen, um zu sehen, dass sich alles verändert hatte, wenn auch kaum merklich: Möbel, Wände und Sockelleisten waren in anderen Winkeln angeordnet als zuvor, die Bücher, die Uhr und die Vasen auf dem Marmorsims standen so, als würden sie gleich über die Kante taumeln und in den Gitterrost am Boden stürzen. Sogar die Schreibmaschine auf dem schweren Tisch war einige Zentimeter zur Seite bewegt worden. Die noch ungeöffneten Filmdosen, die vorher ordentlich gestapelt waren, waren nun in einem chaotischen Haufen übereinandergeworfen und schienen dabei der Schwerkraft zu trotzen.

Ich rieb mir die Augen, vielleicht war es einfach nur der viele Staub, der meinen Blick trübte. Als ich sie wieder öffnete, schien der Raum wieder seinen normalen Zustand anzunehmen. Alles war völlig »gerade«, sodass ich mir ein Herz fasste und ins Zimmer ging, wo ich sah, dass Leda noch immer in ihrem Sessel neben dem Kamin schlief; sie sah genauso aus wie am Abend zuvor, als ich das Haus verlassen hatte. Ihr Brustkorb hob und senkte sich unter ihrem leisen, rasselnden Atem.

Ich beschloss, sie nicht zu wecken. Es gab schließlich keinen Grund zur Eile, oder? Warum nicht stattdessen meine Kamera aus dem Rucksack holen und mich etwas im Haus umsehen?

Zwei andere Räume im Erdgeschoss standen leer. Dunkel, alle Fensterläden geschlossen, und die Gipsdecken hingen derart durch, dass ich befürchtete, das Aufsetzen meiner Füße auf den Dielenboden könnte ausreichen, sie zum Einstürzen zu bringen.

Das gleiche Bild der Verlassenheit bot sich mir, als ich die Treppe hinaufstieg, wobei bei jedem Schritt Staubwolken aus dem gemusterten Wollläufer aufwirbelten. Die Dielen im oberen Flur ächzten; die Türen zu beiden Seiten waren genauso angeordnet wie im unteren Stockwerk; die erste führte zu dem Zimmer direkt über dem, in dem Leda Grey schlief. Die Struktur dieses Zimmers schien intakt, doch stand es ebenfalls leer. Nichts außer blassblauen Wänden. Hier und da ein paar hellere Flecken, wo früher einmal Bilderrahmen gehangen hatten.

Der nächste Raum war interessanter, allein schon wegen seiner Größe. Er erstreckte sich über die halbe Frontseide und eine Seitenwand des Hauses. Hier gab es keine Fensterläden, die das Licht draußen halten konnten, jedoch schien alles von einem seltsam grünen Schimmer durchdrungen, weil die Sonne durch die Efeublätter fiel, die außen über die Fensterscheiben wucherten. Innen hingen Vorhänge aus rotem Damast. Die Wände waren mit dem gleichen Stoff bezogen. Eine prachtvolle und sinnliche Farbgebung. An einer der Wände ein Bett, das genauso aussah wie das Bett in meinem Traum von vergangener Nacht.

Ich spürte mehr als nur ein wenig Angst, als ich langsam darauf zuging; meine Schritte indes waren auf dem orientalischen Teppich kaum zu hören. Um diesen Teppich herum bemerkte ich tiefe Furchen in den schmutzigschwarzen Dielenbrettern. Furchen, die beinahe aussahen, wie ins Holz geschlagen, und die meinen Blick direkt wieder zur Tür leiteten.

Etwas Schweres war von hier nach dort gezerrt worden. Vielleicht genau jener Schrank, den ich unten im Wohnzimmer gesehen hatte. Das Kuriositätenkabinett, von dem Leda sagte, dass sie es eines Nachts vor dem Regen gerettet hatte, der sich durchs Dach ergossen hatte.

Erst da fiel mir das Loch in der beschädigten Zimmerdecke auf; auf den Laken und Decken darunter lagen immer noch Bröckchen vom abgeplatzten Putz. Ich trat ein wenig näher, um einen Vorhang zu berühren, der um einen der Bettpfosten geschlagen war, sodass sich auf dem Stoff eine dicke silbriggraue Staubblüte abgesetzt hatte. Etwas verdeckt dahinter ein Waschtisch aus Marmor, auf dem sich ein Rasiermesser, ein Schildpattkamm, ein kleines, knittriges Handtuch, ein Stück Seife und ein Porzellankrug befanden – sowie daneben die dazugehörige Schüssel, auf deren Rand ich kleine, dunkle Haarstoppel entdeckte, so als hätte hier jemand ganz kürzlich erst seine Morgenrasur abgehalten.

Es war so ein gewöhnlicher Anblick, aber in all meinen Stunden hier im White Cliff House auch der erste klare Hinweis darauf, dass Leda Grey tatsächlich nicht immer allein hier gelebt hatte.

Hatten sie und Beauvois sich dieses Zimmer geteilt? Das war zumindest wahrscheinlich.

Ich trug meine Kamera wieder um den Hals, und nun machte ich ein paar Aufnahmen, die ich *Stillleben in einem Schlafzimmer des White Cliff House* nennen wollte. Als Nächstes richtete ich das Objektiv auf einen Lacktisch, auf dem mehrere Parfümflaschen standen; daneben lagen eine Silberbürste und eine Rubinhalskette. War das die Kette, die Leda auf dem Picknick-Foto getragen hatte?

Auf den Tisch war ein ovaler Spiegel montiert, dessen Glas mit kleinen schwarzen Flecken übersät war. Das Spiegelbild hatte etwas Unechtes und wirkte verzerrt, wie bei diesen Jahrmarktspiegeln, in denen man sich viel zu groß, zu klein oder zu dünn sieht – nur war das, was ich hier auf dem Ankleidehocker sitzend sah, ein Mann mit idealen Proportionen, dessen Schultern aber viel breiter waren als meine. Eine hohe, gewölbte Stirn und ein dichter, schwarzer Bart – nicht mein blasser Stoppelwuchs der vergangenen Tage.

Konnte es sein, dass das smaragdgrüne Licht diese Illusion erzeugte? Aber wieso sollte es mein Haar und meine Brauen schwarz aussehen lassen? Und diese Augen, deren Weiß von den roten Fäden geplatzter Äderchen durchzogen war?

Das war das Gesicht von Charles Beauvois. Das Gesicht, das ich in *Die Meerjungfrau* gesehen hatte, wo es für einen Moment fast die ganze Leinwand ausgefüllt hatte. Und dieses Kräuseln der Luft rings um mich her, die alles wirken ließ, als würde es erzittern – das spürte ich jetzt auch in diesem Raum. Durch die schwere Stille hindurch hörte ich ein plötzliches Geräusch. Wie das Klicken eines Kameraobjektivs. Dazu ein rasselndes, schleifendes Brummen, genau wie das Geräusch, das entstanden war, als ich die Kurbel des alten Projektors bedient hatte.

Grundgütiger! Ich war krank. Ich war im Begriff, verrückt zu werden. Ich schüttelte den Kopf und schloss die Augen, wagte kaum, sie wieder zu öffnen, und als ich es dann doch tat, blickten mich – was für eine Erleichterung! – meine eigenen braunen Augen aus dem Spiegel heraus an. Jedoch sah mein Körper zu schemenhaft aus, wie eine doppeltbelichtete Fotografie, so durchscheinend, dass ich die Details des Raumes hinter mir sehen konnte; und dann schien die Luft erneut zu zittern und jede Farbe verblasste, bis ich nur noch von den Grautönen aus Beauvois' Stummfilmen umgeben war.

Und wie in Schwarz-Weiß sah ich nun die Glut im Kaminrost auflodern – graue Flammen, die lebhaft zu züngeln begannen. Die dunkelgrauen Vorhänge des Himmelbetts, die vorher um die Pfosten geschlagen waren, waren nun ringsum geschlossen. Das klaffende Loch in der Zimmerdecke war verschwunden. Nirgendwo mehr Staub oder Trümmer.

In diesem Augenblick spürte ich eine Anwesenheit. Jemand stand nicht weit von mir, im Fenstererker, und als ich dorthin blickte, sah ich, dass es Leda war. Leda, wie sie als junge Frau ausgesehen hatte, fast verborgen jedoch hinter dem schweren Stoff eines Vorhangs.

Eine ihrer Hände berührte das Fensterglas, auf dessen anderer Seite kein Efeu mehr wuchs. Keine Sommersonne, die Wärme spendet, fiel ins Zimmer. Nur schwere, weiße Schwaden Winternebel waren zu sehen. Eine eisige

Kälte strömte hinein. Ich zitterte. Leda auch; ihr Zittern ergriff auch ihr schwarzes Haar, das ihr wild über die Schultern fiel. Die weiße Haut ihres Rückens war ansonsten nur von der Wolldecke bedeckt, die sie um sich geschlungen hatte.

Da war eine Stimme, aber sie klang jünger, lieblicher und viel melodischer als die tiefe, kehlige Stimme der heutigen Leda – wenngleich ich mir sicher bin, dass sie nicht wirklich laut sprach. Waren es vielleicht Worte, die Leda hier gedacht hatte?

Ich hasse diese endlosen, trägen, dunklen Tage. Sie erdrücken uns mit ihrer Stille. Ich fühle mich gefangen. Eine Fremde in diesem Haus, in dem es nichts gibt, was ich mein Eigen nennen kann. Nicht Beauvois, der nicht mein Ehemann ist. Nicht das Bett, auf dem wir nachts schlafen. Nicht die Teppiche oder die Bilder an den Wänden.

Ohne die Filmarbeit fühle ich mich einsam. Ich fühle mich nackt ohne meine Figuren. Die Meerjungfrau. Die Dame aus Stein … alles wieder abgestreift, wie eine Schlange, die sich häutet. An manchen Tagen erkenne ich mich selbst kaum wieder. Ich sehe mein Gesicht in diesem Fensterglas und sehe eine andere Leda Grey. Sie wirkt erschöpft. Sie sieht krank aus, buckelig und verkümmert, ihr Haar ist grau geworden, die Augen trüb und eingefallen. Ein furchtbares Gesicht. Das Gesicht einer alten Frau. Es macht mir Angst, auch wenn es nur eine Illusion des Lichts ist, erzeugt durch die Eiskrusten auf der Glasscheibe.

Was hat Mama immer gesagt? Väterchen Frost war in der Nacht hier, um die Scheiben zu bemalen? Diese Eismuster sehen aus wie Blumen und Farne. Wie die Farne im Brightland-Aquarium. Nur waren die grün und voller Leben. Diese Farne hier sind grau, und bald werden sie schmelzen, als hätte es sie nie gegeben – wie der Brautkranz aus Rosen, den ich nie gehalten habe. Und auch der Raureif auf dem Rasen. Wie der Zuckerguss auf meiner Hochzeitstorte.

Oh, ich wünschte, Beauvois würde aufwachen. Jeden Morgen schläft er länger. Es muss an den Tropfen liegen. Der ganze Wein, den er trinkt. Die ganze Schneidearbeit unten im Schuppen …

Ich hörte sie seufzen, und dann drehte sie sich um und schaute zum Bett, ihr Gesicht so ätherisch und blass wie in *Delirium*. Ihre Stimme war flehendes

Klagen, als sie – und diesmal laut, dessen bin ich mir sicher – rief: »Bald ist Weihnachten. Ich wünschte, Theo würde uns besuchen kommen. Ich weiß ja nicht einmal, ob er überhaupt noch lebt. Er hatte vor, ein neues Motorrad zu kaufen. Was, wenn er versucht hat, hier hochzufahren und von der Klippe gestürzt ist? Wer würde es mitbekommen, wenn er unten auf die Felsen kracht? Was, wenn kein Engel seine Flügel ausgebreitet hat, um seinen Sturz in den Tod zu verhindern?«

»Engelsflügel?« Eine andere Stimme. Tiefer und rauer. Dann das Rasseln von Metallringen, als die Vorhänge des Bettes aufgezogen wurden; nicht etwa der Gestank irgendeines modrigen, verrottenden Stoffes stieg mir in die Nase, sondern der moschusartige, schwitzige Geruch des ungewaschenen Mannes, der sich da aus den zerwühlten Laken erhob. Und wieder dieses Flirren in der Luft, als ob seine Energie so groß war, dass sie die Atmosphäre um ihn herum aufspaltete und zerbrach.

Ich konnte meinen Blick nicht abwenden, als er seine Masse auf den Matratzenrand hievte, wo er stöhnend sitzenblieb und sich dann nach vorn sacken ließ, sodass die Arme zwischen seinen Beinen herunterbaumelten. Ich sah das Haar, das seinen breiten Brustkorb so dicht bedeckte. Von dort verlief es in einem sich verjüngenden Streifen nach unten, wo es auf sein üppiges Schamhaar traf, in dem ein schlaffer Schwanz zuckte und sich allmählich versteifte. Und plötzlich schien dieser Bär von einem Mann mich anzustarren – so dachte ich zumindest, bis mir klar wurde, dass es Leda sein musste, der sein Blick galt. Leda, die jetzt näher an den Spiegel herangetreten war, in dem ich diese hinter mir stattfindende Szene beobachtete.

Er setzte wieder zu sprechen an, mit der schweren Stimme eines Mannes, der noch nicht ganz wach war. »Ich glaube, ein Engel wäre ein gutes Thema für einen neuen Film, den wir im Frühling drehen können. Ich frage mich, wie wir das am besten angehen würden. Du bist Leda. Leda liebte den Schwan. Ein Schwan hat Flügel. Engel haben Flügel …«

Er gähnte und reckte sich, zog dann die Laken hinter sich her, als er aufstand und durch den Raum lief. Die Worte sprudelten nun schneller und klarer aus ihm heraus. »Jede Menge Möglichkeiten! Was könnte denn magischer sein? Ein Gott, der sich in einen Vogel verwandelt. Du kennst die Geschichte doch, nicht wahr?«

»Ja … ich kenne sie sehr gut.« Das war Leda, die ihm Antwort gab. »Als ich noch ein kleines Mädchen war, ging ich oft zu meinem Vater, wenn er in seinem Arbeitszimmer war; ich nahm Bücher aus den Regalen und legte mich vor den Kamin, während ich mich in anderen Welten verlor. Sehr oft las ich in einem Buch mit den alten griechischen Göttersagen … da kam mein eigener Name vor, und vermutlich habe ich es deshalb so geliebt. Aber das war nicht der einzige Grund. Wobei ich sicherlich nicht verstanden habe, was da in mir vor sich ging … als ich diese Zeichnung einer Frau sah, die an einem Bach lag, zwischen ihren Beinen dieser große weiße Schwan … sein langer Hals zwischen ihren Brüsten … und sein Schnabel auf ihren Lippen.«

Ihr Blick war wissend und verführerisch. Kein Hauch von Demut in ihren Augen, als sie die Hände sinken ließ und die Decke abstreifte, sodass ihre Brüste und ihre Scham entblößt waren. Sie lächelte und säuselte leise: »Du bist mein Schwan, Beauvois. Du bist mein Zeus.«

Schmerzhafte Eifersucht überkam mich, als ich ihre wunderschöne Haut sah, als ich sah, wie er sie in seine Arme hob und keuchend fragte: »Wird diese Leda hier ihre Beine für mich spreizen?«

War ich in einem Wachtraum versunken, oder habe ich das wirklich gesehen? Ich kann es kaum in Worte fassen. Es war zärtlich. Es war intim. Es hatte auch etwas Animalisches. Wie sie da auf dem Boden fickten, so getrieben und so verzweifelt. Sein Bedürfnis, sie zu besitzen. Ihr Blick, als er in sie eindrang.

Sie liebte Beauvois. Daran habe ich keinen Zweifel – egal, was später passiert sein mochte. Ich sehe sie noch vor mir, auf dem Bett, auf das sie sich legten, als sie fertig waren; glänzender Schweiß rann über ihre Körper; Leda, auf Kissen gestützt und die Beine überschlagen wie ein Buddha, starrte mit halbgeschlossenen Augen nach unten, während Beauvois sich auf den Laken ausgestreckt hatte. Sein Kopf ruhte in ihrem Schoß. Sie fuhr mit den Fingern durch sein klammes Haar, hinunter bis zu seinem Stiernacken, den sie weich und zart nannte. Dabei streichelte sie weiter die Haut, auf die die Sonne niemals schien, weil er sein Haar so lang trug.

Ich erinnere mich, dass ich überzeugt war, ihre Berührungen ebenfalls zu spüren, wie eine Feder, die über meine Wirbelsäule strich, und ich hätte weinen können, als das so unheimlich und klagevoll klingende Geschrei der Möwen mich aus diesem Traumbild herausriss.

Ich hörte noch ein anderes Geräusch, als würde jemand Papier zerknüllen und in kleine Fetzen reißen. Dann hörte ich Flügelschlagen, ein Gurren; dann schwebte eine kleine weiße Feder über mir in der Luft, trieb langsam hin und her, bis sie in meinem Schoß landete.

Ich betrachtete dieses Schauspiel, dann blickte ich wieder in den versilberten Spiegel. Dort, im Abbild des Raumes hinter mir, war das Loch in der Decke wieder zu sehen. In dem leeren Gitterrost loderten keine Flammen mehr. Die dunkelgrauen Wände waren jetzt dunkelrot und schimmerten violett, wenn sie von dem Licht beschienen wurden, das durch das Grün der Efeublätter ins Zimmer drang.

Ich fühlte mich so verzweifelt allein, als ich die schneeweiße Fahne der Feder berührte, weich und hauchdünn wie Seide; das Zuschlagen der Zimmertür riss mich schließlich aus meiner Trance, gefolgt von einem weiteren lauten Schlag, der aus dem unteren Teil des Hauses zu kommen schien.

Erschrocken sprang ich auf, den Kopf voller absurder Gedanken. *Das Haus will nicht, dass ich hier bin. Dieser Angst folgte eine weitere Eingebung: Das Haus will mich nicht gehen lassen.*

Ich war plötzlich fest davon überzeugt, dass die Schlafzimmertür nun abgeriegelt war; ich ließ die Feder fallen und stürzte an die Tür, nur um wie ein Geisteskranker zu lachen, als ich feststellte, dass sich der Knauf ganz einfach drehen ließ und die Tür ohne den geringsten Widerstand aufschwang. Der Weg aus dem Zimmer hinaus war mir durch nichts Unheimlicheres versperrt worden als durch einen Luftzug, der die Treppe hinaufgezogen war – und zweifellos war dadurch auch das Zuschlagen der Tür verursacht worden. Von draußen hörte ich den Wind, der in den Kiefern wisperte, und unweigerlich fragte ich mich, was für Geheimisse diese alten Nadelbäume wohl bewahrten. Denn es *gab* Geheimnisse hier im White Cliff House, die Geister, die in meine Träume und Fantasien eindringen wollten, die langsam durch die Wände drangen, und …

Noch ein Geräusch, das mich aus meinen Gedanken riss. Ich eilte die Treppe wieder hinunter und stürzte in Ledas Wohnzimmer; vor ihrem Sessel ging ich in die Knie und blickte direkt in ihr passives Gesicht, in dem ich keinerlei Lebenszeichen zu erkennen vermochte.

Aber es musste sie gewesen sein, die geschrien hatte, die meinen Namen so dringlich gerufen hatte.

Ich berührte ihre Wange und schreckte schlagartig zurück, weil ihre papierne Haut sich entsetzlich kalt anfühlte. Sogar ihre Augen waren leer und weiß, ihre Pupillen hatten sich nach oben gedreht; ihre Lider waren völlig reglos. Doch dann öffneten sich ihre Lippen und entließen einen Atemhauch, dessen faulig-würziger Geruch eine kleine Ewigkeit lang in der Luft zu hängen schien. War es das gewesen? War dies das Ende?

Ich konnte ein Schluchzen nicht unterdrücken, als ich sie anflehte: »Nein, Leda! Geh nicht. Nicht so. Es gibt noch so viel mehr, worüber wir reden müssen. So viele Dinge, die ich dich fragen muss.«

Ich ließ meinen Blick durch den Raum schweifen, in der verzweifelten Hoffnung, irgendetwas zu finden, das ihr helfen könnte. *Zu dunkel. Verdammt noch mal zu dunkel, um etwas zu sehen.* Ich stand auf, stolperte beinahe über die Kante des abgenutzten Teppichs und eilte zum Fenstererker. Ich packte den Griff eines der Fensterläden und riss daran; ich hörte das morsche Ächzen des Holzes, als sich rostige Nägel aus dem verrotteten Holz des Fensterrahmens lösten; die orangefarbenen Strahlen der untergehenden Sonne kämpften sich durch die Efeubarrikade und fielen schräg über den Tisch, auf dem immer noch die Muschel lag, gleich neben dem Glas Wasser, das ich Leda gestern hingestellt hatte.

Sie hatte nicht einen Tropfen getrunken.

Ich kniete wieder an ihrer Seite und hielt den Rand des Glases an ihre bläulich-rissigen Lippen. Ich war wie hypnotisiert von der Art, wie das Licht jetzt die tiefen Furchen in ihrem greisen Gesicht ausleuchtete. Ein grausamer Gegenentwurf zu der fast noch mädchenhaft jugendlichen Leda, die ich oben im Zimmer gesehen hatte. Zu all den anderen Idealbildern von ihr, die Beauvois durch seine Filme für die Nachtwelt aufbewahrt hatte.

Es dauerte einen Moment, bis ich sah, dass im Glas kaum noch Wasser war, dass Ledas Pupillen wieder sichtbar waren. Aus großen dunklen Augen starrte sie mich dann an, während sie ihre Hände langsam hob. Es waren nicht die glatten, weichen Hände, die den nackten Leib von Charles Beauvois gestreichelt hatten, sondern raue und schwielige Hände, mit knochigen, dürren Fingern und spröden, vergilbten Fingernägeln über blutig gebissenen Nagelbetten. Aber diese Hände hatten noch genügend Kraft, um das Glas, das ich ihr vor den Mund hielt, wegzuschieben.

Ich stellte es wieder auf den Tisch. »Sind Sie sicher … sicher, dass Sie genug haben?«

»Genug!« Sie sprach mit schwacher Stimme. Möglicherweise hatte ich mich nur daran gewöhnt, aber mir schien, dass sich der ekelerregende Geruch, der so schwer in der Luft gelegen hatte, jetzt gänzlich verflüchtigt hatte. Aber der elende Zustand des Wohnzimmers war plötzlich allzu sichtbar, nun, da die Sonnenstrahlen sichtbar machten, was die Schatten zuvor verdeckt hatten.

Die Berge von leeren Konservendosen fielen auf den Gitterrost neben ihrem Sessel. Eine schmutzige Brille. Von Essensresten verkrustete Löffel und Gabeln inmitten von Mäuse- und Rattenscheiße. Überall hatten Schnecken ihre silbrig glänzenden Schleimspuren hinterlassen. Waren sie durch den Riss in der Wand hereingekrochen?

Leda schien nicht zu bemerken, wie sehr mich der Anblick dieses ekelhaften Durcheinanders schockierte. Sie saß nun viel aufrechter und fragte mit gekränkter Stimme: »Warum haben Sie den Fensterladen heruntergerissen? Was soll ich denn tun, wenn es das nächste Mal regnet … wenn jemand versucht, hier einzubrechen?«

Ich versuchte sie zu beruhigen: »Ich glaube nicht, dass es heute regnen wird. Wie wäre es, wenn ich morgen versuche, einen Glaser zu finden, der eine neue Scheibe einsetzt? Vielleicht jemand, der auch gleich die Fensterläden repariert? Dann bleibt es trocken und niemand kann mehr einfach so hier einsteigen.«

»Aber was ist mit heute Nacht?« Ihre Stimme war spitz vor Angst.

»Ich werde dafür sorgen, dass alles abgesichert ist. Ich habe unten im Studio ein paar Werkzeuge gesehen. Notfalls bleibe ich hier. Ich werde …« Ich fühlte Erschöpfung in mir aufsteigen. »Was hat es denn für einen Sinn, die Fensterläden zu verriegeln, wenn Sie hier sitzen und einschlafen, während die Haustür sperrangelweit offensteht … wenn jeder einfach so hier reinmarschieren kann, so wie ich es vorhin getan habe?«

Sie wrang die Hände in ihrem Schoß und zögerte kurz, bevor sie antwortete: »Die stand offen, weil ich Sie erwartet habe … obwohl ich schon Angst hatte, dass Sie sich nie wieder blicken lassen.«

»Aber ich habe Ihnen doch gesagt, … ich habe versprochen, dass ich wiederkomme.«

»Sie waren zu spät dran.« Ihre Stimme klang zänkisch.

»Es tut mir leid. Ich war in Cuckham Sands, bei einer Freundin, die ich dort kennengelernt habe. Von Brightland hierher dauert es viel länger, das soll also keine Entschuldigung für die Verspätung sein. Allerdings …« Ich musste an die kleine grüne Flasche denken. »Ich habe wohl zu viel getrunken.«

Was für eine Untertreibung! Die Dinge, die ich gesehen hatte, … oder im Traum gesehen hatte. Aber ich musste ihr nicht davon erzählen. Wie ein Schmetterling auf einer Blumenwiese waren ihre Gedanken längst weitergeflattert und auf einer neuen Idee gelandet.

»Ah! Ich weiß genau, wo Sie waren. Tilly Davenport, eine Freundin von mir … wohl die beste, die ich je gehabt habe … Tilly hat früher in Cuckham Sands gewohnt.«

Hätte ich ihr erzählen sollen, dass ich in Tillys altem Bahnwagen gewesen war? Hätte ich sie nach dem Foto fragen sollen, das ich an Lucys Wagenwand gesehen hatte? Aber auch diese Entscheidung nahm Leda mir ab, als sie weiterredete: »Tilly war als Statistin im dritten und letzten Film zu sehen, den wir gedreht haben.«

Ich konnte die Enttäuschung in meiner Stimme kaum verbergen, als ich ihre Worte fragend wiederholte: »Der letzte Film?«

Mein Blick wanderte zu den Filmdosen, die nun wieder ordentlich übereinandergestapelt waren. Mit zusammengekniffenen Augen fing ich zu zählen an: »Aber da sind zehn … elf Dosen, die wir noch gar nicht geöffnet haben.«

»Die meisten davon sind leer. Zumindest sind keine Filme drin. Beauvois hatte so eine Angewohnheit, eine Art Aberglauben. Sobald ihm ein Projekt vorschwebte, sammelte er Ideen und bewahrte sie in der Dose auf, in die dann später der fertige Film kommen sollte. Manchmal waren das auch Fotos. Ich habe damals oft für ihn posiert. Oder er riss Seiten aus Zeitschriften heraus. Was immer ihm in den Sinn kam. Aber die Arbeit an einem einzelnen Film dauerte lange, oft viele Monate, wegen all der Spezialeffekte und dem Schnitt, und deshalb … Nun ja, die Dosen stapelten sich bald.«

»Aber was ist mit dem Schrank? Mit all den Requisiten darin?«

»So viele sind es nicht.«

Leda lehnte sich zurück und schloss die Augen, während ich stumm flehte: *Nein, schlaf jetzt nicht. Nicht wieder einschlafen! Ich muss den Rest hören.*

»Dieser letzte Film …«, drängte ich und hielt dann kurz inne, als ich bemerkte, wie Ledas Augen sich weiteten. Sie schien durch mich hindurchzustarren, so als würde sie hinter mir im Raum etwas – jemanden – sehen.

Ich drehte mich panisch um. Alles in mir rechnete damit, Beauvois dort stehen zu sehen. Ich wollte mich selbst beruhigen, wollte Leda beruhigen, und wohl deshalb fragte ich viel zu laut: »Fühlen Sie sich krank? Soll ich vielleicht nach Cuckham Sands zurücklaufen … versuchen, einen Arzt zu aufzutreiben?«

»Nein. Das ist nicht nötig.« Mit einem leichten Kopfschütteln schien sie sich wieder ganz gefangen zu haben. »Kein Arzt kann den Lauf der Zeit aufhalten. Das Schicksal, das jedem von uns bevorsteht.«

Lächelnd blickte sie zu mir hinauf, mit diesen Augen, die ich noch lange Jahre als die wunderschönsten Augen in Erinnerung behalten sollte, die ich je gesehen hatte. Egal, wie alt sie waren.

Ja, wunderschöne Augen hatte sie, aber der Schimmer der Traurigkeit funkelte aus ihnen, als sie sagte: »Ich weiß, dass Sie gehen und mich verlassen müssen, wenn Sie diesen letzten Film gesehen haben. Sie werden gehen und diese Filme mitnehmen. Sie werden über das schreiben, was wir damals erreicht haben. All meine Jahre der Gefangenschaft hier …« Sie wedelte mit der Hand, als wolle sie nun doch darauf hinweisen, in was für einem Drecksloch sie lebte. »Das alles muss doch einen Sinn gehabt haben. Ich kann mich doch auf Sie verlassen, Ed?«

»Aber natürlich!« Ihr Flehen zerriss mir das Herz. Insgeheim antwortete ich*: Natürlich kannst du dich auf mich verlassen. Wir sind doch Freunde, Leda, nicht wahr? Wären wir in anderen Zeiten geboren worden, wer weiß … wir hätten so viel mehr sein können.*

Mir war so elend zumute, weil ich mich nach der Jugend einer Frau sehnte, die nur noch in der Zweidimensionalität ihrer Filme existierte – weil mir klar wurde, dass ich nie auch nur einen Bruchteil der Leidenschaft erlebt hatte, die ich dort oben im Zimmer gesehen hatte. Und die Vorstellung, sie endgültig zu verlassen, niemals wieder ins White Cliff House zurückzukehren – ich versuchte, nicht daran zu denken, als ich vor dem Kabinettschrank stand, dessen Türen weit geöffnet waren. Das Licht, das den Raum nun erhellte, fiel auf die Regalbretter.

Welche Requisite sollten wir heute auswählen? Sollte es das mit Edelsteinen besetzte Messer sein, oder der große, weißgefederte Flügel von … was? Einer Ente? Für einen Schwanenflügel war er zu klein. Oder vielleicht den silbernen Buddha, der mit seinen schmalen, geschlossenen Augen im Schneidersitz saß. Oder das Buch mit dem schwarzen Ledereinband, auf dessen brüchigem Rücken in goldenen Lettern die Worte *Malleus Maleficarum* geprägt waren. Hexen – das war doch interessant.

So viele Möglichkeiten.

Die sprichwörtliche Qual der Wahl. Deshalb drehte ich mich um und fragte Leda: »Können Sie mir nicht einen Hinweis geben?«

»Schauen Sie mal ins untere Fach«, sagte sie.

»Meinen Sie diesen Weidenkorb?«

»Ganz genau. Hören Sie sie rascheln? Sie wachen auf. Heben Sie den Deckel an, dann sehen Sie, was ich meine.«

Ich malte mir aus, dass sich in dem Korb Ratten oder Mäuse befinden würden. Vorsichtig griff ich die Henkel, dann stellte ich den Korb neben

Ledas Sessel und öffnete den Deckel. Im Innern befanden sich mehrere Gegenstände.

Der erste war ein großes Symbol aus Metall, an das ich mich vage aus dem Geschichtsunterricht erinnerte: das altägyptische Anch-Zeichen. Es stand für den *Atem des Lebens*, wenn ich mich recht erinnerte. Von der Form her erinnerte es an das Christuskreuz, jedoch hatte der Teil über dem horizontalen Balken die Form einer Schlaufe. Ein Kreis der Ewigkeit.

Der zweite Gegenstand – groß wie meine Faust – war ein kunstvoll gefertigter Käfer aus Messing, der auf einer flachen, runden Metallplatte festgeschweißt war. Auf dem Rücken des Käfers funkelte ein leuchtendblauer Stein. Und die ausgebreiteten Flügel waren auf beiden Seiten mit winzigen azurblauen Edelsteinchen besetzt.

»Gefällt er Ihnen?«, fragte Leda. »Der Skarabäus, oder auch der Heilige Pillendreher. Man hat ihn im Alten Ägypten oft in die Gräber der Toten gelegt, um sicherzustellen, dass sie das Jenseits erreichen … während der Einbalsamierungen hat man sie als Gewicht auf das Herz gelegt, damit es sich nicht ausweinen und alle Sünden des Toten gestehen kann.«

Sie schenkte mir ein rätselhaftes Lächeln. »Ist Ihr Herz schwerer als das des Käfers, Ed? Gibt es irgendwelche Sünden, die es erzählen muss?«

Ich spürte ein Kribbeln, das über meine Wirbelsäule kroch – ein Kribbeln, das ganz und gar nicht so angenehm war, wie das Kribbeln, das ich oben im Schlafzimmer verspürt hatte, beim Gedanken an Ledas Fingerspitzen. »Bereuen wir nicht alle etwas?«, sagte ich.

»Einige sicher mehr als andere«, antwortete sie, und wieder lächelte sie, kurz und düster, und streckte eine Hand aus, als wolle sie mein Gesicht berühren.

Erst später wurde mir klar, dass zwar ich ihre Haut berührt hatte, Leda meine jedoch nicht ein einziges Mal. Aber ich denke, der Ausdruck von Zuneigung auf ihrem Gesicht sprach Bände; sie ließ die Hand wieder auf die Lehne des Sessels sinken, dann blickte sie mir tief in die Augen und sagte: »Sie sind wirklich ein lieber Junge … dass Sie hierherkommen und sich zu mir setzen und meine letzte Beichte anhören. Aber …« Sie schien nun wieder fröhlicher. So schnell wechselten ihre Stimmungen, dass ich Mühe hatte, mitzuhalten. Mit welcher Leda hatte ich es in diesem Moment zu tun? Tadelnd wedelte sie nun mit einem Finger. »Sie haben noch nicht die Requisite gefunden, die wir brauchen … Sehen Sie doch mal nach, was unter dem Samttuch ist. Aber seien Sie bitte vorsichtig, ja? Sie war schon kurz davor, auseinanderzufallen, als ich sie das erste Mal trug. Und seither sind viele Jahre vergangen.«

Ich hob das Tuch an und sah, was darunter aufbewahrt war. Prachtvoll sah sie aus, aber auch ein wenig hässlich. Schwach stieg mir der Geruch von fauligem Fisch in die Nase. Aber ich wusste sofort, ich hatte sie schon einmal gesehen – auf dem Foto von Leda, das ich aus dem Laden ihres Bruders mitgenommen hatte.

»Setzen Sie mir die Schlangen wieder auf den Kopf, Ed.« Sie senkte ihren Kopf wie zum Gebet, als ob sie auf einem Thron säße. Und als ich sie wieder zur Königin gekrönt hatte, trat ich ein paar Schritte zurück – und ich sah Leda, das Mädchen auf dem Foto, mit schwarzen Flecken um die Augen – und ich sah Leda, die schöne Stummfilmgöttin – und ich sah Leda, die alte und traurige Einsiedlerin, die die unausweichliche Zukunft der beiden anderen Ledas war.

Ich bat darum, sie fotografieren zu dürfen, und bewegte mich durch den Raum, um die beste Perspektive zu finden, während sie majestätisch dasaß und sagte: »Dieses Bild, das Sie machen werden, … es wird grausam sein, es wird mich als zerbrechliche, alte Frau zeigen. Einsam. Eine Medusa aus einem Schauermärchen. Aber in vielerlei Hinsicht ist diese Krone so sehr ein Teil von mir, wie sie es gleichzeitig nicht ist.«

»Warum haben Sie sie hier?«, fragte ich. »Ich meine nur … Als Sie in Ihren *Spiegelbildern* beschrieben haben, wie Sie sie für das Porträtfoto Ihres Vaters aufgesetzt haben, da haben Sie sehr deutlich gemacht, wie sehr Sie sie gehasst haben.«

Sie dachte eine Weile über meine Frage nach. »Ich habe nicht über den Tag geschrieben, an dem wir sie wiedergefunden und hierhergebracht haben. Aber ich werde Ihnen jetzt davon erzählen … Wenn Sie das möchten. Wenn

Sie bereit sind, das Risiko einzugehen. Denn ich fürchte, dass diese Schlangenkrone mit einem Fluch belegt ist. Sie hat magische Kräfte. Aber das hier ist kein schönes Märchen. In diesem Haus finden Geschichten kein glückliches Ende.«

EIN MANN, AUF DEN ICH GRÜNDETE EIN UNBEDINGT VERTRAUN

Macbeth

Ich holte meinen Rucksack aus dem Flur, verstaute die Kamera wieder darin und nahm mir stattdessen einen Stift und einen Notizblock, bereit, jedes Wort aufzuschreiben, das Leda Grey sagen würde. Und sie – als wolle sie die Spannung erhöhen, als sei das alles noch nicht dramatisch genug – holte tief Luft und …

»Ich wollte meinen Bruder wiedersehen. Seit wir *Delirium des Träumers* beendet hatten, war er nicht mehr ins White Cliff House gekommen.« Sie hielt inne und blinzelte, ganz langsam. »Theo hatte sein ganzes Herzblut in die Arbeit an den Kulissen des zweiten Films gesteckt. Er war kaum noch mehr als Haut und Knochen, als der September begann. Ich begriff ja, dass er sich ausruhen musste. Aber trotzdem hätte er mir ab und an eine Postkarte schicken können. Er hätte auf meine Briefe antworten können. Sein Schweigen ließ mich befürchten, dass mein Lebenswandel ihm schändlich vorkam, dass er sich meiner schämte. Darüber hatte Beauvois nur gelacht und gesagt, wenn unsere Liebe eine Todsünde sei, dann wolle er gerne in der Hölle schmoren … ich solle aufhören damit, mir wegen der kleinbürgerlichen Vorurteile anderer Leute Gedanken zu machen.«

Sie dachte kurz nach, bevor sie weitersprach. »Beauvois … Beauvois hat nie verstanden, wie einsam und auch zurückgewiesen ich mich fühlte. Ich vermisste den Trubel der Stadt, der mich früher immerzu umgeben hatte. Und als ich Mrs C. dann einen Brief schickte, in dem ich sie einlud, uns im White Cliff House zu besuchen … Ich bin vor Kummer tausend Tode gestorben, als ihre Antwort kam, in der sie schrieb, dass sie niemals auch nur daran denken würde, dieses Haus der Sünde zu betreten. Sie schrieb, sie fände Trost nur in der Tatsache, dass mein Vater bereits in seinem Grabe läge, dass er nicht mehr miterleben müsse, welche Schande ich mit meinem Handeln über mich gebracht habe. Ach, wenn sie nur die Wahrheit über meinen Vater gekannt hätte! Aber wenn sie, der ich doch irgendwie am Herzen liegen musste, imstande war, derart verletzende Dinge zu schreiben, was mussten dann erst die Leute in der Stadt über mich reden? Und was, wenn mein Bruder genauso dachte wie sie? Ich musste zu ihm gehen und ihn besuchen.«

Als beginne nun erst der spannende Teil ihrer Erzählung, richtete Leda sich ein wenig in ihrem Sessel auf. »Es war ein bitterkalter Wintertag, als Beauvois endlich einwilligte, mich nach Brightland zu fahren. Das brechende Eis unter unseren Reifen klang wie Peitschenschläge, als wir ganz langsam den Weg die Klippe entlang fuhren, immer in der Angst, abzustürzen. Ich schloss die Augen, ich rieb meine Hände aneinander und pustete kräftig auf meine Finger, um sie warm zu halten. Ich versuchte mir vorzustellen, dass mir nichts passieren könne. Ich malte mir aus, ich sei eine russische Zarin, die in einer Troika durch den Schnee prescht, mit klingelnden Glöckchen an den Zügeln, die sicher in der Hand ihres Kutschers liegen. Wir parkten schließlich an der Promenade, und obwohl es noch nicht einmal vier Uhr war, wurde es draußen bereits dunkel. Die Weihnachtslichter entlang des Piers funkelten wie Diamanten, und alles wurde vom eisigen Wind gebeutelt, der vom Meer her über das Ufer fegte. Ich zitterte, obwohl ich über mein Teekleid zwei von Beauvois' Strickwesten und einen seiner Wintermäntel trug. Ich zog mich häufiger so an, weil der Wind oft so kalt um unser Haus wehte. Ich trug seine Sachen, wenn Beauvois im Studio-Schuppen arbeitete und ich an der Klippe spazieren ging. Dann brauchte ich den Stoff nur an meine Nase zu halten, um den Duft des Mannes zu riechen, den ich liebte … um zu wissen, dass bald die Nacht kommen würde. Oh, wie unverfroren ich war. Wie sehr ich danach gierte, von ihm berührt zu werden. Seine Lippen auf meinen zu spüren. Die Schwere seines Körpers. Die schändlichen, herrlichen Dinge, die wir taten.«

Sie hielt inne und wirkte, so als würde ihr erst jetzt wieder auffallen, wo sie war und mit wem sie hier sprach. »Der Wind kroch unter den Schal, den ich mir um den Kopf gewickelt hatte, sodass nur ein schmaler Spalt blieb, aus dem ich hinausblicken konnte. Nicht nur, um mich warm zu halten, sondern auch, um mein Gesicht vor allen Menschen zu verbergen, die mich noch von früher kennen mochten und die in mir nun nicht mehr als eine unmoralische, verachtenswerte Frau sehen würden. Aber Beauvois ließ sich von solchen Gedanken nicht beeindrucken, und er hakte sich bei mir ein, als wir an jenem Tag durch die Stadt liefen … und anstatt in die Lanes zu gehen, führte er mich die Queen's Road entlang, wo er am Laden von Mr Swaysland Halt machte und sagte, er wolle hineingehen. Es ginge nur um ein paar Erkundigungen, sagte er. Ich zog es vor, draußen stehenzubleiben. Ich wollte nicht in den Laden eines Tierpräparators, wollte nicht sehen, was für Dinge sich dort drinnen befanden. All die armen Vögel, eingesperrt unter Glasglocken, die nie wieder singen und fliegen werden. Irgendwelche Kästen, in denen winzige Schädel ausgestellt waren. Pinnwände, an denen Motten und Schmetterlinge aufgespießt waren. Und überall Wiesel und Otter, Füchse und Kaninchen, die einen aus leeren Glasaugen anstarrten.«

Sie schauderte, als sie sich all die ausgestopften Tiere vorstellte. »Ich stapfte mit den Füßen auf, um die Kälte zu vertreiben«, fuhr sie dann fort. »Ich schaute mir die Auslage im Schaufenster an. Dort waren statt toter Tiere einige Weidenkäfige ausgestellt, die an Metallhaken hingen. In jedem der Käfige war ein lebendiges Vögelchen, und in einem saß ein entzückendes Pärchen, aneinandergeschmiegt; die beiden hatten so lebendige Augen, ihre Gefieder leuchteten rot und grün … richtig weihnachtlich sahen diese Farben aus, wie die Efeukränze und Schleifen, mit denen viele Menschen ihre Haustüren geschmückt hatten. Und vielleicht hat Beauvois, während er im Laden war, zufällig einen Blick nach draußen geworfen und die Sehnsucht in meinen Augen gesehen. Vielleicht hatte er gesehen, wie sehr ich mir wünschte, diese Vögel mit zurück ins White Cliff House nehmen zu können. Denn einer von Mr Swayslands Angestellten – ein pickeliger junger Mann, den ich wiedererkannte, weil er Jahre zuvor mit Theo an der Kunsthochschule studiert hatte – nahm den Käfig vom Haken, öffnete dann die Tür und stellte sich oben an die Eingangsstufen. Von dort aus reichte er das Geschenk zu mir herunter. Und er grinste richtig bösartig, als er sich nach vorne beugte und mir leise ins Ohr flüsterte: »Für die Herrin von White Cliff House.«

Ledas Mine verfinsterte sich. »›Herrin‹, hat er gesagt. Nicht ›Dame‹, nicht einmal ›Frau‹. Was sollte ich darauf antworten? Mein falsches Lächeln war wie eingefroren, bis Beauvois wieder auftauchte. Mit einer Tüte Vogelfutter in der Hand stand er plötzlich neben mir auf dem Bürgersteig, scheinbar ohne meine Not auch nur zu bemerken. Er verkündete, dass Mr Swaysland versprochen habe, sein Bestes zu tun, ihm rechtzeitig für unser nächstes geplantes Projekt einen großen, ausgestopften Schwan zu besorgen.«

»Ich habe einen Schwan im Filmschuppen gesehen!«, unterbrach ich Leda und dachte auch an das, was ich oben im Zimmer gehört hatte. Das Märchen von Leda und dem Schwan. Vielleicht war es eine Art übersinnliches Echo gewesen?

»Ja«, antwortete sie. »Und im Nachhinein wurde mir klar, dass der Schwan der einzige Grund war, weshalb Beauvois zugestimmt hatte, mich in die Stadt zu fahren. Er sorgte sich nicht darum, wo mein Bruder steckte, und es kümmerte ihn auch nicht, dass ich mich sorgte. Und den Schwan haben wir dann nicht einmal nutzen können. Nicht, um unseren Film zu drehen. Nicht für irgendeinen Film. Schwäne stehen unter dem Schutz der Krone. Wer einen Schwan tötet oder ausstopft ... Nun ja, es hätte für Probleme mit Beauvois' Investoren sorgen können. Mit den Filmvertreibern. Es hätte rechtliche Konsequenzen haben können, und ... ach, das ist ja nun auch egal.«

Ihre Stimme brach. Sie machte eine kurze Pause, bevor sie weiterredete. »Ich hätte meine eigenen Vögelchen beschützen sollen ... die beiden, die in ihrem Käfig lebten. Aber ich konnte an nichts anderes denken als daran, dass dieser Junge mich ›Herrin‹ genannt hatte. Und als wir dann in den Brightland Lanes ankamen, als ich an die verschlossene Ladentür klopfte und niemand kam, um zu antworten, da war ich gleich noch niedergeschlagener. Zum Glück hatte ich die Schlüssel bei mir. Ich stellte den Käfig auf die Stufe, um sie aus meiner Tasche holen zu können. Dann hörte ich das Schellen der Glocke, als ich die Tür öffnete und hineinging. Ich weiß noch, dass innen alles still und dunkel war. Die Luft war feucht und muffig, wie sie es nur ist, wenn ein Raum wochenlang nicht belüftet und beheizt wird. Es war dort drinnen so kalt wie draußen. Mein Atem fror zu Eiswolken, als ich den

Namen meines Bruders rief. Theo antwortete nicht. Ich hörte nur das Geräusch von Beauvois' Schritten auf den Dielenbrettern hinter mir. Ich hörte, wie er den Käfig auf die Arbeitsplatte setzte und das Vogelfutter auskippte. Ich hatte inzwischen den Lichtschalter gefunden und der Raum erstrahlte in dem grellweißen Licht, das Theo installiert hatte, nur ein oder zwei Monate, nachdem unser Vater verstorben war. Beauvois sah sich nun im Laden um, zum ersten Mal, denn er war ja noch nie dort gewesen. Nicht ein einziges Mal, in all der Zeit, die wir ihn schon kannten. Er hatte uns immer an der Promenade abgeholt. Und genau dort hatte er uns auch jedes Mal wieder abgesetzt.«

Ledas Blick war in sich gekehrt, als würde sie all das, was sie beschrieb, noch einmal durchleben. »Er fuhr mit einem Finger durch den Staub auf einem alten Bilderrahmen. Ein Foto von Ellen Terry als Lady Macbeth. Er schaute sich unsere Kostüme an, die immer noch auf ihren Bügeln hingen. Er blätterte durch die Postkarten in einem Regal. All diese hübschen, märchenhaften Bilder, die mich ganz nostalgisch stimmten, … bis mir der Gestank von Ammoniak in die Nase stieg und mich wieder in die Wirklichkeit zurückholte. Ich blickte nach unten und sah ein paar gelbe Flecken auf dem Holz. Ich setzte zu einer Erklärung an: dass unser alter Hund zu solchen Malheurs neigte. Dabei fand ich es seltsam, dass Rex nirgends zu sehen war. Selbst wenn Theo ausgegangen war, der Hund verlies den Laden so gut wie nie. Ich sagte Beauvois, dass ich einen Lappen holen wollte, um den Schmutz aufzuwischen. Ich lief den Flur zum Studio entlang, und plötzlich überkam mich die Angst, dort würde ich Theo finden, betrunken am Boden liegend oder dergleichen. Und was um alles in der Welt hätte Beauvois gedacht, wenn … Aber er war nicht da, was mich sowohl enttäuschte als auch erleichterte. Und auch den Lappen hatte ich schnell vergessen, als ich sah, woran Theo gearbeitet hatte … Ich sah ein Bild aus *Die Meerjungfrau*, das Theo vergrößert und mit Farben versehen hatte. Und er hatte unsere Namen und den Titel des Filmes hinzugefügt, um ein Plakat zu machen, das so schön war wie die, die wir manchmal gerahmt vor den Bioskopen in der Stadt gesehen hatten.«

Leda lächelte wehmütig. »Sie können sich nicht vorstellen, wie sehr dieses schöne Poster mich hoffen ließ; plötzlich glaubte ich daran, dass die Träume, die wir im White Cliff House produzierten, eines Tages Realität sein könnten. Ich glaube, Beauvois fühlte dasselbe; er war mir ins Studio gefolgt und ich ließ ihn dort zurück, um das Plakat zu bewundern, während ich nach oben ging, um nachzuschauen, ob mein Bruder schlief, auch wenn ich wusste, dass das eine vergebliche Hoffnung war. Theos Bett war leer und kalt. Wo war er hingegangen, ohne ein Wort zu sagen? Als Nächstes ging ich in mein eigenes Zimmer, das genauso unberührt war, wie ich es Monate zuvor verlassen hatte. Nur dass es damals Sommer gewesen war, und das Sonnenlicht war durch die Scheiben gefallen. Nun waren die Fensterscheiben vereist. Die Gesichter meiner Wand-Collage waren feucht und lösten sich von der Tapete. Finden Sie nicht auch, darin liegt eine gewisse Ironie …« Sie hielt inne und lächelte bitter. »Dass ich mir damals schlicht nicht vorstellen konnte, die Pracht dieses Hauses hinter mir zu lassen, um wieder in einem solchen Zustand zu leben.«

Ihr Lachen war ohne Freude und verebbte sofort, als sie wieder in die Erinnerung vergangener Tage einzutauchen schien. »Ich riss die Schranktüren und Schubläden auf und schnappte mir alle Winterkleidung, die ich mitnehmen konnte. Den Kaschmirmantel und die Mütze meiner Mutter, ihre lange Nerzstola, ihr Schmuckkästchen. Wie dumm von mir, dass ich das alles zurückgelassen hatte. Es hätte gestohlen werden können. Und dann war da ja auch noch etwas anderes. Eine weitere Kiste mit wertvollen Gegenständen. Diejenige, die ich in unserem alten Haus unter den Dielen meines Schlafzimmers aufbewahrt hatte. Aber aus irgendeinem Grund … ich weiß auch nicht … Ich ließ sie unter meinem Bett liegen. Schon das Bündel in meinen Armen war so groß, dass ich beim Hinuntergehen kaum noch die Treppe sehen konnte. Ich legte alles auf die Ladentheke, gleich neben den Vogelkäfig. Dann hörte ich, wie Beauvois meinen Namen rief. Ich ging ins Studio und sah, dass er mir das Foto entgegenhielt, das mein Vater gemacht hatte. Das, auf dem ich die Schlangenkrone trage.«

Leda holte lang und tief Luft, so als wolle sie ihre Emotionen unter Kontrolle halten; mit einer Hand berührte sie die Schlangen auf ihrem gekrönten

Haupt, dann sprach sie mit geschlossenen Lidern weiter: »Es war, als würde sich die Zeit zurückdrehen. Ich konnte die Worte meines Vaters hören, wie er von den Leuten erzählte, die glaubten, Kameras würde ihre Seelen stehlen. Ich blickte mich im Studio um und entdeckte mein Gesicht auch in all den anderen Rahmen, die mein Vater aufgehängt hatte. Theo hatte sie nie entfernt. In jeder einzelnen Fensterscheibe sah ich mein Gesicht gespiegelt. Ich sah mich im Ankleidespiegel neben der Tür. Ich blickte über mich und sah mich im Fensterglas des Oberlichts. So viele Leda Greys. Sie alle umzingelten mich. Umzingelten Beauvois … der sich aber längst nicht mehr auf meine Abbilder konzentrierte. Sein Interesse galt nun ganz dem Korb, der neben ihm am Boden stand, mit geöffnetem Decken, sodass man den Inhalt sehen konnte. Dort lag die mit einem Fluch belegte Krone von Amen-Ra.«

Allein die Erinnerung schien auszureichen, um Leda erneut schaudern zu lassen. »Er lächelte mich triumphierend an und legte das Foto wieder beiseite«, fuhr sie fort. »›Vergiss den Schwan‹, sagte er. ›Das hier wird die Inspiration für unseren nächsten Film sein.‹ Und mit diesen Worten hob er die Krone hoch in die Luft. Seine Stimme dröhnte richtig, als ob er wollte, dass die ganze Welt ihn hören kann. ›Und du, mein Liebling‹, sagte er, ›du wirst meine ägyptische Königin sein.‹«

Während Leda ihre Stimme durch den Raum schallen ließ, bemüht, das Dröhnen Beauvois' zu imitieren, blickte ich auf den Tisch, auf dem neben der Muschel der Meerjungfrau nun auch das Anch-Symbol und der Skarabäus lagen. Und während ich diese Requisiten betrachtete, sagte ich: »Der letzte Film erzählt also eine ägyptische Geschichte. Ich habe unten im Schuppen ein paar Kulissen gesehen.«

»Ja, eine ägyptische Geschichte, grob gesagt. Aber auch wenn Beauvois nach unserem Ausflug nach Brightland voller Ideen war – ich kann nicht wirklich behaupten, dass ich seine Begeisterung teilte. Ich machte mir große Sorgen um Theo. Dann wurde ich auch noch von einer schrecklichen Erkältung heimgesucht, die mich über Weihnachten und das Neujahrsfest hinaus niederstreckte. Ich konnte nur im Bett liegen, während Beauvois bei mir saß und aus Büchern vorlas, die er in der Bibliothek aufgetrieben hatte. Alles

Mögliche über seine neue Besessenheit … Vieles davon verarbeitete er dann zu Regieanweisungen für den Film, machte eine Kopie des Drehbuchs und schickte es an Theo, der gerade in London war, und …«

»Theo war in London? Aber wie haben Sie das herausgefunden?« Hatte ich vielleicht irgendeinen Teil der Geschichte verpasst oder nicht verstanden?

»Ach ja. Eines nach dem anderen, Sie haben recht. Theo war die ganze Zeit schon dort gewesen, und Beauvois wusste darüber Bescheid. Vielleicht nicht an dem Tag, als wir nach Brightland fuhren, um ihn zu suchen, aber doch in den darauffolgenden Wochen … auch wenn ich selbst erst gegen Ende Januar zum ersten Mal davon hörte. Beauvois arbeitete gerade im Schuppen, als ich das Klappern des Briefeinwurfs hörte. Amy war an diesem Tag nicht da, also lief ich die Treppe hinunter und sah einige Briefe auf der Matte liegen, von denen einer an mich adressiert war. Es war ein Brief von Theo, in dem er mich bat, ihm nicht böse zu sein, weil er über die Weihnachtstage fortgegangen war. Und nicht nur das, er schrieb auch, wie schade es sei, dass ich abgelehnt hatte, nach London zu kommen, um mit ihm und seinen Freunden das neue Jahr zu feiern … Man habe mich bei der Party schmerzlich vermisst. Dabei wusste ich ja gar nichts von einer solchen Party. Und von welchen Freunden mochte Theo da sprechen? Oder hatte er vielleicht einen Sinneswandel gehabt und irgendwie versucht, sich mit der Familie unserer Mutter zu versöhnen? Als ich weiterlas, stellte sich heraus, dass er die Cuckham-Gang meinte. Diese Theaterleute, die er kennengelernt hatte. Einer von ihnen hatte in einem Haus in Kensington eine Soirée veranstaltet, die den Beschreibungen meines Bruders zufolge so wild und dekadent war, dass die Feier am Strand von Cuckham im Vergleich dazu wie das Teekränzchen eines Priesters ausgesehen haben muss.«

Leda schüttelte nachdenklich den Kopf. »Ich redete mir ein, dass es egal sei … dass ich ohnehin nicht hätte mitgehen wollen, sondern es bevorzugt hätte, im White Cliff House zu bleiben, mit meiner rasselnden Lunge und dem Husten, der mich Tag und Nacht quälte, mit meiner triefenden Nase und dem Verschleiß an Taschentüchern. Deutlich beunruhigender fand ich, dass Beauvois die an mich adressierte Post geöffnet haben musste. Nicht nur das, er hatte Briefe beantwortet, und das vorgeblich in meinem Auftrag. Das wurde mir klar, als mein Bruder im Weiteren schrieb, er hoffe, dass ich inzwischen von meiner Erkältung genesen sei … und dass er sich ausgemalt habe, wie ich mich an Beauvois herangekuschelt habe, wie das kleine Vogelpärchen in seinem Käfig. Er schrieb, er würde bald zurückkommen, um mit der Arbeit an neuen Kulissen zu beginnen. Er schrieb, er habe einige Skizzen angefertigt, nach einem Besuch im British Museum, wo er sich die Ausstellungen angeschaut hatte, auf die Beauvois in seinen Notizen hingewiesen hatte …«

Leda unterbrach sich und schluckte. »Es war die Mumie, die so vielen Unglück gebracht hatte, Ed! Mein Bruder sagte, er habe vor, einen Sarkophag zu bauen, der genauso aussieht wie ihrer. Er sagte, wie hilfreich er den Kurator der ägyptischen Sammlung gefunden hatte … ein Herr, der ihm auch einige Nachschlagewerke empfahl und ihm sagte, was bei den Kostümen zu beachten sei. Oh, und Theo schrieb noch von anderen Dingen. Ein paar alberne Einlassungen über die Scherereien, die er gehabt hatte, als er Rex auf sein Zimmer zu schmuggeln versuchte. Dass die Vermieterin wütend geworden sei und sich über Flöhe in der Matratze beklagte. Dann aber habe sie Rex so liebgewonnen, dass sie ihn ständig auf den Schoß nahm und ihm Leckereien gab, und der Hund habe von all den Keksen, die sie ihm ins Mäulchen steckte, täglich ein Pfund zugenommen. Der gute Rex. Er war so ein lieber Hund. Obwohl ich zugeben muss, dass ich ihn in den vergangenen Jahren mehr vermisst habe, als ich es damals je getan habe. Aber als ich mir vorstellte, wie diese namenlose Vermieterin meinen Hund auf ihrem Schoß hatte … die Eifersucht fraß mich auf. Das war mit gesundem Menschenverstand nicht zu erklären. Dabei war der wahre Grund für meine Wut wohl die Tatsache, dass Beauvois mir die Wahrheit über Theos Verbleib verschwiegen hatte.«

Ledas Augen funkelten wütend. »Ich musste mir ins Gedächtnis rufen, dass ich krank gewesen war, so krank, dass ich Beauvois erlaubt hatte, mir eine Dosis von seinen Tropfen zu verabreichen. Die stillten zwar meinen nächtlichen Husten, bewirkten aber auch, dass ich die allerseltsamsten Träume hatte. Träume, die mich auch tagsüber noch verfolgten. Vielleicht hatte Beauvois mir also von den Briefen meines Bruders erzählt. Möglicherweise hatte ich davon gewusst und sie dann wieder vergessen. Vielleicht habe ich aber auch einfach die Wahrheit nicht sehen wollen, so wie ich auch jetzt versuche, die Schuld nicht bei Beauvois zu sehen. Vielleicht habe ich es vermeiden wollen, ihn mit meinen quälenden Zweifeln zu konfrontieren. Denn das hätte ja bedeutet, dass Beauvois nicht ganz der Gott war, zu dem ich ihn erhoben hatte. Was Theo betrifft, so freute ich mich zu lesen, dass er bald wieder zu Hause sein würde. Aber wenn ich mir ausmalte, wie er im British Museum auf das Gesicht der Mumie hinunterschaute, das auf dem Deckel des Sarkophags aufgemalt war … dieser Gedanke machte mir entsetzliche Angst. Und dass er meine Vögelchen erwähnt hatte … was auch immer sie gewesen sein mochten, glückliche Tiere waren es nicht. Innerhalb einer Woche, nachdem wir sie ins White Cliff House gebracht hatten, waren beide tot. Ich gab mir selbst die Schuld dafür. Tagelang habe ich geweint. Ich hätte den Käfig abdecken sollen, als ich ihn an jenem Tag durch die Stadt trug. Und im Auto, als wir wieder zurückfuhren. Der Wind oben auf der Klippe war so bitterkalt. Sie wollten nicht trinken. Sie wollten nicht essen. Beauvois hat es immer wieder geduldig versucht, wollte sie mit Samen und Nüssen locken, während ich krank im Bett lag und zusah. Und obwohl das Zimmer warm genug war, obwohl ihr Käfig in der Nähe des Kamins stand, kauerten sie nur auf ihrer Stange … bis ich dann eines Morgens aufwachte und nachsah, und einer von den beiden lag tot im Sägemehl, auf dem Boden des Käfigs. Der andere Vogel schmiegte sich an seine Seite. Ich hätte es grausam gefunden, den toten Vogel herauszunehmen und seinen Gefährten ganz allein trauern zu lassen … aber wir konnten das Tier doch auch nicht dort verrotten lassen. Ich glaube, das Schlimmste von allem war, mir einzugestehen, dass ich erleichtert war, als ich auch den zweiten Vogel tot vorfand. Er hatte sich sämtliche Brustfedern ausgerupft. Ein ganz jämmerlicher Anblick, kaum zu ertragen. Ich empfand es als einen Segen, dass Beauvois den Käfig dann wegbrachte. Ich dachte, er würde die armen Vögel begraben, und das wäre das Ende der ganzen Angelegenheit. Aber das war es nicht, Ed. Das war es nicht. Er brachte sie beide zurück in Swayslands Laden, und einige Wochen später kam er mit einem neuen Käfig nach Hause, und durch die Gitterstäbe konnte ich meine beiden

Liebesvögelchen wieder auf ihrer Stange sitzen sehen. Ich weiß nicht, was mich mehr aufregte – die armen Dinger dort so ausgestopft sehen zu müssen, oder die Erkenntnis, dass Charles Beauvois so wenig über mich wusste, dass er glaubte, ich hätte mich über dieses morbide Geschenk freuen können.«

BLICK HARMLOS WIE DIE BLUME, DOCH SEI DIE SCHLANGE DRUNTER

Macbeth

Ich hatte keine Ahnung, wie spät es war. Das Licht im Zimmer nahm rasch ab, und seit sie von ihren Vögeln gesprochen hatte, hatte Leda sich nicht mehr bewegt, kein Wort mehr gesagt. Ich wurde unruhig, dachte an Lucy, unten im Pub. An mein Versprechen, sie abzuholen. Aber was war mit diesem letzten Film?

Als ob sie meine Gedanken gehört hatte, hob Leda ihren Blick zu mir. Sie sagte: »Wissen Sie, ich finde, *Die verfluchte Königin* ist von allen Filmen, die wir gemacht haben, der beste. Aber Sie werden ja selbst sehen … jetzt, wo es hier wieder etwas dunkler ist.«

Dieser Anflug von Verärgerung wegen des kaputten Fensterladens. Ich ignorierte ihre Bemerkung und antwortete: »*Die verfluchte Königin.* Das klingt ja eher nach einem modernen Horrorfilm, wissen Sie. Basiert er denn auf der Geschichte, die Ihr Vater Ihnen erzählt hat?«

»Ja. Die Geschichte von Amen-Ra. Ich habe sie auch Charles Beauvois erzählt … dass jeder Mann, der es wagte, den Sarkophag der Königin zu betrachten, anschließend auf ewig verflucht war.«

Sie schloss die Augen und seufzte aus tiefer Brust auf. »Wenn nur mein Bruder nicht ins British Museum gegangen wäre. Ach, aber … Was wussten wir schon? Wir übernahmen einige Sachen aus dem Mythos und schmückten sie noch weiter aus; aber entscheidende Versatzstücke unseres Dramas haben wir einem Roman von H. Rider Haggard entnommen. *Sie* hieß er, oder *Sie, der gehorcht werden muss.* Haben Sie diesen Roman gelesen, Ed? Wenn nicht …«, sie deutete auf ein Regal, »… dann finden Sie dort drüben ein Exemplar. Sie können es mitnehmen und behalten, wenn Sie möchten. Ich werde dieses Buch nie wieder lesen. Obwohl ich oft noch über die

Stelle nachdenke, an der der Autor schreibt, seine Geschichte sei entweder das größte Mysterium der Welt oder – ich hoffe, ich kriege es einigermaßen richtig hin – ›eine müßige Fabel, dem gestörten Gehirn einer Frau entsprungen‹.«

»Ich glaube, ich habe eine Verfilmung des Buches gesehen. *Herrscherin der Wüste* hatten sie die Geschichte da genannt«, sagte ich. »Er wurde vor vielleicht zehn Jahren gedreht. Ursula Andress spielte die Hauptrolle. Ich weiß noch ganz genau, wie sie aussah. Aber an die Handlung des Films erinnere ich mich kaum noch.«

»Tatsächlich? Es gibt einen weiteren Film? Nun ja, es ist eine spannende Geschichte, die von einer alten Königin handelt, die einen Stamm in Afrika regierte. Sie hatte die Kraft der Wahrsagung; sie konnte die Gedanken der Menschen lesen und Wunden heilen. Außerdem behauptete sie, vor über zweitausend Jahren geboren worden zu sein. Und in all diesen Jahren habe sie den Tod des Mannes betrauert, den sie einst geliebt und verloren hatte.«

Leda Grey brach ab und blickte mich mit kritischen Augen an. »Begreifen Sie allmählich die Bedeutung? Soll ich weitererzählen … oder sollen wir es dabei belassen? Es ist Ihre Entscheidung, ob Sie bleiben möchten, oder …«

Ihre Drohung war subtil, aber wirkungsvoll. Was hatte sich da verändert in Ledas Gesicht? Was war das für ein bedrohlicher Ausdruck? Ein Teil von mir hatte Angst, wollte weglaufen. Aber wie hätte ich denn jemals gehen können, wo doch diese Geschichte der größte Treffer sein könnte, den ich je gelandet hatte?

Ich sagte: »Ich werde bleiben … wenn das in Ordnung ist.«

»Sehr gut.« Sie nickte ernst.

Vor meinem geistigen Auge spielte sich die Schlussszene des Ursula-Andress-Films ab; die alte Königin badet in Flammen, die ihr ewiges Leben versprechen – aber dann bewirkt das Feuer das Gegenteil: Die Jahrtausende holen sie ein, sie altert in Sekunden und stirbt. Am Ende ist von ihr nichts als Knochen und Asche übrig. Und während ich mir diese Szene ausmalte, fragte ich Leda: »Wie hat Beauvois das Finale der Geschichte inszeniert? Wie hat er das angestellt?«

»Sie meinen die Zerstörung der Königin? Oh, das haben wir alles in der Maske gemacht. Wir benutzten Modellierknete und klebten sie mit Harz auf. Einmal hat es sich so verhärtet, dass sich die Knete nicht mehr abziehen ließ. Wir mussten es mit der Flamme eines Petroleumbrenners wieder aufwärmen. Meine Wangen waren tagelang wund und rot. Aber sie verheilten bald, und was anschließend im Film zu sehen war, konnte einen durchaus Staunen lassen. All die Falten, die schlaffen Wangen. Wie grauenhaft es aussah, als die Flammen ihr das Fleisch von den Knochen schmolzen ... als die verfluchte Königin durch das heilige Feuer tanzte und dabei zum greisen Weib wurde ... bis nur noch ihr verkohlter, schwarzer Schädel übrig war. Ein paar Häufchen grober Knochenasche, mehr nicht. Wir verwendeten dafür ein echtes Skelett, das wir der medizinischen Fakultät in London abgekauft hatten. Schrecklich, diese Knochen zu verbrennen, wo man sie doch anständig hätte bestatten müssen. Ich war immer der Ansicht, dass ein solches Verbrechen bestraft werden müsste.«

»Nun ja ...« Sie lächelte gütig. »So schaurig war das alles gar nicht. Wir hatten viel Spaß mit *Die verfluchte Königin*. Beauvois engagierte andere Schauspieler ... diese Leute von Cuckham Sands, von denen ich schon erzählt habe. Er ließ auch ein paar Karten machen, auf denen ein Datum und eine Uhrzeit standen. Jeder, der bereit war zu kommen und sich in ein Kostüm zu werfen, sollte ein Honorar erhalten. Und er verteilte die Karten eigenhändig. Tagelang hat er diese Statisten gefilmt, wie sie am Strand und im Schuppen herumliefen. Wir setzten ihnen Perücken auf und schminkten sie. Es gab kaum ein Zimmer im Haus, das wir nicht plünderten, um all die Kostüme herzustellen. Wir haben die Laken von den Betten gezogen ... die Vorhänge von den Fenstern gezerrt ... und wir kauften unzählige bunte Perlen, die wir auffädelten, um die breiten Halsketten zu machen. Wenn Sie das damals hätten erleben können ... Sie hätten geglaubt, Sie seien eingeschlafen und in Alexandria wieder aufgewacht. Und dazu noch Theos Kulissen ... absolut wunderbar! Wo das Auge auch hinblickte, beinahe alles war mit den herrlichsten Tapisserien dekoriert worden. Auf den Leinwandkulissen waren Statuen ägyptischer Gottheiten abgebildet. Riesige Säulen, die aussahen, als seien sie tatsächlich aus Stein gehauen worden … und das war längst noch nicht alles. So viele von den Objekten, die er im Britischen Museum gesehen hatte, baute mein Bruder nach. Aber das Beeindruckendste von allem war der Doppelthron unter dem Baldachin. Und natürlich der Sarkophag der Königin. Sie haben beides gesehen, Ed. Thron und Sarkophag sind immer noch im Schuppen … auch wenn sonst nicht viel erhalten geblieben ist.«

»Könnten Sie nicht versuchen, das, was noch da ist, an einen sichereren Ort bringen zu lassen? Es muss doch Filmmuseen geben, die solche Stücke ausstellen würden.«

»Theo hat sich genommen, was er wollte.« Sie wandte ihren Blick ab und blinzelte. Eine Geste, die etwas von einer Sphinx hatte, als wäre um sie herum die Zeit stehengeblieben – doch dann wandte sie sich mir abrupt erneut zu, fixierte mich mit ihren dunklen Augen. »Niemand würde diese Dinge je haben wollen. Niemand, der ihre wahre Geschichte kennt. Manche Dinge fasst man besser nicht mehr an.«

Was für Dinge meinte sie? Was sonst würde Leda noch zu erzählen haben? Ich dachte an Lucys Foto, das Sommerpicknick auf dem Rasen. »Die Namen der Leute, die im Film zu sehen waren, …?«, setzte ich an. »Wissen Sie die noch? Ich würde sie mir gerne aufschreiben.«

»Haben Sie etwas Geduld, Ed!« Sie lächelte wieder. »Sie werden sie sehen, wenn wir den Film abspielen. Sie müssen ihn nur einlegen.«

Ohne zu zögern, ging ich ihn holen, drehte den Deckel von der Dose, um als Erstes wieder einige Skriptseiten zu entdecken. Aber ich widmete ihnen keinen weiteren Blick. Ich konzentrierte mich ganz darauf, die letzte Filmrolle aus dem Projektor zu nehmen, um dann die neue einzulegen. Mit einer Hand griff ich die Kurbel und fing an zu drehen. Das sirrende Rasseln ertönte erneut. Und schon sah ich die Worte:

DIE VERFLUCHTE KÖNIGIN
EIN DÜSTERES ÄGYPTISCHES MÄRCHEN

EIN TROPFEN, GIFT'GER DÜNSTE VOLL

Macbeth

Der Titel flimmerte über die Leinwand. Weiße Buchstaben auf einem tiefschwarzen Hintergrund. Das Ganze in einem Zierrahmen aus Palmen, Pyramiden, Krokodilen, Kamelen und sogar Fischen. Es sah fast so aus, wie die Inschriften, die man von den Wänden ägyptischer Grabkammern kannte.

Dann die Namen der Besetzung. Meine Hand hielt die Kurbel fest, damit ich sie mir in Ruhe ansehen konnte. »Hier hat also Beauvois die männliche Hauptrolle nicht selbst gespielt«, sagte ich und blickte zu Leda hinunter. »Stattdessen haben Sie mit Ivor Davies gespielt. Das war der Untermieter, den Sie in Brightland hatten, richtig?«

Zuerst gab sie keine Antwort. Ein Luftzug blies durch den Riss in der Wand und das zerschlagene Fenster, stark genug, die dünnen Metallblätter von Ledas Krone aufflattern zu lassen. Diese plötzliche Bewegung der Blätter lies auch die Schlangen mit einem Mal lebendig wirken – aber sie konnte doch kaum der Grund sein, warum ich glaubte, in den Glasaugen der toten Reptilien rote Lichter funkeln zu sehen.

Ich sagte mir, dass das nur eine Spiegelung der Lampe des Projektors sein konnte, so wie auch der leuchtende Schimmer in Ledas Augen, als sie mich wieder ansah und sagte: »Ja, es ist derselbe Ivor Davies. Er hatte Brightland verlassen, um ein Engagement in London anzunehmen. Mit uns hat er dann zum ersten Mal einen Film gedreht. Aber die Kamera liebte ihn! Was für eine Ausstrahlung er auf der Leinwand hatte. Er strahlte etwas Exotisches, Südländisches aus.«

»Wie Rudolph Valentino.« Wieder erinnerte ich mich an das attraktive Gesicht, das ich auf einer Postkarte in Theos Laden gesehen hatte, und später vermeintlich noch einmal, auf Lucys Foto.

»Valentino?« Leda sah mich fragend an.

»Oh, ich vergaß. Sie haben die Filme, in denen er gespielt hat, sicherlich nie gesehen. Sie wurden in den 1920er-Jahren gedreht. Er war einer der größten Stummfilmstars. Ein Herzensbrecher der Leinwand. Am berühmtesten war seine Rolle als Scheich ... dabei waren seine Filme durchaus sehr gewagt. Mich wundert, dass sie damals durch die Zensur gekommen sind.«

»Reden Sie von diesem Hays-Code, oder wie immer er auch heißt?« Sie klang nervös, als sie nachhakte: »Könnte uns das heute noch Probleme bereiten? Ich meine, wenn Sie versuchen würden, unsere Filme öffentlich zu zeigen?«

»Ich denke nicht, nein«, versicherte ich. »Nicht wegen dem, was ich bisher gesehen habe. Heutzutage wird fast alles gezeigt. Aber Filme, die Dinge wie explizite Liebesszenen oder Gewalt zeigen, oder Dinge, von denen man Albträume bekommen kann, ... die werden entsprechend eingestuft. Was bedeutet, dass sich nur Erwachsene sie ansehen dürfen.«

»Von Beauvois' Filmen habe ich heute noch Albträume. Für *Die verfluchte Königin* gilt das ganz besonders.« Wieder tat sie dieses Blinzeln, als würde sie zu Stein werden. Ihre Stimme klang leise und abgehackt, als sie schließlich weitersprach. »Dieser Film handelt von den dunklen Sehnsüchten, die in jeder menschlichen Seele existieren. Ein Film voller Wahrheiten und auch voller Geheimnisse.«

Als Leda zu Ende gesprochen hatte, merkte ich, wie die Temperatur um uns herum spürbar sank. Aber meine Hände blieben nass und klebrig vor Schweiß, als ich die Kurbel des Projektors wieder betätigte. Die surrenden Räder spannten das Filmband und nun sah ich ein neues Bild auf der Leinwand erscheinen. Eine weitere Texttafel, in jeder Ecke eine Palme, dazwischen gesetzt die folgenden Worte:

Ein Archäologe aus viktorianischer Zeit ist mit
seinen Freunden in Ägypten unterwegs.
Eines Nachts taucht in ihrem Hotel ein geheimnisvoller Händler auf ...
Er bietet ihnen den Sarkophag einer alten Königin zum Kauf an.

Die zwei Hälften eines Bühnenvorhangs – nicht aus Stoff gefertigt, sondern aus dünnen, bemalten Holzplatten herausgesägt – wurden zur Seite gezogen und gaben den Blick frei auf einen exotischen Raum, mit Säulen, die wie Palmen aussahen, mit arabischen Teppichen und Wandbehängen und einem mit Stoff verhangenem Bett, neben dem, auf einem kleinen Tisch, eine Art Shisha-Pfeife stand. Auf dem Boden, in der Mitte des Raumes, war ein ägyptischer Sarkophag aufgestellt. Vier Männer standen um ihn herum. Drei von ihnen – die Engländer, wie man ahnen konnte – waren auf lachhaft wirkende Weise formell gekleidet; jeder von ihnen trug altmodische Abendgarderobe. Hohe, weiße Hemdkragen, dazu eine Fliege. Der vierte Mann indes sah wie ein Einheimischer aus. Ein älterer Mann, auf dem Kopf ein Fes, im Gesicht ein silbergrauer Bart, der massige Körper verhüllt von einem traditionellen, arabischen Gewand. Dem Anschein nach feilschte er mit den anderen Männern um den Preis für das Artefakt. Doch sobald eine Einigung erzielt war und alle einander sich über den antiken Sargdeckel hinweg die Hände schüttelten, verließ der Ägypter den Raum. Dabei blieb er im Türrahmen noch einmal stehen und gestikulierte mit den Armen, so als wolle er die Männer warnen. Dann wurde eine weitere Texttafel eingeblendet:

Hütet Euch vor dem Fluch der alten Königin.
Sie hat viele Jahrhunderte überdauert, und sie ist noch
immer imstande zu lieben, zu peinigen und zu töten.
Sucht sie, und Ihr werdet Euer Ende finden.

»Das war Beauvois«, sagte Leda. »Der ägyptische Händler. Vielleicht ist Ihnen aufgefallen, dass er hinkt. Als die Dreharbeiten begannen, war er immer noch auf die Hilfe eines Gehstocks angewiesen. Es hatte da einen Unfall gegeben, müssen Sie wissen. Er war gestürzt, unten im Schuppen, und dabei hat er sich den Knöchel böse verstaucht … was auch der Grund dafür war, dass Ivor Davies für die Hauptrolle angeheuert wurde.«

Ich nickte, gab aber weiter keine Antwort. Zu sehr war ich damit beschäftigt, mir die Kamerafahrt anzuschauen, die die Figur zeigte, die auf den

Deckel des Sarkophags gemalt war – beginnend bei den Füßen, dann weiter nach oben, über die Arme hinweg, die streng über dem Brustkorb verschränkt waren; zwei kleine, weiße Hände, so angeordnet, dass die Finger wie gespreizte Flügel aussahen. Und schließlich verweilte das Auge der Kamera auf den Gesichtszügen der Königin, deren schwarz umrandete Augen ein perfektes Abbild der Augen Leda Greys waren – genauso, wie ich es bereits im »Schuppen« gesehen hatte. Nur dass dort die Farben längst verblasst waren und den Blick getrübt hatten. Hier, auf der Leinwand, wirkten die Augen so klar. Und das Schwarz-Weiß der Aufnahme ließ sie noch intensiver wirken.

Als Nächstes warf der Projektor das Gesicht des attraktiven, jungen Archäologen auf das Laken an der Wand, der nun – allein in seinem Hotelzimmer – ebenfalls auf den Sarkophag blickte, die Augen voller Erstaunen und Begehren. Dann beugte er sich nach vorn, um den Deckel anzuheben. Doch fand er im Innern keine Mumie vor. Der Sarg war leer – von einem Häufchen Asche und einer Papyrusrolle abgesehen. Diese nahm er in die Hand, um sie aufzurollen. Eine weitere Nahaufnahme zeigte dann einige Zeilen Hieroglyphen und etwas, das wie eine Landkarte aussah.

Wie eindringlich und raffiniert der Film dann in den folgenden Szenen wurde, als eine nächtliche Wüstenlandschaft in Panoramaaufnahme auf der Leinwand erschien, darüber, in einem tiefschwarzen Himmel, Sternschnuppen, die in scheinbar weiter Ferne über den Spitzen der Pyramiden niedergingen.

Und dann wieder eine neue Szene. Der Archäologe ritt auf einem Pferd durch eine Felsspalte, die sich öffnete und eine Palasttreppe aus Marmor offenbarte, an deren Fuße links und rechts jeweils die Figur einer großen, steinernen Sphinx wachte. Jedes Detail war exquisit gearbeitet, aber ich hatte kaum Augen dafür, so sehr hielt mich die Handlung der Geschichte in ihrem Bann; erschöpft deutete der Reisende noch einmal auf die Karte, die er bei sich trug – dann nickte er wissend, als habe er nun Gewissheit, dass er hier den gesuchten Ort gefunden hatte.

Einige Einheimische näherten sich, gingen die Treppe hinunter und begrüßten den Mann lächelnd und mit Verbeugungen, und dann – das Bild auf der Leinwand verschwamm kurz und wurde dann wieder klar – befand er sich in einem Tempelraum. Seine formelle englische Kleidung hatte er abgelegt, stattdessen trug er nichts außer einem schlichten, weißen Leinenhemd. (Möglicherweise handelte es sich dabei um eines von Ledas Laken?) Während er auf einer schmalen Liege lag, wurde er von einer Gruppe von Frauen umsorgt, die für ihn tanzten und ihm mit Wein gefüllte Kelche oder Früchte und Brote auf Servierplatten aus Kupfer brachten. Doch schon bald wurde sein Blick auf einen Vorhang gelenkt, der leicht flatterte, als würde eine sanfte Brise ihn erfassen.

Als Nächstes eine Nahaufnahme. Eine schlanke, blasse Hand, deren Finger den Vorhang fassten, bis dann die Kamera zurückfuhr und die Perspektive weitete, sodass die Frau zu sehen war, die nun am Vorhang stand. Ihr Gesicht war zunächst verhüllt von dem dünnen, weißen Tuch, das um ihren Kopf gewickelt war. Einen Moment lang war nicht ganz klar, ob es sich bei ihr um eine zum Leben erwachte Mumie handelte, bis der Schleier von ihrem Gesicht fiel und die Schönheit der Frau zum Vorschein brachte.

Der Archäologe, ganz offensichtlich hingerissen, legte dramatisch seine Hände auf sein Herz und drohte beinahe, ihn Ohnmacht zu fallen, als sie auf ihn zuging, seine Hände in ihre nahm und ihn auf den Mund küsste, bevor sie dann wieder zurückging und hinter dem Vorhang verschwand.

Währenddessen machte sich der Archäologe wie in Trance daran, ihr zu folgen; auch er zog den Vorhang zur Seite und jetzt erst wurde der Blick freigegeben auf zwei prächtige goldene Throne, mit Pfauen, Farnen und blühenden Blumen ringsherum, und im Hintergrund war wieder der gemalte Nachthimmel sichtbar, noch immer voller glänzender Sterne. Und nun erschien ein weiteres Mal die Königin.

Sie trug diesmal ein anderes Kostüm. Ihre Taille schmückte ein juwelenbesetzter Hüftgürtel; darunter ein Rock aus reinster Seide. Ihre Armbänder hatten die Form von Schlangen, die sich um ihre Handgelenke legten. Auch um ihre Brüste wanden sich Schmuckschlangen, beide von ihnen hatten anstelle eines Auges einen Edelstein, der die darunterliegenden Brustwarzen bedeckte. Aber das wohl eindrucksvollste Detail an diesem sexualisierten Ideal einer exotischen Femme fatale war die Krone, die sie auf dem Kopf trug. Es handelte sich eindeutig um eben jene Krone, die Leda Grey nun trug, während sie sich den Film ansah.

Das Haar unter den Blättern und Schlangen war jetzt silbrig-weiß, und die Schlangen selbst waren in einem schlechten Zustand, was sich nicht übersehen ließ. Aber als Leda ihren jugendlichen Geist auf der Leinwand sah, diese erstaunliche Frau mit tiefschwarzem Haar, deren lächelndes Gesicht direkt in die Kamera blickte, da sah sie einen Kopfschmuck, der durch und durch prachtvoll wirkte.

Ihr Lächeln indes – galt es mir oder Ivor? Dieser berauschende, schwüle Blick, der unvermittelt durch die Linse, ja, durch die Leinwand zu dringen schien; ihre Schultern hoben und senkten sich, sie ließ die Arme kreisen, sodass die Schlangen, die sich um ihre Handgelenke wanden, wie lebendig aussahen.

Sie blieb neben einem Tisch stehen, auf dem eine Kristallkugel stand, die ganz genauso aussah wie jene, die ich zuvor im Schaufenster von Theos Laden gesehen hatte. Die Königin streichelte die Kugel, dann hob sie ihre Hände in die Luft und verschränkte die Finger wie zum Gebet. Wieder wurde eine Texttafel eingeblendet.

»Zweitausend Mal hat die Erde die Sonne umrundet …
Seit zweitausend Jahren warte ich auf deine Wiederkehr.«

Die Kamera zoomte auf die Kugel, immer näher heran, bis man im Kristall eine weitere Szene sehen konnte, offensichtlich ein Blick zurück in die Vergangenheit. Dort saß die Königin auf ihrem Thron. Neben ihr ein Mann. Beide saßen regungslos, die Köpfe stolz erhoben. Beide trugen schwarze Perücken; beider Augen waren mit Kajal umrandet. Ihre Körper waren in reinweiße Gewänder gehüllt. Und während er in einer Hand einen Speer hielt, umfassten ihre Finger einen Metallstab, der in dem heiligen Anch-Zeichen mündete.

Dann wechselte die Handlung des Films wieder in die Gegenwart, wo der Archäologe, der diese Szene in der Kristallkugel beobachtet hatte, keuchend zurückstolperte, als könne er nicht glauben, was er da eben gesehen hatte. Von seiner Angst scheinbar völlig unbeeindruckt, nahm die Königin seine Hand in ihre und führte ihn durch eine Tür, die sich hinter den Thronen öffnete. Und schon bald waren die beiden in einem schwarzen Strudel des Nichts verschwunden – eine Schwärze, die nach und nach die ganze Leinwand füllte, bevor eine neue Texttafel erschien, auf der zu lesen stand:

»Und nun sollst du die Ewigkeit mit mir teilen.«

Dann waren beide wieder zu sehen. Der Archäologe blickte ratlos auf die Königin, die nun aus einer Nische in der rauen Höhlenwand eine brennende Fackel holte. Im Schein dieser Fackel führte sie ihn einige Stufen hinunter – immer weiter hinunter und dann noch weiter hinunter. Schließlich sahen sie in der Ferne den Schimmer eines anderen Feuers lodern und folgten diesem Schein, bis sie eine Höhle erreichten, aus deren rissigem Steingrund riesige Flammen züngelten.

Außerdem befand sich eine Steinplatte in der Höhle, auf der eine Mumie lag, vor der die Königin dann niederkniete und anfing, die Leinenbinden von dem toten Körper zu wickeln, um auf diese Weise Gesicht und Körper des Königs zu enthüllen, der zuvor in der Kristallkugel zu sehen war und der dem Archäologen in jeder Hinsicht glich, wie Zwillinge einander gleichen.

Dieser König also war seit zweitausend Jahren tot, aber seine Haut war noch immer makellos, abgesehen von einer fahlen Narbe, die unter dem großen Messingkäfer zu sehen war, der auf seinem Brustkorb lag, direkt über dem Herzen.

Der Archäologe indes zerriss den Stoff seines Gewandes, um ein Körpermal auf seiner Brust freizulegen, das aussah wie die Narbe auf der Brust des Königs. Und während er dieses Mal schockiert betrachtete, fokussierte die Kamera die Königin, der Tränen in den Augen standen, als sie zuerst ihn und dann die Flammen ansah, die plötzlich in einem kräftig nachkolorierten Rot aufloderten, um dann grün, dann blau zu werden, und durch die Flammen hindurch sah man eine neue Texttafel:

»Seit zweitausend Jahren, immer wenn der Morgen dämmerte, habe ich in den heiligen Flammen gebadet. Hier, im reinsten Blau des Feuers, ist das Geschenk, das ich so gerne mit dir teilen wollte, bevor ich von deinem Verrat erfuhr – dass du eine andere mehr liebtest als mich. Rasend vor Eifersucht jagte ich dir meinen Dolch ins Herz. Seitdem habe ich hier gebetet, jeden Tag aufs Neue, in der Hoffnung, deine Seele möge wiedergeboren werden. Und heute bist du zurückgekehrt. Diesmal wird unser Glück andauern bis ans Ende der Zeit.«

Der Archäologe schien der Königin zu misstrauen und wich zurück, als sie sich ihm näherte. Sie aber warf lachend ihren Kopf zurück und zeigte auf diese Weise ihren Hals, der sich schlangenartig wand.

»Ich sehe, du hast Angst! Aber dieses Feuer wird deine Haut nicht verletzen.«

Der Archäologe blieb ganz still und beobachtete, wie die Königin ihre Gewänder ablegte, bis sie nur noch die Krone auf dem Kopf trug. Nackt und gekrönt stieg sie dann in die heiligen Flammen, wo sie tanzte, während das Feuer um sie herum loderte und über ihre Haut leckte. Alle Farben lösten sich dann auf und wurden zu dünnen, weißen Rauchschwaden. Fast sah es so aus, als würden sich die Flügel eines großen weißen Schwans um die Königin legen.

Eine aufregende, aber auch verstörende Szene. Eine solche Provokation lag in ihrem Gesicht. Und die Sexualität, die sie ausstrahlte, als sie erneut lächelnd in die Kamera blickte, die sich nun wieder langsam zurückzog, um die Verwandlung zur alternden Königin zu zeigen.

Ihr Rücken krümmte sich und die Beine wurden schwach, das schwarze Haar wurde weiß, die Brüste hingen immer tiefer und schlaffer, die straffen, fülligen Oberschenkel waren bald nur noch faltige Haut und Knochen. Dann schließlich fiel sie in sich zusammen und außer einem Häufchen Asche und ihrem Schädel war nichts mehr von ihr übrig, nichts mehr zu sehen. Auf der Asche, von den Flammen unversehrt, die Schlangenkrone, über die man nun Skorpione, Würmer und Käfer kriechen sah. Aus den wabernden Rauchschwaden formten sich die Worte:

»Vergiss mich nicht. Ich werde wieder zu dir zurückkehren.«

Die nächsten Szenen waren im Vergleich zu dem vorher Gezeigten viel zu hastig inszeniert. Es war fast so, als habe der Regisseur ohne Leda Grey jegliches Interesse an seinem Film verloren – aber ich fragte mich, ob es sich dabei vielleicht um Absicht handelte, ob Beauvois durch diese Eile die Panik des Archäologen bei dessen Flucht aus der schrecklichen Höhle unterstreichen wollte; der rannte durch dunkle Tunnel und stürzte regelrecht eine steile Steintreppe hinauf, bis er schließlich wieder die Tür hinter den goldenen Thronen durchquerte. Schließlich war nur noch seine Silhouette zu sehen, als er durch den Wüstensand stolperte, unter unzähligen Sternen, die am Nachthimmel glitzerten.

Dann folgte der letzte dramatische Höhepunkt des Films, die allerletzte Szene, die im British Museum in London spielte – nun ja, in einer Kulisse viel mehr, die den Museumsräumen detailreich nachempfunden war. Hier war der mit einem Fluch belegte Sarkophag der alten Königin – den man zuletzt im Hotelzimmer des Archäologen gesehen hatte – ausgestellt. Er wurde von einer Frau in einem langen, weißen Kleid betrachtet, die auf dem Kopf einen weiten Strohhut trug, reich geschmückt mit schneeweißen Federn – ein optisches Echo der lodernden Flammen, die man in der heiligen Höhle gesehen hatte. Dann blickte die Frau nach oben zur Decke, und in diesem Augenblick wechselte auch die Perspektive der Kamera, sodass sie von oben das Gesicht einfing, auf dem sich die kleinste Andeutung eines flüchtigen, rätselhaften Lächelns zeigte. Dann schwenkte die Kamera wieder auf den Sargdeckel und das darauf aufgemalte Gesicht, das dem der Frau glich, als sei eines das Spiegelbild des anderen.

Eine erläuternde Texttafel brauchte es nicht mehr. Die verfluchte Königin war wiedergeboren worden. Noch immer auf der Suche nach dem Mann, den sie liebte.

Ich blieb noch eine ganze Weile regungslos hinter dem Projektor stehen, lange nachdem meine Finger sich von der Kurbel gelöst hatten. Mein Blick fiel jetzt auf Leda Grey und ich war überrascht über die Bosheit in ihren Augen, während sie weiterhin auf die leere Leinwand starrte.

»Was halten Sie von diesem Film?« Ihre Stimme war scharf, ohne jede Wärme.

»Was für eine Welt Sie da alle gemeinsam erschaffen haben! Selbst die gewöhnlichsten Dinge wirkten irgendwie außergewöhnlich. Das heilige Feuer. Der Tanz des Todes. Die Nebelschwaden, die nach dem Tod der Königin durch die Höhle zogen und teilweise sogar ihre Gestalt annahmen. Und die Wüstenszenen …«, fuhr ich fort. »Es sah wirklich so aus, als hätten Sie die tatsächlich in der Wüste Ägyptens gedreht, als wären Sie eigens dorthin gereist.«

Das war eine von Theos Kulissen. Er hat das alles im Miniaturformat gebaut, dann wurde es vor dem Wasserbecken abgefilmt, während Amy und ich auf Kisten stiegen und Sterne aus Silberfolie hineinstreuten, wo sie im Wasser herumwirbelten und dann zu Boden sanken. In etwa wie die Schneekugeln, die wir früher zu Weihnachten hatten.«

»Und die Kulissen für die Innenräume.« Meine Gedanken kannten keinen Halt. »Einige davon sahen aus, als habe Klimt sie gemalt. Und der Stil der Kostüme. Die Art, wie Sie posiert haben.«

»Ah, ja! Beauvois hat seine Arbeit geliebt. Und ich weiß, dass man es im Film nicht sehen kann, aber die meisten Kulissen und Requisiten hat Theo mit Blattgold und Blattsilber zum Glänzen gebracht. Lustigerweise erinnere ich mich daran, eines Tages ein Foto von Klimt in einer Zeitschrift gesehen zu haben. Er und Beauvois hätten Brüder sein können. Ihr Körperbau, ihre Augen … die beiden sind sich so ähnlich. Sie strahlen so eine sinnliche Intelligenz aus. Aber der Artikel zum Foto hat mir nicht gefallen. Da hieß es, die Gemälde von Klimt seien nichts weiter als pornografische Werke, notdürftig versteckt unter dem Deckmantel von Mythen und Allegorien. Ich hingegen bin der Meinung, dass seine Arbeit weit über das rein Sexuelle hinausging, wie auch bei Beauvois. Obwohl, natürlich … es hat dieses Element bei beiden gegeben.«

»Ivor Davies war ein gut aussehender Mann. Eine sehr sexuelle Ausstrahlung.«

Leda holte tief Luft und richtete sich in ihrem Stuhl auf, das Kinn leicht geneigt, auf den Lippen ein starres Lächeln, wie eingefroren. »Ja, Ivor war gut aussehend, und er war charmant. Und Beauvois war ein eifersüchtiger Mann, … was uns von Anfang an Probleme bereitete.«

»Was für Probleme waren das?«

Leda zuckte mit den Schultern. Die Schlangen auf ihrem Kopf zitterten. Sie gaben ein zischendes Geräusch von sich, während Leda ihre Erzählung fortsetzte: »Kleinliche Zankereien darum, wer was wie spielen sollte. Ich nehme an, so etwas ist zu erwarten, wenn man mehr Leute an dem Projekt beteiligt. Und Beauvois war erschöpft; er konnte überhaupt nicht mehr rational denken. Er arbeitete Tag und Nacht, um den Film fertigzustellen und ihn an Edison schicken zu können, bevor der Vertrag auslief … außerdem wollte er für uns eine private Vorführung auf dem Rasen veranstalten, bevor Ivor uns verlassen musste, um anderswo Rollen anzunehmen. Aber als wir dann unser Picknick veranstalten … ach, was für ein schöner lauer Abend das war, und Beauvois und Theo haben im Garten ein großes, weißes Laken zwischen den Bäumen aufgespannt, und …«

Sie unterbrach sich, und als sie wieder zu sprechen ansetzte, war ihre Stimme voller Emotion. »Dass ich diesen Film heute Abend noch einmal gesehen habe … Wenn ich daran denke, was seinetwegen dann alles passierte. Bitte, Ed … legen sie ihn in die Dose zurück. Schaffen Sie ihn weg. Schaffen Sie sie alle weg. Ich werde sie mir nie wieder ansehen.«

Ich tat, was sie verlangte, nahm den Film aus dem Projektor und legte ihn wieder in die Dose, die ich zusammen mit den anderen Filmdosen in meinem Rucksack verstaute. Obwohl all das mit Ledas vollem Einverständnis geschah, beunruhigte mich ihr durchdringender Blick. Ich befürchtete, sie könnte ihre Meinung geändert haben. Aber dann stellte sie mir lediglich eine Frage: »Kennen Sie das Schotten-Stück?«

Wieder dieses Pochen in meinen Schläfen, das es mir schwer machte, einen klaren Gedanken zu fassen. Sie hatte das Stück in ihren *Spiegelbildern* erwähnt, Ivor hatte es am Theater in Brightland gespielt. Gab es, entgegen ihren bisherigen Äußerungen, womöglich noch einen weiteren Film?

»Nun?«, fragte sie, diesmal etwas drängender. »Was können Sie mir über das Stück erzählen?«

Ich dachte: *Ich könnte dir von den purpurfarbenen, unermesslichen Gewässern erzählen.* Ich sagte: »Ich weiß, dass es darin Hexen gibt.« *Und nun lässt du mich allmählich glauben, dass Lucy vielleicht doch recht hatte. Vielleicht sitzt hier oben im White Cliff House tatsächlich noch eine weitere Hexe. Mit einer Schlangenkrone auf dem Haupt.*

»In *Die verfluchte Königin* habe ich wie eine Hexe ausgesehen.« Mit weit aufgerissenen Augen und ohne zu blinzeln, starrte Leda mich an.

»Ja, das haben Sie«, antwortete ich. »Aber mehr im Sinne einer mondänen Zauberin, nicht wie die klassische Hexe aus dem Märchenbuch, hässlich und zahnlos.«

»Bis zu meinem Tod – da wurde ich zu der abscheulichsten Hexe, die man sich nur vorstellen kann.« Sie schenkte mir ein unsagbar trauriges Lächeln. »In etwa so, wie Sie mich jetzt hier sitzen sehen.«

Der Tod. Warum nur sprach sie so oft vom Tod? In meinem Kopf entstanden Bilder von Verwesung. Fliegen. Faulenden Äpfeln. Fleisch, das in einer Höhle verbrannte, in der das einzige Leben, das es noch gab, die Würmer und Käfer waren, die in Ledas Schlangenkrone herumkrochen.

HEIL DIR, MACBETH!

Macbeth

»Wie ging es dann weiter, Leda? Was ist passiert, als ihr diesen Film gemacht habt?«

»Nicht *als* wir ihn gemacht haben … danach. Da war ich bereits blind für alles. Hätte ich doch nur versucht, es nicht so weit kommen zu lassen, bevor mir alles aus den Fingern geglitten ist. Hätte nur Theo nicht Ivor hierher nach White Cliff House gebracht.« Sie seufzte. »Ich kann jetzt nicht darüber reden. Ich bin erschöpft, Ed. Es tut mir leid. Ich habe es zu Papier gebracht, … vor langer Zeit. Es steht alles in meinen *Spiegelbildern.*«

Sie schloss ihre Augen, und beinahe sofort schien sie zu schlafen. Das war ein weiterer Moment, in dem ich mich hätte entscheiden können, den Klippenpfad hinunterzugehen, um Lucy im Pub zu treffen. Aber jetzt war meine Neugierde geweckt. Ich holte die *Spiegelbilder* aus meinem Rucksack und setzte mich wieder in den Ledersessel neben dem Schreibtisch.

Ich brauchte diesmal keine Kerzenflamme, mir genügte das silberne Mondlicht, das durch den geöffneten Fensterladen schien; durch den Riss in der Wand und das zerbrochene Fensterglas strömte ein angenehm kühler Luftzug. Irgendwo in der Ferne hörte ich Donnergrollen, während die Seiten spröden Papiers, die ich durchblätterte, in meinen Händen raschelten, bis ich mich schließlich für eine von ihnen entschieden hatte.

Diese Erinnerung scheint durch das grelle Licht elektrischer Lampen. Aber zuerst war da das Knattern des Motorrads, das ich hörte, als ich die Treppe hinunterkam – ich stürzte zur Tür hinaus und auf die Veranda, und dort sah ich vom Ende der Kiefernallee her meinen Bruder winken; er zog sich die Schutzbrille vom Gesicht und rief: »Leda! Leda Grey! Schau mal, wer hier ist, um dir Hallo zu sagen!«

Durch den Rauch, der aus dem Auspuff des Motorrads stieg, konnte ich die Silhouette eines anderen Mannes erkennen, der aus dem Beiwagen kletterte, nachdem er Rex auf den Boden gesetzt hatte. Der alte Hund musste die Fahrt hierher auf dem Schoß des Fremden verbracht haben. Als er nun auf mich zuflitzte und vor Freude winselte, hob ich ihn in meine Arme und kraulte ihm die immer grauer werdenden Ohren, während ich unauffällig in Richtung des Besuchers blickte, der eine ganze Weile damit beschäftigt war, die Falten in seiner zerknitterten Kleidung mit den Händen zu glätten – und vermutlich auch etliche Hundehaare zu entfernen.

Doch schließlich drehte er sich um und schaute in meine Richtung; ich machte einen Schritt nach vorn und dann noch einen, setzte Rex wieder auf den Boden und rief: »Ivor! Bist du das? Du hast dich aber wirklich verändert. Du bist so …«

Ich fand keine Worte, um auszudrücken, wie viel schlanker und eleganter er mir vorkam. Aber das brauchte ich auch gar nicht, denn schon hatten Ivors Hände meine umfasst.

Mit ausgestreckten Armen hielt er mich auf Abstand, um mich zu mustern; dann lachte er: »Leda! Leda Grey! Theo hat mir erzählt, dass du immer schöner wirst und ganz erwachsen bist … und wie ich sehe, hat er die Wahrheit und nichts als die Wahrheit gesprochen.«

Es stimmte. Ich war nicht mehr das dürre, alberne Mädchen, mit dem er das Haus in Brightland geteilt hatte, und ich genoss es, mich ihm präsentieren zu können; auf unserem Weg zum Haus drehte ich mich im Kreis, damit Ivor das Kleid bewundern konnte, das ich trug. Ein wunderschönes Stück, das ich bei Liberty gekauft hatte. Ein orientalisches Seidenkleid in zarten Blau-, Grau- und Grüntönen, und als Tageskleid für das White Cliff House völlig ungeeignet. Aber Beauvois mochte, wenn ich es trug, denn es war eines der Geschenke, die er besorgt hatte, als meine beiden Vögelchen gestorben waren.

Zu jener Zeit hatte ich sehr viele Geschenke bekommen. Silberne Bürsten. Bestickte Leinenbettwäsche. Einen wunderschön bemalten Schrank, der eines Nachmittags bei uns eintraf. Wo er den gefunden hatte, weiß ich nicht, aber es war wirklich das perfekte Möbel, um meine Erinnerungsstücke an unsere Filme aufzubewahren. Und nun, da Theo zurück war, würden sicherlich weitere Filme dazukommen. Mein Bruder strahlte glücklich, als er auf uns zuging und rief: »Wo ist Beauvois, Leda? Im Haus oder im Schuppen?«

»Ah … der berühmte Filmschuppen.« Ivor blickte sich suchend um, ob er irgendwo einen Hinweis auf unser Studio entdecken konnte.

»Wir zeigen ihn dir.« Ich nahm seine Hand in meine, während Theo meine andere ergriff. »Beauvois testet gerade die Lampen. Warte nur, bis du sie siehst! Der Elektriker war tagelang hier. Ein Spezialist, der aus Leeds kam. Aber das hat dir Theo sicherlich alles schon erzählt … Und nun will ich wissen, was du so getrieben hast. Erzähl mir alles! Wie war das Stück? ›Kismet‹ hieß es?«

»Ja, ›Kismet‹. Es lief mehrere Monate. Aber du bist nie gekommen, um es zu sehen!« Mit gespielter Empörung schaute er mich an.

»Das ist dir also aufgefallen? Und hat es dich gestört?« Ich lächelte, flirtete schamlos, wurde dann aber wieder ernster, als ich sagte: »Ich vermute, du hast bereits gehört, was sich bei uns alles geändert hat, nachdem du fortgegangen warst. Wir mussten das Haus in Brightland verkaufen … und Mrs C. haben wir auch gehen lassen müssen. Wir sehen sie gar nicht mehr.«

Sein Lächeln war mitfühlend. »Theo hat mir von all dem erzählt. Aber du weißt ja, wie schnell aus Pech auch Glück werden kann.« Seine Hand drückte meine sanft. »Nichts währt ewig. Das Wichtigste ist es, immer nach vorn zu blicken. Die Zukunft, das ist das Wichtigste, altes Mädchen.«

Taktvoll wechselte er das Thema. »Aber was hat es denn nun mit deinen Filmen auf sich? Theo hat mir ein paar Standbilder aus »Die Meerjungfrau« gezeigt, als wir uns an Silvester wiedergesehen haben. Wer hätte gedacht, dass ich ihm ausgerechnet bei Tilly Davenport begegne. In was für einer kleinen Welt wir doch leben.«

»Und was ist aus der großen weiten Welt geworden? Bist du tatsächlich nach Amerika gereist? Hast du dir dort eine goldene Nase verdienen können?« Ich war so ausgehungert, dass ich mich begierig auf jede seiner Neuigkeiten stürzte.

»Ah, nein. Soll heißen: noch nicht. Die Reise war zum Scheitern verurteilt, noch bevor wir das Schiff verlassen hatten. Wir waren noch an Bord, im Hafen von New York, als der neue Verehrer von Marie Lloyd verhaftet wurde. Irgendeine ausgedachte Geschichte … er habe angeblich versucht, Marie als Hure zu verkaufen.« Ivor lachte. »Was für ein Fiasko! Sie muss ja mindestens doppelt so alt sein wie er, und ich bezweifle, dass jemals irgendein Mann unserer Marie sagen

könnte, was sie zu tun und zu lassen hat. Aber der Skandal war nicht gerade hilfreich für mich … und als dann ein Telegramm von meinem Agenten kam, ein Angebot für ein Engagement in London, da schien es mir sinnvoller, aufs nächstbeste Schiff in Richtung Heimat zu steigen … um am Old Vic zu spielen. Noch eine Spielzeit für das Schotten-Stück. Kannst du dir das vorstellen, Leda? Ich schwöre dir, ich bin verdammt, diese Rolle bis ans Ende meiner Tage zu spielen.«

»Erzähl ihr den Rest«, drängte Theo. Er klang sehr angespannt, und seine Hand drückte meine noch fester.

Währenddessen plapperte Ivor weiter. »Da waren ein paar Talentsucher im Publikum. Filmleute aus Amerika. Ich habe ein Treffen mit D. W. Griffith. Hast du schon von ihm gehört, Leda? Ganz bestimmt hast du das. Er dreht ganz wundervolle, epische Filme, für die er Tausende Leute vor die Kamera holt. Seine Filmsets sind so groß wie ganze Dörfer. Und ich weiß, dass es für mich an der Zeit wäre, etwas Neues zu wagen. Wahrscheinlich sollte ich mich voll und ganz darauf konzentrieren. Aber er will das Schotten-Stück verfilmen … das kommt mir zwar ein wenig seltsam vor, weil es bei Shakespeare doch nur um die Worte geht. Aber sie haben gesagt, dass sie das alles mit sensationellen Effekten aufziehen werden, und …«

Ivor blieb stehen, wodurch ich und Theo ebenfalls gezwungen waren, stehenzubleiben; aufmerksam hörten wir ihm beide zu, als er uns seine Idee vortrug: »Was haltet ihr davon, mit mir zu kommen? Du musst meinen Agenten kennenlernen, Leda. Er hat hervorragende Kontakte, überall in der Filmbranche. Und für Set-Designer gibt es auch jede Menge Arbeit … Theo wird also bestimmt keine Not leiden müssen.«

Ivors Vorschlag schmeichelte mir. Er schmeichelte mir, und er schien mir auch sehr aufregend. Trotzdem antwortete ich mit betont gelassener Stimme: »Aber du hast mich ja noch nie schauspielern sehen. Nur diesen Trick mit der Verbrennung, den wir aufgeführt haben.«

Theos Antwort klang etwas wachsamer: »Beauvois hat ebenfalls Kontakte nach Amerika. Ein Geschäftsabkommen mit Edison.«

Er hatte die Worte kaum ausgesprochen, da unterbrach ihn Ivor schon wieder: »Dann ist er ein Narr! Nach allem, was ich gehört habe, geht es Edison nur um eine Sache, was die Filme anbelangt, die hier gedreht werden. Er will sie untergehen sehen. Der Mann ist ein Diktator. Er kennt keine Rücksichtnahme. Er wird deinen Beauvois zum Narren halten. Er wird ihn im Regen stehenlassen und …«

»Beauvois ist kein Narr. Ganz im Gegenteil.« Ich kam sofort zu seiner Verteidigung.

»Oh, nun reg dich doch bitte nicht auf.« Ivor gab sich reumütig. »Ich verbreite nur Klatsch und Tratsch. Du weißt, dass ich manchmal einfach nicht widerstehen kann. Kein Wort mehr davon. Ich verspreche es dir.«

Er legte einen Finger auf seine Lippen, und im selben Moment machte Theo einen Vorschlag: »Also, Ivor, ich bezweifle, dass unsere Bemühungen hier mit denen deines wunderbaren Griffith mithalten können, aber wie wäre es, wenn du uns hilfst, »Die verfluchte Königin« zu drehen? Nur wenn Beauvois seine Zustimmung gibt, natürlich. Du hast in den kommenden Monaten nichts zu tun, sagtest du, und hast du gewusst, dass Tilly ebenfalls mitwirken wird? Dass sie einen Cameo-Auftritt übernimmt? Ich würde mal sagen, dass wir für dich auch etwas finden.«

»Die gute alte Tilly. Ein echtes Pfundsweib.« Ivor lächelte breit. »Eine Lady ganz nach meinem Geschmack, lässt sich keine Sause entgehen. Es könnte lustig werden, ein Weilchen hierzubleiben. Dann lass uns doch mal sehen, was euer Herr und Meister dazu zu sagen hat.«

Ivors Antwort, die Worte, die er wählte – diese Bemerkung von unserem »Herrn und Meister« –, gaben mir irgendwie das Gefühl, bloßgestellt worden zu sein; ein Gefühl, das noch stärker wurde, als wir den Weg erreichten, an dem die Statue stand, die wir in »Delirium« genutzt hatten. Dort blieb Ivor erneut stehen, um sie eingehend zu betrachten; mit einer Hand streichelte er über ihren Arm, was in mir die lebhafte Erinnerung an jenen Tag weckte, als er versucht hatte, mich zu küssen.

Ich konnte nicht anders, als mich abzuwenden und meinen Weg in Richtung des Schuppens fortzusetzen. Er sah prächtig aus, wie das Licht der Sonne über die Glasscheiben tanzte – und dazu auch noch der Ausdruck von Erschütterung in Ivors Gesicht, als er sah, was für ein Ausmaß unsere Unternehmung erreicht hatte. Vielleicht hatte sie nicht das Ausmaß eines Dorfes, aber eine Schönheit war sie dennoch. Und nun hatten wir auch noch elektrisches Licht für sie.

Es war eine Investition von beträchtlicher Höhe gewesen, aber fortan würde es keine Verzögerungen mehr geben, wenn das Wetter zum Filmen zu trüb war. Wir konnten den ganzen Tag arbeiten, und wenn wir das wollten auch die ganze Nacht. Beauvois hatte sogar geplant, Drähte bis zum White Cliff House zu verlegen. Aber manche Dinge sollen eben nicht sein. Das ist Schicksal – und das Schicksal sollte auch in die Dreharbeiten zu unserem Film eingreifen.

Als wir die Wiese überquerten, war da zuerst nur das Brummen des Generators zu hören. Und dann plötzlich diese Lichtblitze. »Du liebes Bisschen!« rief Ivor, und er war nicht der Einzige, der mit offenem Mund dastand, als ein knisternder Funke wie ein Blitz durch den Schuppen schoss. Ein plötzlicher, donnernder Knall war zu hören. Dann war einen Moment lang alles still und es schien, als wäre die Zeit stehengeblieben – bis Rex, der eben noch in den Hecken herumgeschnüffelt hatte, losstürmte, um nachzusehen.

Einen kurzen Augenblick lang zauderte ich, bevor ich dann mit hochgerafften Röcken hinter ihm her stürmte. Nach Luft japsend erreichte ich die Tür des Schuppens und sah unser Filmset in Trümmern liegen. Drei Palmen waren umgestürzt. Die Töpfe, in die wir sie gepflanzt hatten, zerschlagen, und überall verschüttete Erde. Einer der beiden ausgestopften Pfaue, die Theo aus dem Laden in Brightland zu uns hochschicken hatte lassen, war von einer einstürzenden Kulisse begraben worden. Und dort, inmitten all des Chaos, lag Beauvois auf dem Boden. Neben ihm ein Kabel, aus dem kleine, blaue Funken sprühten.

Beauvois hatte mich oft davor gewarnt, welche Gefahr von der Energie ausgehen könne, und ich vermochte jetzt nur zu deutlich sehen, dass dort, wo seine Finger das Ende des Kabels berührten, der Schock in ihn eindrang und seinen Körper zucken ließ, was auf Rex womöglich gefährlich und bedrohlich wirkte. Der Hund bleckte seine spitzen, gelben Reißzähne. Aus der Tiefe seiner Kehle drang ein Knurren, als er sich zuerst auf Beauvois' Arm stürzte und dann den mit Gummi ummantelten Draht angriff, den er wohl für eine Schlange hielt. Aber das war eine Schlange mit einem tödlichen Biss, dem nicht einmal der schnellste und mutigste Hund je hätte trotzen können. Und Rex war alt, seine Augen fast blind – und schon lag der Hund auf der Seite, und seine Beinchen krampften ganz fürchterlich.

Und es stank auch fürchterlich, nach verbranntem Fell, und dann ertönte ein Schrei aus großer Höhe. Als ich nach oben blickte, sah ich, dass Joe auf dem obersten Brett eines Baugerüsts festsaß. Direkt neben seinem Kopf flackerte heftig das Licht einer Bogenlampe. Ich erinnere mich, dass ich nach oben rief, um ihn zu fragen, wie man den Strom abstellt. Aber er schien mich nicht zu verstehen. Er schrie, in ziemlicher Hysterie.

»Wir waren so gut wie fertig, Miss Leda … mussten nur noch die Kamera hier hochbekommen, für all die Aufnahmen von oben. Aber eines der Kabel hat sich um die Füße von Mister Beauvois gewickelt, und jetzt … Nein, Leda. Lassen Sie das! Nein!«, schrie er, als er sah, wie ich versuchte, den armen Rex von dem Draht wegzuzerren, der noch immer Stromstöße in seinen kleinen Körper schickte. »Berühren Sie jetzt bloß nicht den Hund, sonst gehen die Stromschläge von seinen in ihren Körper über. Treten Sie das Kabel beiseite, wenn Sie können … an irgendeiner Stelle, wo das Gummi noch intakt ist.«

Ich befolgte Joes Anweisungen und sah, wie das Kabel aus Rex' Maul glitt. Aber es war offensichtlich, dass jede Hilfe zu spät kam; es gab keine Hoffnung mehr auf Rettung. Zu spät kam der dröhnende Generator zum Stillstand – Theo und Ivor hatten ihn entdeckt und sofort abgestellt –, während ich mich an Beauvois' Seite kniete, sein Gesicht in meine Hände nahm, ihm auf die Wangen schlug, auf seinen Brustkorb klopfte und meinen Atem in seine Lungen blies. All diese medizinischen Dinge, von denen ich in »Dreihundert Dinge, die ein kluges Mädchen tun kann« gelesen hatte.

Ich betete, dass wenigstens eine dieser Sachen funktionieren würde. Ich betete, dass der Mann, den ich liebte, überleben würde, und ich betete noch immer, als er stöhnend die Augen öffnete und fragte: »Was zum Teufel … Was ist denn hier passiert? Wo ist Joe?«

Ich blickte nach oben, wo Joes Beine nun über dem Rand des Baugerüsts baumelten. »Er wird es überleben«, sagte ich, und dann sah ich meinen Bruder über mir stehen, sein Gesicht weiß wie Kalk, in seinen Armen der schlaffe Körper des Hundes.

Ich konzentrierte mich wieder auf Beauvois und sagte: »Wir werden dich ins Haus bringen. Wir müssen den Arzt rufen und …«

»Mach kein Theater«, platzte es aggressiv aus ihm heraus, und er stieß meine Hand weg, die ich ihm entgegengestreckt hatte, um ihm wieder auf die Beine zu helfen. Und diese jähe Zurückweisung, so grob und ungezügelt, tat weh – obwohl ich wusste, dass es die Schmerzen waren, unter denen er litt, die dieses Verhalten verursachten. Doch es versetzte mir einen heftigen Stich.

Für solches Selbstmitleid war jedoch keine Zeit. Ich tat ganz einfach mein Bestes, um zu helfen, als Ivor auftauchte und die Leiter wieder an das Baugerüst lehnte, damit Joe hinunterklettern konnte. Anschließend trugen alle drei Beauvois zurück ins White Cliff House, wo er auf dem Sofa im Wohnzimmer lag und den Arm umklammerte, in den Rex ihn gebissen hatte. Jeder, der es wagte, ihm helfen zu wollen, wurde mit Schimpfwörtern und Verwünschungen überzogen.

Ivor und Theo gingen bald darauf los, um den Hund zu holen und ihn nach Hause zu bringen. Joe rannte zur Farm, um von dort mit dem Telefon den Arzt für Beauvois zu rufen. Dieser traf schließlich ein und versicherte seinem Patienten, dass er nur eine Prellung am rechten Unterarm und einen verstauchten Knöchel habe, Verletzungen, die bei guter Erholung rasch verheilt sein würden.

Als der Arzt ging, hätte man meinen können, er habe Beauvois' Todesurteil gesprochen – so wie dieser unter seiner zähen Wolke aus schwarzer Galle schmollte, die sich erst verzog, nachdem Amy ihm Tee gebracht hatte, dem er mehrere Tropfen seines geliebten Himmelstürchens zufügte.

Und trotzdem fing er an zu toben, als er merkte, dass ich wegen Rex weinte: »Gottverdammt noch mal, Leda! Was für eine Aufregung um einen Hund. Er war alt. Er hat gestunken. Hat überall hingepisst. Ein Segen für alle, dass er nicht mehr da ist. Und noch dazu ging es schnell und schmerzlos!«

»Schmerzlos!«, rief ich. »Du hast doch nicht einmal gesehen, was mit ihm passiert ist! Und egal, wie alt er war, Theo und ich haben diesen Hund geliebt. Seit dem schrecklichen Tag, als …«

Ich konnte nicht weitersprechen. Ich sah nur noch das Gesicht meines Bruders, wie er mit zwölf Jahren am Rand der Straße gestanden hatte, auf deren Pflastersteinen unsere Mutter lag, völlig reglos. Und heute wieder dieser

Ausdruck im Gesicht, im Schuppen, als Theo auf Rex hinuntergeblickt und geweint hatte.

Ich stürmte die Treppe hoch, um allein zu schlafen, während Beauvois im Wohnzimmer blieb. Am frühen Morgen dann ging ich wieder hinunter, um ihn wachzurütteln und zu fragen, ob wir nach Brightland fahren könnten. Ich wollte sehen, ob es Theo gutging.

Sofort begann Beauvois wieder zu schimpfen. »Wie soll ich denn fahren, wenn ich mich nicht einmal auf den Beinen halten kann? Geh zur Farm, wenn du meinst, dass du unbedingt fahren musst. Frag Joe, ob er dich mit dem Kutschwagen hinbringt. Aber ich finde, du solltest dich mal auf das Naheliegende konzentrieren. Wir werden den Film verschieben müssen – das ist momentan das Wichtigste. Und es ist ein ernstes Problem. Unsere Investoren erwarten, bis Sommerende mindestens drei Filme zu sehen. Wie sollen wir das schaffen, wenn ich nicht laufen kann?«

»Du kannst trotzdem Regie führen«, antwortete ich. »Das kannst du auch von einem Stuhl aus machen. Im Sitzen.«

»Aber ich spiele die männliche Hauptrolle! Ich spiele den Archäologen, der …«

»Das kann Ivor übernehmen«, sagte ich mit ausdrucksloser Stimme.

»Ivor?«

»Ivor Davies. Er hat am Old Vic den Macbeth gespielt.«

Was kümmerte es mich, dass ich den Namen »Macbeth« aussprach? Was kümmerte mich, ob der Name Unglück brachte oder nicht? Ich konnte es mir nicht länger vorstellen … und Beauvois war es nicht aufgefallen. Selbst wenn er es bemerkt hätte, so hätte er derlei Aberglauben zweifellos für dummes Gewäsch gehalten.

»Woher kennst du diesen Schauspieler?« Allein schon, wie er dieses Wort aussprach. SCHAUspieler. Ich weiß nicht, wie ich die Fassung wahrte, als ich die bodenlose Verachtung in seiner Stimme hörte.

»Er war unser Untermieter, damals in Brightland, als er am Theatre Royal aufgetreten ist. Theo ist danach mit ihm in Kontakt geblieben, und gestern ist er zu Besuch gekommen, … was genau genommen dein ganzes Glück war, denn Ivor ist derjenige gewesen, der den Strom abgestellt hat, und er hat Joe vom Gerüst

heruntergeholfen, und dann hat er auch noch geholfen, dich zurück ins Haus zu bringen … wofür er von dir nicht ein Wort des Dankes gehört hat.«

Scheinbar hatte ich Beauvois einen Dämpfer verpasst. Erschreckte ihn vielleicht der Zorn in meinen Worten? Entschuldigte er sich deswegen?

»Ich sehe ein, dass ich zu grob zu dir gewesen bin, Leda. Was mit dem Hund passiert ist, tut mir leid. Es ist nur … was dieser Unfall für Folgen haben könnte! Und das ausgerechnet zum jetzigen Zeitpunkt.« Er seufzte und presste eine Hand auf seine Stirn. »Die Verträge geben uns keinerlei Spielraum. Wenn wir nicht sofort mit den Dreharbeiten beginnen, dann müssen wir die Kredite zurückzahlen, und wir haben das Geld bereits bis auf den letzten Penny ausgegeben. Wenn du also meinst, dass dieser Freund von euch das nötige Talent und das richtige Aussehen hat, um die Rolle zu spielen … und wenn du dir, was vielleicht noch wichtiger ist, vorstellen kannst, mit ihm zusammenzuarbeiten …?«

»Meinst du nicht, dass es eher um die Frage geht, ob er bereit ist, mit mir zu arbeiten? Hast du mir denn nicht zugehört? Er ist ein erfahrener und erfolgreicher Schauspieler!«

»Oh, Leda.« Beauvois nahm meine Hand in seine und küsste sie. «Es gibt auf der ganzen Welt keinen Schauspieler, der sich die Gelegenheit entgehen lassen würde, mit dir zu arbeiten, wenn er dich erst einmal gesehen hat. Und wenn dieser Ivor doch zweifeln sollte, dann braucht er nur die Filme zu sehen, die wir bereits gemacht haben.«

Er fasste mich am Kinn und zog mein Gesicht so nah an seins heran, dass ich die beißende Süße der Tropfen riechen konnte, nach denen sein Atem noch immer duftete. »Wir werden Theo besuchen … natürlich werden wir das tun. Joe kann kommen und den Wagen fahren. Er wird uns beide nach Brightland bringen. Wir fahren noch heute Morgen.

UND IN DEM HERZEN MUT, DIE LIEBE ZU BEWEISEN

Macbeth

Während ich über den Unfall im Filmschuppen las, musste ich immer wieder an den ausgestopften schwarzen Hund auf dem Tresen in Theos Laden denken. Wie morbide und gruselig mir das jetzt vorkam.

Ich nahm meinen Blick von Ledas Aufzeichnungen und spähte durch die langen Schatten des Zimmers in Richtung ihres Sessels, in dem sie noch immer schlief, so tief, dass sie nicht einmal zuckte, als ein heller weißer Blitz alles in grelles Licht tauchte. Es folgte ein monströser Donnerschlag. Die Luft vibrierte und schien fast zu dick, um zu atmen. Doch dann kehrte die Stille zurück und ich entspannte mich wieder, um erneut die Lektüre von Ledas *Spiegelbildern* aufzunehmen. Ich überflog die Seiten, auf denen sie die Entstehung des Filmes *Die verfluchte Königin* beschrieben hatte – wie Ivor Davies die Rolle übernahm, die Charles Beauvois zu spielen gehofft hatte –, um mich dann wieder in das Geschriebene zu vertiefen, als sie damit fortfuhr, was hier oben geschehen war, nachdem man die Dreharbeiten abgeschlossen hatte.

So oft ging ich allein ins Bett und wachte in der Dunkelheit auf, um neben mir die kalten Laken zu spüren. Und statt der regelmäßigen Atemzüge des schlafenden Beauvois hörte ich das Brummen des Generators, der die Lampen leuchten ließ, in deren Schein er Tag und Nacht hindurch arbeitete.

Aber ich verbrachte meine Tage nicht allein, wie ich es in den langen, tristen Wintermonaten getan hatte, als er an den Filmbändern zu »Delirium« gearbeitet hatte. Ich wanderte hinunter nach Cuckham Sands, mit Amy als meiner Begleitung, um Tilly Davenport zu besuchen. Ivor und Theo kamen auch mit. Wir machten uns einen richtigen Urlaubstag. Mit Liegestühlen und einem Picknick am Strand. Die Männer krempelten ihre Hosen hoch. Und wir rafften unsere

Röcke bis über die Knie, damit das Wasser unsere Beine umspülen konnte. Wenn es regnete, versuchten wir, den lieben Joe zu überreden, uns nach Brightland zu fahren, um das Bioskop in der Queen Street zu besuchen, wo kolorierte Filme gezeigt wurden. In einem davon warf ein reicher Mann seinen Zylinder weg, den ein Landstreicher nutzt, um seine schäbigen Stiefel neu zu besohlen. In einem anderen träumte ein kleiner Junge von einer Mütze, die ihn unsichtbar macht.

Ich hatte, wann immer ich bei Beauvois war, das Gefühl, diese Mütze zu tragen. Er schien kaum zu bemerken, ob ich mich im White Cliff House aufhielt oder nicht. Nicht einmal an jenen Morgen, an denen ich aufwachte, bevor Amy zur Arbeit kam, und ihm sein Frühstück in den Schuppen brachte, nur um es später wieder in die Küche zu tragen, kalt und meist völlig unberührt. Er habe keinen Appetit, sagte er. Nicht einmal seinen Tee wollte er trinken. Es hatte fast den Anschein, als reiche ihm allein die Arbeit, um sein sterbliches Fleisch lebendig zu halten.

Aber diese Arbeit ermüdete ihn auch furchtbar. Jeden Tag sah er älter, abgeschlagener und blasser aus, und er dachte selten daran, sich zu waschen oder zu rasieren, ja nicht einmal seine schmutzigen Kleider wechselte er. Es war eine wahre Gnade, als er die Arbeit am Film endlich beenden konnte und der alte Beauvois zu mir zurückkehrte, um sich endlich auch einmal wieder den ehelichen Vergnügungen hinzugeben. Im Schlafzimmer zeigte er mir gegenüber eine neue Aufmerksamkeit, die half, den Groll zu lindern, den ich seit jenem schrecklichen Tage hegte, an dem Rex ums Leben gekommen war.

Vergeben, wenngleich nicht vergessen. Aber wie hätte ich an jenem Morgen nicht lächeln können, als ich aufwachte und ihn neben mir liegen sah, als er meine Lippen küsste und verkündete: »Was denkst du, Leda? Wollen wir eine Party auf der Wiese vor dem Haus veranstalten? Eine Privatvorstellung, um die Fertigstellung von »Die verfluchte Königin« zu feiern … bevor Ivor uns verlassen muss.«

Ich erwähnte mit keinem Wort, dass Ivor jeden Abend feiern gegangen war, seit die Dreharbeiten geendet hatten. Ja, selbst als sie noch in vollem Gange gewesen waren, waren er und Theo oft erschöpft im Schuppen erschienen, nach Bier stinkend und noch halb betrunken. Es kam fast einem Wunder gleich, aber Ivor musste kaum mehr tun, als sich in sein Kostüm zu werfen, und schon kehrte neues Leben in seinen Körper ein – auch wenn er bisweilen seine Szenen durcheinanderbrachte, wodurch Beauvois gezwungen war, sie immer und immer wieder neu zu drehen. Es machte alle Beteiligten wahnsinnig. Aber das Besondere an Ivor Davies war, dass er es am Ende immer irgendwie hinkriegte. Und er hatte diese unglaubliche Präsenz. Auch wenn Amy recht haben mochte, als sie eines Tages – wir trugen gerade einige Kostüme, die wir gewaschen hatten, zurück in den Schuppen – vertraulich zu mir sagte: »Weißt du, Leda, Ivor sieht wirklich furchtbar gut aus. Diese raue Männlichkeit. Aber sein Schauspiel, ist dir das mal aufgefallen … dass das alles so ein bisschen altmodisch wirkt? Ein bisschen zu viel Pantomime.«

Ich versuchte, es mit einem Lachen abzutun, und sagte: »Und nächste Woche schreibst du die Kritiken für »The Stage«. Das liegt daran, dass er ständig Shakespeare auf der Bühne spielt. Du warst ja selbst eine kleine Pantomimin, als du das Dienstmädchen in »Delirium« gespielt hast.«

Aber sie hatte ja recht, und man hätte schon blind sein müssen, um nicht zu bemerken, wie oft Ivor sich auf allzu ausladende Gesten verließ. All diese Posen mit ausgestreckten Armen und weit aufgerissenen Augen. Aber ich hatte auch den Eindruck, dass Beauvois seinen Exzessen meist ganz gut Einhalt gebieten konnte, und was vor der Kamera noch davon übrigblieb, das würde er beim Schnitt abmildern können.

Was ich Amy jedoch als Nächstes sagen hörte, riss mich aus diesen Gedanken heraus und überraschte mich: »Natürlich lässt Beauvois es sich nicht anmerken, aber er mag Ivor nicht besonders. Das ist ja für niemanden zu übersehen. Aber das ist auch nicht weiter verwunderlich, wenn man sieht, wie sehr Ivor für dich schwärmt.«

»Was Ivor macht, ist doch nur Spiel und Neckerei«, sagte ich. »Mit Tilly Davenport hält er es ganz genauso. Und ich habe gesehen, wie er sich bei dir eingeschmeichelt hat.«

»Ah, bei Tilly und mir, da macht er sich einen Spaß daraus. Bei dir ist das etwas anderes. Ich glaube, dass hinter seiner kessen Fassade ein großes, weiches Herz schlägt.« Amy wurde ernster. »Würdest du es auf einen Versuch ankommen lassen? Ich meine … wenn es Beauvois nicht gäbe?«

»Amy, mach dich nicht lächerlich! Ivor kann ein schrecklicher Casanova sein …« Mir fiel wieder der Annäherungsversuch ein, den er an jenem Nachmittag in unserem Haus im Brunswick Crescent unternommen hatte, als seine Lippen meine Haut berührt hatten und er meine Hände in seine genommen hatte.

»Ihr gebt durchaus ein schönes Paar ab.« Amy wollte das Thema nicht fallen lassen. »Und du magst ihn vielleicht für einen Casanova halten, aber ich denke, dass er um dich wirbt. All die Tage, die wir am Strand von Cuckham verbracht haben. Und wenn man euch beiden im Schuppen beim Spielen zusieht … Zwischen euch herrscht eine solche Spannung, dass man meint, Funken sprühen zu sehen.«

»Aber das bin nicht ich gewesen«, beharrte ich. »Und es ist auch nicht Ivor gewesen. Wir haben nur unsere Rollen gespielt. Wir haben getan, was Beauvois von uns verlangte.«

Dabei beließ ich es und lief schnellen Schrittes voran, bis sie mich an der Glastür des Schuppens wieder einholte. Mit geröteten Wangen setzte sie erneut an: »Ich weiß, ich bin ein einfaches Mädchen vom Lande. Ich bin vielleicht ein schlichtes Gemüt, aber ich sehe doch, wie Beauvois zu dir ist … und ich sehe auch, wie Ivor sich dir gegenüber verhält. Und mir scheint durchaus, dass einer der beiden besser zu dir passt als der andere.«

Insgeheim wusste ich, dass sie die Wahrheit sprach. Ivor und ich verstanden uns wirklich bestens. Und als wir im Schuppen unsere Szenen drehten, hatte etwas in der Luft gelegen. Ein Sirren. Wie Elektrizität. Ein Gefühl, das ich nicht erklären kann, ein Gefühl von …

Woher kommt nur dieser Windzug, der durch die kaputte Wand weht? Wie er den Vorhang so zum Flattern bringt. Das stört meinen Gedankenfluss. Es erinnert mich zu sehr daran, wie der Wind in die Leinentücher blies, die wir an jenem Abend zwischen den Bäumen aufgespannt hatten, als wir auf der Wiese feierten.

In der Abenddämmerung hatten wir Kerzen aufgestellt. In ihrem Lichtschein wirkten die Bilder des Films, als seien sie direkt einem Traum entsprungen. Niemand außer Beauvois hatte das fertige Werk gesehen. Aber als dann die Worte THE END auf der Leinwand erschienen, stand uns allen ein bewunderndes

Erstaunen ins Gesicht geschrieben, und eine ganze Weile sprach niemand auch nur ein Wort, bis ich es nicht mehr aushielt und zu Beauvois eilte, der noch immer an der Kurbel des Projektors stand. Ich umarmte ihn und rief: »Oh, Beauvois! Was für ein wunderbarer Film! Und Theo …« Ich fasste die Hände meines Bruders, »deine Kulissen waren allesamt herrlich.«

Tilly Davenport war die Nächste. Sie kämpfte sich von der Decke hoch, auf der sie gelegen hatte, und rieb sich stöhnend die Knie, bevor sie ihre Federboa zurückwarf und ihren Prachtbusen aufblähte, um zu juchzen: »Guter Gott, Beauvois! Sie sind doch nicht etwa mit dem Teufel im Bunde? So einen Film habe ich noch nie gesehen!« Sie kicherte kehlig und ihre scharlachrot gemalten Brauen wölbten sich über den smaragdgrün schattierten Lidern. »Und wie bin ich froh, dass ich das Werk nun gesehen habe. Gott weiß, ich habe fast jede Nacht gebetet, dass ich nicht aussehen möge wie Malcolm Scott.«

»Und wer bitte schön ist Malcolm Scott?«, fragte Amy

Ivor konnte sich ein Lachen nicht verkneifen, bevor er es der geselligen Runde erklärte: »Scott ist ein Mann, der sich auf der Bühne als Dame verkleidet. Eine schöne Salome gibt er ab. Und was für ein Figürchen er hat, wenn er sein Korsett trägt!«

Tilly lachte erneut auf. »Immerhin scheint mir, ich habe mich mit dieser langen, schwarzen Hexenperücke nicht allzu sehr in Ledas Schatten stellen lassen. Mit dreiundvierzig bin ich ja nun kein Küken mehr …« Und damit rammte sie ihre stattliche Hüfte gegen das dürre Becken der armen Amy und stieß das Mädel fast von den Füßen. »Aber ich bin gesund und standfest wie jede halb so alte Frau. Und wie ist mir das gelungen? Das Zauberwort lautet Abwechslung! Abwechslung ist die Würze des Lebens, ob man nun auf der Bühne steht oder nicht. Den Mann möchte ich sehen, der es wagt, mich zum Heimchen machen zu wollen. Und ihr, meine Lieben …« – ihr Blick fixierte erst Amy, dann wanderte er weiter zu mir –, »solltet meinen guten Rat befolgen.«

»Und du bist nie verheiratet gewesen, Tilly?« Amy kicherte und war offensichtlich beschwipst.

»Nein! Aber nicht, weil mich niemand gefragt hätte; ich hatte genug Männer in meinem Bett, da gibt es nichts, was ich bereuen müsste. Aber ich bin eine

Zigeunerin, ich kann nicht sesshaft werden. Deshalb liebe ich meinen Eisenbahnwaggon. Da kann ich sitzen und mir vorstellen hinzufahren, wo immer es mich auch hinzieht. Oder zu wem auch immer es mich hinzieht.«

Amy ließ ein wehmütiges Seufzen vernehmen. »Ich würde gerne mit dem Zug durch die Welt reisen. Alle die Theater besuchen ... die neuesten Lieder hören. Was könnte noch romantischer sein?«

Tilly lachte schallend. »Die meiste Zeit ist es verdammt harte Arbeit. Nicht, dass ich bereit wäre, mich zur Ruhe zu setzen ... nicht jetzt, wo ich bald meinen Durchbruch als Filmstar habe!« Sie zwinkerte mir frech zu. »All die schönen Reisen, die ich erlebt habe. Die Fahrt von Cuckham Sands hierher, auf dem Schoß von unserem guten Ivor, während Theo das Motorrad fährt. Ich mag es doch sehr, wenn sich ein fester junger Unterleib hart gegen meine Hüfte drückt. So könnte das Leben von mir aus immer sein ... und ich hoffe, es kommen noch viele solcher Momente. Aber jetzt heißt es erst einmal: Zum Wohl! Auf all meine Freunde ... und ein Kompliment für ›le directeur‹!«

Sie griff sich eine Flasche Champagner und füllte ihr Glas nach, während Ivor mit schleifender Stimme sekundierte: »Bravo, Beauvois! Bravo auch an Theo und Leda! Wie schade, dass es die Egyptian Hall nicht mehr gibt. Das wäre ein herrlicher Ort gewesen, um den Film in London zu zeigen. Ich kann schon fast die Musik hören. Die Streicher. Die Flöten. Die schlagenden Trommeln. Und dazu exotische Mädchen, die verführerisch tanzen ...«

Und dann stand er einfach da, grinsend und mit halb geschlossenen Augen, sich hin und her wiegend, wobei Champagner aus seinem Glas schwappte und auf den Rasen tropfte. Dann tänzelte er auf mich zu, streckte mir seine freie Hand entgegen, um niederzuknien und meine Handfläche zu küssen. Aus dieser Position heraus wandte er sich dann an die Gäste.

Oder – und darüber habe ich seit jenem Tage oft nachgedacht – war es Theo, an den Ivor sich wandte, als er diese Zeilen vortrug?

»Wer konnte sich da zügeln, der ein Herz
voll Liebe hat und in dem Herzen Mut,
die Liebe zu beweisen?«

Als ich damals diese hübsche kleine Schmeichelei hörte, schwoll mein eitles Herz vor Stolz an, da ich – wie wohl auch die meisten anderen – davon ausging, dass Ivors Worte an mich gerichtet waren. Eine hübsche Schmeichelei, durchaus, ja, aber was für eine Fehleinschätzung! Und so schlecht interpretiert.

Heute verstehe ich es besser. Ich habe seitdem so viele Nächte damit verbracht, allein im White Cliff House zu sitzen und das unselige Schotten-Stück zu lesen. Ich weiß, dass Macbeth diese Zeilen sprach, um zu behaupten, dass selbst das abscheulichste Verbrechen nur Ausdruck von Liebe und Treue dem König gegenüber sei.

Aber er hatte nicht aus Liebe gehandelt. Macbeth hatte einen Unschuldigen erschlagen. Und Lady Macbeth hatte ihm geholfen, weshalb auch sie Blut an den Händen hatte. Eine Sünde, die ihr Gewissen und ihre Erinnerung auf immer beflecken würde.

BEI REGEN, DONNER, WETTERSTRAHL

Macbeth

Was zur Hölle mochte im White Cliff House vorgefallen sein, dass Leda so über ihr eigen Fleisch und Blut schrieb?

Mein Atem ging schneller, als ich das Blatt auf den Schreibtisch legte; ich sog die statisch knisternde Luft ein und keuchte vor Schreck auf, als draußen ein weiterer Blitz über den Himmel zuckte. Es folgte ein heftig niederprasselnder Regen, der allerdings nur wenige Minuten anhielt. Dann ein krachender Donnerschlag. Ein grollendes Zittern lief durch den Boden und die Wände, als würde gleich das ganze Haus in sich zusammenstürzen. Die Glasscheiben klirrten in den Fensterrahmen. Die Glocke der Schreibmaschine klingelte. Die Muschel und die anderen Requisiten wackelten auf der Tischplatte – und Leda Grey erwachte aus ihrem Schlummer, wobei sie aber völlig gelassen wirkte.

Sie sprach in fast kindlichem Tonfall. »Das ist alles ziemlich aufregend. Wie damals, als die Bombe auf den Schuppen niederging. Oder früher noch, als wir *Die verfluchte Königin* gedreht haben … die Szene, in der ich in den heiligen Flammen tanze. Als Theo die Rauchbomben gezündet hat. Salpeter. Zucker. Mehl. Derselbe Effekt, den wir damals bei unserem Zaubertrick verwendet haben. *Dreihundert Dinge, die ein kluges Mädchen tun kann.*«

Sie skandierte den Titel des Buches fast schon. Und dann, nach einer kleinen Pause, fuhr sie mit plötzlich trauriger Stimme fort. »Ich war Beauvois' kluges Mädchen … bis zu diesem Abend, als wir auf der Wiese feierten.«

»Aber nach allem, was ich gerade in Ihren Aufzeichnungen gelesen habe, ist der Abend doch ein großer Erfolg gewesen.«

»Sie sollten bis zum Ende lesen, dann werden Sie ja sehen. Oh, … hören Sie doch! Da ist wieder dieses Geräusch.« Sie reckte den Hals und blickte zum Fenster, dessen Läden geschlossen waren. Dann wiederholte sie eine

Frage, die sie mir gestellt hatte, als ich ihr zum ersten Mal auf der Veranda des White Cliff House begegnet war.

»Glauben Sie, es ist vielleicht ein Auto … oder Theo auf seinem Motorrad? Jemand, der gerade den Weg an der Klippe hinauffährt?«

»Es ist vielleicht nur der Donner«, sagte ich.

»Nein. Sie sind hier! Sie sind zurückgekommen.« Ihre Finger rafften den Stoff des langen, schwarzen Rockes und verkrampften sich, bis ihre Knöchel weiß wurden. Ich sah, dass sie zitterte, und diese Bewegung ergriff auch die Schlangen, die sich in ihrer Krone wanden.

Sie holte tief Luft, bevor sie weitersprach. »Sie haben mich seit Jahren nicht mehr behelligt. Nicht seit jener Nacht, als ich hinunter zum Schuppen ging, um mir den letzten Film noch einmal anzusehen … als ich dort stand und ihn auf die weißgetünchte Rückwand der Bühne projizierte. Ich ließ ihn erst vorwärts abspielen, dann rückwärts. Ich spielte ihn sehr schnell ab. Und dann ganz langsam. Ich wollte die Zeit anhalten … irgendwie. Oder zumindest ihren Lauf ändern. Und in diesem Moment hörte ich ihr schrilles, böses Gelächter … All die Leute, die sich in den Bäumen versteckt und mich von dort aus beobachtet hatten. Was, wenn sie es gesehen hatten? Den Film? Den Beweis?«

Ihre Worte ergaben kaum Sinn. Sie schien am Rande der Hysterie. »Und die Lichter … die Lichter, jetzt, in den Bäumen. Meinen Sie, dass das vielleicht Scheinwerfer sind? Oder Fackeln … Menschen, die auf der Suche sind?«

Ich versuchte, sie zu beruhigen. »Es gibt nichts, wovor Sie sich fürchten müssten. Die Lichter, die Sie zu sehen glauben, das sind vielleicht nur entfernte Blitzschläge. Vielleicht ist es auch der Mond. Er scheint heute Nacht sehr hell … wenn nicht die Wolken ihn gerade verdecken.«

Meine Worte schienen sie zu beruhigen, und Ledas Ängste verschwanden genauso schnell, wie sie gekommen waren. Sie lächelte, als sie wieder sprach.

»Der Vollmond schien auf uns herunter, damals auf der Wiese, als wir unser Picknick abhielten und Ivor auf dem Klavier spielte, das er und Theo nach draußen gezerrt hatten. Dabei war das Ding genauso verstimmt wie das

Klavier in unserem Haus in Brightland. Aber es war schön, die Musik zu hören. In den Armen von Beauvois zu tanzen, dessen Knöchel es schon wieder besser ging. Aber er war schnell erschöpft und musste wieder aufhören. Und das war der Moment, als Tilly Davenport beschloss, dass nun sie an der Reihe sei. Sie stolzierte den Weg auf und ab und rasselte dabei den Text zu ›*There I Was Waiting At The Church*‹ runter.«

Ledas Lächeln wurde zu einem Ausdruck des Missmuts. »Kennen Sie den Text, Ed?«

Bevor ich antworten konnte, trug Leda ihn vor:

»I'm in a nice bit of trouble, I confess;
Someone with me has had a game.
I should by now be a proud and happy bride,
But I've still got to keep my single name.«

Sie schien kurz in sich gekehrt, fuhr dann aber fort: »Überall um mich herum hörte ich sie lachen, aber in meinem Herzen spürte ich einen Stich … Natürlich dachte ich daran, dass auch ich noch meinen Mädchennamen trug. Ich war erleichtert, als Tilly aufhörte zu singen und ihrer Gesangsdarbietung einen Bauchtanz folgen ließ. Ihre ganz eigene Hommage an das ägyptische Thema unseres letzten Films. Mit einem großen Finale, bei dem sie ihre Röcke so hoch fliegen ließ, so hoch, wie sie nur konnte. Sie keuchte und wischte sich den Schweiß von der Stirn, und schließlich ließ sie sich regelrecht auf einen der Liegestühle fallen … und in diesem Moment musste Beauvois alles verderben. Er explodierte richtig. Er habe mehr als genug von dieser Vulgarität gesehen und gehört … Tilly Davenport, sagte er, sei nichts weiter als eine gewöhnliche Hure, so wie sie sich immer aufführe. Und dann folgte noch eine Bemerkung von ihm, aber er sagte es eher zu sich selbst, ich konnte es nicht wirklich verstehen. Ich weiß nur, dass er Malcolm Scott erwähnte.«

Leda lachte. »Oh, das war bösartig. Damit ist er wirklich übers Ziel hinausgeschossen. Aber wie dumm von ihm, unseren Gast zu beleidigen. Wie böse Tilly ihn anfunkelte! Ihre echsengrün geschminkten Augen waren ganz schmal vor Fassungslosigkeit. Ich sah ihn in Richtung Veranda stürmen und konnte mich nicht entscheiden, ob ich hingehen und versuchen sollte, ihn wieder zu beruhigen, oder ob ich draußen bei den anderen bleiben sollte … und da richtete Tilly sich auch schon an mich, und sie konnte ihren Ärger kaum zügeln. ›Also, Leda, es muss gesagt werden, und jetzt ist der richtige Zeitpunkt dafür. Ist dir eigentlich klar, was für ein Talent du hast? Was für eine Zukunft du haben könntest? Charles Beauvois ist ein Meister seines Fachs. Aber die Massen da draußen, die dafür bezahlen, sich Filme anzusehen, die wollen auch ein bisschen Spaß haben, verstehst du. Ein kleines bisschen Rendezvous und ein Happy End, bevor der Vorhang fällt und sie wieder nach Hause müssen. Die Leute, die wollen etwas, das sie aufheitert. Aber die Art von Film, die wir heute gesehen haben … die ganzen düsteren, übernatürlichen Motive … na, das sieht vielleicht alles spektakulär aus, aber es ist verdammt deprimierend, findest du nicht?‹«

Ein verzagtes Lächeln huschte über Ledas Gesicht. »Sie war betrunken. Das konnte jeder sehen. Und als Theo vorschlug, dass es für Tilly an der Zeit sei, nach Cuckham zurückzukehren, da entrüstete sie sich, dass er sich vielleicht besser den Methodisten anschließen solle, wenn ihm der Sinn nach einem braven Sonntagsausflug stünde.«

Leda setzte einen Cockney-Akzent auf, als wolle sie Tilly imitieren. »Und tu nicht so, als würde ich mich hier sonst wie grobschlächtig aufführen, mein Jungchen. Ich trinke jeden Einzelnen von euch unter den Tisch und habe dann immer noch Lust auf mehr.«

Aber dann wurde sie wieder ernster. »Ach, Ed, Sie hätten hören müssen, wie sie über Beauvois schimpfte. Wie sie ihn einen Besessenen nannte. Und dass Besessenheit zur Gefahr werden könne. Immer wenn sie ihm in die Augen sehe, sagte sie, müsse sie an einen Falken denken, der ein Kaninchen jagt. ›Merk dir das‹, warnte sie mich. ›Bei einem solchen Mann musst du immer auf der Hut sein. Und das gilt nicht nur für deine Karriere.‹«

Kaum merklich und ohne mich anzusehen, schüttelte Leda den Kopf. »Ich glaube, es war Ivor, der als Nächstes sprach. Er legte Tilly eine Hand auf die Schulter und deutete ebenfalls an, dass sie besser nach Hause gehen solle.

Aber sie wehrte ihn ab und griff nach meiner Hand, auf eine Art, die unter anderen Umständen vielleicht komisch gewesen wäre. Und dann sprach sie zu mir in einem seltsamen Flüsterton, laut genug, dass alle Anwesenden sie hören konnten: ›Es gibt auch noch andere Regisseure, die Filme drehen. Du solltest mit Ivor auf das Schiff gehen. Er wird sich gut um dich kümmern. Ivor wird dich wie eine wahre Königin behandeln und dich nicht von morgens bis abends in diesem Schuppen schuften lassen, wie eine Sklavin. Und die ganze Plackerei auch noch unter diesen verdammten Lichtern! Mein Gott, wie die stinken. Und der Staub. Wenn du nicht blind wirst, dann erstickst du dort.‹ Selbst wenn ich darauf eine Antwort gewusst hätte, hätte ich sie nicht geben können. Plötzlich gab es diesen lauten Knall … als würde jemand einen Schuss abfeuern. Es war einer der Fensterrahmen im Obergeschoss des Hauses. Er stürzte mit lautem Krachen zu Boden.«

»Mein Herz klopfte wie wild«, fuhr sie fort, »weil ich vermutete, dass es aus dem Schlafzimmer kam, das Beauvois und ich uns teilten, und sicherlich hatte er jedes Wort gehört, das Tilly Davenport gesagt hatte. Der Schall trägt in solchen klaren, dunklen Nächten.«

Wieder sammelte sich Leda, als müsse sie überlegen, wo sie stehengeblieben war. »Nun ja, Tilly gab schließlich klein bei. Sie kämpfte sich aus ihrem Liegestuhl hoch und verkündete ganz beiläufig, dass sie nun wohl besser gehen werde … Sie habe noch Lust auf einen Schlummertrunk am Strand. Ich sah ihr nach, wie sie den Pfad entlangtaumelte, links und rechts untergehakt bei Amy und Joe Winstanley, die sie so eilig antrieben, dass Tilly ganz vergaß, Hut und Federboa mitzunehmen, die auf der Picknickdecke im Garten liegenblieben. Ich rief ihr nicht hinterher, um sie darauf aufmerksam zu machen. Ich stand einfach da, zwischen meinem Bruder und Ivor, und fühlte mich verloren und unglücklich. Aber dann sah Ivor mich an, er zwinkerte mir zu und sagte, solche Dinge würden nun einmal passieren … irgendwann würden wir darüber lachen. Und Tilly, sagte er, benehme sich manchmal unmöglich, wenn sie zu tief ins Glas geschaut hatte. ›Darling‹, hat er gesagt, ›wenn sie in dieser Verfassung ist, könnte Beauvois der König höchstpersönlich sein, und sie würde ihm die Krone vom Kopf schlagen.«

Wieder ein kleines, wehmütiges Lächeln auf Ledas Gesicht. »Auch Theo versuchte, mich zu beruhigen. Er sagte, dass es auf Partys oft so zugehe, dass das wirklich nur ein Sturm im Wasserglas gewesen sei. Er sagte mir, ich solle Beauvois in seinem Saft schmoren lassen, der Mann sei von den Strapazen der langen Arbeit am Film offenbar ganz mürbe geworden. Und vielleicht könne man ja morgen früh, wenn alle einen klaren Kopf haben, gemeinsam runter an den Strand von Cuckham fahren und versuchen, wieder Frieden zu schließen. Er ging mit mir zu einer Decke, die unter den Nadelbäumen lag. Ivor gesellte sich ebenfalls zu uns, brachte Gläser und Champagner, und nachdem er uns allen eingeschenkt hatte, griff er in seine Westentasche und holte ein kleines, silbernes Etui hervor. Es war dasselbe, das er einmal in unserem Haus in Brunswick Crescent hatte fallen lassen.«

Leda hielt inne und gab ein summendes Geräusch von sich, so als würde der Gedanke an dieses Etui sie beunruhigen. Dann sprach sie weiter: »Theo muss es ihm zurückgegeben haben. Aber wie auch immer …« Sie wirkte wieder geistesgegenwärtiger, weniger in sich gekehrt. »Ivor klappte den Deckel auf. Im Etui steckten ein paar Zigaretten mit schwarzem Zigarettenpapier. Auf den Etiketten stand ›Cigarettes Saphir‹. Ich weiß noch, wie elegant es aussah, als er sich ein Streichholz anzündete und die Zigarette zwischen seine Lippen setzte. Wie er seine Augen schloss und dann den Rauch inhalierte. Und dann folgte ein langer, zufriedener Seufzer, mit dem er die dunstigen Rauchschwaden ausstieß. Mir stieg ein herrlich süßer Duft in die Nase. Ich fragte, was das sei. ›Haschisch‹, sagte er. ›Allerfeinste Qualität.‹ Woraufhin Theo zu lachen anfing und sagte: ›Ivor Davies, du bist der größte Hedonist auf Erden.‹ Dann reichte Ivor ihm die Zigarette, und Theo blies noch mehr von dem duftenden Rauch in die Luft, bevor er sie an mich weitergab. Ich war etwas nervös, weil ich nicht wusste, was ich tun sollte. Wollte ich das wirklich? Aber Ivor bestand darauf, dass ich es mal probierte. Das tat ich dann auch, und obwohl ich anfangs husten musste, machte es sehr viel Spaß, die Haschischzigarette von einem zum anderen zu reichen. Es hatte beinahe etwas von einem heiligen Ritual, das Teil unserer kleinen Dreifaltigkeit war.«

Diesmal war ich es, der sich ein Lächeln nicht verkneifen konnte. »Ich wünschte, Sie hätten dabei sein können, Ed«, sagte Leda. »Ich wünschte, Sie hätten uns sehen können. Wir waren eins mit unserer Umgebung; wir lagen im Gras und blickten in den Himmel … und ich war richtig traurig, als Ivor plötzlich aufstand und verkündete: ›Musik! Findet ihr nicht auch? Es ist noch viel zu früh, um schlafen zu gehen.‹ Ich sah ihm zu, wie er zum Klavier ging und eine Melodie zu spielen begann. Etwas, das ich noch nie gehört hatte. Erst später, viel später, als Theo mich mal besuchen kam, da erzählte er mir, dass es ein Stück von Debussy gewesen sei, ein Stück mit dem Titel ›Clair de Lune‹. Ein Lieblingsstück, sowohl von Theo als auch von Ivor. Und ich liebte es ebenfalls. Diese zarttropfenden Noten. Ich dachte an das Aquarium, an das Plätschern der Wasserfälle dort, und während ich der Musik lauschte, fragte Theo mich: ›Wird Beauvois jemals mit dieser ganzen albernen Heuchelei aufhören und dich heiraten? Oder hatte Tilly mit ihrem Lied doch ein wenig recht? Du behältst deinen Mädchennamen, weil Beauvois schon eine andere hat …‹«

Allein die Erinnerung an das Gespräch schien Leda nervös zu machen. »Ich war schockiert. Wusste mein Bruder Bescheid? Aber ich zuckte nur mit den Schultern und tat so, als würde ich seiner Frage keine große Bedeutung beimessen. Ich sagte ihm, dass Beauvois zurzeit eben an nichts anderes denken könne als an die Filme. Ich gab nicht zu, dass wir nicht heiraten konnten, weil er ja tatsächlich bereits eine Ehefrau hatte. Ich wiederholte einfach die Worte von Beauvois … dass wir kein Ehegelübde brauchten, um zu wissen, dass die Liebe uns gesegnet hatte. Dass es uns egal war. Theo schien das nicht zu überzeugen. ›Ihm ist es vielleicht egal, aber dir doch nicht. Früher bist du glücklicher gewesen. Deine Aura leuchtet längst nicht mehr so wie damals.‹ Seit wir angefangen hatten, gemeinsam Filme zu drehen, hatte ich ihn nicht mehr von diesem Leuchten sprechen hören, das er um andere Menschen herum sah. Ich fragte mich, wie er jetzt darauf gekommen war. War es die seltsame Zigarette von Ivor gewesen? Aber mein Bruder schien klar und bei Sinnen zu sein, und es brachte ihn kein Stück aus der Fassung, als ich ihn anschaute und ihn zum ersten und letzten Mal bat: ›Erzähle mir von meinem Licht.‹«

Leda richtete sich in ihrem Sessel auf. »Ich erinnere mich genau an den Moment. Daran, wie Theos blassblaue Augen meinen Blick suchten. An seine langen, hellen Wimpern. Wie er fast schon flüsterte, als er lächelnd sagte: ›Dein Licht ist golden, strahlend wie die Sonne. Wie ein Heiligenschein rund um deinen Kopf.‹ Ich dachte an das Filmband zu *Brightland Promenade*. Und ich fragte mich nicht zum ersten Mal … hatte Theo meine versteckten Schätze entdeckt? Aber ich sprach den Gedanken nicht aus. Stattdessen sagte ich, dass Beauvois nun, da er die Arbeit an *Die verfluchte Königin* abgeschlossen hatte, bald wieder ganz der Alte sein würde. Aber Theo ließ es dabei nicht bewenden. ›Wer war er denn, als er ganz der Alte war, Leda?‹, hat er mich gefragt. ›Glaubst du, dass der Beauvois, den wir heute Abend zu Gesicht bekommen haben, der wahre Beauvois war? Ganz ohne Maske? Ich kann seine Aura nicht sehen. Da ist zu viel Dunkelheit um ihn herum … Er saugt das Licht auf. Ist er denn gut zu dir? Sag mir die Wahrheit. Ich meine, du lächelst. Es scheint, als wäre alles in Ordnung. Aber …‹«

Sie verstummte kurz. »Ich wusste, was er sagen wollte«, setzte sie dann wieder an. »Und ich beendete den Satz für ihn: ›Aber mein Lichtschein verblasst.‹ Mit welcher Verbitterung ich diese Worte sprach. Und wie betrübt Theo mich anschaute, als er mich fragte, wie ich mich fühlen würde, wenn er für ein paar Monate nicht da wäre. Vielleicht war es der viele Wein, den ich getrunken hatte; vielleicht war mein Verstand ein bisschen zu verwirrt, als dass ich hätte verstehen können, was er damit meinte. Ich ging davon aus, dass er gerne mehr Zeit mit all seinen Freunden aus Brightland verbringen wollte. Oder dass er nach London gehen wollte, um mit seinen Cuckham-Leuten wilde Feste zu feiern. Ich sagte ihm, er solle tun, was immer er wolle; wir hätten beide unser eigenes Leben, ob nun tugend- oder lasterhaft. Mit diesen letzten Worten hatte ich ihn necken wollen. Aber Theo seufzte nur umso lauter auf, und er antwortete, ohne ein Blatt vor den Mund zu nehmen. ›Immer wenn ich dich spielen sehe, Leda, dann siehst du aus wie eine Frau, die alle Laster dieser Welt kennengelernt hat. Aber egal, was ist, du bleibst doch immer noch meine kleine Schwester.‹ Er streichelte mir mit einer Hand über die Wange. ›Und ich will auch, dass das immer so bleibt.‹«

Leda schien den Tränen nahe, doch ich wagte nicht, sie zu unterbrechen. »Ich konnte seine düstere Stimmung nicht ertragen. Ich versuchte, das Thema auf andere Dinge zu lenken. Heitere Dinge, die uns beide betrafen. Aufregende Dinge. Ich erwähnte, dass Beauvois hoffte, sich bald mit seinen Sponsoren treffen zu können, um über weitere Kredite zu verhandeln, mit denen der Schuppen ausgebaut werden sollte. Mehr Platz für den Schnitt und die Bearbeitung. Neue Wannen und Walzen, um die Fotografien zu entwickeln. Neue exotische Filmsets. All diese Dinge kosteten ein Vermögen, aber hoffentlich würde unser Werk bis Weihnachten auf den Leinwänden zahlreicher englischer Städte zu sehen sein. Vielleicht sogar in Amerika. Das würde uns Geld in die Kasse bringen. Vielleicht könnten wir dann ins Ausland reisen … um in Ivors Fußstapfen zu treten. Aber Theo wirkte nicht so begeistert, wie ich es mir erhofft hatte. ›Vielleicht, ja‹, sagte er. ›Aber weißt du noch, was Ivor vorhin gesagt hat? Dass er bei seinem Agenten ein gutes Wort für dich einlegen möchte … dass er dich anderen Regisseuren vorschlagen möchte?‹«

Ich versuchte mir vorzustellen, wie die große Hollywood-Karriere der Leda Grey wohl hätte aussehen können. Ob sie selbst sich diese Frage manchmal stellte? »Ich schaute ihm zu, wie er an der Haschisch-Zigarette zog«, fuhr sie fort. »Ich sagte zu ihm: ›Ich habe Beauvois versprochen, dass ich für immer im White Cliff House wohnen bleiben werde.‹ Theo ließ seinen Blick über den Rasen gleiten, und meine Augen folgten ihm, dorthin, wo Ivor immer noch diese herrliche Melodie spielte … Und als er zufällig in unsere Richtung blickte, sprang ich auf und begann zu tanzen; ich wollte seine Augen auf mir spüren, … bis dann die Musik endete und ich wieder ganz still wurde. An meiner Seite Ivor, der mir Tillys Hut wie eine Krone auf den Kopf setzte und ihre Federboa um meinen Hals legte. Er kniete sich vor mir ins Gras, so wie er es schon zuvor getan hatte, und ich fing an zu kichern und konnte nicht aufhören; und ich versuchte, von ihm fortzugehen, als ich stolperte und rücklings in eine Hängematte fiel, die zwischen zwei Bäumen hing. Das verdammte Ding schaukelte wild hin und her und mir wurde ganz übel, so sehr, dass ich die Augen schließen musste, bis das Schaukeln wieder aufhörte. Und als ich sie wieder öffnete, waren beide, Theo und Ivor, verschwunden.

Aber das kümmerte mich gar nicht. Ich war glücklich und kurz davor, einzuschlafen. Ab und an blickte ich nach oben, um die Wipfel der Bäume über mir zu sehen, und noch weiter darüber das Sternenmeer, das sich im violetten Himmel wog. Ich hätte diesen Himmel stundenlang betrachten können, die feinen Nebelschwaden, die sich, vom Meer herkommend, durch alle Äste schlängelten und wie die Rauchschwaden in der Höhle in *Die verfluchte Königin* aussahen. Diese letzten Filmszenen waren verstörend gewesen. Wie hässlich, gebrechlich und alt ich ausgesehen hatte.«

Leda lachte spöttisch. »Wie recht ich hatte, mich zu fürchten; ich fasste mit einer Hand ins Gras unter mir, griff die Ecke einer Decke und zog sie über mich; dann zog ich mir die Krempe von Tillys Hut über das Gesicht, um sicherzustellen, dass kein Zentimeter Haut für die Dämonen sichtbar war, die in dieser Nacht ihr Unwesen trieben. Und obwohl ich bald einschlief und erst im Morgengrauen wieder aufwachte, war da ein Teil von mir, der immer noch wahrnahm, was um mich herum geschah, der eine Präsenz spürte, die nicht weit von mir lauerte, der den Klang mühseliger Atemzüge hören konnte, den Klang von Schritten auf dem Gartenpfad. Und dann, in der Morgendämmerung, das Geschrei der Möwen, die über den Kiefern kreisten und mich zwangen, mein Seemannsbett zu verlassen. Ich lief über den Rasen bis zur Vordertür des Hauses … die noch immer offenstand, sodass ich hindurchgehen und die Treppe hinaufsteigen konnte, um das Zimmer zu finden, in dem Beauvois sich schnarchend in Träumen wälzte. Ich verschwendete kaum einen Gedanken daran, mich auszuziehen. Ich nahm nur das Kropfband von meinem Hals und kroch dann zu ihm unter die Decke, wobei ich mich, als ich dann neben ihm lag, abwenden musste, um nicht die schwere Süße seines Atems zu schmecken. Sein Fläschchen mit den Tropfen lag auf dem Kopfkissen. Ein dunkler, breiter Fleck, dort, wo die Flüssigkeit ausgelaufen war … seit wie vielen Stunden?«

Sie hielt kurz inne. »Als ich wieder aufwachte, ein zweites Mal, da waren das Fläschchen und der Mann verschwunden. Ich lag allein im Bett und hörte das Klimpern von Klaviertönen, die von unten her zu mir hinaufstiegen, als das Instrument von der Wiese zurück ins Haus geschleppt wurde. Irgendwann hörte diese ›Musik‹ auf, und ich schaute aus dem Fenster und sah, wie Theo, Ivor und dann Beauvois von der Veranda kamen und sich in die Liegestühle setzten. Alle drei starrten teilnahmslos auf das große, weiße Laken, das immer noch in den Bäumen hing. Ich ging die Treppe hinunter, um mich zu ihnen zu gesellen. Theo bemerkte mich zuerst und mit heiserer, tiefer Stimme rief er: ›Meine Güte, Leda. Wie du aussiehst! Und du trägst immer noch dein Partykleid, wie ich sehe … und dein Haar ist voller Grashalme!‹

›Das könnte ich von dir auch sagen!‹ Ich lachte, auch wenn ich mich um die Gesundheit meines Bruders sorgte. Die fiebrige Farbe seiner Wangen. Die tiefdunklen Schatten unter seinen Augen. ›Wir sind wohl alle etwas lädiert.‹ Ivor lächelte trist und reichte mir die Tasse, die er in der Hand hielt. Er sagte, es sei Kaffee, ›noch ganz heiß, und ich habe einen Schuss Whisky dazugegeben, um die Nebelschleier im Kopf zu vertreiben‹.

Ich nahm die Tasse. Eigentlich hätte ich nach oben gehen sollen, um mich zu waschen und umzuziehen. Theo hatte ja recht – ich musste schrecklich aussehen. Aber stattdessen trank ich ein paar Schluck von dem Kaffee und sagte dann mit der heitersten Stimme, zu der ich imstande war: ›Was wollen wir heute machen? Vermutlich sollten wir erstmal hier im Garten Ordnung machen, aber das kann sicherlich auch warten, bis Joe kommt. Und Amy wird ebenfalls bald hier sein. Aber es ist so ein schöner Morgen. Was haltet ihr von einem Spaziergang die Klippe entlang, nach Cuckham Sands? Wir könnten nach Tilly Davenport sehen?‹

Ich hoffte, dass Beauvois meine Andeutung verstehen würde, dass die anderen beiden mich unterstützen würden. Aber Ivor tat meinen Vorschlag mit grimmiger Stimme ab; er habe keine Zeit, er müsse nach Brightland fahren, um sein Gepäck aus dem Laden zu holen; zum Friseur wolle er außerdem noch, bevor er zum Hafen von Southampton fahre.

Während der Dreharbeiten zu *Die verfluchte Königin* hatte Ivor sich dreimal am Tag rasiert, und selbst dann hatte man manchmal einen dunklen Schimmer auf seinen Wangen gesehen. Daher überraschte es mich keineswegs, dass sich bereits jetzt, am Morgen, ein Bartschatten auf seinen Wangen abzeichnete. Ich reichte ihm die Tasse wieder und fragte: ›Wann musst du denn aufbrechen?‹ Er fischte daraufhin eine Fahrkarte aus seiner Westentasche und überprüfte sie, bevor er sagte: ›Spätestens am frühen Nachmittag. Ich möchte um sechs Uhr an Bord sein und mich in der Kajüte einrichten, bevor wir zu Abend essen. Morgen bei Tagesanbruch legt das Schiff ab.‹«

Wieder hielt sie kurz inne. »›Ich wünschte, ich könnte mitkommen‹, sagte ich, ›um dir von den Docks aus nachzuwinken, meine ich. Fährt Theo dich mit dem Motorrad hin? Wenn Tilly sich im Beiwagen auf deinen Schoß quetschen kann, dann kann ich das mit Sicherheit auch. Sie ist doch sicherlich doppelt so breit wie ich und …‹ Theo warf mir einen warnenden Blick zu, und auch Beauvois schaute mich düster an. Aber ich wusste, was ich tat; ich wollte ihn dafür bestrafen, dass er am Abend zuvor so unhöflich gewesen war. Ich wollte ihn eifersüchtig machen, damit er begriff, dass ich nicht sein Eigenturm war. Aber Ivor, dem wahrscheinlich bewusst war, dass es schnell zu einem weiteren Streit kommen könnte, beharrte darauf, dass es das Beste wäre, alles so zu handhaben, wie es bereits abgesprochen war. Und dann wendete er sich mit der ihm eigenen Anmut und seiner gewohnt charmanten Art an Beauvois und sagte: ›Wer würde diesen Himmel auch schon verlassen wollen? Ganz egal, was man mir von den weiten Himmeln Kaliforniens vorgeschwärmt hat, wenn ich mir dieses wolkenlose Blau über uns so anschaue, dann wünsche ich mir so sehr, ich könnte hier im White Cliff House bleiben und weitere Filme drehen.‹ Er wusste so wenig wie ich, dass es nie wieder einen neuen Film geben würde. Obwohl … was *Die verfluchte Königin* anbelangte, so war Beauvois noch nicht ganz fertig mit uns. Mit ungewohnt heiterer Stimme verkündete er: ›Letzte Nacht ist mir plötzlich ein Gedanke gekommen. Ich bin im Bett aufgewacht und mir fiel auf, dass ich den Projektor und den Film hier draußen gelassen hatte, also …‹ Er hörte auf zu sprechen. Es dauerte auffallend lange, bis er weiterredete. ›Also habe ich beschlossen aufzustehen und die Sachen zurück in den Schuppen zu bringen. Und da fiel es mir siedend heiß ein: um wahrhaftig zu sein, um authentisch zu sein, braucht *Die verfluchte Königin* noch eine weitere Szene, die ich hineinschneiden muss.‹ Er lächelte zu Ivor hinunter. ›Ob du uns wohl noch ein kleines bisschen deiner Zeit opfern könntest? Eine Stunde vielleicht. Ich brauche nur dich und Leda. Theo kann nach Brightland fahren und dein Gepäck aus dem Laden holen, wenn dir das ein wenig Zeit verschafft. Ich verspreche dir, bis zum Mittag sind wir fertig.‹«

Leda seufzte und blickte in den Kamin. Ich konnte ihr Gesicht nicht sehen, als sie weitersprach: »Beauvois hat gelogen, Ed. Der Film brauchte keine zusätzliche Szene. *Die verfluchte Königin*, die Sie heute Abend hier gesehen haben, ... das war genau dieselbe Fassung, die wir damals auf der Wiese gesehen haben. Kaum zu glauben, dass das alles schon so lange her ist. Es kommt mir vor, als sei es gestern erst gewesen, dass Theo in die Stadt fuhr, während Ivor nach oben ging, um sich mit dem Rasiermesser von Beauvois zu rasieren, über dessen Schüssel. Und ich, ich tat, was Beauvois mir gesagt hatte. Ich bin schon einmal zum Schuppen vorgegangen, um mein Kostüm vorzubereiten ...«

Sie unterbrach ihre Erzählung, um kaum hörbar zu flüstern: »Jetzt, wo der Regen aufgehört hat, ... dieses Geräusch? Sie müssen es doch auch hören?«

Nach wie vor dachte ich, dass sie sich das einbildete. Allerdings bot sich mir nun die Gelegenheit, mich auf den Weg zu machen. Ich beschloss, die Chance zu ergreifen, und sagte ihr, dass ich der Sache nachgehen wolle. Ich verstaute meinen Stift, meinen Schreibblock sowie Ledas gesammelte Aufzeichnungen in meinen Rucksack. Dann stellte ich mich an das Fenster, dessen Fensterladen ich heruntergerissen hatte.

Durch das Gestrüpp des Efeus hindurch konnte ich die modrigen Stofffetzen sehen, die noch immer in den Kiefern hingen. Weiter hinten schimmerten Lichter, die möglicherweise von Autoscheinwerfern stammten. Und tatsächlich hörte auch ich nun ein mechanisches Brummen. Ich drehte mich um und sagte zu Leda: »Diese Lichter, dieses Geräusch, das Sie gehört haben, ... Ich glaube, das kommt aus dem Schuppen.«

UND FÄRB MIT BLUT DIE KÄMMRER, WIE SIE SCHLAFEN

Macbeth

Die Wolken, die zügig am Himmel entlangzogen, wurden immer dichter. Vertrocknete Efeublätter raschelten, Rosen wogen sich im Wind und warfen ihre Blütenblätter ab. Ihr schwerer Duft vermischte sich mit dem Geruch von feuchter Erde und Gras – dem Gras, auf dem meine Füße kaum noch Halt fanden, als ich an den Rand des Gartens gelangte.

Ich brauchte einen Moment, um mich zu sammeln, und blickte einen dunklen Weg hinunter, an dessen Ende der Oldtimer stand. Es machte nicht den Anschein, als hätte ihn in der Zwischenzeit jemand angerührt. Aber die Statue aus *Delirium* hatte jemand umgestoßen; sie lag zerschlagen am Boden. Vom Filmschuppen her drangen Rufe und schallendes Gelächter zu mir herüber.

Und wieder dieses dröhnende, klirrende Geräusch. Und jetzt wusste ich auch, woher es kam. Der Motor des Generators war angelassen worden und versorgte die noch intakten Bogenlampen mit Energie, sodass sie Funken sprühten und ihr flackerndes Licht auf die unter ihnen umherlaufende Menge warfen. Ich konnte die Gestalten deutlich sehen, wie sie tranken, tanzten und über die Bühne und die Gerüsttürme kletterten.

Ich fing an, über die Wiese zu rennen, ich schrie, schrie meine Wut heraus, dachte an das, was Lucy mir erzählt hatte – an die Dinge, die hier passiert waren, als sie ein junges Mädchen gewesen war. Teenager. Betrunkene Teenager. Feiernde Teenager. Teenager, denen es scheißegal war, ob eine alte Frau sich ihretwegen fast zu Tode ängstigte.

Jeder Einzelne von ihnen erstarrte, als sie meine Schreie hörten, bevor sie dann alle durch die kaputte Tür flüchteten und wie verängstigte Ratten über das Feld preschten, um im Gestrüpp der Hecke zu verschwinden, die das Feld eingrenzte. Ich hörte, wie ein paar von Ihnen Beleidigungen in die

Nacht schrien, im Versuch, besonders mutig zu wirken, aber bald war nichts mehr zu hören außer dem Brummen des Generators und das Keuchen meiner Lungen, als ich den Weg in den Schuppen antrat, um mir das Chaos anzusehen, das sie hinterlassen hatten.

Zerschlagene Cider-Flaschen. Bierdosen. Schwelende Zigarettenstummel. Während meine Füße die letzte Glut zu Asche zertraten, leuchteten über mir die Lampen auf und wurden dann wieder schwächer. In diesem Licht wirkte der Schuppen viel lebendiger. Hatte ich ihn zuvor als ein Skelett aus verrottendem Holz und Glas wahrgenommen, so schien mir dieser Ort nun, da ich die Magie der in diesem Raum gedrehten Filme kannte – die märchenhafte Erzählung über die Meerjungfrau, aber auch die düstereren Werke, die ihr gefolgt waren –, ein Tempel für das Können und die Kunst von Charles Beauvois zu sein, in dem der grollende Donner und die zuckenden Blitze am Himmel eine perfekt-düstere Stimmung schufen.

Bei jedem neuen Lichtblitz, ob von innen oder außen, schienen die ausgestopften Tiere vor meinen Augen zum Leben zu erwachen. Ein Tiger, der zum Sprung ansetzte. Krokodile mit aufgerissenen Kiefern. Doch plötzlich flammte eine weitere Lampe auf, und ich war gezwungen, die Augen vor ihrem gleißend weißen Licht zu verschließen. Aber selbst durch meine geschlossenen Lider, durch die feinen Netze roter Äderchen hindurch, sah ich die festen Umrisse dieser Bestien, die sich schwarz auf meine Netzhaut gebrannt hatten. Und ich sah außer ihnen noch etwas anderes: die längliche Silhouette eines Mannes, der in einiger Entfernung stand.

Wie lächerlich ich mich fühlte, als ich nach einem ersten Schockmoment erkannte, dass ich selbst dieser Mann war; es war mein eigener Schatten, der auf die Holzbretter der Bühne geworfen wurde. Als ich einen Arm hob, um meinen Kopf zu berühren, tat mein Schatten dasselbe – und das ließ mich wieder an Mum denken. Es ließ mich diese Menagerie morbid-schräger Exotika hier im Schuppen mit all den Kreaturen vergleichen, die sie einst für mich ins Leben gezaubert hatte, indem sie im Lichtkegel einer Taschenlampe mit ihren Fingern Hunde, Kaninchen und Mäuse schuf, oder kleine Vögelchen, die mit ihren Flügeln über die gemusterten Tapeten an den Wänden meines Kinderzimmers flatterten, während meine eigenen kleinen Hände die Gitterstäbe des Kinderbettes umklammerten, das mein Schattenkäfig war.

Mit einem weiteren Aufflackern des Lichts war die Erinnerung verschwunden – und mit ihr auch der Schattenmann. Doch schon wurde ich erneut abgelenkt, diesmal vom Anblick der Requisiten, die Beauvois für *Die verfluchte Königin* genutzt hatte. Die maroden Throne, deren golden-metallene Farbe vom Holz blätterte. Edle Wandteppiche, die nun voller Löcher waren. Kübel mit vertrockneten Farnen, deren Blätter aussahen wie rostige Messer.

Wo die Eindringlinge auf dem Deckel des Sarkophags herumgetrampelt waren, hatte ihr Gewicht dazu geführt, dass sich Risse über das gemalte Gesicht aus Pappmaché zogen. Zwischen den weißen, zuvor auf der Brust verschränkten Vogelhänden, klaffte nun ein Spalt, der den Blick freigab auf das dunkle Innere des Sarkophags, aus dem ein rotes Glitzern drang.

Ich wollte mir das genauer ansehen, also ging ich darauf zu. Doch ich bemerkte nicht, dass vor mir etwas auf dem Boden lag – bis ich mit dem Schienbein gegen etwas Hartes stieß. Eine kurze Weile lang war ich fast schon blind vor Schmerz, bis er dann nachließ und meine Sinne sich wieder schärften. Da sah ich, worüber ich beinahe gestürzt war: ein weiterer alter Projektor, dem im White Cliff House sehr ähnlich, nur dass dieses Gerät hier kaputt war und sich dem Anschein nach auch kaum wieder reparieren lassen würde. Die Linse der Lampe war zersplittert. Das Gehäuse war verbogen und rissig. Ein Stück Film quoll aus den Eingeweiden des schweren Apparats.

Ich ging in die Hocke, und nur mit den Fingerspitzen fasste ich das Filmband am äußersten Rande an. Schwer zu sagen, wie lang es gewesen sein mochte, da das meiste noch im Innern des Projektors aufgewickelt war. Fünf, zehn oder zwanzig Meter? Bei einer Abspielgeschwindigkeit von etwa dreißig Zentimetern pro Sekunde hätte das, auf die Leinwand geworfen, eine Spielzeit von etwa einer Minute ergeben können. So denn auf dem Band überhaupt noch etwas zu sehen war.

Das dröhnende Brummen des Generators verstummte. Das Licht der Bogenlampen wurde schwächer, bis es nur noch ein gelbes Flackern war. Ich verharrte in meiner kauernden Haltung und stieß ein innerliches Flehen aus, der Strom möge wieder anspringen und mir mehr Licht spenden, sodass ich die Bilder auf dem Zelluloid sehen könnte.

Als wäre mein Gebet erhört worden, zuckte über mir ein Blitz auf, und in diesem kurzen Augenblick konnte ich die tränenreichen Züge einer Frau erkennen, die nach oben blickte und deren Gesicht die Kamera aus der Vogelperspektive eingefangen hatte – noch dazu aus großer Höhe, wie mir schien. Durch diese Perspektive wirkten ihre großen dunklen Augen über den blassen, kajalverschmierten Wangen noch größer. Ihr Körper war in ein enganliegendes Gewand aus dünnem, weißem Tuch gehüllt. Ein perlenbesetztes Band lag auf ihrer Brust, und auf dem Kopf trug sie die Schlangenkrone.

Eine Stimme rief meinen Namen. Überrascht ließ ich das Filmband fallen und drehte mich dann um, um zu sehen, dass Leda Grey dicht hinter mir stand, und was da in ihren Händen schimmerte, das war mit Sicherheit eine Metallklinge.

War das das Messer, das ich in ihrem Schrank im White Cliff House gesehen hatte? Das Messer, das ich eben gerade erst auf Zelluloid gesehen hatte?

»Meine Güte. Leda! Ich dachte, Sie wären …«

»Ein Geist?« Sie lächelte müde. Ein leichtes Kopfschütteln, das alle Schlangen, die sich in der Krone wanden, zum Zischen brachte, durch das hindurch sie fortfuhr: »Wie ich sehe, haben Sie den Film gefunden.«

Ich bemühte mich, mit ruhiger Stimme zu antworten: »Ich glaube, das Band könnte beschädigt sein. Aber ich könnte versuchen, es aufzuspulen. Wir könnten den Projektor im Haus benutzen, um …«

»Nein! Mir wäre lieber, er wäre verloren geblieben. Haben Sie meine Tränen gesehen? Haben Sie meinen Schmerz gesehen? Nichts davon war gespielt.«

Es war nicht auszuschließen, dass sie gerade jetzt spielte, um noch einmal den Gesichtsausdruck einzufangen, der sich in das Zelluloid gebrannt hatte. Es schien fast so, als würde sie über die Trümmer hinwegschweben, die im Schuppen verteilt lagen, als sie an mir vorbeizog, zu den Regalen mit den modrigen Kleidern. Dort blieb sie stehen, drehte sich zu mir um und sagte: »Hierher kam ich an jenem Tag, um das Kostüm zu suchen, das ich für Beauvois anziehen sollte. Aber alle Kleidungsstücke waren zerwühlt, und dieses bestimmte war von seinem Bügel gerutscht … es lag unten am Boden. Nicht, dass es wirklich etwas ausgemacht hätte. Die Seide war plissiert, wie die Kleider von Fortuny Delphos. Gewaschen und während des Trocknens gewrungen, schimmerte sie wie eine Schlangenhaut und schmiegte sich eng an meinen Körper.«

Sie nahm ihre Augen von mir, um sich im Raum umzublicken, bis ihr Blick schließlich einen Tisch fixierte, auf den sie mit der Spitze ihres Dolches wies. »Ich hatte das Perlenhalsband neben den Schlangenarmbändern liegen lassen … obwohl ich mir ziemlich sicher war, dass ich sie nicht einfach so hingeworfen hatte, wie sie dort lagen. Und die Töpfchen mit den Kosmetika … von einigen waren die Deckel entfernt worden. Überall war Puder verschüttet. Aber all diesen Dingen widmete ich kaum einen zweiten Gedanken, als ich mich auszog, um mich vor genau diesen Spiegel hier zu stellen, und …«

Wieder fing Leda an, ihre Erzählung wie ein Schauspiel vorzutragen. »Ich habe einen Pinsel in das Kajal getaucht, um mir die Lider zu schwärzen und mich noch einmal von Leda Grey in die verfluchte Königin zu verwandeln. Auf meinem Kopf die schwarze Fransenperücke. Und die hier.« Sie hob ihre Hände, um mit der Klinge des Dolches über die Schlangen zu streichen, die ihr verfallenes Gesicht umrahmten.

»Ich betrachtete meine Verwandlung im Spiegel und konnte einen lauten Aufschrei nicht unterdrücken, als ich dort in Spiegelglas eine andere Gestalt sah. Aber es war nur Charles Beauvois. Und Beauvois ging auf mich zu, und die ganze Zeit über trafen unsere Blicke sich im Silber des Glases. Ich war regelrecht hypnotisiert und hatte die Ereignisse der vergangenen Nacht schon ganz vergessen. Ich sah das Verlangen des Mannes erst, als sich seine Arme um meine Taille legten, als ich meinen Rücken gegen seine Masse presste und den klebrigen Schweiß spürte, der bereits sein Hemd durchtränkte. Wie die Hitze seines Körpers in meinen hineinbrannte. Wie stark der Duft seines Atems war, als er meinen Namen sagte … mit so viel Leidenschaft, mit einer solchen Sehnsucht in der Stimme.«

Ihre Augen waren geschlossen. Sie hob ihre dünnen Arme. Ich konnte wieder die Narben an ihren Handgelenken sehen, als sie ihre knochigen Finger in das welke Fleisch ihrer schlaffen Brüste presste. Und während dieser verstörenden Szene begann Ledas zerbrechlicher Körper, sich unnatürlich nach hinten zu biegen, als würde etwas – oder jemand, vielleicht – für mich Unsichtbares sie in der Luft halten.

In diesem Moment gab der Generator den Geist auf. Die Lampen erloschen und im Schuppen breitete sich eine leere, stille Dunkelheit aus. Nur das Pochen meines Herzens war zu hören, und nahe bei mir jemandes schwere Atemzüge – bis die Drähte sirrend zum Leben erwachten und die Glühbirnen in gleißend weißem Licht pulsieren ließen, in dem ich nicht jene Leda Grey sah, die in der Dunkelheit des White Cliff House gesessen hatte, sondern Leda als junge Frau.

Sie war völlig nackt, abgesehen von der Krone auf ihrem Kopf. Sie stand auch viel näher bei mir, obwohl ich auf den Glasscherben, die überall auf dem Boden verstreut lagen, nicht den leisesten Schritt gehört hatte. Das Einzige, was noch zwischen uns stand, war der zerstörte alte Projektor, über den sie ihre leeren Hände streckte, als wolle sie nach meinen greifen.

Ich verspürte ein köstliches, scharfes Verlangen, so wie schon in der Nacht zuvor, als ich von ihrer Begegnung mit Beauvois im Aquarium gelesen hatte. Und später noch einmal in Ledas Schlafzimmer, als ich in dem ovalen Spiegelglas Bilder aus ihrer Vergangenheit gesehen hatte – und mich gefühlt hatte, als sei ich besessen.

Hier im Schuppen ergriff mich die Besessenheit erneut. Die Hände, die ich ihr entgegenstreckte, sahen so viel größer aus als meine eigenen; an den Handgelenken, die sich aus weißen Manschetten streckten, wuchs dichtes, schwarzes Haar, und die Stimme, die sich in meinem Mund formte, klang viel tiefer, rauer als meine eigene, als sie stöhnte: »Leda … Oh, Leda.«

Obwohl ich ihren Namen laut aussprach, tönten in meinem schmerzenden Herzen die Worte … *Verzeih, … verzeih, … verzeih*. Mit welcher Verzweiflung ich sie begehrte; ich stöhnte auf, als ich ihre Brüste umfasste; meine Finger wanderten nach unten, bis ich die heiße, feuchte Spalte in der Hitze ihrer leicht geöffneten Schenkel erreichte – um in diesem Moment wieder zurückzuschrecken, in Deckung zu gehen wie ein waidwundes Tier, als ich sie schreien hörte: »Beauvois, was ist denn nur? Hast du Schmerzen? Ist es dein Bein?«

Wütend brüllte ich sie an: »Mein Bein? Meinst du, dieser Schmerz wäre der Grund für das Elend, in dem ich mich in diesem Augenblick befinde!«

Das Blut kochte mir in den Adern. Ich spürte rasende Wut, mir war zu heiß, ich war so müde. Ich wandte mich von Leda ab und ging wieder zu der Tür, die hinaus auf die Wiese führte, um dort einen Moment lang stehenzubleiben, bevor ich mit angestrengter, drohender Stimme in Ledas Richtung rief: »Ich werde gehen und nachsehen, wo Ivor bleibt. Er sollte längst mit dem Rasieren fertig sein. Wir müssen alles im Kasten haben, bevor Theo wieder aus der Stadt zurückkommt.«

»Beauvois«, rief Leda mir flehentlich zu, »meinst du denn nicht, dass das besser wäre? Wenn wir warten würden, bis Theo zurückkommt, um dir mit den Kameras zu helfen?«

Aber Beauvois gab ihr keine Antwort. Sein Abbild verschwand einfach so. Ich war wieder ich selbst und stand genau dort, wo ich gestanden hatte, bevor er von mir Besitz ergriffen hatte. Und Leda – die alte Leda Grey, mit ihrem schütteren grauen Haar, in ihrem schlichten, schwarzen Kleid – stand immer noch neben den Kostümständern.

Müde Augen in einem faltigen Gesicht starrten mich durch das Glas des Spiegels an, als sie sagte: »So hat er mich verlassen, Ed. Und so begann ich noch mal ganz von vorn … das Auftragen der Schminke auf mein Gesicht. Und ich empfand diese Verwandlung als beruhigend und ermutigend. Ich sah in die Augen der verfluchten Königin und spürte den Mut ihrer Seele. Das Wissen, dass *sie* niemals Angst vor einem Mann haben würde … oder vor irgendeinem Schicksal. Ich erinnere mich daran, wie mein Vater zu mir sagte: ›Sei tapfer, Leda, Liebes. Folge deinen Träumen.‹ Doch ich hätte nie gedacht, dass meine Träume zu dem Albtraum führen würden, den Beauvois aus ihnen machte.«

»Was ist passiert, Leda … mit Beauvois?« Ich musste wissen, wie die Sache ausgegangen war, auch wenn mich die Angst überkam, als ich Leda von Tapferkeit reden hörte und erneut die schimmernde Klinge des Dolches aus ihrer Hand ragen sah. Ihre Augen viel zu hell, in einem fahlen Totenkopfgesicht.

Hatte Leda Charles Beauvois ermordet? War das der Grund, weshalb er vor so langer Zeit aus dem White Cliff House verschwunden war?

Ihre Stimme durchschlug wieder meine eigene, klang dabei aber völlig umnachtet, als sie auf die goldenen Throne zulief und eine Zeile aus dem Stück *Macbeth* skandierte: »Ist das ein Dolch, was ich vor mir erblicke?«

Sie wirkte fast, als habe sie sich in das Abziehbild einer Schurkin verwandelt, in eine lächerliche Pantomimin, bis sie dann plötzlich mit voller Klarheit sagte: »Diese Zeile hat Ivor rezitiert; er hat sein Bestes getan, mich zum Lachen zu bringen, als er dort auf seinem goldenen Thron posierte, im Kostüm des Königs … in dem er wirklich prachtvoll aussah. Ich bemühte mich aufrichtig, ernst zu bleiben; ich versuchte, Beauvois zuzuhören, der vom Gerüstturm zu mir hinunterrief: ›Du musst ihm ins Herz stechen, um den Moment zu zeigen, in dem die verfluchte Königin den Mann vernichtet, den sie liebte. Ich will diese Erinnerung von ihr in die Szene einbauen, in der sie den Archäologen in die Höhle führt, um ihm den Leichnam ihres toten Geliebten zu zeigen.‹«

Leda schien ganz im Bann ihrer eigenen Erinnerungen versunken. »Ich betrachtete den Dolch in meiner Hand, seinen mit funkelnden Juwelen besetzten Griff. Beauvois hatte mir gezeigt, wie der Trick funktionierte, indem er das Messer in der einen Hand hielt und dann die Klinge mit voller Wucht in die leere Handfläche der anderen rammte … und ich hatte fest damit gerechnet, dass die Spitze durch den Handrücken wieder hervorstoßen würde. Aber da hatte ich noch nicht begriffen, dass die Klinge aus einer Art Gummi war und sich beim geringsten Widerstand in den Griff zurückzog. Und er schwor mir, dass keine Verletzungsgefahr bestehe, und Ivor bekräftigte seine Worte auch noch, indem er sagte, dass er für seine letzte Rolle im Schotten-Stück auch mit Trickmessern gearbeitet habe. Vielleicht würde ich ihm ein oder zwei blaue Flecken verpassen, aber er versicherte mir, dass er schon Schlimmeres erlitten hatte. ›Was tun wir Schauspieler nicht alles für die Kunst!‹, sagte er. Doch ich war trotzdem nicht richtig überzeugt. Ich versuchte mir auszumalen, wie die Szene im Film aussehen würde, und ich schaute nach oben zu Beauvois und fragte ihn: ›Aber, wird das denn glaubwürdig sein, wenn …‹«

Ich überlegte kurz, was sie meinte. »Beauvois unterbrach mich und sprach damit aus, was ich selbst dachte: ›Du meinst, wenn es kein Blut zu sehen gibt? Wir machen das, was wir auch schon gemacht haben, als wir *Delirium des Träumers* gedreht haben. Eine Ampulle Kunstblut sollte dafür ausreichend sein. Wir haben noch reichlich davon auf Lager. Du rammst ihm den Dolch in die Brust, und Ivor zerbricht den Flakon unauffällig zwischen seinen Fingern. Er hebt die Hand, um die Wunde zu greifen, und dann … Voilà! Blut wird fließen!‹ Doch meine nagenden Zweifel wollten nicht weichen. Ich hatte das Gefühl, dass etwas nicht stimmt. Ich ertappte mich dabei, wie ich wieder an Rex dachte, und das Herz verkrampfte mir in der Brust, als ich auf die Stelle blickte, an der er sein Ende gefunden hatte. Das Brummen des Generators fledderte nur noch mehr an meinem überspannten Nervenkostüm … und die Hitze und der Gestank der zischenden Lampen. So viele davon auf dem Boden … und noch mehr, die von der Decke hingen. Genau wie das Auge der Kamera, das von dort oben wie ein monströser Zyklop nach unten blickte. Der Gott, der jeden unserer Schritte lenkte, … und für den nichts, was wir an diesem Tag taten, richtig war. Vielleicht lag es daran, dass ich in der Nacht zuvor kaum geschlafen hatte. Vielleicht war es der Champagner, den ich am Abend getrunken hatte. Oder war es Ivors Haschisch-Zigarette? Mir war, als würde ich jeden Moment ohnmächtig werden; ich hatte meine liebe Mühe, in der Rolle zu bleiben, als ich einen dritten oder vierten Versuch unternahm, den Dolch in Ivors Brust zu stoßen, und die Klinge aus Gummi sich nicht in den Schaft zurückzog, sondern weich hin und her wackelte. Das sah eher nach Komödie aus als nach Tragödie, und Ivor machte die Sache mit seinem Lachen noch schlimmer. Mit lautem Scheppern stieg Beauvois die Blechleiter des Baugerüsts hinunter, um mir seinen Zorn ins Gesicht zu brüllen: ›Kannst du nicht wenigstens versuchen, die Szene so zu spielen, dass es überzeugend ist? Du bist eine Frau, die den Mann ermorden will, den sie liebt. Bei dem, was du hier veranstaltest, könntest du ihn ebenso gut auskitzeln.‹«

Ich sah, wie die Schilderung der Ereignisse sie mitnahm. »Wäre Ivor an diesem Tag nicht abgereist, dann hätte ich vorgeschlagen, die Dreharbeiten zu unterbrechen. Wir hätten die Arbeit an der Szene an einem anderen Tag wieder aufnehmen können. Aber Ivor musste bis zum Abend am Hafen sein, und uns blieb gar nichts anderes übrig, als einfach weiterzumachen. Beauvois packte mein Handgelenk und riss mir das Messer aus den Fingern. Er sagte irgendetwas Undeutliches. Etwas über das Messer, dass es nicht richtig funktioniere, dass es klemmen würde. Ich sah auf seine Hände, die das Messer hielten, schweißnass und zitternd. Die Art, wie er meinem Blick auswich. Und mir fiel auf, dass auch Ivor unruhig war, trotz seiner zur Schau gestellten Freundlichkeit. Als er sich mit einem Handtuch die Brust abtupfte, um das klebrige Rot zu entfernen, sagte er: ›Leda, Schatz, bitte versuche doch, es richtig zu machen, sonst sind wir um Mitternacht immer noch hier, und ich werde es dann niemals schaffen, rechtzeitig an Bord zu kommen, bevor das Schiff ablegt.‹«

Sie spielte mit dem Dolch, während sie weitererzählte. »Ich nahm mir ebenfalls ein Tuch, um Ivor zu helfen, da ich ja wusste, wie wichtig es war, dass wir unsere weißen Kostüme nicht beschmutzten … es hätte nur zu weiteren Verzögerungen geführt, wenn wir uns auch noch hätten umziehen müssen. Und während ich damit beschäftigt war, hörte ich das Klicken der Klinge und blickte hinter mich, wo ich Beauvois sah, der immer noch in Konzentration versunken war. Ich denke jetzt an den Gesichtsausdruck, den er damals machte. Ich habe seitdem so oft daran gedacht. Wie er aufschaute und meinen Blick erwiderte, wie sich sein offensichtlicher Verdruss in ein Lächeln verwandelte, das aus all der dunklen, kalten Energie wieder Licht und Liebe werden ließ. Sagt man nicht, dass die besten Regisseure auch die besten Schauspieler sind … dass sie nur durch Empathie ihr Handwerk wirklich verstehen können? Die Psychologie der Täuschungen? Oh, und er war auch ein Meister der Täuschung. In mir regte sich nicht der geringste Zweifel, als er sagte, dass wir die Szene nun ein weiteres Mal drehen könnten … aber bevor er hinter seiner Kamera verschwand, wollte er mir noch einmal demonstrieren, auf welche Weise man den Dolch am sichersten verwendete.«

Sie hielt mir die Waffe entgegen. »Wollen Sie sehen, Ed, wie das geht?« Und als hätte ich mich vom wissenden Funkeln ihrer Augen hypnotisieren lassen, hob ich meine Beine, um über das Wrack des Projektors zu steigen und auf die goldenen Throne zuzugehen, wo Leda noch immer stand. Doch je näher ich kam, desto schwindliger wurde mir, desto verwirrter waren meine Sinne von den zischenden, flackernden Lampen, in deren Schein ich noch einmal sah, wie Leda sich verwandelte. Nicht nur sie, nicht nur ihre physische Gestalt, sondern auch alles um sie herum nahm andere Formen an.

Das ganze verfallene Set sah nun wieder genauso aus wie bei den Dreharbeiten zu *Die verfluchte Königin*. Dieselben üppigen Palmen, Wandbögen, durch die hindurch man die Pyramiden sehen konnte. Zwei leuchtend güldene Throne, auf einem davon saß faul ein Mann. Auf seinem Kopf eine lange schwarze Perücke. Ein Leopardenfell über einem Arm drapiert. Ein Gürtel mit Skarabäus-Schnalle unter einer haarlosen Brust; ein langer weißer Rock und Sandalen an den Füßen.

Das alles konnte ich ganz klar vor mir sehen. So wahrhaftig, dass ich meine Arme ausstreckte, um Ledas Taille zu umfassen, um meine Hände auf ihre zu legen, die Hände, in denen sie das Messer hielt. Vier Hände, die ich dann nach oben zwang. Vier Hände, die ich ganz stillhielt, als wäre jegliche Zeit stehengeblieben, bis ich den Moment packte, und …

Ich erinnere mich, dass der bewusste Teil meiner selbst – der Teil, der nicht Charles Beauvois war – sich dachte, wie seltsam es war, dass eine Klinge aus Gummi so hart wie glänzender Stahl aussah, dass sie meine Augen mit Licht blendete, als sie wieder hinuntergetrieben wurde – und noch einmal, und noch einmal –, bis meine Lippen auseinandergezwungen wurden und ich ein kurzes, schroffes, keuchendes »Ja!« hörte – und Beauvois' Macht über mich verschwunden war.

Er ließ mich dort zurück, eine leere Hülle, mein Herz ein qualvolles Trommeln, das im Aufstampfen seiner Füße widerhallte, als er zur Leiter lief, dann wieder zurück bis ganz nach oben kletterte, wo die Kurbel der Kamera wieder surrte, als er dort stand und die Szene unten filmte, und diese rasselnden Vibrationen, die irgendwie viel zu laut in meinem Kopf dröhnten, bis ich dachte, er würde explodieren – und in diesem Moment war die Vision verpufft. Kein Beauvois. Kein Ivor Davies. Nur die gealterte Leda Grey. Mit einem Ausdruck des Entsetzens im Gesicht starrte sie verzweifelt auf die leeren Throne.

Ihre Stimme war erstickt. Ihre Augen waren feucht, als sie mir in inbrünstiger Verzweiflung erklärte: »Ivor keuchte, war viel zu blass. Und dieser Ausdruck des Entsetzens in seinen Augen. Und der heiße, metallische Geruch von Blut … Oh, viel zu viel davon, als dass es in irgendeinem kleinen Fläschchen hätte aufbewahrt werden können. Es floss über das Leopardenfell, durch die gezackten Vertiefungen seiner Rippen, durch den Stoff, der um seine Hüften gewickelt war. Dieses Tropfgeräusch. Sein schreckliches Stöhnen … und dann mein eigenes, als ich erkannte, dass eine Klinge, die eigentlich keinen Schaden hatte anrichten sollen, sich durch Ivors Fleisch geschnitten hatte, als wäre dieses Fleisch Butter gewesen.«

Zwischen ihren gequälten, rasselnden Atemzügen waren die Worte kaum zu hören. »Es waren zwei Klingen in diesem Trickmesser: die Attrappe und die echte, obwohl ich diese Wahrheit kaum erfassen konnte; ich blickte hinauf zu Beauvois, sah, dass er immer noch filmte, was vor sich ging … während ich dastand, den Dolch in der Hand, und ihn anschrie: ›Was hast du getan! Ivor blutet. Ivor ist verletzt.‹«

Ledas Stimme zitterte. »Als ich Ivor wieder ansah, fiel mir nur eine Sache ein, die ich noch tun konnte; ich ließ den Dolch aus meinen Händen fallen und presste sie auf seine Wunden … ich drückte, so fest ich nur konnte, in der Hoffnung, auf diese Weise den Blutfluss zu stoppen. Es war schrecklich … das Dröhnen des Motors … das zischende Gleißen all der Lichter … und dann der Klang von Beauvois' Schritten, der die Leiter wieder hinunterstieg und dann einfach nur dastand, um uns zu beobachten, während er sagte: ›Ich konnte dich nicht gehen lassen. Ich konnte nicht zulassen, dass er dich mitnimmt. Nicht mit allem, was ich hier investiert habe. In dich … in die

Filme … in das White Cliff House.‹ Es war nicht leicht, diese Worte zu verstehen. Wie konnte er nur so ruhig sprechen? Es fiel mir schwer, seinen Blick zu erwidern. Ich flehte: ›Bitte! So tu doch etwas! Geh runter zur Farm … das Telefon. Joe soll jemanden anrufen und Hilfe holen.‹ Aber er bewegte sich keinen Zentimeter, auch dann nicht, als Ivor den Kopf hob und mit einem dünnen, erstickten Lachen sagte: ›Nun, Beauvois … hättest du je gedacht, dass dieser alte Mann so viel Blut in sich hat?‹«

Wovon redete Leda Grey? Von einem eiskalt geplanten Mord, für dessen Ausführung sie selbst das Werkzeug gewesen war, ohne es zu wissen? »Beauvois antwortete mit spöttischer Verachtung: ›Ich habe euch beide gestern Abend hier gesehen, als ich den Projektor und den Film wieder hergebracht habe.‹ Trotz der Wärme von Ivors Blut spürte ich, wie mein Körper zu Eis wurde; ich zitterte vor Kälte und Schock, und alles um mich herum sah ich nur noch durch einen weißen Nebelschleier … und Beauvois' Stimme schien aus weiter Entfernung zu kommen. Doch ich hörte jedes Wort, das er sagte. ›Ich habe dich gesehen, Leda … wie du ihn gefickt hast.‹ ›Nein!‹ Ich drehte mich zu ihm um und protestierte: ›Du hast geträumt. Wieder einer von deinen Opiumträumen. Ich war letzte Nacht nicht mal in der Nähe des Schuppens. Ich habe in der Hängematte im Garten geschlafen … und dann bin ich nach oben zu dir gekommen.‹ Er wurde wütend. ›Lüg nicht! Du weißt es genauso gut wie ich. Das war Tilly Davenport, die in der Hängematte geschlafen hat. Ich habe sie mit meinen eigenen Augen gesehen.‹«

»In diesem Moment«, fuhr Leda fort, »erinnerte ich mich. Tillys Hut auf meinem Kopf. Ihre Federboa um meinen Hals. Eine Decke, die den Rest bedeckte. Das Gefühl, dass mich jemand beobachtete. Ich weinte. ›Nein, du irrst dich, Beauvois.‹ Ivor versuchte ebenfalls zu sprechen, aber die Anstrengung war zu groß für ihn. Die Lider seiner Augen schlossen sich, während ich mit meiner Hand über seine Wange strich und meinen Mund an sein Ohr hielt. ›Warte, Ivor …‹, flüsterte ich. ›So warte doch auf mich. Ich gehe und werde jemanden finden, der helfen kann.‹ Aber Ivor wollte mich nicht gehen lassen. Seine Finger klammerten sich um mein Handgelenk, und er hatte ein schiefes Lächeln auf den Lippen, die eine grässliche graublaue Farbe angenommen hatten, … diese Lippen, denen ich einst ausgewichen war, als er mich um einen Glückskuss gebeten hatte. Oh, ich habe ihm nichts als Unglück gebracht.«

Leda hielt eine Hand an ihre Stirn, auf der eine violette Ader heftig pulsierte. »Seitdem habe ich mir so oft gewünscht, Charles Beauvois wäre an jenem Tag gestorben … als wir ihm im Filmschuppen das Leben gerettet haben. Sein Tod hätte bedeutet, dass Ivor hätte leben dürfen. Und ich dachte noch immer, er würde vielleicht leben dürfen, Ivor hätte vielleicht eine Chance, als er seine Augen öffnete und fragte: ›Ist Theo schon zurück? … müssen los … bevor wir unser Schiff verpassen.‹«

»Unser Schiff …« Ihre Stimme klang gepresst und schrill. »Eine lang verdrängte Erinnerung kehrte da zu mir zurück. Der Abend, an dem mein Bruder so betrunken gewesen war. Der Abend, an dem mein Bruder Frauenkleider getragen hatte. An dem er mich gefragt hatte: ›Kann denn meine kleine Schwester wirklich so blind sein?‹ Und in diesem Augenblick war mir mit einem Mal völlig klar, was Beauvois gesehen haben musste. Er hatte meinen Bruder im Kostüm der verfluchten Königin gesehen. Mein Bruder hatte die schwarze Fransenperücke getragen. Er hatte das Gesicht mit meinen Pudern angemalt. Und jetzt trug ich dieselbe Verkleidung, in einem Meer aus Blut kniend, während Ivor ein langes Stöhnen von sich gab, bevor er heftig zusammenzuckte, als ob ein Stromschlag durch seinen Körper gegangen wäre. Aber es dauerte nur ein oder zwei Sekunden, nicht länger, dann wurde er wieder ganz ruhig, und ich sah das ›Fortgehen‹ in seinen Augen, genau wie bei meiner Mutter, als sie gestorben war. Wie schwer und alt und müde ich mich fühlte, so uralt wie die Sphinxe, als ich Charles Beauvois wieder ansah und irgendwie die Kraft fand, mich wieder aufzurichten … als ich über das Dröhnen des Generators hinweg zischte: ›Du Ungeheuer von einem Mann! Du hast mich benutzt. Du hast mich betrogen.‹«

»In diesem Moment glaubte ich, einen Funken des alten Beauvois wieder aufflammen zu sehen – als er mir seine Hände auf die Schultern legte und ich das Bedauern in seinen blutunterlaufenen Augen sehen konnte, in den tieffurchigen Falten und den dunklen Tränensäcken eines Mannes, der seit mehreren Wochen kaum mehr als eine Stunde die Nacht geschlafen hatte, der so sehr in seine Scheinwelten abgetaucht war, dass er nicht mehr zu verstehen schien, was Fiktion und was Wirklichkeit war. Doch dann begann er zu lachen. Er sah aus wie ein Mann, den der Wahnsinn gepackt hatte, … und ich glaube, es war tatsächlich der Wahn, der aus ihm sprach, als er sagte: ›Was für eine Schauspielerin du bist, Leda Grey! Was für eine großartige Lady Macbeth du abgegeben hättest. Das ist es doch, was er wollte, nicht wahr? Dass du mit ihm gehst und seine Königin spielst. Dass du mich für diesen Griffith-Mann verlässt. Wenn ich dich nicht mit eigenen Augen gesehen hätte, wenn ich gestern Abend nicht hierhergekommen wäre, dann könntest du selbst jetzt noch hoffen, dass ich mich von deiner Loyalität überzeugen lasse.‹«

Sie überlegte einen Moment. »Wäre doch nur mein Bruder da gewesen. Er hätte Beauvois vielleicht die Wahrheit über eine gewisse Loyalität gesagt. Er hätte auch meine Aura sehen können. Meine Wut, meine glutrote, lodernde Wut, die meine Worte irgendwie zu durchdringen vermochten: ›Es gibt *nichts*, wovon ich dich überzeugen muss. Ich habe mich keines Verbrechens schuldig gemacht. Aber *du* … niemals werde ich dir das Übel verzeihen, dessen du dich heute schuldig gemacht hast. Du hast mich ruiniert … meine Zukunft. Jede Zukunft, die *wir* uns erhofft hatten. Warum bringst du mich nicht auch um? Ein Film mit zwei Toten statt nur einem!«

Sie sah erschöpft aus, ihr Gesicht war fahl wie Asche. »Oh, Ed. Was für ein schrecklicher Gedanke. Er traf mich wie ein Hammerschlag. In diesem Moment wollte ich nichts sehnlicher, als mich vor den anklagenden Lichtern des Schuppens verstecken zu können. Dass der Film in Beauvois' Kamera auf alle Zeit unbelichtet bleiben würde. Dass die Zeit sich zurückdrehen ließe zu einem anderen Tag, einem Tag, an dem ich in einem dunklen Aquarium gestanden hatte, … an dem ich mich vielleicht niemals umgedreht hätte, an dem ich nicht in die Arme eines Fremden gefallen wäre.«

Eindringlich begann sie zu flehen: »Sie sollten gehen, Ed. Gehen Sie fort von hier! Dies ist mein Fluch. Ich verstehe es jetzt. Jeder, der mir je etwas bedeutet hat, ist am Ende auf irgendeine Weise gebrochen worden. So wie auch das Herz meines Bruders dem Untergang geweiht war, als er wieder zurückkam … als er mich hier sah, auf den Knien. Ohne dass ich gebetet hätte. Dafür war es viel zu spät. Aber ich hatte einen Eimer und ein paar Tücher gefunden und damit begonnen, Ivor zu waschen; ich hatte ihm das Leopardenfell und die blutgetränkten Röcke vom Leib gezogen, ebenso die Perücke, die er trug. Irgendwie sah er zu nackt aus, abgesehen von den klaffenden Wunden auf seiner Brust, aus denen sich das Rot noch immer über das Weiß ergoss.«

Leda schaute verzweifelt auf ihre Hände. »Meine Hände waren nicht weiß. Sie waren noch immer rot … ganz egal, wie sehr ich sie schrubbte. So viele Nächte, in denen ich weinend aufgewacht bin und glaubte, wieder hier zu sein, blutverschmiert von Kopf bis Fuß, so viel Blut, dass Theo dachte, ich müsste selbst angegriffen worden sein. Er stand vor den vergoldeten Thronen, starrte auf Ivors Leichnam und fragte mit kalter, harter Stimme: ›Leda … sag es mir. Wo ist Beauvois?‹ Aber da war Beauvois schon lange fort. Und er hatte den letzten Film mitgenommen. Ich hatte das Aufblitzen des Metalls gesehen, dort, wo seine Hände den Kanister gepackt hatten, und dieser Glanz hatte mich förmlich angeschrien: *Ich bin Beweis dafür, dass Ivor Davies von Leda Grey ermordet wurde.*«

»Ich glaube, es war Theos Ruhe, so unnatürlich sie auch schien, die mich dazu brachte, jegliche Selbstbeherrschung zu verlieren, als mein Bruder mich auf die Füße zerrte. Ich schlug meine Fäuste gegen seine Brust und schluchzte: ›Er hat dich letzte Nacht hier gesehen. Er hat dich gesehen und gedacht, dass ich es wäre. Jetzt ist Ivor tot, und Beauvois ist weg. Und er hat den Film mitgenommen. Er hat den Film mitgenommen. Er hat …

… er hat mir meine Seele genommen.‹«

KESSEL BRODELT, FEUER ZISCHT

Macbeth

Leda Grey schien am Rande eines körperlichen Zusammenbruchs zu stehen. Kaum zu glauben, dass sie es geschafft hatte, die Ereignisse dieses Tages so eindringlich und lebhaft zu schildern. Ich fühlte mich ausgelaugt. Ich fühlte mich, als hätte sich all das – jeder einzelne Moment – vor meinen eigenen Augen abgespielt. Mehr noch als das. Viel mehr als das. Das Gefühl, dass wir nicht allein gewesen waren, dass irgendwie der Geist von Charles Beauvois von meinem Fleisch Besitz ergriffen hatte. Wenn nicht das, dann war ich vielleicht verrückt geworden.

Aber nun war er verschwunden. Daran hatte ich keinen Zweifel. Er hatte den Schuppen verlassen, genauso wie er sechzig Jahre zuvor weggelaufen war, als er Leda mit dem sterbenden Ivor alleingelassen hatte und …

Und was war dann passiert?

Aus irgendeinem Grund richtete ich den Blick noch einmal auf den nachgebauten Sarkophag, wo ich wieder ein Schimmern sah – und es hatte nichts mit den Bogenlampen oder dem grellen Licht von Blitzen zu tun. Es kam aus dem Innern, aus dem zerbrochenen Sargdeckel, aus dem Flammen züngelnd emporschossen. Flammen in Orange, Blau und Grün, wie eine lebhafte Laterna-Magica-Vorführung.

Ich habe seitdem oft darüber nachgedacht. Wie das Feuer so leicht um sich greifen konnte. Allerdings bestand der Schuppen auch hauptsächlich aus Holz, das Gebälk war durch die monatelange Sommerhitze trocken wie Zunder. Ich denke an die brennenden Zigaretten, die die Kinder dort hingeworfen hatten. Eine davon musste durch den Riss im Deckel des Sarkophags gefallen sein. Vielleicht hatte man eine andere auf den elektrischen Drähten schwelen lassen, die sich überall am Boden wanden. Doch wie auch immer es dazu gekommen war, das Feuer fraß sich rasch durch die Schichten aus Leim und Papier, aus denen der Sarg gefertigt war; festgeklebt an dem verzinkten Metallsockel eines Troges, wie man ihn auf den Feldern zur Fütterung von Nutztieren verwendet. Dieser Trog hatte wie ein Kessel gewirkt, aus dem die heiße Luft und mit ihr kleine Fetzen angesengten weißen Stoffs aufstiegen, die dort wie Staubkörner im goldenen Sonnenlicht tanzten. Kinder hätten geglaubt, dass es sich dabei um Feen handelt. Aber das hier war nichts Schönes, Gutartiges. Nicht mit diesem giftigen Schwefelgeruch – und in diesem Sarg waren beileibe nicht nur ein kleines Häufchen Asche und eine Papierrolle, wie ich sie in dem Film *Die verfluchte Königin* gesehen hatte.

Was ich in den lodernden Flammen sah, war ganz ohne Zweifel ein verwesender Leichnam. Ein paar Reste fauliges Fleisch klebten noch an den Knochen; ein hängender Kiefer, so als ob der Tote vor Schmerzen schrie. Und zwischen den Rippen sah ich weitere Stofffetzen, rot leuchtende Stofffetzen – bis ich begriff, dass es sich dabei um Schwärme winziger Käfer handelte. Blutrote Käfer, die aus den Nestern flohen, die sie sich gebaut hatten.

In der Zwischenzeit surrte der Generator, dieses stechend hohe Insektengeheul, und dann ein weiterer Lichtblitz. Diesmal ein Stromstoß, der die meisten Bogenlampen explodieren ließ, gefolgt von einem Regen aus Glasscherben und Batteriesäure.

Ich stürzte nach vorn, heulend vor Schmerzen, griff mit einer Hand den Rand des Sarkophags, was mir nur noch mehr Schmerzen bereitete – nicht nur wegen der sengenden Hitze, sondern auch, weil ich dachte, mich habe ein Blitz getroffen. Ein Stromschlag muss durch das Metall des Troges geschossen sein, vermutlich von einem darunterliegenden beschädigten Kabel, und der Stromkreis schloss sich, als er in mein lebendes Fleisch floss. Jeder Muskel in mir zuckte heftig, und was mit meinem Sehvermögen geschah, kann ich nur mit einer Bildstörung auf einem Fernsehbildschirm vergleichen, bei der man nur Reihen schwarz-weißer Zickzacklinien sieht.

Plötzlich gab es keinen Strom mehr. Ich wurde vom Sarg weggestoßen und muss rücklings gestürzt sein. Ein furchtbarer Moment. Ich konnte nicht atmen, presste eine Hand auf meine Brust und befürchtete, dass mein Herz stehen geblieben war, bis … »Uhh!«, keuchte ich. Ein scharfer Luftzug füllte meine Lungen. Mein Herzschlag setzte wieder ein. Meine Sicht wurde wieder klarer, als ich mich zuerst aufsetzte und mich dann mühsam hochkämpfte, bis ich auf schwachen Füßen stand.

Ich sah mich nach Leda Grey um, rief immer wieder panisch ihren Namen, während ich versuchte, zu erkennen, was hinter den glutzerfressenen Holzbalken passierte … als dann einige dieser kleinen glühenden Funken auf die Filmrolle fielen, die noch immer am Boden lag.

Der Film schmolz, schlug Blasen und setzte stechende Chemikalien frei, die mir in den Augen brannten und meinen Blick trübten; meine Nase und mein Rachen fühlten sich an, als hätte ich literweise Essig geschluckt. Und vielleicht hatten diese Dämpfe mir auch jeden gesunden Menschenverstand geraubt, denn ich warf mich auf den Film und nutzte meinen Körper als Schutzschild, um zu versuchen, das Feuer zu ersticken.

Aber Cellulosenitrat braucht keinen Sauerstoff, um zu leben. Nicht einmal Wasser kann die Flammen löschen. Heute weiß ich das. Damals wusste ich es nicht.

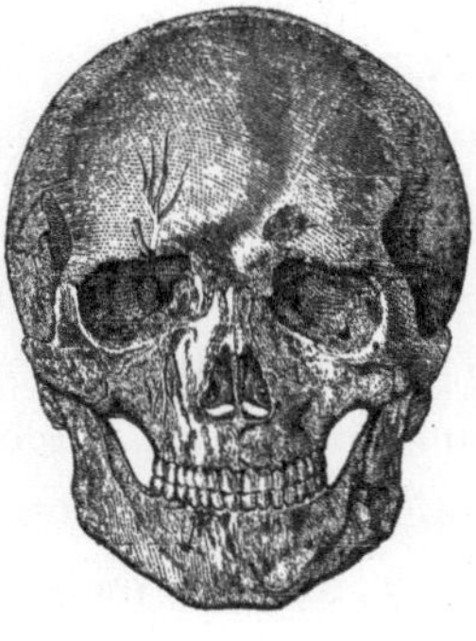

AßEN WIR VON JENER GIFTGEN WURZEL, DIE DIE VERNUNFT BEWÄLTIGT?

Macbeth

Schmerz.

Nadeln.

Schlafen.

Träume.

Ein Feuer.

Ein Körper in einer Kiste.

Lucys Stimme – und dann ihr Lächeln, als ich im Krankenhaus meine Augen öffnete.

Es war Lucy, die mir in dieser Nacht das Leben gerettet hat. Sie hatte nicht mehr daran geglaubt, dass ich sie wie versprochen im Pub treffen würde. Sie war auf dem Weg nach Hause, den Strand entlang, als sie eine laute Explosion hörte. Sie blickte die Klippe hinauf und sah die Flammen, die das Studio von Beauvois verschlangen.

Die Uhrzeit? Sie sagte, es sei zehn vor zwölf gewesen.

Später erzählte sie mir, dass es wie ein Feuerwerk ausgesehen habe. Die leuchtenden Rot- und Orangetöne, die dann in Rosa- und, als die Glassplitter herabstürzten, in Weißtöne übergingen.

Selbst in den schrecklichsten Dingen kann eine gewisse Schönheit liegen. Wie die Pilzwolke, die einer Atomexplosion folgt. Wie Viren oder Krebszellen, durch die Linse eines Mikroskops betrachtet. Oder die Netze aus feinen Narben auf verbrannter oder zerschnittener Haut. Es kommt darauf an, wie man auf die Dinge schaut. Wie nahe man dem Zentrum der Dinge ist. Und ich war in dieser Nacht zu nahe dran.

Es fühlte sich nicht wie Erinnerung an, sondern mehr wie ein Traum, als ich an Leda dachte – wie sie dort inmitten der lodernden Flammen stand, wie sie meinen Namen rief und dann ihren Arm nach unten streckte und eine übermenschliche Kraft aufbrachte, um mich wieder auf die Beine zu bringen, um mich, der ich vor Schmerzen taumelte und wie benommen war, zurück zum White Cliff House zu führen. Und dort fand mich Lucy, mit Leda, in ihrem Wohnzimmer, wenn ich auch kaum bei Sinnen war und nicht viel mehr herausbrachte als ein Krächzen, da der Rauch, den ich eingeatmet hatte, mir den Rachen versengt hatte.

Ich erinnere mich an den verzweifelten Durst, den ich verspürte. Wie ich versuchte, die Arme der Männer abzuwehren, die von der nahegelegenen Farm herbeigeeilt waren, um mich über irgendwelche Felder zu tragen, dann einen anderen Pfad die Klippen hinunter, bis zu den Türen eines herbeigerufenen Krankenwagens. Ich erinnere mich an die Seligkeit der Sedierung, als ich dann im Sauerstoffzelt lag – an einem Tropf hängend, um meinen Körper zu rehydrieren, mein Verstand betäubt durch Opiate. Unter meinen Verbänden Schwefelsalbe und antibiotische Tinkturen. Und dann die Qualen, als die tote, verbrannte Haut abgeschabt wurde, bevor neue an ihre Stelle aufgetragen wurde, als ich wegen der höllischen Schmerzen keinen klaren Gedanken mehr fassen konnte – und das, obwohl ich an einigen Stellen meines Körpers, Teile meines Gesichts und meiner Brust, nie wieder etwas spüren würde. Und was die Nervenzellen betraf, die sich wieder erholten, so machte mich der damit einhergehende Juckreiz fast wahnsinnig. Ich stellte mir vor, es wären Käfer. Winzige, rote Käfer, die unter meiner Haut krabbelten.

Wochenlang noch war ich mir der Folgen des Brandes nicht bewusst, bis zu dem Tag, an dem ich aufwachte und Lucy an meinem Bett sitzen sah. Und dort, auf einem Stuhl zu meiner anderen Seite, saß Ledas Bruder Theo. Doch was war mit seiner Schwester?

»Geht es Leda gut? Ist sie mit euch hergekommen? Ich muss sie sehen … muss ihr danken.«

Mein Verstand war völlig benebelt, mein Kopf schwer vom Gewicht der Verbände, in die man ihn eingewickelt hatte. Aber ich versuchte, mich im Bett aufzusetzen, und sagte: »Ihr wisst, dass sie mich gerettet hat, nicht wahr? Wenn sie mich in dem brennenden Schuppen zurückgelassen hätte, … ich wäre wohl genauso geendet wie … Grundgütiger! Das Bild will mir nicht aus dem Kopf. Jedes Mal, wenn ich meine Augen schließe, … die Leiche. Der Sarkophag.«

Lucy versuchte, mich zu beruhigen. »Du bist verwirrt. Erinnerst du dich denn nicht? Die Polizei war hier. Sie haben alles erklärt. Ich dachte, dass du es gehört hättest … es verstanden hättest.«

»Welche Polizei?« Ich konnte mich an eine derartige Begegnung nicht erinnern.

»Im ganzen Land haben sie über die Sache berichtet. Aber der Chefredakteur dieser Zeitschrift … dein Boss, er hat dich hier besucht und gesagt, dass er versuchen würde, es unter Verschluss zu halten. Deinen Namen, und dass du in diese Geschichte verwickelt warst. Er hat dir auch dieses Privatzimmer organisiert und …«

»Er war hier zu Besuch? Hier bei mir, im Krankenhaus? Verdammt noch mal!« Ich geriet in Panik. »Er war hier, um sich die Geschichte unter den Nagel zu reißen. Es ist meine Geschichte. Diese Geschichte gehört mir allein, und nicht …«

»Hey, mach halblang. Beruhige dich, Ed!« Lucy wirkte fast schon ängstlich und rückte mit ihrem Stuhl ein Stück zurück, bevor sie sich wieder fasste und voller Entschlossenheit sagte: »Ich dachte, ich würde helfen, das ist alles. In deiner Tasche war eine Visitenkarte … in dem Rucksack, der jetzt in dem Schrank neben deinem Bett verstaut ist. Ich habe eine Quittung von deinem Hotel gefunden. Was du da noch auf deinem Zimmer hattest, habe ich geholt. Deine Klamotten und ein altes Sammelalbum, das die Zimmermädchen dort gefunden hatten. Und natürlich liegt es mir fern, in deinen privaten Sachen herumschnüffeln zu wollen. Es war nur so, dass … na ja, es stand nicht gut um dich. Ich dachte, wenn du irgendwo Familie hast, … jemanden, den wir hätten benachrichtigen müssen.«

»Ich habe keine Familie. Und ich kann mich nicht daran erinnern, dass mich hier irgendwer besucht hätte, außer dir und …« Ich blickte auf den alten Mann. »Und Mister Williams, heute.«

Während ich sprach, griff Lucy nach der Handtasche, die neben ihrem Stuhl stand. Sie zog ein Stück Zeitungspapier hervor und sagte dann: »Ich habe diesen Ausschnitt hier für dich aufgehoben, Ed. Der *Argos* hat ihn gebracht, unsere Regionalzeitung hier. Kannst du ihn selbst halten?«, fragte sie sanft. »Oder vielleicht lese ich ihn dir besser vor?«

Sie las:

RÄTSELHAFTE LEICHENFUNDE: ENTDECKUNG IM WHITE CLIFF HOUSE

In einem Haus nahe Cuckham Sands sind die menschlichen Überreste eines Unbekannten gefunden worden. Noch in derselben Nacht wurde ein auf dem Gelände erbautes Studio durch ein Feuer restlos zerstört; das Gebäude war zu Beginn des Jahrhunderts als Drehort für Stummfilme genutzt worden.

Erste gerichtsmedizinische Hinweise legen nahe, dass es sich um die Leichenteile eines Mannes handelt; der Verstorbene sei sehr wahrscheinlich mittleren Alters gewesen. Todeszeitpunkt und Todesursache konnten von den Behörden jedoch noch nicht ermittelt werden …

Ich unterbrach sie in Protest: »Das war Ivor. Ivor Davies! Er hat in einem der Filme mitgespielt. Leda hat mir alles erzählt. Leda hat gesagt …«

Ich schaute Theo an, der außerhalb seines Ladens noch zerbrechlicher wirkte. Und seine Augen – zwei blassblaue Quellen des Schmerzes hinter schmutzigen Brillengläsern. Theo lehnte sich in seinem Stuhl nach vorn und zerdrückte einen Bogen Papier, in den ein Blumenstrauß eingewickelt war, der nun in seinem Schoß lag. Er fuhr sich mit der Zungenspitze über die trockenen, rissigen Lippen und sagte dann: »Es tut mir so leid, Ed. Ich hätte das White Cliff House gar nicht erst erwähnen dürfen, als Sie an jenem Nachmittag bei mir im Laden gewesen sind … Wenn ich nur gewusst hätte, was Sie dort sehen würden. Ich habe einfach nur gehofft, dass Sie herausfinden könnten, wie es Leda geht, und …«

»Sie lügen!«, schrie ich. »Sie wollten, dass ich die Geheimnisse Ihrer Schwester herausfinde. Welche Leichen Sie im Keller hat. Das waren doch genau Ihre Worte!«

»Ja, aber das habe ich gesagt, um Sie zu warnen. Es war auch für mich selbst eine Gefahr. Ich wusste, dass ich ein gefährliches Spiel spielte; aber ich wusste nicht, was Sie dort vorfinden würden … Ich wusste nicht, wie viel meine Schwester Ihnen erzählen würde. Ob sie überhaupt mit Ihnen sprechen würde. Aber insgeheim habe ich gehofft, dass sie es tun würde. Ich habe gehofft, dass sie Ihnen die Filme zeigen würde. In den letzten Jahren habe ich mich so sehr gesorgt, dass die ganze Arbeit verloren sein könnte. Ich wusste, dass sie noch Kopien der Filme haben müsste … auch wenn die Originale zerstört worden sind, als diese verdammte Bombe auf die Klippe geworfen wurde. Und für den Fall, dass sie Ihnen noch mehr zeigt, dass sie Sie in den Schuppen bringt … nun, ich hatte mich bereits dazu entschieden, ein Geständnis abzulegen und die Schuld für alles auf mich zu nehmen. Und es war wirklich höchst unwahrscheinlich, dass Charles Beauvois wieder auftauchen würde, um seine bösen Drohungen wahr zu machen und gegen Leda auszusagen. Selbst wenn dieses Monster noch leben würde, wäre er inzwischen schon über hundert Jahre alt.« Er schloss die Augen und seufzte. »Nein. Er muss tot sein, da bin ich mir ziemlich sicher.«

»Aber ich glaube, dass er wieder zurückgekommen ist. Ich glaube, er hat seine Aussage gemacht … mir gegenüber.« Meine Worte überraschten Theo; mit ungläubigen Augen starrte er mich an, als ich fortfuhr: »Ich bin unten im Schuppen gewesen, mit Leda. Ich habe Dinge gesehen, Dinge gehört. Furchtbare Dinge! Und …« Unbarmherzig klagte ich ihn an: »Ich weiß, welche Rolle Sie dort gespielt haben … Sie haben sich als die verfluchte Königin verkleidet, und in dieser Aufmachung hat Beauvois Sie entdeckt. Zusammen mit Ivor …«

»Ein Fehler. Ein schrecklicher Fehler.«

Der alte Mann gab ein gequältes Stöhnen von sich, bevor er sein Gesicht in zitternden Händen verbarg – und in diesem Moment stand Lucy auf, um zu gehen; in der offenen Tür blieb sie stehen und drehte sich noch einmal um. »Ich habe keine Ahnung, was vorgefallen ist, aber ich glaube, ihr zwei braucht ein wenig Privatsphäre … ein bisschen Zeit, um euch unter vier Augen zu unterhalten. Ich schaue morgen noch mal vorbei, Ed.«

Als sie fort war und die Tür leise über dem Linoleumboden zufiel, hob Theo den Kopf und sagte: »Zunächst einmal müssen Sie wissen, dass ich mit der Polizei gesprochen habe. Ich wollte ihnen alles erzählen … und dann, als weitere Details bekannt wurden, ist mir klar geworden, dass ich vielleicht ein Alibi habe, das ich selbst nutzen kann. Ich habe ihnen gesagt, dass es sich bei den verbrannten Überresten um die Knochen eines alten Skeletts handelt, das wir als Requisite bei den Dreharbeiten benutzt haben. Wir hatten damals tatsächlich eins, verstehen Sie? Ich habe denen die Quittung gezeigt, die ich aufbewahrt hatte, … von einer der medizinischen Fakultäten in London. Aber ich weiß nicht, ob ich sie damit überzeugen konnte.«

»Ich muss ihnen sagen, was ich gesehen habe. Das war kein Skelett.«

»Manchmal täuschen uns unsere Augen, Ed. Beauvois hat in jener Nacht im Schuppen nicht das gesehen, was er zu sehen glaubte. Auch Leda hat Vermutungen angestellt, die weit von der Realität entfernt sind. Ich habe sie in ihrem Glauben an diese Lügen bestätigt, um sie zu schützen. Wenn sie die Wahrheit gekannt hätte … Wenn sie gewusst hätte, was Ivor fühlte. Die Zukunft, die sie hätte haben können …«

Theo kämpfte gegen seine Gefühle an, schluckte sie wieder hinunter, als er mich durch feuchte, graue Wimpern hindurch anschaute. »Was Monsieur Charles Beauvois anbelangt, so gibt es inzwischen wohl ein Wort, das solche kontrollierenden Charaktere beschreibt. Einen Soziopathen würde man ihn wohl nennen, glaube ich. Jemand, der charmant und attraktiv ist. Aber, oh, so eitel und von sich selbst besessen. Eine gefährliche Kombination, besonders wenn all diese Eigenschaften durch Drogen noch verstärkt werden. Wahnvorstellungen, Ed. Wahnvorstellungen.«

Der alte Mann lächelte wehmütig. »Beauvois war ein Genie, wenn es darum ging, bewegende Filme zu drehen, aber sein Talent als Regisseur versuchte er auch im echten Leben einzusetzen, und wenn er glaubte, die Kontrolle verloren zu haben, dann ließ er sich neue Schrecken einfallen. Er ist schuld an Ivors Tod. Er hat Ledas Zukunft zerstört. Und ich, ich habe seitdem in jedem Moment meines Lebens die Schande und die Schuld getragen.«

Ich spürte einen Anflug von Mitleid. »Es tut mir leid. Ich weiß, dass Sie beide den Preis für Beauvois' Eifersucht bezahlt haben. Ich weiß, dass Sie nichts falsch gemacht haben. Sie waren ja nicht einmal da, im White Cliff House, als …« Ich konnte nicht weitersprechen. »Leda hat mir alles erzählt«, sagte ich nur.

»Sie hat es Ihnen erzählt?« Er sah noch überraschter aus, nahm seine Brille ab, rieb sich mit der Hand über die Augen und seufzte, bevor er fortfuhr: »Dann ist es wohl nur fair, wenn ich Ihnen erkläre, was wirklich passiert ist. Die Wahrheit wiegt viel zu schwer.«

Er legte eine Hand auf sein Herz, so wie ich es einmal bei Leda gesehen hatte, als ich sie zum ersten Mal im White Cliff House aufgesucht hatte und sie befürchtete, dass ich gekommen war, um ihr eine schlechte Nachricht zu überbringen, die ihren Bruder betraf.

»Ich hätte es ihr sagen sollen … ich hätte es ihr vor Jahren schon sagen sollen. Wissen Sie, Ivor hat mich nie gewollt. Es war Leda. Immer nur Leda. Und sie war dafür völlig blind. Sie ist Beauvois immer treu ergeben gewesen. An dem Abend, als wir das Gartenfest hatten, als Leda erschöpft in die Hängematte fiel … als wir glaubten, Beauvois würde bereits im Bett liegen und tief und fest schlafen … da sind Ivor und ich in den Schuppen gegangen. Wir nahmen ein paar Flaschen Champagner mit. Wir legten uns auf die Liegen, die wir als Teil des Sets für *Die verfluchte Königin* benutzt hatten. Wir sprachen über die Zukunft, die Ivor sich erhoffte, und er erzählte auch, wie sehr er Leda begehrte – wie er es sicherlich schon hundert Mal getan hatte, seit er wieder in unser Leben getreten war. Er erzählte von seinem Wunsch, sie eines Tages zu heiraten. Es hat ihn wirklich nicht gestört, dass sie mit Beauvois zusammenlebte. Aber er war ja auch an das Theaterleben gewöhnt, wo die Moralvorstellungen nie so streng waren wie in anderen Welten, auch damals schon nicht.«

Einen Moment lang schien er in Gedanken versunken, dann sprach Theo weiter: »Wir haben auch über meine Zukunft geredet. Ich wollte bei Beauvois aufhören und nach Amerika gehen, wo Ivor versuchen wollte, seinen Einfluss geltend zu machen, um mir Arbeit in einigen Studios dort zu verschaffen. Ich hatte genug Erfahrung, um neuen Regisseuren etwas anbieten zu können. Und wenn, wie Ivor es sich erhoffte, meine Anwesenheit auch Leda nach Amerika locken würde … nun ja, wir wussten beide, dass *ihr* der Erfolg gewiss war. Sie war keine von diesen Flattergeistern, die ein oder zwei Jahre mit ihrem hübschen Schmollmund begeistern und dann wieder in der Versenkung verschwinden. Sie war ein Star. Sie strahlte, Ed. Sie verschmolz mit jeder Rolle, die sie spielte. Man konnte den Blick einfach nicht von ihr abwenden, wenn sie auf der Leinwand zu sehen war. Und dasselbe galt für Ivor Davies. Wenn Sie *Die verfluchte Königin* hätten sehen können. Eine solche Chemie zwischen den beiden!«

Weder sagte ich ihm, dass ich den Film gesehen hatte, noch, dass sich die Dose mit Ledas Kopie in meinem Rucksack befand, nur wenige Zentimeter von uns entfernt. Genauso wie *Delirium* und auch *Die Meerjungfrau*. Nein, das sagte ich ihm nicht. Ich schwieg nur und ließ ihn weitersprechen.

»An diesem Abend hatten wir ein paar Zigaretten geraucht, die Ivor mitgebracht hatte … Na ja, wir haben gekifft, wie Sie das heute vielleicht nennen würden. Ich glaube, ich habe Ihnen schon einmal erzählt, dass wir damals alles andere als langweilig waren.« Er zuckte mit den Schultern. Seine Lippen verzogen sich in der Andeutung eines Lächelns. »Ivor hatte so viel geraucht und getrunken, dass er irgendwann einfach einschlief. Ich habe alles Mögliche versucht, um ihn aufzuwecken. Ich habe seinen Namen gerufen, habe versucht, ihn von der Couch hochzuziehen, auf der er schnarchte. Aber als ich sein Gesicht sah, wie er da so friedlich schlief … Er war wunderschön. Und ich betrunken. Viel zu betrunken, um über die damit verbundenen Gefahren nachzudenken. Also bin ich in den Raum mit den Kostümen gegangen, um mich als Leda zu verkleiden. Leda in ihrer Rolle als die verfluchte Königin. Ich schminkte mich sogar im Licht des Mondes, der über mir schien, und setzte mir dann die lange schwarze Perücke auf … Was für eine Verwandlung!«

Der alte Mann lächelte träumerisch. »Ich habe ein schönes Mädchen abgegeben, Ed. Ich war jung, und ich war schlank. Und ich war voller Lust und Wahn, als ich den Mann befriedigte, den ich verehrte, seit dem Tag, an dem er in unseren Laden in Brightland gekommen war, um sich von mir fotografieren zu lassen. Zu hören, wie er vor Erregung keuchte und stöhnte … auch wenn es nicht mein Name war, den er nannte, als er … Das sind Dinge, die ich nicht vergessen kann, auch wenn Ivor gesagt hat, dass wir nie wieder ein Wort darüber sprechen dürfen. Ich weiß nicht mehr, was uns am nächsten Morgen geweckt hat – aber ich weiß noch, wie schockiert er war, als er mich in Ledas Kleid sah … als er bemerkte, dass er nicht alle seine Kleidungstücke am Leib hatte. Er muss geahnt haben, was geschehen war. Nun ja, wie hätte er es auch nicht merken sollen? Aber er war so kühl und gleichgültig, dass ich wusste, dass die Gefühle, die ich für ihn hatte, niemals erwidert werden würden. Aber das Besondere an Ivor Davies war, dass er nie einen Groll hegte. Noch heute weiß ich die Tatsache zu schätzen, dass er dort wartete, während ich mich umzog und mein Gesicht wusch. Und dann, bevor wir den Schuppen verließen, schenkte er mir dieses charmante Lächeln und sagte: ›Wir werden immer noch Freunde sein, alter Knabe. Aber ich bin ganz einfach nicht so veranlagt. Sprechen wir nicht mehr darüber. Vergessen wir, dass es je passiert ist.‹ Aber es zu vergessen, das war nicht möglich. Nicht für mich, und auch nicht für Charles Beauvois, der heimlich beobachtet hatte, was ich in jener Nacht getan habe. Und *er* konnte durchaus Groll hegen.«

»Wo ist Beauvois hingegangen?«, fragte ich. »Haben Sie jemals wieder von ihm gehört?«

»Oh ja, wir haben wieder von ihm gehört. Einige Wochen nach Ivors Tod. Da kam im White Cliff House ein Paket an, in dem sich eine Kopie des Films befand, den Beauvois an jenem Morgen gedreht hatte, und …«

Theo wurde von der hereinkommenden Krankenschwester unterbrochen, die ein Wägelchen schob, auf dem sich mehr Medikamente für mich befanden. Sie schickte den alten Mann aus dem Zimmer: »Die Besuchszeit ist vorbei, Sir. Sie können morgen wiederkommen. Bis dahin werden wir unserem guten Mr Peters hier auch die Verbände abgenommen haben. Aber wir wollen ja nicht, dass er sich ihretwegen noch verausgabt. Nicht jetzt, wo er endlich auf dem Weg der Besserung ist.«

Mühsam stemmte Theo sich vom Stuhl hoch – man hätte meinen können, er sei derjenige, der ins Krankenhaus gehörte. Bevor er aus dem Zimmer schlurfte, streckte er jedoch noch eine geschwollene Hand aus und legte sie sanft auf meinen Arm, so zaghaft, als hätte sich ein Schmetterling daraufgesetzt.

Erst als er schon fast zur Tür hinaus war, bemerkte ich, dass er mir ein Geschenk dagelassen hatte. Neben meiner Hand lag eine Postkarte, darauf Bette Davis, die mir ihr spöttisches und wissendes Lächeln schenkte. Und die Blumen, die er mitgebracht hatte, ein kleiner Strauß Rosen … er hatte sie auf seinem Stuhl liegen lassen. Eilig nahm die Krankenschwester sie an sich und sagte, sie würde eine Vase suchen. Ich glaube, sie muss sie weggeworfen haben. Sie welkten und waren bereits braun angelaufen. Aber trotzdem, ein herrlicher Duft. Er lag noch eine Weile in der Luft und erinnerte mich an Leda Grey, an ihr Gesicht, das ich gleich wieder so lebhaft vor mir sah, als Theo sich zum letzten Mal umdrehte. »Ich bitte Sie, Ed, wenn Sie es übers Herz bringen könnten, mir zu vergeben … und wenn Sie jemals reden wollen, dann wissen Sie ja, wo sie mich finden. Ich bin immer da, in meinem Laden, in Brightland.«

Einige Stunden später, während ich darauf wartete, dass man mir die Verbände abnehmen würde, zog ich aus dem Schränkchen neben meinem Bett meinen Rucksack hervor, wuchtete ihn aufs Bett und wühlte darin herum, bis ich Ledas Aufzeichnungen, ihre *Spiegelbilder*, gefunden hatte. Und fast sofort hatten ihre Worte mich wieder in ihren Bann gezogen; noch einmal erlebte ich das Grauen, das sich im Schuppen zugetragen hatte, noch immer konnte ich Theos Not spüren, als ich Ledas letzte Zeilen las.

Ich sah das verblüffte Gesicht meines Bruders und dachte: Das ist es dann wohl gewesen. Das ist das Ende. Beauvois ist fort. Ivor ist tot. Theo wird mich bis in alle Ewigkeit hassen.

Aber schließlich habe ich mich beruhigt. Ich erzählte Theo, was Beauvois getan hatte, und Theo hielt mich in seinen Armen, als wolle er mich nie wieder loslassen, so wie er es an jenem Tag getan hatte, als wir mit dem Motorrad zum ersten Mal zum White Cliff House fuhren und beinahe in den Tod gestürzt wären.

Anschließend hat auch mein Bruder geweint, und dann hat er den Namen Charles Beauvois verflucht. Er sagte, er wolle diesen Mann nur allzu gerne zerstören, er werde nicht zulassen, dass Beauvois mich ruiniert, mich, die einzige Person auf der Welt, die Theo liebte … Nun, die einzige, die noch lebte.

Als Theo vorschlug, Ivors Leiche im Sarkophag zu verstecken, tat ich einfach, was er mir sagte, ohne an die Folgen zu denken. Aber wie schwer Ivors Körper war. Ich weiß kaum, wie wir es geschafft haben, ihn hochzuheben. Aber wir schafften es. Irgendwie schafften wir es, und als der Deckel wieder auf der Kiste war und Theo sie versiegelt hatte, da fiel es mir leichter, mir einzureden, dass er überhaupt nicht da wäre.

Theo holte Ivors Koffer und die Kleidung, die Ivor getragen hatte, bevor er für die Schlussszene in Beauvois' Film sein Kostüm angezogen hatte. Er nahm das Zigarettenetui aus Ivors Westentasche, aber außer dieser kleinen Silberschachtel und einem Bündel zerknitterter Geldscheine war dort nichts zu finden. Kein Reisepass, kein Ticket für das Schiff. Vielleicht hatten wir etwas übersehen, als wir seine Kleidung verbrannten, zusammen mit allen anderen Sachen, auf denen sich auch nur die kleinste Spur von Blut hätte finden lassen.

Wir übergossen alles mit Petroleum und machten bei Nacht ein Lagerfeuer. Wir standen davor und betrachteten die Flammen, und dichter schwarzer Rauch wehte uns in die Augen, ließ unsere Sicht verschwimmen, während all die kleinen Stofffetzen nach oben schwebten. Sie glühten wie winzige Rubine. Sie funkelten zwischen den Sternen. Obwohl sie in Wahrheit nicht so hoch nach oben stiegen. Es war nur eine Illusion.

Wochenlang blieb Theo bei mir im Haus. Tagsüber wachte er mit Argusaugen über mich. Nachts, wenn Amy nicht da war, folgte ich ihm oft, wenn er in den Schuppen hinunterging, um sich neben den Sarg zu setzen, in dem sein Geliebter lag.

Er konnte es nicht ertragen, ihn gehen zu lassen. Und natürlich nahmen alle anderen an, dass Ivor an Bord seines Schiffes gegangen war, dass er nach Amerika gesegelt war. Und wenn er dort dann seine Freunde nicht traf oder nicht zu vereinbarten Terminen erschien … nun, diese Dinge passierten eben, nicht wahr? Menschen verschwinden manchmal.

Ivor war nicht der Einzige. Wenn Amy oder andere Leute uns fragten, dann sagten wir, dass Charles Beauvois in diesem Jahr auch eine Reise ins Ausland gemacht hatte, um sich mit europäischen Agenturen zu treffen, in der Hoffnung, seine Filme auch in Frankreich und in Deutschland vertreiben zu lassen. Die Deutschen waren verrückt nach Vampiren, also verwunderte das niemanden. Als aber die ersten Briefe von Gläubigern eintrafen, die ihr Geld einforderten, wurde es schon schwieriger, Ausreden zu finden. Das ganze Geld, das Beauvois sich für die Sets geliehen hatte. Für den Bau seines Studios. Und all die gerichtlichen Anstrengungen, die Edison unternahm, weil die Abgabetermine für die Filme nicht eingehalten wurden. Sicherlich, wir hätten die Filme verschicken können. Wir hatten noch Kopien im Haus. Aber nein. Lieber wären wir in Dunkelheit versunken, als dass wir dazu beigetragen hätten, den Namen eines Mannes wie Charles Beauvois berühmt zu machen.

Als die Gerichtsvollzieher an die Tür klopften, brachten wir sie nicht in den Schuppen. Wir suchten im White Cliff House nach Dingen, mit denen sie sich zufriedengeben könnten. Gemälde. Teppiche. Möbel. Etwas Schmuck. Die Pelze und Kleider meiner Mutter. Alles von Wert, was Beauvois bei Auktionen ersteigert hatte.

Ungefähr um diese Zeit herum kehrte Theo auch in unseren Laden zurück, aber anstatt zu fotografieren, begann er mit der Wahrsagerei – ein Geschäft, das sich als äußerst lukrativ erweisen sollte; die Kunden gaben einander die Klinke in die Hand, als in den Schlachten des Ersten Weltkriegs die Männer wie die Fliegen starben und die Hinterbliebenen zu Hause Trost suchten, in welcher Form auch immer. So viele Männer aus unserer Gegend sind an den europäischen Ufern verloren gegangen. Charles Beauvois war da nur ein Name von vielen.

Theo sagte, es gäbe Filme von den Schützengräben. Sie wurden in den Kinos von Brightland gezeigt. Er selbst ging manchmal auch hin und sah sich alle Berichte an, bis eines Tages eine junge Frau im Vorbeigehen eine große weiße Feder in seinen Schoß fallen ließ. Theo war nur einer von vielen Männern, denen damals so begegnet wurde. Die Feder war ein Zeichen der Verachtung, das ihn als feigen Kriegsdienstverweigerer denunzieren sollte. Mein Bruder war aber kein Feigling, nicht so wie andere, die hier in der Heimat zitterten. Er hatte versucht, sich zu melden, hatte kämpfen wollen, aber weil er immer wieder diese Anfälle hatte, wurde er abgelehnt. Die Anfälle, die nun wieder auftraten, seitdem … nun, es muss der Schock gewesen sein – Ivor tot daliegen zu sehen und zu wissen, dass das Messer, das ihn getötet hat, durch die Hand seiner Schwester geführt worden ist.

Die Erinnerung daran machte auch mich krank. Jahrelang habe ich an nichts anderes gedacht. Bevor die deutschen Bomben fielen und nichts als Luft und Leere zurückließen, bin ich jeden Tag über den kleinen, grasbewachsenen Abhang gelaufen, um am Pfad an den Klippen stehenzubleiben, wo wir Ivors Sachen verbrannt hatten. Und dort – während ich auf das Meer hinausstarrte oder die Spiegelung der Abendsonne auf dem nassen Sand der Ebbe betrachtete – spürte ich den Blick von Charles Beauvois auf mir. Ich hörte seine Stimme im Wind, manchmal so laut, dass ich glaubte, mir würde der Kopf zerspringen, wenn er mir seine »Regieanweisung« gab und mir sagte, ich solle meine Arme weit ausbreiten, als wären sie Flügel, solle mich in die Luft werfen und hinunter auf die Felsen stürzen. Nach unten, zu den anderen Meerjungfrauen in den tosenden Wassern.

Wie oft bin ich nachts aufgewacht und habe gedacht, er sei wieder da; sein Blick aus dunklen Augen, der mich fixierte, wenn er neben mir im Bett lag und in mein Ohr flüsterte: »Trink von meinen Tropfen, Leda. Trink von meinem Himmelstürchen, damit du schlafen kannst … um den Qualen deiner Träume ein Ende zu setzen.« Es gab Zeiten, da flüsterte er nicht, sondern schrie: »Geh das Messer holen, das wir benutzt haben. Schneide dir mit der Klinge die Pulsadern auf.«

Mein Bruder fand mich im Schuppen. Er wusch und säuberte die Schnitte, die ich mir zugefügt hatte, dann verband er sie mit zerrissenen Laken. Als ich ihn später nach dem Kimono fragte, den ich in jener Nacht getragen hatte – der Seidenkimono unserer Mutter –, sagte er, der Stoff sei so besudelt gewesen, dass er ihn Amy gegeben habe, in der Hoffnung, sie würde ich vielleicht wieder sauberkriegen. Amy sagte mir, sie habe ihn wegwerfen müssen.

Ich trauerte um den Verlust dieses Kleidungsstücks. Wie einfältig, ein Stück Stoff zu beweinen. Aber ich nahm nach dem Vorfall auch wieder Vernunft an.

Dieses Messer, dessen bin ich mir sicher, hat den Geist des Dämons aus mir herausgeschnitten. Als ich im Bett lag und mich erholte, beschloss ich, zur Polizei zu gehen und alles zu gestehen, was ich getan hatte. Ich glaubte, dass irgendwie alles wieder in Ordnung kommen würde, wenn ich die Wahrheit sagte. Ivor könnte eine Beerdigung bekommen. Seine Familie und Freunde könnten informiert werden, hätten die Gelegenheit, zu trauern und sich von ihm zu verabschieden.

Aber dann erzählte mir Theo von dem Film, der uns eines Tages erreicht hatte, als ich mich noch erholte. Keine Aufschrift auf der Verpackung. Kein Etikett auf der Dose, in der eine Filmrolle sicher aufbewahrt war. Aber Beauvois schickte mir eine Warnung, die ich nicht ignorieren durfte, denn als ich mir den Film ansah – Gott sei Dank war Theo dabei an meiner Seite –, da sah ich, was andere Augen auch sehen würden. Die Kamera lügt nicht, sagt man. Sie kann es jedoch, sie lügt sogar sehr oft, und wer würde die Kunst der Lüge besser beherrschen als Beauvois, dieser Meister der Täuschung?

In diese neue Filmsequenz hatte er Teile aus den Aufnahmen eingefügt, in denen ich die Klinge erfolglos gestoßen hatte, um dann alles so aussehen zu lassen, als habe ich und ich allein mich dieses Verbrechens, des Mordes an Ivor, schuldig gemacht. Hätte es denn einen besseren Beweis als mein Gesicht gebraucht, dieses Gesicht voller Schuld und Wut? Und Beauvois hatte es alles auf Film – wie ich nach oben in die Kamera blickte, den Dolch in der Hand. Und er hatte diesen Blick mit einem Prisma auf der Linse noch vervielfacht, sodass mein Gesicht in der Schlussszene hundertfach erschien, wie in einem zerbrochenen Spiegel. So viele gebrochene Leda Greys. Und keine Möglichkeit, sie wieder zusammenzufügen.

Es lässt mich an das Schotten-Stück denken …

Aus, kleines Licht!
Leben ist nur ein wandelnd Schattenbild,
Ein armer Komödiant, der spreizt und knirscht
Sein Stündchen auf der Bühn' und dann nicht mehr
Vernommen wird; ein Märchen ists, erzählt
Von einem Blödling, voller Klang und Wut,
Das nichts bedeutet.

WAS GESCHEHEN IST, KANN MAN NICHT UNGESCHEHN MACHEN

Macbeth

Ich ging nicht noch einmal in den Laden in Brightland. Zumindest damals nicht, auch wenn ich es schließlich doch noch tat. Ich besuchte Lucy nicht in ihrem Eisenbahnwaggon am Meer, und ich versuchte auch nicht, das Auto zu finden, das ich vor dem Pub in Cuckham hatte stehen lassen.

Als mir die Verbände abgenommen wurden und ich in den Spiegel schaute, den mir eine der Krankenschwestern hinhielt, war der Schock so groß, dass ich nur einen Gedanken hatte – ich wollte mich vor allem und jedem verstecken, den ich je gekannt hatte. Der alte Ed war verschwunden.

Das war keine leichte Aufgabe. Eine meiner Hände war so übel verbrannt, dass sie zu einer Klaue erstarrt war. Aber als im nächtlichen Krankenhaus kaum noch Pflegepersonal anwesend war, tauschte ich meinen gestreiften Schlafanzug gegen Jeans und T-Shirt, die Lucy mit all meinen anderen Sachen aus dem Hotel geholt hatte. Jedoch hatte ich keine Schuhe mehr, die ich hätte anziehen können. Aber das half, meine Flucht zu erleichtern. Mit nackten Füßen lief ich fast lautlos, meinen Rucksack auf den Rücken geschnallt, aus meinem Zimmer hinaus und dann den Stationsflur entlang, vorbei an der Nachtschwester, die sich am Telefon unterhielt, ohne zu bemerken, dass einer ihrer Patienten gerade das Weite suchte.

Schließlich fand ich meinen Weg durch ein Labyrinth von Treppen und Gängen, bis ich schließlich die großen Glastüren sehen konnte, die hinaus in die »echte Welt« führten. Am Rande des Bürgersteigs stand ich fröstelnd, ohne Mantel. Ich fühlte mich ängstlich und desorientiert, wie ein Alien, verloren irgendwo im Weltraum – dabei war der Raum, in dem ich mich verloren hatte, ein Raum in mir selbst; ich war ein Gefangener meiner Wunden, meiner Erinnerungen; mit einem Mal war ich darauf angewiesen, mich in nahezu allen Belangen auf die Hilfe anderer Menschen verlassen zu können.

In diesem Moment aber hatte ich andere Sorgen; ich musste mein Bestes geben, so zu tun, als würde ich die Gruppe Betrunkener gar nicht wahrnehmen, die sich über mein absurd entstelltes Gesicht lustig machten. Doch schon bald wurde ihr kreischendes Gelächter von quietschenden Bremsen und einer Hupe übertönt, als ich geradewegs auf die Straße lief und beinahe von einem Taxi über den Haufen gefahren wurde.

Ich fühlte mich viel zu verletzlich und klein, aber auch zu auffällig, als der Fahrer ausstieg und mir den Rucksack abnahm, um mir dann dabei zu helfen, auf den Rücksitz zu klettern. Als er sich danach wieder ans Steuer gesetzt hatte, als er mir durch den Rückspiegel in die Augen schaute, sagte er: »Ignorier die Zombies da draußen, Sportsfreund! So was gehört hier leider dazu. Sag mir einfach, wohin die Reise geht.«

Wir kamen an, als bereits der Morgen dämmerte. Ich bezahlte den Fahrer mit Geld aus dem Portemonnaie in meiner Tasche und stapfte dann langsam vier Stockwerke hoch, hinauf in meine Wohnung unter dem Dach; oben angelangt kramte ich keuchend meine Schlüssel hervor. Durch den Briefschlitz in der Wohnungstür war so viel Post eingeworfen worden, dass ich sie zunächst kaum öffnen konnte.

Die Luft im Innern war viel zu stickig. Die schier endlose Hitze des letzten Sommers war kühleren Temperaturen gewichen, aber ich hatte vor meiner Abreise alle Fenster verschlossen. Der Geruch von Essensresten, die im Küchenmüll vergammelt waren, hing überall. Ich entdeckte Maden. Und überall tote Fliegen. Auf den Arbeitsflächen und den Fensterbänken, am Boden. Ein paar Fliegen schwirrten indes noch durch die Wohnung. Ich beachtete sie nicht weiter, ließ meinen Rucksack auf den Boden fallen und dachte wieder an Beauvois' Film *Delirium*.

Ich konnte alles nur allzu klar vor mir sehen, als ich das Fenster über der Spüle öffnete, um mir den Mülleimer zu packen und ihn hinauszuwerfen, genau wie ich es mit dem Brot und dem Obst in der Küche des White Cliff House getan hatte. Als ich ihn jedoch mit lautem Krachen unten auf dem Rasen aufschlagen hörte, war ich froh, dass es noch so früh am Morgen war. Um diese Uhrzeit würde wohl keiner der anderen Bewohner des Hauses schon draußen sein.

Ich legte die Post auf eine Anrichte, löffelte etwas Kaffeepulver in eine Tasse und füllte den Wasserkocher, um mir einen Kaffee aufzugießen; allerdings änderte ich meine Meinung, als ich den Kühlschrank öffnete und feststellte, dass die Milch, die noch da war, sich in einen zähen, grünlichen Schlick verwandelt hatte. Aber im Kühlschrank befand sich auch noch eine Flasche Champagner, und selbst wenn es nicht viel zu feiern gab, ließ ich den Korken knallen. Nun, es dauerte ein Weilchen, weil meine Hand die Sache erschwerte.

Schließlich saß ich am Küchentisch und trank den kühlen Sekt aus einem abgeplatzten, weißen Kaffeebecher, während ich die Post durchsah. Ein paar Rechnungen. Ein paar Partyeinladungen. Ein Umschlag war schwerer zu öffnen. Ich musste meine Zähne benutzen, um das dicke, braune Papier zu zerreißen.

Im Innern befand sich ein Brief meines Chefs, laut Datum schon einige Wochen alt. Hatte er ihn geschrieben, nachdem er mich im Krankenhaus besucht hatte? Er schrieb, wie bestürzt die gesamte Redaktion des *City*-Magazins gewesen sei, als sie von meinem Unfall hörte; ich solle mir aber alle Zeit lassen, die ich brauche, es eile nicht mit meiner Rückkehr ins Büro. Die Zeitschrift habe ein neues Konzept erhalten. Die Rubrik »Hip and Happening« habe man eingestellt. Aber wann immer ich wolle, könnten wir uns zum Lunch treffen, um meinen weiteren Werdegang zu besprechen. Er habe immer großes Vertrauen in mich gesetzt. Er wisse, dass ich mehr zu bieten habe.

Ich konnte darin nichts Positives erkennen. Ich dachte nur: *Weiterer Werdegang! Entlassen hat er mich. Der Mistkerl hat mich entlassen.* In einem Anfall von Selbstmitleid warf ich den Brief zu Boden, musste dann aber laut lachen, als ich ihn aufhob, um zu lesen, wie die Details dieser Freisetzung aussehen sollten. War das nicht genau das, was ich gewollt hatte? Er schenkte mir meine Freiheit, und für mich gab es dabei kaum ein Risiko. Ich würde genug

Geld bekommen, um meine Hypothek abbezahlen zu können, und hätte dann immer noch Geld, um davon eine ganze Weile leben zu können, was bedeutete, dass ich mir mit meiner Genesung tatsächlich Zeit lassen konnte. Aber selbst dann … Wer würde dem Monster, das aus mir geworden war, einen Job geben? Die Haut auf meinen Oberarmen und meiner Brust war nur noch ein wachsartig schimmerndes Narbengewebe. An einer Seite meines Kopfes klafften dort, wo früher ein Ohr gewesen war, nur noch zwei Löcher. Das Oberlid meines linken Auges hing herunter, tiefrot und geschwollen. Nie wieder würde ich dieses Auge richtig schließen können. Und die tieffurchigen Narben auf einer Wange – aus irgendeinem Grund erinnerten sie mich an die natürliche Wucherung der Efeustängel, die die Wände des White Cliff House bedeckten.

Das White Cliff House. Das war es! Ich hatte die Filme, ich hatte ein Tonband und meine Notizen, ich hatte Fotos, das Sammelalbum und Ledas *Spiegelbilder*. Mehr als genug, um ein Buch zu schreiben. Ein Buch, das Leda Grey in den Händen würde halten können. Etwas zum Anfassen; ein Trost für all die Jahre, in denen niemand sie gekannt hatte. Etwas, worauf sie stolz sein konnte – und das sie stolz auf mich machen würde.

Ich würde sofort mit dem Projekt beginnen, sobald ich in der Wohnung alle Spiegel von den Wänden genommen und alle Vorhänge zugezogen hatte, um mich auch im Fensterglas nicht gespiegelt zu sehen. Ich würde mit dem Schreiben beginnen, sobald ich einen befreundeten Dealer angerufen hätte. Ich würde ein paar starke Sachen brauchen, um den Schmerz zu betäuben, der in diesem Moment nur lästig war, aber bald heftiger werden würde, wenn erst das Morphium aus meinem Blutkreislauf verschwunden war.

Morphium. Kodein. Heroin. Etorphin. Über die nächsten zehn Jahre rettete ich mich mit allem, was ich in die Hände bekommen konnte, angefangen mit der Flasche Opium, die ich aus dem White Cliff House mitgenommen hatte. Mein Hausarzt bot mir an, mir Schmerzmittel zu verschreiben, aber ich kannte auch Medizinstudenten, die für eine entsprechende Gegenleistung willens waren, mir beinahe alles zu verkaufen. Indem ich mir ein Rotationssystem überlegte und jeden dieser Kontakte nur alle paar Wochen bemühte, gelang es mir, keinen Verdacht auf mich zu ziehen. Doch abgesehen von diesen Touren durch Randbezirke der Stadt, verließ ich tagsüber nur selten die Wohnung. Ich kaufte mein Essen in Läden, die ganz in der Nähe meiner Wohnung waren und bis spät in die Nacht geöffnet hatten. Ich ging nicht mehr auf Konzerte oder auf Partys. Nicht einmal auf einen Drink in den nahegelegenen Kneipen.

Hatte Theo Williams nicht einmal gesagt, dass Leda sich nur dann lebendig fühlte, wenn die Menschen sie anschauten? Für mich war jeder Blick eine Folter, aber ironischerweise trug diese Scheu, gesehen zu werden, dazu bei, meinem Namen innerhalb der schreibenden Zunft den Ruch besonderer Professionalität zu geben. Der mysteriöse Ed Peters. Ein Einsiedler, der nur durch Briefe zu kontaktieren war, den man vielleicht noch als Stimme ohne Körper kennenlernen konnte, wenn man ihn denn mal ans Telefon bekam – und das war alles, was ich brauchte. Obwohl es Momente gab, in denen ich den Hörer in die Hand nahm und überlegte, Lucy anzurufen.

Einmal rief ich tatsächlich die Auskunft an. Aber etwas hielt mich immer zurück. Warum sollte Lucy die Stimme des Wracks hören wollen, das aus mir geworden war, körperlich wie auch geistig? Ich hatte das White Cliff House nie wirklich hinter mir gelassen, hatte mich nie wirklich von Leda Grey befreit, die noch immer zu jeder wachen Stunde meine Gedanken heimsuchte. Selbst nachts, in morphiumgetränkten Träumen, sah ich ständig ihr Gesicht. Leda, das heranwachsende Mädchen mit der Schlangenkrone auf dem Kopf. Leda, die Meerjungfrau mit den silbernen Locken. Leda, die Vampirin mit den tiefschwarzen Lippen. Leda Grey, die alte Königin, deren Fluch und deren Charme ich erlegen war.

Charm, aus dem Mittelenglischen, leitet sich vom lateinischen *carmen* (Lied, Gedicht, Gesang) beziehungsweise *carminare* (verzaubern) ab und bezeichnete: eine Beschwörung, einen Bann oder einen Zauberspruch.

Am zweiten Tag in meiner Londoner Wohnung trug ich meinen Rucksack den Flur hinunter, in den kleinen Raum, den ich zu einem Büro umfunktioniert hatte. Ich brachte Ordnung in das Durcheinander auf dem Schreibtisch, leerte dann den Inhalt meines Rucksacks und starrte auf all die Filmdosen. Eine nach der anderen nahm ich in die Hand, schraubte den Deckel ab und schaute hinein. Mit jedem Mal sank meine Laune, als ich erkannte, was sie enthielten.

Die Meerjungfrau war nahezu zu einem übelriechenden Schleim zusammengeschmolzen, der solch saure Dämpfe abgab, dass mir die Augen brannten. *Delirium* war ein rotes, Schaumblasen aufwerfendes Etwas; die gesamte Filmrolle war auch hier zu einem Klumpen verschmolzen. Der größte Teil der Filmrolle der *Verfluchten Königin* sah aus, als bestünde sie aus abplatzendem Rost, und die kurzen Bilderfolgen, die man noch zu erkennen meinte, waren von den Chemikalien so stark angegriffen, dass es aussah, als ob sich ein Pilz auf dem Zelluloid ausgebreitet hätte.

Wie konnten sie derart beschädigt sein, wo ich diese Filme doch im White Cliff House noch in hervorragender Qualität auf der Leinwand gesehen hatte?

Verwirrt und mit zitternden Händen nahm ich den Block in die Hand, auf dem ich während der Gespräche mit Leda meine Notizen festgehalten hatte. Ich konnte jedoch kein einziges Wort entziffern. Meine stenografischen Kürzel sahen eher wie ägyptische Hieroglyphen aus. Kleine Zeichnungen von Vögeln und abstrakten Männchen. Kreise, Quadrate und Dreiecke. Wellen- und Zickzacklinien. Nichts davon hatte eine Bedeutung.

Ich steckte das Kabel des Kassettenrekorders in eine Steckdose an der Wand, drückte den Knopf, der das Band abspielen ließ, und hörte die einleitenden Worte, die ich zu Leda Grey gesprochen hatte. Klar und deutlich hörte ich mich. Doch eine kribbelnde Angst schoss durch meine Adern, als ich keine Stimme hörte, die mir antwortete. Zuerst hörte man mich, dann nur Stille, nur das kaum hörbare Quietschen des abgespulten Tonbands. Dann etwas, das wie ein Möwenschrei aus weiter Ferne klang. Das Rascheln von Stoff. Ein paar Schritte. Ein schwaches Summen, wie Wespen oder Fliegen.

Als das Band zu Ende war, glaubte ich wirklich, ich sei wahnsinnig geworden, dass ich mich verloren hatte in einem fürchterlichen Wachtraum. Vielleicht war ich auf einem Trip hängengeblieben; wer wusste schon, welche

Drogen der Dealer mir tags zuvor gegeben hatte? Und dann kamen mir vor Erleichterung fast die Tränen, als mir einfiel, dass ich ja zumindest noch das Sammelalbum hatte, das ich Theo abgekauft hatte. Und irgendwo in diesem Buch befand sich ein Foto von Leda Grey.

Dieses Bild existierte noch. Ebenso der Film in meiner Kamera, den ich noch nicht hatte entwickeln lassen. Ich hätte ihn in eine Drogerie bringen können. Aber wie lange hätte ich dann warten müssen, bis das Fotolabor den Auftrag bearbeitete? Und was wäre, wenn sie den Film verlieren oder die Bilder beschädigen würden? Nein, das Risiko konnte ich nicht eingehen. Ich würde mich an die Redaktion der *City* wenden. Ich würde meine ehemaligen Kollegen bitten, den Film zu entwickeln. Die Kolumne mochte es vielleicht nicht mehr geben, aber sicherlich wäre man dort immer noch gerne bereit, mir zu helfen.

Den Hut tief über die Stirn gezogen, das Gesicht im hochgewickelten Schal versteckt, ging ich den kurzen Weg von der Wohnung zu den Türen des Stadtmagazins. Der Concierge warf mir einen flüchtigen Blick zu, bevor er mich durch das Drehkreuz winkte. Oben starrte die Empfangsdame mit eisigem Lächeln im Gesicht über meine Schulter hinweg auf einen Punkt in mittlerer Entfernung. Zumindest aber gab sie sich professionell. Als ich an den Türen der Textredaktion vorbeiging und mit dem Aufzug in die Fotoredaktion im ersten Stock fuhr, stellte niemand mir Fragen.

Die junge Frau, die ich oben antraf, schlug sich weniger gut, als ich ihr den Film reichte und mein Schal herunterrutschte, sodass sie mein Gesicht sehen konnte. Bevor ich meine Reise nach Brightland unternommen hatte, war sie jedes Mal rot geworden, wenn ich sie nur angelächelt hatte – so als hätte ich ihr die ganze Welt zu Füßen gelegt. Jetzt schaute sie mich nur entsetzt an, wurde blass und war sprachlos, bis sie sagte: »Oh, Ed … es ist schön, dich hier zu sehen. Aber bist du sicher, dass es dir gut genug geht? Warum gehst du nicht wieder nach Hause? Wir haben ja deine Adresse. Ich lasse dir die Bilder per Fahrradkurier schicken, sobald ich sie entwickelt habe.«

»Nein. Ich warte, wenn das in Ordnung ist.« Ich setzte mich auf einen Stuhl, mit verschränkten Armen und überschlagenen Beinen. Sie nickte und verschwand dann, den kostbaren Film in der Hand.

Gott weiß, was ihr durch den Kopf gegangen sein muss, als sie mir die entwickelten Fotos brachte. Ich nahm mir nicht die Zeit, sie mir vor Ort anzuschauen, sondern schnappte mir nur den großen braunen Umschlag und eilte zurück in meine Wohnung, wo ich mir einen Whisky eingoss und langsam einen großen Schluck davon trank, während ich im Stillen inbrünstig flehte: *Bitte, lass diese Fotos existieren.*

Das taten sie. In dem Umschlag befanden sich die Fotos vom White Cliff House. Aber sie sahen nicht so aus, wie ich es mir vorgestellt hatte.

Wo Leda auf der Wiese vor dem Filmschuppen gestanden hatte, war keine Frau zu sehen. Nur ein paar Möwen oben am Himmel. Zu sehen war außerdem das heruntergekommene Glashaus und das Glitzern der gleißenden Sonne, das wie ein öliger Film über die Aufnahme blendete. Schimmernd. Ein sattgelbes Licht.

Es gab aber auch Fotos, auf denen Leda sichtbar war. Die erste Aufnahme, die ich heimlich gemacht hatte, als ich auf den Fenstersims geklettert war und durch den Riss in der Wand ins Haus geschaut hatte. Und einige Fotos, die ich im Innern des Hauses gemacht hatte, als sie die Krone aus Schlangen und Blättern trug. Aber auf all diesen Bildern war klar ersichtlich, dass Leda Grey nicht lebte. Ich hatte gedacht, sie würde im Sessel schlafen – doch sie war tot gewesen. Es war eine Tote gewesen, der ich die Schlangenkrone auf das lange, graue Haar gesetzt hatte. Und sie musste schon eine ganze Weile tot gewesen sein, denn der Körper, der unter der schweren Wolldecke lag, war eindeutig mumifiziert; ihre knöchernen Finger mit den abgebissenen Nägeln waren weit gespreizt und krallten sich in die Armlehnen des Sessels. Wie Klauen sahen sie aus. Oder wie die skelettierten Flügel von zwei Vögeln.

Beinahe hätte ich mich übergeben.

Ich dachte an Ledas *Spiegelbilder*, in denen sie über den Fluch des Amen-Ra geschrieben hatte; davon, dass ein Journalist ins Britische Museum gegangen war, um seltsame Ereignisse im Zusammenhang mit eben jenem Fluch zu untersuchen. Und wie er anschließend den Verstand verloren hatte, weil das Foto, das er von dem auf den Sargdeckel aufgemalten Gesicht gemacht hatte – ein Gesicht, das eigentlich recht gelassen aussah –, auf dem entwickelten

Foto ganz anders ausgesehen hatte. Ein höllisches Antlitz, das ihn schließlich in den Freitod trieb.

Etwa eine Stunde später fand ich den Mut, zum Telefon zu greifen und die Nummer des *City*-Magazins zu wählen, um mich mit der jungen Frau aus dem Labor verbinden zu lassen, der ich nuschelnd meine Erklärungen vortrug. Die Bilder seien am Set eines neuen Horrorfilms geschossen worden. Alle Bilder, so sagte ich, müssten bis zur Veröffentlichung des Films unter Verschluss gehalten werden, und ich wisse ja, dass ich ihr vertrauen könne, aber sie dürfe bitte auch nicht über die Bilder sprechen, die sie gesehen hatte. Allerdings fiel mir keine Antwort ein, als sie mich beim Wort nahm und zu schwärmen anfing: »Unglaublich … dieses Make-up, Ed! Die Fliegen, die um ihren Kopf herumschwirrten. Die Schauspielerin muss das doch gehasst haben. Was tun die Leute nicht alles der Kunst zuliebe!«

LASS DICH UMSCHLIESSEN UND AN MEIN HERZ DICH DRÜCKEN

Macbeth

Mit jedem Jahr, das verging, hatte ich das Gefühl, in einem Traum zu leben, als sei ich nur das Hirngespinst des Mannes, der ich früher einmal gewesen war. Doch schließlich fand ich einen Weg, wieder ins Land der Lebenden zurückzukehren; in einer Sonntagszeitung sah ich eine Stellenausschreibung, auf die ich mich tatsächlich bewarb.

So wurde ich zu einem Kurator für Filme des frühen 20. Jahrhunderts – als Angestellter des Londoner Filmarchivs. Ein Ort, an dem ich allein in einem feuersicheren Kellerraum arbeiten konnte, umgeben von Stapeln von Filmdosen, die allesamt katalogisiert werden mussten, um anschließend sicher in den Lagerregalen des Archivs einsortiert zu werden. Stapelweise Dosen, endlose Meter Zelluloid, in denen ich immer wieder hoffte, eine Spur von Leda Grey zu finden.

Es entbehrte nicht einer gewissen Ironie, dass ich, nach beinahe vierzig Jahren, einem Treffen mit einem Journalisten aus der Belegschaft des *City*-Magazins zustimmte. Ein selbstbewusster junger Reporter, mir selbst in jüngeren Jahren nicht unähnlich, war gekommen, um über den neuesten Film zu sprechen, den wir digitalisiert hatten, damit er uns noch viele Jahre lang erhalten bleiben würde.

Es handelte sich um eine Kopie des Films *Brightland Promenade* von Charles Beauvois, mit dem Edison-Etikett auf der Vorderseite. Erst ein Jahr zuvor war er in einem New Yorker Müllcontainer gefunden worden, als dort eines der alten Nickelodeons abgerissen wurde, um etwas Neues zu bauen. Wer an so etwas glaubt, der hätte es wohl Kismet genannt, eine weise Fügung des Schicksals, denn die Restaurierung erfolgte nur wenige Wochen vor der Veröffentlichung meines Buches über Leda Grey.

Die Arbeit an *Spiegelbilder eines Mysteriums* hatte lange gedauert, und das Bildmaterial aus *Brightland Promenade* könnte durchaus einige großartige Standbilder enthalten, die ich den Fotos im Buch hinzufügen könnte – obwohl es letztendlich nicht an Material für den Bildteil des Buches mangelte.

Die schaurigen Bilder aus dem Schuppen. Die schönen, aber grusligen Bilder, in denen Leda in ihrem Sessel saß. Die Porträts, die ihr Vater gemacht hatte. Theos Postkarten aus dem Laden, zusammen mit den Standbildern von Filmsets, die er für das White Cliff House entworfen hatte. Außerdem war es einem Archivspezialisten gelungen, mehrere Bilder aus den Überresten von *Die verfluchte Königin* zu retten. Nicht zu vergessen außerdem die Gegenstände, die ich in den Dosen gefunden hatte, die keinen Film mehr enthielten. All die Zeitungsausschnitte, Notizen und Fotos von Leda Grey, die Charles Beauvois als Inspiration für seine zukünftigen Projekte gesammelt hatte. Die Filme, die nie gedreht werden sollten.

Und da war sie nun, auf Händen und Knien, nackt, vor einem großen weißen Schwan posierend, der seine Flügel zu beiden Seiten ausbreitete, wobei unklar blieb, ob Leda und der Schwan Liebe machten, oder ob er ihr seine Flügel lieh, damit sie davonfliegen und entkommen konnte. Was für eine raffinierte Zweideutigkeit.

Und hier das Bild von einer Spinne in ihrem Netz, eine Nahaufnahme, die Beauvois vergrößert hat, wobei er den Kopf der Spinne durch den von Leda Grey ersetzt hatte.

Und dort lag Leda neben einem menschlichen Skelett. Ihre dunklen Augen blickten starr in die leeren Augenhöhlen des Schädels.

Und hier lag sie auf einem Bett, die Laken mit Rosenblüten bedeckt, ihr langes Haar ausgebreitet hinter ihr. Weiße Rosenknospen in ihren dunklen Locken und auch in ihrem Schamhaar. Welch sinnliche Darstellung einer Braut in der Hochzeitsnacht, die ihren Bräutigam herbeisehnt – und das Jahre bevor Lady Chatterley auf ähnliche Weise dargestellt wurde.

Die umfassende Aufzeichnung eines Lebens, das in Dunkelheit gefristet wurde, obwohl es doch so anders hätte verlaufen sollen; ein Leben, das sich ganz um ein großes, nie wirklich gelöstes Geheimnis herum abgespielt hatte.

Deshalb weckte es auch heute noch so viel Interesse; deshalb wollte ein bekanntes US-Filmstudio einen Spielfilm über Ledas Leben produzieren … auch wenn ich mir nicht sicher war, was ich davon halten sollte. Wer konnte die Heldin spielen? Wer würde ihr auch nur annähernd gerecht werden? Und natürlich kam das alles viel zu spät, als dass Leda sich darüber hätte freuen können.

Und auch für mich war es fast zu spät.

Ich hatte das Buch erst schreiben können, als ich endlich den Mut aufbringen konnte, mich den Wahrheiten von White Cliff House zu stellen, wobei ich mir nie ganz sicher gewesen bin, ob das, was ich gesehen hatte, real war, oder ob ich es mir alles nur eingebildet hatte, ein Produkt meiner Trauer. Aber schließlich war ich an einem Punkt angelangt, an dem es mir egal war, was die Leute dachten; stattdessen machte ich mir den Glauben zu eigen, dass es mehr Dinge zwischen Himmel und Erde gibt, als wir je erfassen können, verstehen können. Als der Reporter des *City*-Magazins mich fragte, ob ich an Geister glaube, wich ich aus und sprach lieber von Menschen aus der Vergangenheit, die auf Zelluloid weiterlebten, die ihren Spuk in den Schwarz-Weiß-Welten trieben, durch die sie tanzten, … oder liefen, … aus denen heraus sie den Betrachter anlächelten. So wie es Leda Grey getan hatte.

Am Tag der Veröffentlichung meines Buches reiste ich nach Brightland, um ihn mit meiner besten Freundin zu verbringen. Ich wollte keine Party, sondern einfach nur mit Lucy zusammen sein, die immer noch in ihrem Eisenbahnwaggon am Meer lebte, so wie schon vor so vielen Jahren, als sie das Feuer im Schuppen gesehen hatte. Während all der Wochen, die ich damals im Krankenhaus gelegen hatte, war sie beinahe jeden Tag zu Besuch gekommen.

Als ich dann ohne ein Wort verschwand, hatte sie mich über die Redaktion der Zeitschrift ausfindig gemacht und war eines Abends an der Tür meiner Londoner Wohnung aufgetaucht, im Gepäck einige Gegenstände, die sie aus dem White Cliff House hatte retten können, bevor es kurz darauf geräumt wurde. Nach Ledas Tod war das Grundstück wieder in den Besitz von Winstanleys Farm übergegangen, die es seit jeher nur verpachtet hatte.

Nicht, dass in den Jahren seit Beauvois' Verschwinden überhaupt noch eine Pacht gezahlt worden wäre.

Alle gut erhaltenen Möbel wurden verkauft. Was sonst noch übrig blieb, hat man auf einem Scheiterhaufen verbrannt, darunter auch Ledas Schlangenkrone. Lucy erzählte mir, sie habe die Schlangen zischen hören, während die Flammen sie verschlangen. Sie sagte, die Tiere schienen sich zu winden, als würden sie Qualen leiden, bevor sie dann zu Asche zerfielen. Aber es war Lucy gelungen, einen Schrank zu retten, der jetzt im Waggon am Meer steht. Es handelte sich um den Schrank mit den zerbrochenen Spiegeln – der Schrank, auf dessen Türen Nymphen und Schwäne aufgemalt waren.

Mir hatte sie die Muschel, den großen Skarabäus aus Messing und das Anch-Symbol mitgebracht. Sie erzählte von einer Verwandten, die ihr gesagt habe, dass das »gefährliche, böse, heidnische Dinge« seien, »die dieser Leda Grey kein Glück gebracht haben. Sie ist als traurige, alte Jungfer geendet, die sich jahrzehntelang einsam vor der Außenwelt versteckte«.

Nun, Lucy war auch eine »alte Jungfer«. Sie hatte nie geheiratet. Genauso wenig wie ich. Aber im Laufe der Jahre haben wir uns oft getroffen, wann immer ich nach Brightland kam und in den Zimmern über dem Laden wohnte, den Theo Williams mir hinterlassen hatte, nachdem er – etwa ein Jahr nach Leda Greys Tod – an einem Schlaganfall verstorben war. Nicht, dass irgendjemand tatsächlich das Datum kannte, an dem sie aus dem Leben geschieden war. Aber es musste in jenem Sommer 1976 gewesen sein.

Schwer zu sagen, warum Theo Williams seinen gesamten Nachlass mir vermacht hat, einem Menschen, den er nur kurz kennengelernt hatte. Jedoch hatte er keine lebenden Verwandten, und er hat sich mir gegenüber schuldig gefühlt. Tja, und vielleicht hoffte der alte Mann, dass ich *seine* Erinnerungen bewahren würde. Diese Sammlung in seinem Laden in Brightland.

Das habe ich getan. Ich habe nichts verkauft und alle Gegenstände sicher hinter den verschlossenen Fensterläden des Ladens aufbewahrt, bis auf ein Zigarettenetui, das im Büro meiner Londoner Wohnung einen guten Briefbeschwerer abgab. Im Etui selbst befanden sich noch ein paar schwarz eingewickelte Zigaretten, die ich aber nie rauchen würde. Dieser Husten, den ich hatte. Meine rasselnden Lungen. Eine typische Folge bei Leuten, die Nitratdämpfe einatmen, wie sie beim Verbrennen von Zelluloid entstehen. Ich vermied es, mich röntgen zu lassen. Ich brauchte für die Vermutungen der Ärzte keinen Beweis.

Was denkst du, Leda? Ich würde sagen, es steckt noch etwas Leben in diesem alten Knaben. Ich wandte mich oft an die gerahmten Bilder, die überall an den dunklen Wänden des Ladens hingen und meistens Leda Grey zeigten – und nun hing Ivor an ihrer Seite, dessen schöne Gesichtszüge zur Hälfte von weißen Tabakrauchschwaden verdeckt waren. Ich hatte das Gefühl, dass die beiden über mich wachten, wenn ich dort zu Besuch war und die Schätze durchstöberte, die in den Regalen herumlagen: all die Dinge, die Theo aus der Welt des Films und des Theaters gehortet hatte, darunter auch die glamourösen Studioporträts der späteren Stars von Hollywood. Selbst muffige Zeitschriften fanden sich da, die vor langer Zeit einmal in Amerika erschienen waren. Jede einzelne von ihnen enthielt einen Artikel über einen gewissen Ivor Davies.

Wie konnte das sein, wo doch Ivors Leiche jahrelang im White Cliff House gelegen hatte, bevor man sie in einer Kiste in irgendeinem Pathologielabor eingelagert hatte? Die Polizei hatte die Sache nicht auf sich beruhen lassen wollen. Man suchte mich in meiner Wohnung auf und befragte mich dort mehrere Stunden lang. Aber mit all meinen Verbrennungen und in meinem geistigen Zustand – noch immer weigerte ich mich zu glauben, dass ich drei Tage lang mit der mumifizierten Leiche von Leda Grey gesprochen hatte – gab ich mitnichten einen brauchbaren Zeugen ab. Und in Theos Erklärung waren Teile der Wahrheit enthalten gewesen. Er hatte tatsächlich ein Skelett von einer der Londoner Universitäten gekauft. Den Beweis dafür lieferten die Quittung und einige Fotos, die ich in den leeren Filmdosen gefunden hatte. Dementsprechend hatte man den Fall zu den Akten gelegt.

Ich blieb dem Geheimnis erlegen, war weiterhin fasziniert von jeder Erwähnung des Namens Ivor Davies – des Mannes, der, wie es in diesen Zeitschriftenartikeln hieß, in den Monaten vor Beginn des Ersten Weltkriegs von England aus nach Amerika ging und in Hollywood Arbeit fand, wo er bei einigen weniger bedeutenden Spielfilmen aus der Stummfilmzeit Regie führte. Aber anscheinend passte er nicht in das dortige Studiosystem, zog sich schließlich aus der Filmbranche zurück und widmete sich der Fotografie. In den Fünfzigerjahren druckten dann viele Magazine seine Bilder ab. Sie waren allesamt esoterisch angehaucht und hatten eine zwielichtige Anhängerschaft in alternativen Kreisen. Aber seine Bilder hatten auch durchaus eine gewisse groteske Qualität. Es waren Bilder, die latent verstörende Szenen zeigten. Eine Art brutaler Sexismus war ihnen zu eigen. Nicht auf explizite Weise, aber doch unterschwellig.

Eines dieser Bilder zeigte beispielsweise eine in Lumpenfetzen gekleidete Frau, die mit schweren Metallketten an ein gewaltiges Rad gefesselt war. Auf einem anderen lag eine nackte, völlig verängstigt wirkende Frau am Boden; sie streckte ihre Hände nach oben, um sich gegen einen Mann im Bärenkostüm zu wehren, der sich bedrohlich über ihr aufbaute. Oder war das womöglich ein echter, lebendiger Bär? Oder war diese Kreatur das kunstvolle Ergebnis der Arbeit eines geschickten Präparators? Schwer zu sagen, bei der düsteren Qualität dieser Schwarz-Weiß-Aufnahmen, bei deren künstlerischer Gestaltung und Akzentuierung Davies sich ganz offensichtlich so sehr von Charles Beauvois hatte beeinflussen lassen. In den Filmdosen, die ich aus dem White Cliff House gerettet hatte, waren einige Fotos gewesen, die vom Stil her ganz ähnlich waren.

Hatte Theo Williams von vornherein beabsichtigt, mir diesen Köder auszulegen, mich auf diese Fährte zu locken? Damit ich dem Geheimnis dieses vermeintlichen Ivor Davies auf die Spur kommen würde? War Ivor Davies nur der Name, den Beauvois gestohlen hatte? Aber Beauvois *muss* zu dieser Zeit bereits tot gewesen sein. Und wenn nicht das, dann hatte er sicherlich jeden Tag in den Flammen des ewigen Lebens gebadet. Genau wie vor ihm schon seine verfluchte Königin.

Konnte das Material für ein weiteres Buch sein? Eine Art späte Gerechtigkeit für Leda?

Ich stand hinter dem Tresen und suchte in den Augen des Kindes mit den Rosen im Haar nach Antworten; mit einer Hand strich ich über den Rücken des Hundes, auf dessen Kopf eine Krone saß und zu dessen Pfoten eine Plakette angebracht war, in die die folgenden Worte eingraviert waren:

REX.
GELIEBTER FREUND.
TAPFERER KÄMPFER GEGEN DIE SCHLANGE.

Heute Nachmittag verließ ich den Laden mit einer Tragetüte in der guten Hand. Ich ging zum Friedhof von Brightland, den ich zuvor noch nie betreten hatte. Draußen am Tor wartete ich auf Lucy. Sie war spät dran. Sie kommt so gut wie immer zu spät.

Sie entschuldigte sich atemlos. »Es tut mir leid, Ed … ein Händler hat angerufen. Er will mehr Bilder sehen. Mehr Beiträge für meine Ausstellung in New York diesen Winter.«

»Was für ein Star doch inzwischen aus dir geworden ist.« Ich lächelte. »Bald werden wir alle uns in deinem Lichte sonnen können.«

»Magst du diesmal nicht vielleicht mitkommen? Du weißt, dass ich mich sehr darüber freuen würde.«

»Oh, … lass uns das doch ein andermal besprechen, in Ordnung?«

»Hmm. Ich weiß, was das bedeutet! Aber, Ed, wir könnten ein oder zwei Monate bleiben. Du hast doch Einladungen von Festivals bekommen, über dein Buch zu sprechen … Und was ist mit dem Film? Willst du dir nicht die Sets vor Ort anschauen. Und du könntest die Schauspieler treffen, die mitspielen. Glaubst du nicht, dass Leda das mögen würde … all dieser Rummel, und das nur ihretwegen?«

Ich zuckte mit den Schultern, gab aber keine Antwort, während Lucy darauf bestand, mir diesen durchdringenden Blick zuzuwerfen – mit ihren klarblauen Augen unter der Kante ihres dichten, grauen Ponys, der sie aussehen lässt wie eine gealterte Kleopatra. Sie verdeckt damit die Falten auf ihrer Stirn, wie sie sagt. Für mich jedoch sieht sie noch immer so strahlend aus wie in jener Nacht am Strand von Cuckham. Ein beinahe makelloses Gesicht, und immer noch dieses Lächeln, das die Welt zum Leuchten bringt.

Ein Licht, dem ich fast überall hin folgen würde. Sogar durch die Tore des Friedhofs hindurch.

Aber dieser Ort war kein bisschen deprimierend; er wirkte vielmehr wie ein Park, wo die Leute spazieren gingen oder auf den abfallenden Rasenflächen picknickten. »Wir müssen vorsichtig sein«, mahnte Lucy indes, als wir auf einen schmalen Pfad bogen, der so dunkel bewachsen war, dass ich an die Allee aus Kiefern dachte, die zum White Cliff House führte. Die Namen auf den Gräbern zu beiden Seiten waren von Moos und Efeublättern überwuchert. Die Äste der Eiben ächzten leise, als eine Bö durch sie hindurchrauschte. Dazu mischten sich die kreischenden Schreie der Möwen, und über all das legte sich noch ein lieblicherer Klang. Eine hübsche, durchdringende Melodie.

»Eine Amsel?« fragte ich, da ich mir nicht sicher war. Lucy schien mich aber nicht zu hören, sie lief weiter, ohne mir Beachtung zu schenken, bis sie sich dann plötzlich umdrehte, um mich zu sich heranzuwinken. Mein Herz machte einen Sprung, aber dann schloss ich zu ihr auf und stellte mich neben sie an das Grab – das Grab, das ich zuvor niemals hatte sehen wollen.

Ein Marmorengel stand auf einem Sockel aus Granit. Zwei gefiederte Flügel, auf seinen Rücken gefaltet. Die Handflächen beider Hände verdeckten Gesicht und Augen.

»Also, das ist es. Das Familiengrab der Williams.« Lucy ergriff als Erste das Wort.

»Der Engel sieht aus wie sie«, murmelte ich. »Diese Statue in *Delirium.*«

»Ja«, sagte Lucy. Sie stieß einen Seufzer aus. »Ich glaube, das hatte Theo so im Sinn, als er den Entwurf in Auftrag gab. Seltsam finde ich ja diese Inschrift …« Sie las von dem Stein ab: »Die Ägypter sagen, wer von den Toten spricht, der holt sie ins Leben zurück.«

Sie hielt inne und drehte sich dann wieder zu mir, um zu fragen: »Was ist das für ein Fleck … dieser rostfarbene hier, der die Hände des Engels bedeckt? Muss wohl eine Art Pilz sein. Ich vermute mal, dass er sich abreiben lässt.«

»Nein, lass es«, sagte ich, während meine Finger in die Plastiktüte griffen, die ich in der Hand hielt, um den Rosenkranz hervorzuholen, der seit über hundert Jahren an der Ecke eines Bilderrahmens gehangen hatte, an der Wand von Theos Laden in Brightland.

Ich setzte ihn dem Engel auf den Kopf.

»Perfekt!«, stellte Lucy fest. »Ich mache ein Foto, ja?« Doch kaum hatte sie den Reißverschluss ihrer Umhängetasche geöffnet, um ihre Kamera herauszuholen, da riss ein jäher Windstoß den brüchigen Kranz von der Stirn des Engels. Braune Blütenblätter wirbelten auf, wurden dann in alle Richtungen getragen, hoch in die Luft, so als wären sie Konfetti.

Wir blieben nicht mehr lange dort und gingen stattdessen zurück in die Stadt. Ein Essen in unserem Lieblingsrestaurant. Ein Spaziergang entlang der Promenade, bis zu der Stelle, wo Lucy ihr Auto geparkt hatte. Während wir dort so standen und über den Pier aufs Meer hinausblickten, fuhr sie mit einer Hand über das Muster der Narben in meinem Gesicht. Sie waren mit den Jahren verblasst. Ihr silbriges Grau ließ sie bei Weitem nicht mehr so auffällig aussehen wie früher.

Lucy stellte sich auf die Zehenspitzen, küsste meine vernarbte Wange und dann meinen Mund. Es war nur ein kurzer Moment, aber ihre Lippen auf meinen zu spüren, das war das Köstlichste und Herrlichste, was ich seit Jahren erlebt hatte. Dieses plötzlich auflodernde Verlangen erschreckte mich – es kam völlig überraschend, und ich dachte an jene lang vergangene Nacht zurück, in der Lucy uns Cocktails aus Grapefruitsaft gemacht hatte. Bis zum heutigen Tage weiß ich nicht, was wir beide damals am Strand von Cuckham getan oder eben nicht getan haben. Wir haben auch nie darüber gesprochen. Vielleicht sollten wir das aber tun, solange noch Zeit dafür ist, solange ich noch die Chance habe, ans Ufer zu schwimmen und die Hand des Mädchens zu ergreifen, das damals rief: »Hey! Hey du, da draußen, … Weißt du denn nicht, wie schnell die Flut ansteigt?«

Ich sah ihr nach, als sie davonfuhr, und ich schaute ihr noch immer hinterher, die leere Straße hinauf, lange nachdem sie im reißenden Strom der anderen Autos verschwunden war. War die Stadt immer schon so geschäftig gewesen? Dieses dröhnende Vibrieren überall, diese Decke aus Schmutz, gewoben aus dem Ruß, der aus den Auspuffrohren der Autos geschleudert wurde. Sogar im Gassenviertel herrschte reger Betrieb. Eine ganze Horde Fremder strömte mir aus dem »Bath Arms« entgegen, als ich gerade zurück zum Laden ging, wo ich vor der Tür stehenblieb, nur einen Augenblick lang, und überlegte, ob ich zurückgehen sollte, um mir ein Ale zu gönnen.

Aber dann schloss ich die Tür zum Laden auf und trat wieder in die Welt der Schatten ein; ich stapfte die schmale Treppe hinauf, zu dem Zimmer, in dem Leda Grey einst geschlafen hatte. Das Zimmer, in dem auch ich schlafe, wenn ich mich hier aufhalte – umgeben von so vielen Dingen, die Leda als Hinweise zurückgelassen haben könnte. So stelle ich mir das jedenfalls gerne vor, wenn ich die Schranktüren öffne, um die Kleider zu berühren, die noch immer dort hängen und den Duft von Rosen verströmen. Oder wenn ich ein Buch aus einem der Regale nehme und Glitzerstaub aus den Seiten rieselt. Und an der Wand die Überreste von Zeitungsausschnitten und Postkarten, die Leda Grey einst dort aufgeklebt hat, lauter Bilder von hübschen, jungen Frauen, die um die Jahrhundertwende herum ihre Rollen am Theater oder im Stummfilm gespielt hatten – wenn auch viele von ihnen verloren gegangen waren, bevor ich Gelegenheit hatte, die undichten Regenrinnen reparieren zu lassen.

Ich möchte hier nichts verändern. Ich spüre ihre Anwesenheit so deutlich, vor allem dann, wenn ich ein Streichholz aufflammen lasse und damit den Docht einer einzelnen Kerze anzünde.

Wie oft habe ich im Laufe der Jahre auf diesen Holzdielen gekniet, als würde ich beten wollen – um stattdessen dem Ritual zu folgen, das Leda beschrieben hatte, indem ich meine Hände unter das Bett streckte und die Lederdose hervorzog, in der sich ein Filmband befindet.

Wenn ich dieses Band dann vor die Flamme halte, sehe ich eine andere Filmversion als diejenige, die wir für das Londoner Filmarchiv digitalisiert haben. Das ist etwas wirklich Einzigartiges, selbst wenn man es mit all den digitalen Wundern unserer Zeit vergleicht, in der wir mit der Kuppe unseres Fingers kleine Wunder vollbringen können. Aber es braucht noch immer das richtige Auge und eine Art innerer Perspektive, um die Kunst innerhalb des Rahmens zu erkennen. Und ein solches Auge, das hatte Charles Beauvois zweifellos. Beauvois, dieses unvollkommene, aber eben auch unbesungene Genie aus den Anfangstagen des Stummfilms. Und dann gab es da eben noch seine unbesungene Muse. Das Mädchen, dessen Gesicht auch heute noch die Kraft hat, mein Herz zu berühren, wenn sie am Ende von *Brightland Promenade* in Erscheinung tritt.

Allein schon der Stimmungsaufbau zu Beginn – mit der Sonne, die scharfkantig auf dem eisengrauen Lauf der Brüstung glitzert, hinter der wir die graue Weite des Meeres sehen können und an deren dunstgrauen Stäben die Menschen vorüberflanieren.

Ich bezweifle, dass wir jemals *ihre* Namen erfahren werden, aber das ist wirklich nicht wichtig. Was zählt, ist das, was als Nächstes kommt. Der Eingangsbogen und die darüber wehenden Fahnen, die in einer leichten Brise flattern. Die hoch aufragenden Kuppeln und Türme dahinter, die sich in das Weiß eines wolkenlosen Himmels erheben, sodass man meinen möchte, dieser schimmernde Palast der Träume sei eigens erbaut worden, um als perfekte Kulisse zu dienen, und zwar für jene Person, die zuallerletzt ins Bild tritt, so als wäre es ihr Auftritt auf einer großen Bühne. Als hätte sie in den Kulissen nur auf ihr Stichwort gewartet, auf den Moment, in dem sie erstrahlen darf.

Und wie sie strahlt, dieses reizende Mädchen – auch wenn sie in ihrem weißen Kleid mit der schäbigen Spitze ein wenig zu versinken scheint, auch wenn die Strümpfe, die man an ihren Waden sehen konnte, schlaff und rissig wirkten. Und dort, zu ihren Füßen, die in abgewetzten, schwarzen Stiefeln steckten: ein kleiner, schwarzhaariger Terrier. Es hat wirklich etwas sehr Komisches, wie er dasitzt und bettelt, und wie sein Schwänzchen vor schierer Freude wedelt, wenn sie ihn hoch in ihre Arme nimmt. Und wie sich die Leine, die an sein Halsband gebunden ist, um die Füße des Mädchens windet wie eine Schlange.

Es herrscht eine Vertrautheit zwischen dem Mädchen und dem Hund. Wie sie ihm erlaubt, ihr die Wange zu lecken und in ihrem Haar zu schnüffeln, das ihr lose auf die Schultern fällt, in Locken, die so kraus und verknotet scheinen, als seien sie seit Tagen nicht mehr durchgekämmt worden. Aber irgendwie verstärkt diese Wildheit die gespenstische Blässe ihres Gesichts nur umso mehr, das feucht ist vom Hundespeichel, und dessen große, schwarze Augen in das Objektiv der Kamera blicken, die offensichtlich von oben auf sie herab filmt.

In diesen letzten Momenten zoomt die Kamera ganz nah heran. Nah genug, um zu erkennen, dass dieses Mädchen keine konventionelle Schönheit ist. Sie entspricht nicht dem Ideal der Zeit, in der sie lebte. Ihre Züge sind kräftig, nicht zart. Sie hat dunkle Ringe um die Augen. Ungewöhnlich für ein so junges Mädchen – es sei denn natürlich, man weiß, dass diese Augen kurz zuvor noch mit schwarzem Kajal breit umrandet waren. Breit ist auch ihr Mund mit den vollen Lippen. Kein einfältig nachgezogener Kupidobogen, sondern etwas viel Kühneres, Sinnlicheres, mehr nach Art des 21. Jahrhunderts; und hinter diesen Lippen makellose Zähne, die aufblitzen, wenn sie dann schließlich lächelt. Ein Lächeln, das zu sagen scheint: *Ich kenne dich. Ja! Ich kenne dich ...*

Als ich heute Abend diesen Punkt erreiche, meine ich das Knarren von Schritten zu hören; jemand, der hinter mir über die Dielen schreitet – dann das Winseln eines Hundes – dann ein rhythmisches Ticken.

Ist es vielleicht an der Zeit, den Film in die Flamme der Kerze zu halten, mich in Träumen von Meerjungfrauen, Vampiren und verfluchten Königinnen zu verlieren? Ist es an der Zeit, das Feuer zu entfachen, das auch um die schwarzen Locken von Leda Grey herum so hellleuchtend lodert? Wie rotgoldene Flügel schlagen die Flammen nach oben. Flügel, auf denen wir davonfliegen werden.

Vom Steinpflaster der Gasse her höre ich ein Lachen widerhallen. Ein kleines, braunes Blütenblatt weht durch das nur einen Spalt weit geöffnete Fenster herein. In meinem Ohr das leiseste Flüstern, das haucht: »Aus, aus, kleine Kerze!« Und die Flamme beginnt zu flackern, bis nur noch ein grauer Schleier übrigbleibt, dünne Rauchschwaden, die sich vor meinen Augen auflösen, während der Zelluloidstreifen zwischen meinen Fingern schmilzt und auf die Holzdielen fällt, wo er eine trübe Pfütze bildet.

Aber ich versuche nicht, ihn aufzuheben. Stattdessen greife ich nach dem Handy, das laut surrend auf dem Bett liegt. Ich klappe den Deckel nach oben und sehe ihre Nummer aufleuchten. Unter der Nummer strahlt mich das lächelnde Gesicht von Lucy durch die gläserne Schwärze des Displays an.

ÜBER DIE AUTORIN

Essie Fox stammt aus Herefordshire. Nach ihrem Studium der Englischen Literatur an der Universität Sheffield arbeitete sie zunächst für Zeitungen und Buchverlage in London. 2011 veröffentlichte sie ihren ersten Roman, die viktorianische Gothic Novel *The Somnambulist*, die für den UK National Book Award nominiert wurde. Es folgten mit *Elijah's Mermaid* und *The Goddess and the Thief* weitere viktorianische Romane, mit *The Last Days of Leda Grey* begibt sie sich dann auf die Reise in die 1970er-Jahre.

Essie Fox ist Mitglied der Historical Writers Association sowie der Historical Novelists Association. Zudem ist sie für die BBC als Gastautorin tätig und hat Vorträge im Victoria & Albert Museum und in der National Gallery gehalten.

SCREAM TIME PUBLISHING

»Das älteste und stärkste Gefühl ist Angst, die älteste und stärkste Form der Angst ist die Angst vor dem Unbekannten.«

H. P. Lovecraft

Und genau diese Angst steht im Zentrum von
Scream Time Publishing, denn
Scream Time Publishing ist Horror vom Feinsten!

Scream Time Publishing bietet Neuentdeckungen und Klassiker der Horrorliteratur: rätselhafte Mordfälle, verborgene Orte, Dämonen, Monster, Wiedergänger, übernatürliche Begebenheiten, Slasher, Stalker, Serienkiller und vieles mehr, das Ihnen kalte Schauer über den Rücken laufen lässt!

Scream Time Publishing steht für ein besonderes Lesevergnügen und starke Bücher, die nichts für schwache Nerven sind – mal klassisch, mal modern, mit neuen Stimmen und talentierten Autoren.

Wir nehmen Sie mit auf eine Horror-Lesereise,
die Sie nie wieder vergessen!
Ihr Scream-Time-Publishing-Team

Folgen Sie uns auf Instagram:
@screamtime_publishing

SCREAM TIME
PUBLISHING

WEITERE TITEL VON SCREAM TIME PUBLISHING

Chad P. Brown

Pumpkin House
Das Haus der
1000 Kürbisse

144 Seiten
9,99 €
Taschenbuch
ISBN: 978-3-9496360-0-4

An Halloween wird das Haus des alten Charles Keenan jedes Jahr zu einer Attraktion. Aberhunderte selbstgeschnitzter Kürbislaternen zieren seinen Vorgarten. Doch mit den Jack-o'lanterns hat es eine ganz besondere Bewandtnis. Sie sollen die Bewohner des Ortes vor Old Notch-foot schützen, der in der Nacht von Halloween nach ungeschützten Seelen Ausschau hält. Nur wer einen eigenen Kürbis hat, ist vor dem unheimlichen Dämon sicher.

Die Kinder des Ortes helfen wie jedes Jahr kräftig beim Dekorieren mit. Dabei lernen sich die Außenseiter Ronnie und Sarah kennen, die beide ihre ganz eigenen Dämonen der Vergangenheit mit sich herumtragen.

Je näher die Halloween-Nacht kommt, desto mehr drängen die Geister der Vergangenheit nach außen, und schon bald stellt sich die Frage, ob die düsteren Legenden um Old Notch-foot wirklich nur aus dem Reich der Mythen stammen.

»Der Stoff, aus dem Albträume sind.«
Peter Stadlera, Master of Horror, *Goodreads*